Peter Neuber (Hg.), Meldörp-Böker 8.2

Georg Droste

Odde Âlldag un sien Jungstöög

Ên plattdüütsch Kinnerleben an'e Woterkant

AF197148

Meldörp-Böker

= Platt-Klassiker für Dithmarschen

(+ Kompetenztraining in Dithmarscher Platt)

Liebe ältere und jüngere und neuere Dithmarscher,
liebe Urlauber in Dithmarschen,
liebe Deutschlehrer und Schüler|innen der Sekundarstufen,
liebe Deutschlehrer- und Germanistikstudenten aus Dithmarschen,
liebe Freunde des Plattdeutschen überall,
die ›Meldorf-Bücher‹ enthalten Dithmarscher Platt,
die alte Dithmarscher Sprache, aber verständlich
und in geeigneter ›SASS-ergänzender Schreibweise‹,
un dörmit luut leesbor!

Ditschi-Platt,
tru di wat!

Ortsnamen in der Titelkarte

in SASS-ergänzender Schreibweise: Âlversdörp,

Friechskōōg, Hénnsteed, Mârn, Nōōrhasteed, Wŏhren

Peter Neuber (Hg.)

Peter Neuber, Burgstr. 18, 25704 Meldorf
fon: +49 (0) 179 680 45 39
email: PeNeuberWoehrden@aol.com
www.wöhrnerwöör.de (download für das Wörterbuch ›Wöhrner Wöör‹)

Meldörp-Böker

(Textböker tö de ›Wöhrner Wöör‹)

Bislang waren folgende Titel aus dem Internet kostenfrei, als ›Frie' Woor‹, herunterladbar, jeweils in zweiter, geänderter Ausführung, 2015-11-15:

Nr. 1:	Verscheden Schrieverslüüd
Nr. 2.1:	Klaus Groth, Quickborn 1
Nr. 3.1:	Johann Hinrich Fehrs, Op Holsten-Eer

Gedruckt sind bislang erschienen, jeweils in zweiter, geänderter Auflage, 2015-11-15:

Nr. 3.2:	ISBN 978-3-9817316-6-8	Johann Hinrich Fehrs, Allerhand Slag Lüüd
Nr. 4.2:	ISBN 978-3-9817316-7-5	Theodor Piening, De Reis no'n Hamborger Doom
Nr. 5.1:	ISBN 978-3-9817316-8-2	Heinrich Johannes Dehning, Junge Schoolmeisterjohren in Dithmarschen vör 1900
Nr. 8.2:	ISBN 978-3-9817316-9-9	Georg Droste, Odde Alldag un sien Jungstöög

Es ist geplant, alle sieben Bücher 2018 bei Tredition in 3. Auflage als Paperback, Hardcover und als eBook herauskommen zu lassen.

Und die Reihe soll auch bei Tredition fortgesetzt werden.

Peter Neuber (Hg.)

Meldörp-Bōker

Nr. 8.2 (3. Oploog 2018)

Georg Droste

Odde Âlldag
un sien Jungstöög

Ėn plattdüütsch Kinnerleßen an'e Woterkant

UND

Georg Droste

Fofftig Johr in Licht un Schadden

Mien Lebensgeschicht

In der vorliegenden Ausgabe wurden die Droste-Texte sprachlich aktualisiert und zugleich dem Dithmarscher Platt angenähert, um diese köstlichen Jungenstreiche auch **in Dithmarschen lautlich genießbar** zu machen.

Es handelt sich hier um ein

Niederdeutsches Textbuch

zum Wörterbuch ›Wōhrner Wȫr‹
in

SASS-ergänzender Schreibweise

Dat hēēt: in SASS-Schrievwies mit Opsetters, vör âllen wârrt de Diphthongen kėnntli mookt — un dat is vun Vördēēl in hēēl Slēēswig-Holstēēn!

Datt ēēn würkli luut lesen kann!

Stand: 2018

Originaltexte

Ottjen Alldags Kaperstreiche erschienen erstmals 1913. Der hier zugrunde liegende Text entstammt dem 13.-18. Tausend:
Georg Droste, Ottjen Alldag un sien Kaperstreiche, En plattdütsch Kinnerleben an'r Waterkante, ca. 1924, Bremen: Schünemann *(DrG05)*.

Der Text des sechsten Kapitels erschien erstmals 1921:
Georg Droste, Plattdütsche Kinnerkost, En Geschichtenbok, 1921, Bremen: Gustav Winter (darin: ›Ottjen Alldag sien Fotbank‹) *(DrG12)*.

Die auf Kapitel 5 folgende Kapitel-Nummerierung stimmt mit derjenigen der Ottjen-Alldag-Gesamtausgabe von 1937 überein, ebenso mit derjenigen der Schloendorff-Ausgabe von 2012.

Drostes selbstverfasste Lebensgeschichte erschien erstmals 1916. Der hier verwendete Text findet sich in:
Georg Droste, Slusohr un anner eernste un vergnögte Vertellsels un Riemels, 15.-19. Tsd., ca. 1924 im Quickborn-Verlag Hamburg (darin: ›Foftig Jahr in Licht un Schatten‹) *(QuB011)*.

Einige eingearbeitete Informationen stammen aus:
Georg Droste + Günther Flemming (Hg.), Achtern Diek, Autobiografische Schriften, 2011, Bremen: Europäischer Literaturverlag *(DrG20)*.

Eingearbeitet wurden die Seitenanfänge der neuen Plattdeutsch- und Hochdeutsch-Ausgabe:
Georg Droste, Ottjen Alldag un sien Kaperstreiche …, (mit Übersetzung von **Rita Schloendorff**), 2012, Bremen: Kellner-Verlag *[DrG21]*.

Peter Neuber (Hg.), Meldörp-Böker 8.2
Georg Droste
Odde Âlldag un sien Jungstöög
Ên plattdüütsch Kinnerleben an'e Woterkant

Copyright © 2018 by Peter Neuber, D25704 Meldorf
Gestaltung des Buchtitels: Manfred Schlüter, D25764 Hillgroven
Digitale Einband-Umsetzung: DruckZentrum-Westkueste, D25746 Lohe-Rickelshof

3. Auflage 2018
Verlag und Druck: tradition GmbH
Paperback: **ISBN 978-3-7469-0882-3**
Hardcover: **ISBN 978-3-7469-0883-0**
eBook: **ISBN 978-3-7469-0884-7**

Was im Buch ist Platt, was Hoch?

Wöör un Sätz in normoolgröte un löötrechte Böökstoben:
Platt

Wörter und Textpassagen in normalgroßer und kursiver
Schreibweise: **Hochdeutsch**, zumindest *kein Platt*

Wöör in lütte un löötrechte Böökstoben:
Platt (tömeist Uttuusch- Wöör)

Wörter, in kleiner und kursiver Schreibweise:
Hochdeutsch *(Übersetzungen*
oder i.d.R. hochdeutsche Erklärungen)

Warum (ab Herbst 2015) diese ›SASS-ergänzende Schreibweise‹?

Beide Schreibweisen, die zuvor verwendete wie die jetzige, stehen fest zu SASS (zum PLATT-DUDEN für NS, HH, SH seit 1956), ergänzen ihn aber und sind für Dithmarschen und ganz Schleswig-Holstein gleichermaßen tauglich. Traditionell werden hier die Diphthonge, die Zwielaute [o^u, e^i, o^i|ö^ü], nicht als Doppellaute (z. B. als ou, ej, oi|eu|äu) geschrieben, sondern als o, e und ö.

Meine ältere ›Dithmarscher Schreibweise‹ hielt sich an das Prinzip unserer Dithmarscher Altvorderen Groth und Müllenhoff, die die langen Monophthonge|Einlaute kennzeichneten, die problematischen Zwielaute aber nicht. Diese traditionelle Schreibweise erzeugte leider immer ein riesengroßes Problem: Die Monophthonge|Einlaute wurden unnötigerweise hervorgehoben; aber nur über sie konnte man sich die nicht markierten Diphthonge|Zwielaute logisch erschließen (indirekt, nach der Methode ›von hinten durch die Brust ins Auge‹). — Immerhin, man konnte! Behelfsmäßig unterstützte ich dies durch Anhebungen.

Meine neuere nun verwendete ›SASS-ergänzende Schreibweise‹ markiert direkt die Problem-Zwielautbuchstaben o, e und ö durch einen Balken (ō, ē und ȫ) und sagt: Dies ist höchstwahrscheinlich ein Doppellaut [o^u, e^i bzw. o^i|ö^ü], auch wenn er nicht so aussieht! Und die balkenlosen Buchstaben o, e und ö werden ganz normal als o, e und ö gelesen. — Schon Otto Mensing verwendete in seinen Lautschriftergänzungen die Zeichen ō, ē und ø, um auf Zwielaute bei Einlaut-Schreibweise hinzuweisen, für ganz Schleswig-Holstein!

Über den Autor

Georg Droste
* 13. Dezember 1866 Bremen
† 17. August 1935 Bremen

Georg Droste kommt 1866 in Bremen als Kind armer, schlichter, plattdeutsch sprechender Eltern zur Welt. Er wächst in Bremen auf und singt das hohe Lied auf seine ungebundene Kindheit am Deich, an der Weser. Er ist viel ›aushäusig‹, die häusliche Not ist nicht sehr einladend. Nach der Schulzeit besorgt er sich selbst eine Stelle als Laufbursche in einer Buchhandlung.

Durch Zufall erfährt sein Chef, dass mehr in seinem Laufjungen steckt und vermittelt ihn in eine Kaufmanns-Lehrstelle in einem Wollexportgeschäft. Die Kontorzeit beschreibt Droste als die glücklichste seines Lebens. Neben dem Berufsleben ist er begeisterter Turner in der damaligen Zeit der großen Turnfeste.

Plötzlich erblindet er, im zwanzigsten Lebensjahr. Die Ärzte sind damals gegenüber der Sehnervenentzündung machtlos.

Die Zeit des nutzlosen Herumsitzens überwindet er schließlich, indem er einen Haustürenhandel mit Streichhölzern, Seife u. a. beginnt. Zum Glück kennt er die Stadt wie seine Westentasche. Trotz beachtlicher geschäftlicher Fortschritte entschließt er sich zum zweijährigen Besuch einer Blindenschule in Hannover, lernt dort das Korbflechten, auch Musizieren und die Blindenschrift.

Zurück in Bremen macht er eine Korbflechterei auf, flicht über die Jahre weit über 10000 Körbe, vor allem grobe Kohlenkörbe für die Dampf-Schiffahrt.

Er heiratet, hat mit seiner Frau, seinem unentbehrlichen, gesunden und vor allem sehenden ›Kameraden‹, fünf Kinder. Die Not ist ständiger Begleiter, er schuftet im häuslichen Keller beim Körbeflechten, betreut zum guten Teil die Kinder, während seine Frau durch Putzen dazuverdient, – und erzählt ihnen Geschichten aus seiner Kindheit am Weserdeich und im Teufelsmoor. Auf den Vorschlag der ältesten Tochter diktiert und druckt er schließlich seine Erzählungen. Die Bücher werden Riesenerfolge. Zunächst schreibt er hochdeutsch, lässt die handelnden Personen jedoch Plattdeutsch sprechen. Bald wechselt er ganz zum Plattdeutschen, schreibt und schreibt, bald auch auf einer Blindenschreibmaschine, wird ein gemachter Mann.

Sein Erfolg setzt sich im 1. Weltkrieg fort. Um den zu Tausenden ›kriegsblind‹ von der Front heimkehrenden Soldaten, eventuell auch nur einem einzigen unter ihnen, Mut zu machen, erzählt er 1916 aus seinem Leben in ›Foftig Jahr in Licht un Schatten‹. – Die Inflation frisst auch Drostes Vermögen. Aber auch in den 20er Jahren kommt es immer wieder zu Neuauflagen seiner Bücher und auch zu Neuerscheinungen. – Droste stirbt nach zweijähriger Krankheit im Jahre 1935.

Wat in dat Bōōk steiht

Im Inhaltsverzeichnis wird auch auf die in den Droste-Text eingelassenen Original-Seitenumbrüche in der Form *(DrG05.063)* bzw. *(DrG12.27)* bzw. *(QuB011.006)* verwiesen.

Auch die Seitenanfänge der Rita-Schloendorff-Ausgabe von 2012 (Originalplatt + Hochdeutsch) finden sich in der Form *[DrG21.176]* im Text.

›Klappentext 1‹ – Reihe der Meldörp-Bōker   Seite   2

Quellen; Impressum   Seite   4

Was im Buch ist Platt, was Hoch?   Seite   5

Warum der Schreibweisenwechsel ab Herbst 2015?   Seite   5

Über den Autor Georg Droste   Seite   6

›Odde Âlldag un sien Jungstöög‹   Seite 10

Inhaltsverzeichnis der einzelnen Kapitel   Seite   9

Fofftig Johr in Licht un Schadden   QuB011.005   Seite 284

Zum **Ansinnen** der Meldörp-Bōker   Seite 294

Schreibweise & Aussprache
(ō, ē, ȫ;   â;   ė; ġ; b; ...)   Seite 300

Information zu **Kennmarken (M3, M4, ...)**   Seite 303

Regionale Besonderheiten (X01, X02, ...)   Seite 304

Informationen zu   ***-Wörtern** in der ›**Grabbelkiste**‹   Seite 307

Schwarz-weiß-Kurzfassung der Aussprache-Übersicht   Seite 309

Licht und Schatten (zum Autor)   Seite 310

Auf den letzten Seiten (›Klappentexte 2 + 3‹):

Information über die Nutzung der **Wȫhrner Wȫȫr**

Werbung für die **Meldörp-Bōker** und speziell für dieses.

Odde* Âlldag un sien Jungstöög

Kapitel 1:	Èn Jung wârrt boren	DrG05.005	S. 10
Kapitel 2:	Tö'n Glück wârrt de Jung nu döfft	DrG05.012	S. 17
Kapitel 3:	Um èn hangen Hoor schëëfgohn	DrG05.019	S. 24
Kapitel 4:	Odde speelt Fârken	DrG05.023	S. 28
Kapitel 5:	Odde piert de Katt	DrG05.031	S. 36
Kapitel 6:	Öma ehr Föötbank	DrG12.25	S. 40
Kapitel 7:	In dèn schönen Novergoorn	DrG05.035	S. 45
Kapitel 8:	Knipperdolling treckt Odde ut' Woter	DrG05.041	S. 51
Kapitel 9:	Odde wârrt wedder; man Knipperdolling ...	DrG05.049	S. 59
Kapitel 10:	Huusarrest, Papagei un Kninken	DrG05.059	S. 69
Kapitel 11:	Regenwotertünn, Kaschott, Frieheit	DrG05.067	S. 77
Kapitel 12:	Vun de Französentiet, Küll un Nööt	DrG05.077	S. 87
Kapitel 13:	Gröötmudder vertellt vun èn Möörd	DrG05.088	S. 98
Kapitel 14:	De Möördgeschicht sett Odde tö	DrG05.094	S. 104
Kapitel 15:	Odde is döötkrank	DrG05.102	S. 111
Kapitel 16:	Odde is borgen, Gröötmudder dööt	DrG05.110	S. 119
Kapitel 17:	De ëërste Schöölmorgen	DrG05.115	S. 124
Kapitel 18:	De ëërste Paus un wat dorno kummt	DrG05.124	S. 132
Kapitel 19:	Odde flücht no Knipperdolling ...	DrG05.132	S. 140
Kapitel 20:	De ëërste Schööl-Nomèddag	DrG05.139	S. 147
Kapitel 21:	Odde un de Wâllopsëher	DrG05.150	S. 157
Kapitel 22:	De niede ârme rieke Noverschop	DrG05.155	S. 162
Kapitel 23:	Hinnerk-Hosensnuut; Hangelbeern	DrG05.163	S. 170
Kapitel 24:	De Dëëf in' Beernbööm	DrG05.170	S. 177
Kapitel 25:	Maskenkopp un Zigârrenmoker	DrG05.179	S. 185
Kapitel 26:	Sârgmoker un Zigârrenmokers	DrG05.184	S. 190
Kapitel 27:	Odde in Gedanken, Noversgören	DrG05.189	S. 195
Kapitel 28:	*Klärchen*, jo, man wötö tö bruken?	DrG05.195	S. 200
Kapitel 29:	Unkel Dolling is dööt; Nacht dorno	DrG05.200	S. 205
Kapitel 30:	Gastfründschop för de Stutenfru	DrG05.207	S. 213
Kapitel 31:	De Dödenbund in't Dödenschipp	DrG05.212	S. 218
Kapitel 32:	Ruut dor! – De Rösenböömsch	DrG05.217	S. 224
Kapitel 33:	Wat dènn âllns achteran këëm!	DrG05.224	S. 231
Kapitel 34:	Vörloodt no de Pullzei	DrG05.235	S. 241
Kapitel 35:	Wat schull de Jung mool wârrn?	DrG05.246	S. 252
Kapitel 36:	Èn wohren Paster; Fritz sien Nööt	DrG05.252	S. 258
Kapitel 37:	Weserfründ un natte Dödenhand	DrG05.260	S. 266
Kapitel 38:	In't letzte Schööljohr	DrG05.268	S. 274
Kapitel 39:	Kunfermatschöön	DrG05.274	S. 280

(DrG05.005) [DrG21.004]

Kapitel 1: Ėn Jung wârrt boren

Dat wēēr dor nu vun komen|Nun kam die Strafe! – De lütte Mieke* |Marie Âlldag |['aːl-da*ch*], wat de Jüngste vun de fief Âlldagdēērns wēēr, hârr sik doch bannig verjoogt|erschrocken, as sē[X09] dėn ēēn Sünndagmorgen opmool de Stimm vun ehr Grōōtmudder[X12] vör ehr Bett hȫȫr[X65], un de Wȫȫr: „Mieke! Stoh gau op! Du hest ėn lütten Brōder kregen!" – „Och Ōma", sä Mieke dėnn mit ėn wēnerlige Stimm, „krieg ik dėnn nu ōōk[X22] Slääg? Ik will't je ōōk ni[X20] wedder[X41a] dōōn!" – Man Grōōtmudder[X12] wēēr dat Lachen anfungen, hârr ehr de Backen strokelt un hârr ehr trȫȫst: „Wees|Wee' man still, mien Dēērn! Glieks kriggst du de lütte sȫte Popp ōōk tō sēhn!" – Mieke hârr over doch noch sōōn poor Mool dēēp opsüüfzt, un hârr dat gor ni begriepen kunnt, wo[X30] dat blōōts angohn kunn! Dat wēēr ehr ōōk sō swoor op dat lütte Hatt fullen, as sē dor an dach, datt[X24] sē veelmools op'n Diek stohn hârr, un hârr dėnn sungen, wėnn dor mool ėn Hoddboor|Storch hȫȫch boben dör de Luft flōōg:

Hoddboor! Langen Boor,
hest' ni[X20] ėn lütten Brōder dor?

Ik will èm ōōk gōōt[X50] wègen,
un will èm ni bedrēgen.

Man bringst du uns blōōts Süstern,
dènn wüllt[X63]|wöö' wi di wull püüstern! *(DrG05.006)*

Grōōtmudder[X12] hârr ehr dènn över de Klööndöör mit de Fuust drōht[X53]: „Dēērn, Dēērn! Wullt du wull dien Babbel hōlen! Hebbt wi an jüm[X02]|ju fief Panduren|Halunken ni[X20] jüst nōōg?"

Jo, nu wēēr dor nix mēhr an tō moken! Dat hârr Voder[X11] ōōk je mēēnt un hârr mit èn hâlf vergrèllt[M3] Gesicht seggt: „Smiet èm man mit op'n Hümpel!" In' Stillen hârr hē sik over doch freut, datt dat èn Jung wēēr. Over nüms*|kēēnēēn freu sik mēhr as Mieke Âlldag, as sē an de Wēēg stunn un dor hēēl nieschierig rinkēēk. Dat wēēr doch èn annern Snack as ehr ōl'[M4d] Gēēsche*-Popp, mit dèn ēēn Ârm *[DrG21.006]* un dèn holten[M4a] Kopp, ohn Ōgen un ohn Nöös! Nä, dit hier wēēr èn richtige ›gebennige Poppedeidei‹, mit krâlle klore Ōgen un mit hēēl lütte fiene witte Muushoor op'n Kopp. Man wat wēēr dat? Mit de linke Hand mook de dore Slēēf|Frechdachs ehr èn lange Nöös un mit'e rechte èn Fuust. „Dor mēēnt hē di ni[X20] mit", sä over Grōōtmudder[X12] hēēl sachten*. „Kiek, hē nuckelt op'n Duum un spârrt dorbi de lütten Fingern vunēēn|utènanner! Kiek mool hèn, wo sōōt", sä sē dènn wieder. „Sōgor hēēl lütte fiene Nägels hett hē al an de Fingern!" Un de gōde[X50] Grōōtmudder[X12] wisch sik mit dèn Schörtenslippen|Schürzenzipfel de Ōgen un süüfz: „Och jo! Sō foken|veel as ēēn dat nu ōōk al beleevt hett: Dat is un blifft doch ümmer[X21] dat ēwige grōte Gottswunner, sōōn lütten Worm!"

Jo, sō wat in dē Oort |Art mēnen ōōk de gōden[X50] Noverschen[X16]|Nachbarinnen, dē dor mit Âlldags in ēēn Rēēg achter'n Diek wohnen, ōder dor achtertō|hinten in dèn lütten vēērkanten Hoff; dissen Hoff hârr in frōhere Tieden mool èn ansläägschen |plietschen un spietschen |spöttschen Kopp dèn vörnehmen Noom ›Eddelhoff*‹ geben. – Âll de achter'ndiekschen Tanten kēmen nu anslârren un antüffeln, un dat lēēp bi Âlldags *(DrG05.007)* as op'e Ziese|HB-Straße ›Zur Ziese‹. Fru Puustmeier|Pußmeier un Fru Lēhmann|Leimann, de Grötensche, de Meiersche un de Smittsche: Âll wullen süm[X04] |se dat gröte Weltwunner, dat Sünndagskind, sēhn! Kinner kēmen je âll de Doog op'e Welt, man dat hiere wēēr dènn doch tō afsünnerli! Bi Âlldags wēēr op'n Sünndag wat Lütts komen. Bi Âlldags! Op'n Sünndag! Un dènn noch sōgor èn Jung, wō[X31] dor al fief Dēērns wēērn! „Na", swōōg* de Puustmeiersche, „wènn dat kēēn Glückskind wârrt, dènn wēēt ik dat ni[X20]! Sünndagskinner hebbt ümmer[X21] Glück!" – „Dat mööt|möö[X61] wi ēērst noch mool afluren", mēēn over Voder[X11] Âlldag. „Sē[X09] wēēt |wēten[X10] wull, Fru Puustmeier, de ölen Profēten sünd dōōt, un de nieden, dē gellt nix mēhr!" – „Jo", mell sik nu over de Smittsche, dē sōōn beten wat höhnerglōōvsch |abergläubisch wēēr, „de Jung, dat is je èn deegten|kräftiger Purks|Knirps! Hē süht je ōōk rein kievig|keck un kregel|lebhaft ut, un kickt hēēl krâll|sund[X38] ut de Ōgen. Man ik tru dat ni[X20] sō recht! Dat Kind-Gotts hett hier jüst verdwass över de lütte Nöös sōōn fienen blauen Striepen, dat hett nix Gōōds[X50] tō bedüden!" – *„Das ist die Zornesader, Frau Schmidt"*, sä nu èn bedächtige un sōōn beten spitzige Stimm achter ehr. *„Das Kind wird noch mal so'n rechter Brausekopf und muss sehr vorsichtig und mit aller Strenge erzogen werden!"* – Sō, dor hârr de lütte Bèngel nu sien Fett weg! Dor kunn hē sik Kantuffeln in broden! Un dē, dē dat seggt hârr, dē muss dat je weten, wènn't dènn ēēn weten kunn. Dat wēēr Frollein Emilie Èngelken|Engelken, dē wēēr je âll de langen Johren Schōōlfrollein|Lehrerin ween[X83], un dē verstunn sik op Kinner jüst as de Schōōster op sien [DrG21.008] Ledder[X41f]. Sē wohn tōhöpen mit ehr Süster in de Krüüzstroot|Kreuzstraße, un

Georg Droste, Odde Alldag I (Peter Neuber, Meldörp-Böker 8.2, 2018)

de gröte lange Achtergoorn vun süm[X06]|ehr Huus lēēg achter Âlldags süm[X06]|ehrn lütten Hoff. Tine*|Christine, wat Mieke ehr öllste Swester wēēr, hârr Frollein Emilie (DrG05.008) dat in ehr Freud dör dėn Tuun|Hecke tōrōpen, un nu hēēl dat ōle Frollein dat för ehr Plicht, as Noversche ōōk mool no'n Rechten tō kieken.

Fru Smitt un ōōk de annern Fruuns worrn sōōn beten benaut|bedrückt tō Sinn un sään sō recht nix mēhr. Gēgen sōōn Klōōkheit kunnen süm[X04]|se ni[X20] an, un wėnn süm[X04]|se ōōk âll süm[X06]|ehr Weten ut ēgen Beleben tōhōpensmeten hârrn. Süm[X04]|Se drücken sik dorum sō hēēl suutje ēēn bi ēēn ut' Huus ruut. – As Fru Puustmeier wedder[X41a] in ehr vēēr Pohlen |in ehr Behüsen wēēr, dō[X23] vertell sē ehrn Mann, dē jüst vun't Fischen komen wēēr: „Dėnk mool an, Orend*|Arend. Bi Âlldags is vundoog, op'n Sünndag, ėn lütten feinen|schieren Jung ankomen!"

„Sō, hüüt, ėn Jung?", sä Orend un hōjohn|gähnte, dėnn hē slēēp al hâlf. „Na, dat's man gōōt[X50]!" – „Jo", mēēn nu Fru Puustmeier rein vergrėllt, „un dor seggst du wieder nix tō? Dor wunnerst du di ni[X20] mool över? Bi Âlldags! Op'n Sünndag! Over ik segg je man: Du ōle Jan Dickfell kummst reinut ni ut'e Foten|Fassong! Wėnn'k dat noch ėn ēēnzigst[M3] Mool beleben dä, datt du di mool över wat wunnern dääst! Ik glōōv, du kannst di gor ni[X20] wunnern!" – „Jo", lach Puustmeier, „wat is dor dėnn ōōk bi tō wunnern! Dat kann je sōgor vörkomen, datt ėn swatte Kōh witte Melk gifft un datt ėn Nachtwächter an' helligen Dag dōōtblifft!"

An dissen Sünndagobend, as achter'n Diek un ōōk in't Âlldagsche Huus âllns still wēēr, dō pedd Grōōtmudder[X12] hēēl sachten* in de lütte Komer, wō[X31] ehr Swiegerdochter slēēp, un froog: „Antje*|Anna, slöppst du al?" – „Nä, dat ni[X20],

Mudder[X12], wat schull ik denn?" – „Och", anter |antwöör Gröötmudder[X12], „koom, geev mi mool dien Hand her! Kiek mool hier! Hier *(DrG05.009)* is en dicken blanken preus'schen Doler! Den hett unsen lütten Mann sik al verdēēnt!" – „Wat?", froog Fru Âlldag nieschierig. „En preus'schen Doler? Unsen Lütten verdēēnt? Wat schâll dat hēten?" – „Na, ik will di't seggen", fluster ehr Swiegermudder[X12], „loot di vertellen, Antje: As de annern Fruunslüüd weg wēērn, wēētst' wull, dō pedd Frollein Engelken an de Wēēg ran un kēēk dor orri en Tietlang rin un sä gor nix. Opletzt dreih sē sik um un hett mi dor recht sōōn Predigt hōlen. Du wēētst je, sē kann snacken as sōōn Paster, over ik segg je man: De Engelkens sünd wück vun dē Oort, dē Gotts Wōōrt ni[X20] blōōts op'e Tung hebbt, nä, süm[X04] |se dōōt|*handeln,leben* dor ōōk no, un denn loot ik dat gellen. ›*Ich wünsche dem süßen kleinen Engel Gottes reichen Segen und dass er noch mal ein recht braver, tüchtiger Mensch werde!*‹ sä sē tōletzt, och, wēētst' wull: Sē *[DrG21.010]* hett noch recht en Bârg seggt, ik kann dat denn man blōōts ni[X20] sō behōlen un sō weddergeben[X41a]. Na, ik wull nu man seggen: As sē weg wēēr, dō kēēk ik sō in de Wēēg, un wat mēēnst' wull? Dō lēēg dor dissen Doler op'e Wēgendeek!" – „Dat sünd en poor gōde[X50] Dooms, de Engelken-Frolleins", anter|antwöör de junge Fru Âlldag, un ēēn kunn orri mârken, wo ehr dat vun Hatten kēēm. „Over", lach sē denn sō vör sik hen, „wunnern deit mi dat in dissen Fâll doch mit den Doler! Ik hârr ēhr dacht, datt süm[X04]|se Bammel kregen hârrn, datt nu sō dicht achter süm[X06] |ehrn Goorn en Jung ankomen wēēr. Süm[X04]|Se hârrn je ōōk al in' Vörut bang ween[X82] kunnt, datt de Bengel süm[X05]|ehr, wenn hē mool gootliger|*stattlicher* un knöviger|*kräftiger* worrn is, över't Stack klattert, un süm[X05]|ehr bi süm[X06]|ehr Blōōm ōder gor bi den Hangelbeerbōōm* geiht. Du wēētst je, wo sinnig|*vorsichtig* un banghaftig|*ängstlich* süm[X04]|se sik ōōk anstellen köönt, wenn sik dat um süm[X06]|ehrn Goorn dreiht! Na, man tō! Sō wiet *(DrG05.010)* hebbt süm[X04]|se in dissen Fâll sachs*|wull ni[X20] vörutdacht. De Hȫȫftsook bi dėn Doler is je, datt süm[X04]|se mit dat Gōde[X50], wat süm[X04]|se dōōt, ni[X20] rumswȫȫġt* un dor ėn grōten Hopphei un Puhei vun mookt, datt ēēn dor ėn rōden Kopp bi kriggt un sik schomen mutt, datt ēēn as Nehmer ârmer is as de Gever. – Man Mudder[X12], nu hool mi doch noch mool dėn Lütten her! Ik much ėm sō gēērn noch mool sēhn!" – Un Grōōtmudder[X12] hool dat lütte Bünnel ut de Komer un lä ehr Swiegerdochter dėn wârmen Kluut an dat Hatt, un de glücklige Mudder[X12] kunn sik gor ni[X20] sattsēhn an dat sōte Gesicht. Sē kēēk dėn Jung sō recht, recht dēēp in de blanken Ōgen, dē hē sō grōōt un wiet open hârr, as wėnn hē frogen wull: „Wō[X31] bün ik dėnn hier?" Ōh Mudderglück[X12]! Du reine un echte Freud! Mudderhatt[X12]! Du Quellborn, kloor un blank, ohn Anfang, ohn Ėnn! Du büst de Afglanz vun de grōte, ēwige Gottsgrundmacht! Du büst sē sülben! Dien Glanz is lieker |gleich rein un schȫȫn bi ârm ōder bi riek, in de Kȫnigs süm[X06] |ehr Slotten ōder in klöterige Koten un ēlennige Hütten! Muddersprook[X12]! Hattenssprook! Dien Wȫȫr sünd ümmer[X21] rein, wohr un echt, allerwegens, op'e hēle wiede Welt.

Still lēēg de Nacht nu över dėn Diek, dē sik as sōōn langen swatten Ool an'e Weser|Werser hėnslängel. – Stillen Freden lēēg nu ōōk över dat Âlldagsche Huus achter'n Diek, un still wēēr dat ōōk achter de dichten grōnen Finsterluken. Man de dicke ōle Pappelbōōm|Pöppelbōōm, dē jüst vör't Huus op dėn Diekkopp stunn, dē reck sien mächtigen knupperigen Ârms ut un sprēēd[X60]|sprēē' süm[X05]|ehr wiet över dat Huus weg. De summerlige Nachtwind strēēk kȫhlig vun'e Weser her över dėn Diek. Hē hüüscher|wiegte sachten* de grōne Krōōn|dėn grōnen Pull vun dėn Bōōm hėn un her, un de langen Ârms mit de grōnen Hannen un Fingern (DrG05.011) wēgen sik sachten* un fierli över dat lütte Huus op un dool. Gēēv dat ōle

Bōōmspōkel|*Baumgeist*|*Baumgespenst* wull dat Sünndagskind sien Segen? Ōh, dē wuss âllns, wat hier in't Huus passēēr! Hē hârr je al beleevt, datt de ōle Grōōtmudder[X12] as hēēl lütte Dēērn ünner sien Blödergrōōn speelt hârr. Hē hârr jēēdēēn Hattlēēd un Freud, *[DrG21.012]* wat dit Huus dropen hârr, vun boben mit ankeken, un kėnn sien Lüüd achter'n Diek. Hē kėnn dissen kârnfasten un ēhrboren Slag Minschen, un sō wēēr ėm ōōk um dėn lütten nieden Gast dor ünnen ni[X20] bang. Ōōk hē schull ünner sien Blöderwârk opwassen un spelen. Hē wull ėm sachten* lēēflige Lēder un Geschichten tōruscheln, wėnn hē oordig|*artig* wēēr, wėnn hē op sien Ruscheln|*Rascheln* luustern |*lauschen* wull, un sien Sprook verstunn. Man hē wull dunnern un brusen un ėm vermohnen un mit ėm schimpen|*schellen*, wėnn hē ni[X20] ophören|*gehorchen* worr un op slechte, unrechte Weeg gohn wull! Jo, dat gifft Bōōmspōkels, un wat dē tōsėggen dōōt, dat hōōlt süm[X04]|*se* ōōk! – In disse ēērste Nacht wēēr dat over ėn hēēl afsünnerli[M3] Ruscheln un Flustern in dat Blöderwârk vun dėn Pappelbōōm un dat worr tō ėn Sprook, tō ėn Lēēd, düütliger, ümmer[X21] düütliger. Un dat Bōōmspōkel slieker sik as Drōōmspōkelsch|*Traumgespenst* dör Reten|*Risse* un Fōgen no dat lütte Huus rin un an dat Loger vun Grōōtmudder[X12] ran un sung hier de gōde[X50] ōle Fru in't Ōhr. Un Ōma fōōl de Hannen in' Sloop, beweeg ehr Lippen un snack sachten* no, wat dat Bōōmspōkel sung:

Du Sünndagskind, sloop wēēk un sacht!
Ik hōōl hier an dien Wēēg de Wacht!

Stoh fast as ik, in Wedder[J41u] un Wind!
Bliev rein un gōōt[X50] – ėn Sünndagskind! *(DrG05.012)*

Kapitel 2: Tō'n Glück wârrt de Jung nu dŏfft

Jo, wo^{X30} schâll de Jung nu hēten? – Dat wēēr de Froog, wō sik nu de Âlldagschen Huusbewohners al meist drēē Doog lang miténanner befoot hârrn. Grōōtmudder^{X12} mohn dėn Middewekenmorgen: „Friech*, dat wârrt hŏŏchste Tiet, datt du no de ›Mäerie‹ |frz. *mairie* geihst, un mellst dėn Jung an!" (Grōōtmudder^{X12} nŏŏm* vun'e franzŏŏs'sche Tiet her dat Roothuus un de Amtsverwâlten noch ümmer^{X21} ›Mäerie‹.) Man wo schull hē hēten? Fidi? Heini? Hermann? Jan? Nä, dat wēērn âll Nooms, dē hârr Jan un Allemann|jeder (Hinz und Kunz), un én Sünndagskind, sō mēēn Mudder^{X12} Âlldag, dat muss ŏŏk én sōōn beten apârtigen Noom hėbben. „Mudder^{X12}, wat mēēnst' vun ›Otto‹?", sä Fru Âlldag opletzt. „Dėn Noom mag ik gēērn lieden un dėn gifft dat ŏŏk ni^{X20} veel." – „Jo", lach Grōōtmudder^{X12}, „ik [DrG21.014] heff dor nix gēgen. Dėnn hēēt hē vun achtern un vun vörn överēēns. ›*Vorne rund und hinten rund, in der Mitte wie ein Fund!*‹, sä bi uns in'e Obendschōōl Frollein *Unverzagt* mool, un dat kann ik gor ni^{X20} vergeten!" – Friech* Âlldag hârr gēgen dissen Noom ŏŏk nix intōwėnnen. Hē wēēr sōunsō man still un mit âllns tōfreden, wat sien Fruunslüüd tōhōpen afkotert |afsnackt hârrn. Hē (DrG05.013) ârbeid^{X60}|ârbei' as Stēēndrucker in én Geschäft in'e Stadt un mell dėnn nu, sō in't Vörbigohn, sien Jung op dėn Noom ›Otto‹ an. De Dēērns wullen nu ŏŏk al glieks anfangen, dėn Jung bi'n Noom tō nŏmen*, wėnn süm^{X04} |se dor bistunnen un tōkēken, wėnn Grōōtmudder^{X12} ėm inbünnel|wickelte. Man dor wull Grōōtmudder^{X12} nix vun weten. „Nä, nä", sä sē, „dat schâll ni^{X20} gōōt^{X50} ween^{X82}! Ik bün je ni^{X20} hŏhnerglōŏvsch, man dor hōōl ik ŏŏk nix vun, datt én Kind ēhr bi'n Noom nŏŏmt* wârrt, ēhr datt dat dŏfft is. Sōōn Kinner, dē schüllt^{X62a}|schööt veel lichter dōōtblieben, un wi wüllt[X63]|wööt unsen lütten Bölker doch gēērn behōlen!"

Jo, dor hârr Grōōtmudder[X12] ėn wohr[M3] Wōōrt seggt! Recht sōōn gewâltigen Schrieghâls un Bölker wēēr de Slüngel! Un wat mook de Bėngel ehr al no wücke Weken dat Leben suur!

„Antje, koom doch mool gau her!", rēēp sē veelmools hēēl vertwiefelt. „Antje, hōōl ėm mool mit fast! Ik kann dėn Bėngel ni[X20] tögeln! Hē fâllt mi noch vun' Schōōt, sō as dē tōkēhrgeiht |rumdoben deit, wėnn ik ėm dat Wickelband ummoken will! Kiek mool, wat ėn Giftkopp, wat ėn Adder[X40a]! Ōh, ōh! Ik bün bang, dē schriggt sik noch mool dat Lief ut! Kiek mool, hē wârrt al hēēl wittsnatterig um'e Nöös!"

Sō lang, as de lütte Mann ut sien Bünnel ruut un nokelt wēēr, wēēr hēēl gōōt[X50] mit ėm umtōgohn. Hē lēēg dėnn as sōōn Poġġ in de Boodbâlje |Zink-Badewanne ōder op Grōōtmudder[X12] ehrn Schōōt un sä nix. Blōōts wėnn hē wedder[X41a] in de Plünnen schull, dėnn schrēēg hē as sōōn Heid |(„dē döfft wârrn schâll). – Ēēnmool, as Grōōtmudder[X12] ėm jüst wedder[X41a] sō recht fein rein un drȫȫg op Schick hârr, un wedder[X41a] tō Rōh[X52] in de Wēēg lėggen wull, dō, in' letzten Momanġ, glēēd[X60] |glēē' ehr de Bėngel vun' Schōōt un seil koppöver wedder[X41a] no de (DrG05.014) Boodbâlje rin. Dat gēēv nu ėn Opstand un ėn Malȫȫr in't Huus! Grōōtmudder[X12] wēēr bȫȫs bedrüppelt un swȫȫr|swōōr sik hōōch un hillig, dėn ōlen Giftkopp ehr Doog ni[X20] wedder[X41a] antōfoten. Sē wēēr dor al tō ōōlt tō, un sē wull kēēn Mōōrd op't Geweten hėbben! – „I lerr Jēēs, Mudder[X12]", lach over de junge Fru, „reeg di doch ni[X20] sō op! Dat hârr mi ōōk passēren kunnt. Dat hett je noch âllns gōōtgohn[X50]! Koom, wi hangt dėn hēlen natten Keerl, sō as hē is, mit Kniepers|Klammern an'e Tüüglien|Wäscheleine, dėnn kann ėm de Wind wedder[X41a] drȫȫg weihen!" – „Jo", gnurr

Grōōtmudder[X12], „mook du di dor man noch lustig över! Ik heff mi schöön verfēērt|verjoogt! Dat sitt mi noch acht Doog in de Knoken, dat mârk ik al! Dat geiht ōōk mit dėn Bėngel kēēn gōden[X50] Gang ni[X20], un dat schient meist sō, as wėnn dat doch *[DrG21.016]* mool ėn Unglückskind wârrt. Ik wull blōōts, datt dat Kind-Gotts ēērst|ėndli döfft wēēr!"

Jo, mit dat Dȫpen wēēr dat nu over sōōn verdreihte Sook! Antje, dē in' Dōōm bi Paster Merkel döfft un kunfermēērt wēēr, stunn natüürli stief op ehr Stück, datt dē dėn Jung ōōk dȫpen schull. Hē hârr âll de fief Dēērns döfft un dat wēēr gor kēēn Froog, datt hē dėn Jung ōōk dȫpen dä. Wėnn de Paster krank wēēr un de Jicht hârr, dėnn mussen süm[X04]|se sō lang tȫben, bet datt hē wedder[X41a] beter wēēr. Sē wēēr ni[X20] hȫhnerglȫȫvsch, un wat passēren schull, dat passēēr ōōk sō, watt[X25]|ob nu mit, watt[X25] ohn Dȫȫp. – Grōōtmudder[X12] sä opletzt nix mēhr, sē schüddkopp blōōts un mēēn, mit dėn Jung gung dat kēēn gōden[X50] Gang! Sē glȫȫv dor nu ōōk an, wat de Smittsche seggt hârr, dat worr ėn Unglückskind, för|wegen dėn blauen Streek över de Nȫȫs.

Dat schull sik ōōk bâld wiesen, datt de Smittsche recht hârr! – Jüst an dėn Dag, as dat Sünndagskind süss Weken *(DrG05.015)* ōōlt wēēr, kēēm Antje tōfällig in de Komer rin, wō de Jung slēēp. Vun'e Wēēg her hȫȫr[X65] sē sōōn afsünnerligen Luut, jüst as sōōn Sluckop un Hickop. Nieschierig un sōōn beten besorgt kēēk sē no dėn Lütten un verjoog sik bȫȫs över dat, wat sē dor sēhg. Dat Kind wimmer rum, mit de lütten Füüst vör't Gesicht, un wēēr glȫhnig rōōt. Dorbi schien dat, as wėnn dat Worm an wat wörg, wat ėm in' Hâls sēēt. Fru Âlldag wēēr ėn resolute Fru un de Jung wēēr ni[X20] ehr ēērst[M3] Kind. Kotthorig|Kurzerhand pack sē dėn Jung bi beide Hannen un rēēt ėm de Ârms över'n Kopp, wat ēēn je ümmer[X21] dōōn schâll, wėnn Kinner wat in' Hâls kregen hebbt. De Jung fung nu an tō hossen, man krēēg noch ümmer[X21] kēēn Luft. Fru Âlldag mook ėm nu dėn Mund open, lang dor mit de Fingern rin un krēēg dor tō ehrn Schreck, man ōōk tō ehr grōte Freud, ėn Stück Kröst|*Kruste* vun Sichtenbrōōt|*Roggenfeinbrot* ruut! – Mieke sēēt bides*|*unterdessen* hēēl unschüllig vör de Döör op'n Drüssel |*Türschwelle* un vertehr dėn Rest vun ehr Frōhstücksbotterbrōōt. – No wücke Krüüz- un Dwēērfrogen kēēm dat dėnn ōōk an' Dag, datt sē dėn lütten Brōder blōōts mool sōōn beten vun ehr Botterbrōōt afgeben wullt hârr. Dē wēēr ōōk wull hungerig, dėnn dē krēēg je ōōk ni[X20] ēēnmool wat tō eten, blōōts ümmer[X21] wat tō drinken. – Man dat holp âllns nix, Mieke krēēg för ehr Gōōthattigkeit[X50] ēērstmool ėn düchtige Flöög|*Utschell*, un dortō dat schârpe Verbott, noch mool wedder[X41a] an de Wēēg rantōgohn.

Man as Fru Âlldag ėn Stunn noher mit dėn Lütten allēēn wēēr, um ėm sien Recht tō geben, un as dat Wesen ehr sō wârm un krâll an't Hatt lēēg, dō trüddeln ehr over doch sōōn poor blanke, hitte Tronen de Backen dool un fullen alleben |*langsam* dat Kind op dėn Kopp un no dat fiene witte Hoor rin. *(DrG05.016)* Dat wēērn Tronen vun Freud un Dank, dē de Mudder[X12] vergōōt, *[DrG21.018]* as sē doran dach, datt dit Stück vun ehr Leben, wat sē veel, veel lēver hârr as sik sülben, datt dit lütte Wesen nu kōōlt un dōōt dor liggen kunn, wėnn sē ni[X20] noch tō rechter Tiet komen wēēr, um dat tō bârgen. Un de Lütte rēēt wedder[X41a] sien grōten blauen Ōgen wiet open un kēēk ehr grōōt an, as wėnn hē sėggen wull: Mēēnst du mi? – Dō drück ėm de Mudder[X12] fast an't Hatt, küss ėm dėn lütten Mund un de kloren blauen Ōgen un dach dorbi: Ōh, kunn ēēn sōōn Kind doch sō dör't hēle, lange Leben hėndördregen! Kunn ēēn doch âll de Gefohr, âllns wat ėm schoden deit, ümmer[X21] sülben vun ėm afwėnnen un ėm dortō rantrecken, dat Gōde[X50] tō dōōn, dat Lēge tō loten! – Mudderhatt[X12]!

Bides* sēēt Grōōtmudder[X12] mit Mieke in'e Stuuv, wisch ehr de letzten Tronen af un lēēt sik tō'n söbenteihnsten Mool dat Verspreken geben, datt sē dat ōōk hēēl, hēēl wiss ni[X20] wedder[X41a] dōōn wull! Mit sō lütte zoorte|wēke Kinner, mēēn Grōōtmudder[X12], dor kunnen blōōts grōte vernünftige Lüüd mit umgohn. Dē wussen dor Beschēēd mit un wussen, wat för sōōn Kind gōōt[X50] wēēr!

Ėndli kēēm nu ōōk de fierlige Dag, datt de lütte Âlldag döfft wârrn schull! Paster Merkel hârr Beschēēd schickt, datt hē Antje tō Gefâllen dėn annern Sünndag kēēm. Âlldags muchen ėm doch ėn Woog schicken un muchen dat ni[X20] för ungōōt[X50] nehmen|ėm dat nosēhn, wėnn hē mit ēēn Huusschōh kēēm, hē hârr ėn dicken Fōōt. Dat wēēr nu ėn Opstand in't Âlldagsche Huus, ēēn Schrubben un Schüren un Reinmoken, jüst as wėnn dat de Sünnobend vör Pingsten wēēr! Opletzt kēēm noch dat Sandstreuen in'e Vörstuuv, un dat lēēt Grōōtmudder[X12] sik (DrG05.017) ni[X20] nehmen, dor hârr sē no ehr Mēnen dėn besten Slag vun weg. No dat Sandstreuen dörs kēēn Minsch wedder[X41a] no de Stuuv rinpedden, dėnn de Paster schull de Ēērste ween[X82]. – Dat gēēv nu ėn Opsēhn achter'n Diek, as de Kutschwoog vör Âlldags süm[X06]|ehr Huus hēēl un de ōl' Paster Merkel sik dor ruutquääl. Hē wēēr vun buten noch sō recht vun'e ōle Kant; man sien Predigten tügen ümmer[X21] vun grōte Klōōkheit, vun Kėnnen un Weten um de Minschen|Menschenkenntnis.

De fief Âlldag-Dēērns stunnen nu âll in'e Rēēg an'e Wand in'e Stuuv un hârrn de Hannen vör de witten Schörten fōōlt. Mieke* hârr ėn hēēl dick verhuult[M3] Gesicht. Sē hârr ēērst gor ni[X20] mit rinwullt; Grōōtmudder[X12] hârr ehr târrt un hârr ehr drōht[X53], sē wull dat dėn Unkel Paster nosėggen|verraten, datt sē dėn lütten Brōder ėn Sichtenbrōōtkröst in' Hâls proppt hârr. – De Paster hârr för âll sien frōhern[M4b] Dōōplingen ėn fründli[M3]

Wōōrt, un nu worr dėnn de Hȫȫftpersōōn vun vundoog, dat Sünndagskind, rinbrocht! Hȫh! Wat wēēr de Bėngel fien, in sien fein[M3] lang[M3] witt[M3] Dȫȫpklēēd un mit de lütte fiene stickte Dȫȫpmütz, wat ėn Âlldagsch[M3] Famielnstück* wēēr. Man jüst, as wėnn hē dat dėn gȫden[X50] Paster tō'n Tōōrt|Verdruss dä, sō rēēt de lütte [DrG21.020] Keerl dat Schott open, un bölk vun' Anfang bet tō't Ėnn gēgen de Predigt an, sōdatt de Kârkenmann sien ēgen Wōōrt ni[X20] hȫren kunn, veel wēniger dē, dē dor umtōstunnen. Dat Dullste wēēr noch, datt de lütt' ōl' Kasper dėn Paster an' Ärmel vun sien Taloor pack, jüst in dėn Momang, as hē dėn Segen un de Woterdruppens hėbben schull.

„Ōh jē, ōh jē", sä Mudder[X12] Âlldag nȫȫssen, as de Paster weg wēēr. „Nä, nä, wat heff ik mi ârgert, ik hârr ėm sachs* wück backsen|ohrfeigen kunnt, dėn buckschen|bockigen, eischen |unartigen Bėngel vun (DrG05.018) Jung! Wat heff ik mi schenēērt vör dėn Paster, för de gresige Bölkerie!" De Noverschen, dē bi Âlldags op'e Deel stohn un tōhȫȫrt hârrn, mēnen, as süm[X04] |se no Huus drȫteln|sluntern, dat wēēr jammerschood ween[X83], datt ēēn bi dat Geschrigg nix verstohn kunnt hârr. Man fein wēēr dat liekers ween[X83], un de Paster hârr sien Sook gōōt[X50] mookt. De Smittsche sä noch, sē hârr man blōōts ümmer[X21] no dėn Paster sien dicken Fōōt mit dėn Huustüffel keken, un dat wēēr doch aller Ēhren wēērt, datt de Paster in sōōn Tōstand sik de Mȫhg mookt hârr. Blōōts mit dėn Bėngel sien gresig[M3] Schriegen, dat wēēr je rein tō'n Weglōpen ween[X83], un ehr wēērn wohrhaftig de Hoor dorbi tō Bârg komen! Jo, se snack reinut|würkli ni[X20] gōōt[X50] för dat Kind! No âllns, wat süm[X04]|se dor bet hertō för Maleschen mit beleevt hârrn, gung dat dor kēēn gōden[X50] Gang mit! Vör âlln de blaue Streek! „Na: Unberufen, unbeschrien, dreimal untern Tisch geklopft! Wi wüllt[X63]|wööt dat Beste höpen!" – „Jo, dat seġġt|seġġen[X10] Sē man noch mool, Fru

Smitt!", sä de Puustmeiersche. „Um de Âlldags schull mi't duren|*leidtun*, wènn süm[X05]|ehr de Jung ni[X20] gōōt[X50] insloon|inslogen dä. Dat sünd doch sunst sō orntlige, ēhrbore Lüüd!"

Nüms* wēēr glückliger as Grōōtmudder[X12] Âlldag, datt süm[X04]|se dèn Jung nu ünner Dack un Fack hârrn! Nu kunn èm je sō licht nix mēhr passēren! Nu noch èn poor Weken, dènn wēēr hē ut dat dösige|dusselige Viddeljohr ruut, un dènn kunn ēēn dor al mool èn Machtwōōrt mit snacken un èm ōōk mool op'n Diek in' Sünn'schien setten. Man för't Ēērste hârr Odde* |[*'or-r⁹*], sō worr hē nu rōpen, noch wieder nix op'e Welt tō dōōn as slucken, schriegen un slopen. Man dat slōōg ōōk âllns düchtig bi èm an, hē worr dick un schier, un Grōōtmudder[X12] mēēn, datt hē nu al ēhr mool èn Gnups|Knuff|Stōōt* verdregen kunn. *(DrG05.019)* – Man de lütte Mieke hârr sē noch ümmer[X21] bannig op'n Kieker un wohrschu*|*warnte* ehr jēēdēēn Dag, ni[X20] an de Wēēg rantōgohn. – Man sō behott|bedachtsoom de Âlldagsfamieln ōōk mit dat Sünndagskind Odde wēēr, dat schien|lēēt doch, as wènn hē èn Unglückskind wēēr un blēēv. Un över dat dulle Stückschen, wat de gōde[X50], sorgsome Grōōtmudder[X12] sülben mit èm opfōhr, dor hett sē noch no Johr un Dag ehr bitterlichsten Tronen över vergoten. – Dat Stück hârr Odde over ōōk op èn hangen[M3] Hoor|*fast* dat Lebenslicht utpuust, un dat kēēm sō: *[DrG21.022]*

Kapitel 3: Um ėn hangen Hoor schēēfgohn

Dat wēēr an ėn Moondagmorgen. Antje stunn achter in'e Waschköök an' Waschtrog. Grōōtmudder[X12] hantēēr in'e grōte Komer un mook de Bedden. In disse Komer, dē sōōn beten düüster wēēr, stunnen twēē grōte twēēsläpern Bedden |Dubbelbedden un Odde* sien Wēēg. Grōōtmudder[X12] richt dat bi't Bettopmoken ümmer[X21] sō in, datt sē de Küssens un Tōdeken vun dat ēēn Bett ēērst op dat annere lä, dėnn opschüddel un tōrechtklopp un dėnn wedder[X41a] oplä. – Jüstsō mook sē dat ōōk vundoog. Deken, Pöhl |großes Kissen, ›Bettwurst‹, Koppküssens un dat swore Ünnerbett lä sē op de annere Bettsteed, schüddel, klopp, strēēk un wisch un wull jüst wedder[X41a] anfangen, dat Bett optōlėggen, as sōōn deegten |heftiger Wind över dėn Diek weih, sōdatt de Pappelbōōm bannig an tō brusen fung un dat lütte Komerfinster mit ėn düchtigen (DrG05.020) Klapps tōweih. Dorbi wēērn dėnn ōōk sōōn poor hâlfdrȫge Blööd vun dėn Bōōm afweiht un wēērn jüst in Odde sien Wēēg un ünner dat Verdeck flogen. Sachten* treed[X60]|tree' Grōōtmudder[X12] an de Wēēg ran, um de ōlen Blööd vun dat Kind wegtōnehmen. Sē krēēg over ėn bōsen Stōōt* un wuss gor ni[X20], wat sē tō sēhn krēēg, as de Wēēg lerdig wēēr. Sē hârr doch glȫȫvt, datt de Lütt' in'e Wēēg lēēg un slēēp! Antje stunn un wusch, man wō much dat Kind dėnn ween[X82]? De ōle Fru pedd nu ut de Komer un gung nieschierig in de annere, wō sē sülben slēēp; man ōōk dor wēēr kēēn Odde tō sēhn. – Nu gung sē nō ehr Swiegerdochter un froog sōōn beten bang: „Segg mool, Antje, wō hest du dėnn dėn Jung loten?" – Antje lach sōōn beten kneepsch|verschmitzt un anter|antwōōr: „Hest ėm dėnn noch ni[X20] funnen, Mudder[X12]? Ik wull di al sėggen, du schullst[X62b]|schusst ėn beten sachten* ween[X82], datt hē recht lang slöppt un uns ni[X20] bi de Ârbeit ophöllt. Och, hē wēēr over ōōk sō mōōd, un dō heff ik ėm man sō op mien Bett leggt, de Wēēg ..." – „Allmächtiger Gott!", schrēēg de ōle Fru un lēēp mit ėn gresig[M3] Gejuuch no de Komer. „Antje! Beste Antje! Hölp doch! Hölp doch! Och, och! Ik heff je âll de Bedden op dat ârme Kind packt!"

Dat wēēr over ōōk de allerhōōchste Tiet! Ni[X20] ėn hâlve Minuut hârr dat länger wohren|duren|währen dörvt! Wild hârr Antje de sworen Bettstücken gēgen die Wannen smeten, as wėnn dat Poppenspeeltüüg wēēr. Dėnn hârr sē ehr Kind an sik reten, wat dēēp in dat annere Bett rinsackt wēēr. Odde schrēēg ni[X20]. Hē wēēr düüsterbruun, hârr ėn blauen Schien in't Gesicht un wēēr över un över natt vun kōlen Swēēt. „Mudder[X12]!" Dat ēēn Wōōrt [DrG21.024] stött Antje ut, ėn ēēnzigsten (DrG05.021) gresigen Gluup |Blick smēēt sē ehr Swiegermudder[X12] tō, man dor lēēg dat hēle furchtbore Vertwiefeln vun ēēn quäälte Muddersēēl[X12] in, un dat drēēp de ōle Fru dēēp, dēēp in't Hatt! Sē sack op dat Bett dool un lä beide Hannen vör dat Gesicht.

Ēēn Stunn wēēr vergohn. „Mudder[X12]! Beste Mudder[X12], sō koom doch tō di! Kiek Mudder[X12], hier is hē je! Hier op dien Schōōt, un ėm fehlt je gor nix mēhr! Beste Mudder[X12]! Tō, sō verhool di doch!" Jo, mit de ōle gōde[X50], ēhrbore un akkerote Grōōtmudder[X12] Âlldag wēēr over noch lang nix antōfangen. De Quolen, dē ehr dat Vörhōlen|Vörsmieten vun ehr Slusigkeit moken, drücken ehr bōōs dool! Sē slōōt sik wücke Doog in ehr lütte Komer in un wull ni[X20] eten un ni[X20] drinken. Blōōts, wėnn sē glōōv, datt Antje dat ni[X20] sēhg, dėnn slieker sē sik hēēmli an de Wēēg, pōōsch un klucker|2x zärtelte mit dat Kind rum un wēēn ėm dat lütte Gesicht natt. – Man opletzt kēmen de resoluten un deftigen Noverschen mool achter ehr tō püüstern un setten ehr mool orri dėn Kopp wedder[X41a] tōrecht.

Dat wēēr ėn Schann, datt sē sik dor sō um hârr! Dat hârr in'e düüstere Komer jēēdēēn passēren kunnt. Un de Puustmeiersche mēēn: „De Bėngel, dē wēēr|war op sōōn Oort doch gor ni[X20] dōōttōkriegen. Dat is nu mool ėn richtig[M3] Sünndagskind un dat kann nix wat anhėbben." – „Och, och", wimmer over Grōōtmudder[X12], „wėnn dat Kind dör mien Schuld wat tōstött wēēr, ōh, ik wēēr wiss un wohrhaftig no de Weser ringohn! Ik glōōv ōōk, de Jung kummt doch noch mool över jichenswat|wat vun'e Welt, dat schüllt[X62a]|schööt jüm[X01]|ji|ju sēhn un beleben!"

De letzten Strohlen vun de Augustsünn schienen in dat Blödergrōōn vun dėn ōlen Pappelbōōm. Süm[X04]|Se danzen un spelen hėn un her in dat Twiegwârk, dat flimmer *(DrG05.022)* un glimmer as Gold un Sülver un dat sēhg ut|dat lēēt, as wėnn dor ėn hēlen Regenbogen dör dat Blöderwârk trock. – Nerrn|Ünnen an dėn mächtigen Stamm over stunn ėn holten Wēēg un twēē grōte, klore blaue Ōgen kēken dor verwunnert ruut, rin no de bunte Tōverwelt*|Zauberwelt dor boben. Nu recken sik twēē prälle Ârms vun de Wēgendeek hōōch un ėn poor lütte Hannen grēpen in de Luft. Süm[X04]|Se wullen sachs* dėn bunten Bōōkfink griepen, dē dor op dėn ünnersten Tėlgen sēēt un mit sien frischen Slag dėn lütten Mann opweckt hârr, dē dor in'e Wēēg lēēg. – Dō schüddel sik sachten* de ōle Bōōm, un lēēt wücke blanke grōne Blööd op de Wēgendeek fâllen. De lütten Hannen grēpen dorno un spelen mit de Blöder. Ōōk de ōle Fru, dē dor dichtbi in dėn Löhnstōhl sēēt un strich|strickte, wēērn poor in dėn Schōōt fullen. Ehr muss dor sachs" wat bı infâllen. Dat wēērn je desülvigen Blööd, dē de Wind köttens in dat Komerfinster weiht hârr! Sē wisch sik wat ut de Ōgen un strēēk dėnn wēēk un sachten* mit ehr welke Hand dat Kind över dat *[DrG21.026]* frische Gesicht. Odde over lach ehr tō, kēēk wedder[X41a] in dėn Bōōm un klöön dėnn sachten* vör sik

Georg Droste, Odde Alldag I (Peter Neuber, Meldörp-Böker 8.2, 2018)

hèn. – Sōōn drēē, vēēr Lünken hüppen op Tèlgen un
Twiegen, kēken vun boben hēēl niep*|*genau* no de Wēēg rin un
rēpen sik ēēn dèn annern tō:

Tschiep-tschiep! Wat dat dor klöönt!
Uns Sünndagskind, wo sȫȫt dat lacht!
Wi dat wull sēhn un hȫren köönt!
De Pappelbōōm höllt tru hier Wacht! *(DrG05.023)*

Kapitel 4: Odde* speelt Fârken

„Jo, Kinners nä, ik segg je man, nä, wat lōōpt drēē Johr doch sō dorhėn!" Sō sä Grōōtmudder[12] Âlldag an sōōn schōnen Maimorgen un süüfz dēēp op. Negen grōte Hēēdwigen |Grammbrōōd |Heißwecken hârr de ōle Stutenfru, Fru Rōsenbōōm, vunmorgens brocht, un dē lä Grōōtmudder[12] nu fein rēēglangs op'n Disch rum. Dat wēēr ėn ōle Famielnmōōd* bi Âlldags: Wėnn dor Bōōrtsdag wēēr, dėnn gēēv dat Hēēdwigen, un dor worr ni[20] vun afgohn. Wėnn Odde nu ōōk mit sien drēē Johr noch gor ni[20] wuss, wō sik dat um dreihen dä, sō sēēt hē doch op sien lütten holten Stōhl mit in'e Rēēg, un wōhl un groov vergnōōgt in sien Hēēdwig. – „Jo, Ōma", sä de wiessnutige |nōōsklōke Mieke, dē nu ōōk al Ōōstern no Schōōl komen wēēr, „jo, jüm[01] |ji |ju seġġt je ümmer[21], datt Odde op ėn Sünndag tō Welt komen is; dėnn mutt doch ōōk op ėn Sünndag sien Bōōrtsdag ween[82]!" – „Ōha!", lach Grōōtmudder[12]. „Sō hebbt wi ni[20] wedd! Lüüd pleġġt wull tō sėggen: Âll Doog is kēēn Sünndag. Un di worr dat ōōk sō gohn as dėn ōlen Schēper op'e Heilōh. Dėn hârrn süm[04] |se wull vertellt, datt hē op ėn Himmelfohrtsdag boren wēēr un nu fier hē ümmer[21] Himmelfohrtsdag sien Bōōrtsdag!" – „Ōma, wonēhr[32] is doch noch dien Bōōrtsdag?", froog Mieke nu nieschierig. – „Och wat!", lach Grōōtmudder[12]. „Ik *(DrG05.024)* heff gor kēēn Bōōrtsdag! Wēētst' wull, mi hett de Esel in' Galopp verloren. Man nu mookt gau tō, datt jüm[01] |ji |ju no Schōōl hėnkoomt! Dat wârrt de hōōchste Tiet!"

Jo, Grōōtmudder[12] hârr recht: Âll Doog is kēēn Sünndag, un bi Âlldags wēēr hüüt sōgor mool wedder[41a] Waschdag. – „Fru Âlldag! Ik goh jüst no'n Höker hėn, ik wull man frogen, watt[25] Sē ōōk wat mittōbringen hârrn?" – Sō rēēp dat över de Klōōndöör un de Noversche *[DrG21.028]* Lēhmann stēēk dėn

Kopp doröver. „Och jo", anter|antwöör Fru Âlldag, „wènn Sē sō gōōt[X50] ween[X82] wullen, Fru Lēhmann, dènn bringt|bringen[X10] Sē mi doch èn Pund Smeersēēp un för èn Grōten*|HB-Münze Waschblau|Wäscheblau mit, dènn bruuk ik mi dor ni[X20] ēgens för antrecken. Hier is ōōk dat Geld, Fru Lēhmann, un èn dicken Dank in' Vörut!" – Odde sēēt bides* in't Huus op de Kellerluuk un speel mit Füürholt. Dat wēēr sien lēēfst[M3] un best[M3] Speeltüüg! Dèn lütten strichten Pujatz |Strickkasper, dèn Grōōtmudder[X12] èm tō'n Bōōrtsdag schènkt hârr, dèn hârr hē al fōōrts, raps!, mit de Tähn dèn Kopp afreten, un vertimmer èm nu hēēl gresig mit sōōn dick[M3] Stück Füürholt. „Hōōr mool, hōōr mool, Antje", sä Grōōtmudder[X12] in'e Waschköök tō ehr Swiegerdochter, „hōōr mool, wat de Bèngel dor tōkēhrgeiht! Is doch èn rechten Boos vun Keerl|Prachtbengel, sōōn richtigen Jung! Man um de feine lütte Popp kann ik mi doch ârgern! Hē schōōnt doch ōōk nix, dē Bumann! Bün dor noch hēēl um no'n Stēēnweg*|Ōōsterdōōrstēēnweg ween[X83], güstern Obend in dèn dicken Regen, un heff dor noch èn natten Fōōt bi kregen!"

In dē Tiet, wō de beiden Fruunslüüd achter in'e Waschköök hantēren un Holt un Törf tweihauen, kēēk de ōle Fru Lēhmann wedder[X41a] över de Klööndöör, un lä dat, wat sē hoolt hârr, still op dèn grōten brunen Kuffer, (DrG05.025) dē glieks links vun'e Huusdöör op'e Deel stunn. Dènn lach un nückkopp sē dèn lütten Odde tō, un smēēt èm èn lütte spitze Tuut jüst in dèn Schōōt. „Heff di ōōk wat mitbrocht, tō'n Bōōrtsdag, mien lütte Mann! Loot di't man gōōt[X50] smecken, mien Stummel!" – Dormit tüffel dat gōde[X50] Blōōt mit ehrn Hangelkorf wedder[X41a] achter'n Diek langs un gung no Huus. – Wat dat ›gōōt[X50] smecken‹ angung, dat hârr sē Odde gor ni[X20] sèggen musst. Dat wēērn je Bunjes! Dat wēēr wat för unsen Jung, dènn dē gēēv dat ni[X20] alle Doog!

„Ik will doch mool eben nokieken", sä Grōōtmudder[X12] no 'n Tietlang in'e Waschköök. „De Lütte, dē is mi dor sō afsünnerli still! Ēēn kunn an' Ėnn ni[X20] weten, watt[X25] hē sik ni[X20] … Huh!! Antje! Antje! Koom doch mool her! Ōh Gott, ōh Gott, wo süht de Jung ut! Och du sȫte Gott, wat is dat wedder[X41a] för ėn Malȫȫr!"

Jo, wo sēhg de Jung ut! De Lüüd hârrn ümmer[X21] vun dėn blauen Streek snackt, dėn hē över de Nöös hârr; in dissen Momang hârr hē ni[X20] ēēn, nä, hē hârr wull twintig blaue Streken in't Gesicht, un dat lütte Mundwârk, Hannen un Backen, âllns wēēr över un över vull Waschblau. – „Och, och", wimmer Grōōtmudder[X12], „och, Antje! Hē hett sik vergift, hē hett sik vergift! Och, wat ėn Malȫȫr! Hârrn wi man ėn Breekmiddel! Hârrn wi man Grauwoterpulver|*Jalappe, Exogonium purga, Abführmittel*, datt hē tō'n Spiegen kēēm!" Man Antje wohr ehr Rōh[X52]. Sē wisch dėn lütten Slüngel ēērstmool orri dėn Mund ut, hēēl ėm de Nöös tō un gōōt ėm dėnn för Gewâlt Melk in dėn Hâls. Odde bölk natüürli, *[DrG21.030]* as wėnn hē slacht wârrn schull, sōdatt de hēle Noverschop an'e Döör kēēm. Dat meiste Swōlappen un *(DrG05.026)* Lamentēren|2x *Lamentieren* dä natüürli Fru Lēhmann, dē in ehr Slusigkeit de Sēēp un dat Blau sō hėnleggt hârr, datt Odde dat sō recht tō Greep wēēr. Dē hârr dėnn, as hē sien Bunjes wegsnabbelt hârr un wō dē no mēhr smecken, no de annere spitze Tuut mit dat Blau langt. „Jo, mien Jung", lach de Puustmeiersch, „›dat's ėn anner[M3] Kōōrn!‹, sä de Möller, dō bēēt hē op ėn Muuskötel! Over sünd|ween[X10] Sē man ni[X20] bang, Fru Âlldag, dat beten, dat deit ėm nix. Mien Swiegerdochter ehr Süster ehr Noverkind, dē hârr köttens ōōk mool …" – „Och Kinners, nä", jammer de Lēhmannsche, „dat wēēr over ōōk tō gresig ween[X83]! Wat hebbt|hėbben[X10] Sē nu mit dat Kind-Gotts al för Last un Schererie hatt! Na, dat hett je ümmer[X21] noch gōōt[X50] gohn mit ėm, un de Hȫȫftsook is je ümmer[x21], datt bi sōōn Malȫȫr kēēn Unglück passēērt!"

Dat muss ēēn over sėggen, echt wēēr dat Waschblau ween[x83]: As Odde sien sunnen|gesunnen Moog sik al lang vun de afsünnerlige Kost verhoolt hârr, hârr hē liekers noch ümmer[x21] ėn fienen, hebenblauen Schien in't Gesicht. Vör âlln de lütte Nöös, dē muss je wull dat meiste afkregen hebben. − Fru Lēhmann lēēt noch alle Morgen ėn poor Tronen över Âlldags süm[x06]|ehr Klȫȫndȫȫr fâllen, un mēēn opletzt, dat wēēr man noch ėn Glück ween[x83], datt dat Kind-Gotts ni[x20] ōōk bi de Sēēp gohn wēēr un hârr dē för Limburger Kēēs verputzt, jüst as Noversche Trina Trellen.

Odde muss je sachs* de ēwige Snackerie un Swȫgerie* |Jammern, dat stüttige Gewasch un Geschüür, sattkregen hebben, un sō sorg hē dor de anner Week sülben för, datt hē mool gründli ėn anner Klȫȫr krēēg. Un dat kēēm sō: (DrG05.027)

„Sirop is ėn Brȫȫtdēēf!", sä Mudder[x12] Âlldag ümmer[x21], wėnn de Dēērns mool Sirop op't Brȫȫt hebben wullen. „Wat ik an Botter sporen dō, dat sett ik an Brȫȫt wedder[x41a] tō. Je beter dat smeckt, je mēhr wârrt eten, man ik mutt mi mit mien Wekengeld inrichten!" − Af un tō, wėnn sē de Kinner mool ėn Freud moken wull, un wėnn Grȫȫtmudder[x12] sik mit för süm[x05] |ehr in't Middel lä|einsetzte, dėnn lēēt sē over doch mool ėn Pund Sirop holen. In'e letzte Tiet wēēr dat mēhr vörkomen, un dat kēēm dorvun, datt Odde, dē nu ōōk al hēēl fein an tō rappeln fung, düchtig mit bedeln holp. Hē trock sien Mudder[x12] dėnn an'e Schört, kunn mit sien grȫten blauen Ȫgen sō beedwies |bittend kieken un stomer op sien Oort: „Orre ōōk Ziepers ophebben!" Dėnn gēēv Mudder[x12] no, un Tine muss mit'n Melkputt lȫȫs un ›Ziepers‹ holen.

Odde gung nu ōōk al, wėnn mool de Klööndöör open stunn, op ēgen Fuust buten Huus op Reisen. De Fruunslüüd hârrn dor dėnn süm[X06]|ehr Speel mit, datt süm[X04]|se dėn Buttje|Krabauter de Spōōr wiesen un *[DrG21.032]* ėm hōden. – Sō wēēr hē dėnn acht Doog no dėn Blaudag ōōk mool wedder[X41a] mit ėn schier[M3] un rein[M3] Kattuunklēēd|Baumwollkleid un ėn feine plätte|gebügelter Schört ut' Huus ruutswutscht |entwischt un utgohn, wat tō ünnernehmen. Dat wussen de Fruunslüüd al gor ni[X20] anners: Wėnn hē wedder[X41a] an'e Borg|nach Hause kēēm, dėnn stunn hē dor as sōōn lütt[M3] Fârken |Ferkel! Man dissen Morgen rēēp Grōōtmudder[X12] doch wedder[X41a] unsen Herrgott un âll sien Hilligen an un wēēr meist vör Schreck in Omidoom|Ohnmacht fullen, as sē dėn lütten Nēger sēhg, dē dor in'e Huusdöör stunn, dat Schott openrēēt un brüll: „Antze, pome her! Orre ma ėn Ziepers!" (Dat ›Antje, koom mool her!‹ hârr hē *(DrG05.028)* natüürli vun sien Ōma opsnappt.) – Na, dat wēēr dėnn je nu ōōk ditmal dat ēērste, wat Grōōtmudder[X12] rēēp, as sē dėn lütten Swienegel|das kleine Ferkel sēhg, dē dat Utsēhn hârr, as wėnn hē koppöver in'e Teerbâlje legen hârr. Ōh, ōh, ōh! Wēēr dat wedder[X41a] ėn Opstand. Och, wat gēēv dat wedder[X41a] för ėn Ēlend un ėn Puhei|Spektokel in't Huus. Dor holp kēēn Sēēp un kēēn Woter. De dicke, brune Teer sēēt Odde in Tüüg, Hoor un Gesicht, un dorbi bölk hē noch in ēēns weg „Orre ma ėn Ziepers!", wėnn hē dėn Mund ōōk vull hârr. – Dō kēēm sōōn öllern Mann mit sōōn griesen Knevelboort an de Huusdöör, un sä in sōōn snooksch*[M3] Mischmasch vun süüddüütsch[M3] Hōōch un Pulterplatt: *„Des misse Se mit Buter ofriebe, Fru Olltogs! Der gleene Udo hot sich schedderig gemocht do hiebe* bi'n *Neibu, wo de Timmerleide de Bolkens ondähren!"* – „Jo, mit *Buter*", anter |antwōōr Grōōtmudder[X12] Âlldag vergrėllt, „mit *Buter*! Dor kunnen wi je ėn hēēl[M3] Pund Botter op versmeren! Wėnn Sē dat sēhn hebbt|hėbben[X10], datt dat Fârken bi'n Teerammer tō kleien gung, dėnn hârrn Sē ėm je man wegschubsen un no Huus jogen kunnt! Wo^{X30} süht hē nu ut! Jüst as wėnn sōōn Swien Sünndag hett." – „Se reege sich väl zu dull uf, Fru Olltogs", gnârr de Mann sinnig |bedachtsoom un strēēk sik dėn Knevelboort. „Wisse Se, mit d'r needschen Ruhe un so'n bäden Philersowie, wisse Se, dar gämmt mir 'n ganze Barg wider, Fru Olltogs!" –„Jo", anter Grōōtmudder^{X12} kott un schroop un wisch noch ümmer^{X21} an dėn lütten Teerdüvel rum, „dėn Kroom kėnn ik ni^{X20}, wō Sē dor eben vun snackt hebbt|hėbben^{X10}. Kann ēēn dor ōōk Teer mit wegkriegen ōder wat is dat?" – Liekers sē mit dat Teerēlend tōsēēt, muss de junge Fru doch luut oplachen, dėnn sē wēēr doch ėn Bârg plietscher as ehr Swiegermudder^{X12}. (DrG05.029) Sē wėnn sik dėnn an dėn Nover un sä: „Ik verstoh Sē wull, Herr Nolling. Mudder^{X12}, dē kann ut de frėmmen Wōōr ni^{X20} sō recht klōōk wârrn, wēēt|wēten^{X10} Sē wull. Man ârgerli is dat doch ōōk, wėnn ēēn sōōn Kind eben rein un akkeroot op Schick hett, un dat kummt ēēn dėnn sō wedder^{X41a} no't Huus rin." – „In der Weise hebben Sie recht, Fru Olltogs! Awer Sie misse bedenke, Ginder, das sind in d'r Ehe Rosen, die awer ok recht viele Dornen hebben! Dat mir se großtrecken, dat is der Dribut, den mir unsre eegnen Eldern afbezohlen, die hamm uns ok under Sorchen un [DrG21.034] Miehen großgetreckt, um …" – „Hahaha!", lach Grōōtmudder^{X12}. „Dat is je wull tō'n Lachen, Sē ehr ›dass mir se großtrecken‹. Wat wüllt|wööt|wüllen |wö'n^{X10} Sē dėnn? Dor köönt |könen^{X10} Sē je gor ni^{X20} vun mitsnacken! Sē hėbbt|hėbben^{X10} je Ehr Doog kēēn Kinner hatt, un dat will'k Sē man sėggen: Dē Kinner, dē Sē ni^{X20} hėbbt |hėbben^{X10}, dē köönt sik högen|freuen, datt süm^{X04}|se gor ni^{X20} op'e Welt sünd! Ik mēēn man, dē hârrn ėn feinen Voder^{X11} kregen! Dat nehmt|nehmen^{X10} Sē mi man ni^{X20} för ungōōt^{X50}|Entschuldigen Sie bitte!" – „Odjee, Fru Olltogs!", sä de Ōl' un dreih sik kott um. „Sie wern mir zu berseenlich, Fru Olltogs!" – Hē dreih sik over noch ēēnmool no de junge Fru um un sä: „Ick hebb den gleenen Odo zu schbät zu sehn krägen, ols er sik al vullgekleit hadde. Ick hett em anners schon gehiedet, dat können Se globen, Fru Olltogs! Ick hebb 'n warmet Herz för Ginder, un den gleenen Odo hebb ick geern zu lie'en. In den Gerl do schteckt was dadrinne. De hett so'n richtjet Diplomategesicht un 'n baar scheene Auchen. Dat werd noch mol en dichtcher Gerl, Fru Olltogs! Verlassen Se sik op!" – „Over, beste Mudder[X12]", sä Antje, as de Ōl' langsoom un mit swore Schreed dėn schrēgen Weg ropgung, dē no dėn Diek ropfōhr, „de *(DrG05.030)* ōle Mann hett uns doch nix tōnēēgdoon|*nichts getan* ..." – „Och wat", iever Grōōtmudder[X12] vergrėllt, „ik mag dē ōl' Fuuljack nu mool ni[X20] op't Fell kieken! Dėn hēlen langen Dag lungert de ōle Slieker|*Leisetreter* dor op'n Diek rum un klaut unsen Herrgott dėn Dag. De ōle Pohl dor günt|*drüben* is wohrhaftig al glatt un blank schüürt dorvun, datt sik de dore Keerl dor nu al âll de Johren an rieben deit. Wēētst' wull, dat's ōōk ēēn vun dat Slag|*dē Oort*, dē bōōs gēērn Lust hebbt, wat tō dōōn, blōōts dat dört um Gottswillen ni[X20] in Ârbeit utoren|*ausarten*. Wat froog ik ēgentli no dėn Keerl mit âll sien Klōōksnackerie? Jēēdēēn Mool kann ik mi ârgern, wėnn mi dē ōle Koter över'n Padd löppt. Wat deit|*hat zu suchen* dat ōle frėmme Pack hier achter'n Diek!"

„Jo", sä Fru Antje un schüddkopp, „wi wüllt[X63]|*wōōt* lēver dit Bōōk tōmoken, Mudder[X12]. Wi hebbt sik[X07]|*uns* al sō foken|*oft* dorum in'e Hoor hatt un wi koomt liekers ni[X20] op ēēn Stück |*einen Nenner*. Ik för mien Pârt mag dėn ōlen Nolling hēēl gēērn lieden. Hē is gor kēēn Dummen un schâll je ōōk al veel dörmookt hėbben." – „Jo", lach Grōōtmudder[X12] beetsch|*bissig*, „dat seggt Kasper op'n Friemârkt[X77] ōōk: ›*Ich hobe viele Slachten mitgemacht, ok in Hamborg op'r Wanzenjagd!*‹ – Wēētst' wull, du bruukst blōōts sien glöhnige Nöös antōkieken! De Tippel|*Spitze* süht jüst ut|*lett jüst* as Odde sien verleden|vergohn Week, vun dat Waschblau. Hē lett sien Fru sik quälen un ârbeiden, un wēnn hē sien Suupschuur|*Saufanfall* kriggt, dēnn ..." Antje hōōr[X65] al gor ni[X20] mēhr, wat ehr Swiegermudder[X12] dor noch âllns schimp un rappel. Sē wēēr mit ehr lütt[M3] Teerfârken no de Waschköök trocken un probēēr âll ehr Kunststücken, um ut dēn swatten Buttje wedder[X41a] sōōn hâlfweegs vernünftigen Minschen tō moken. *(DrG05.031)* *[DrG21.036]*

Kapitel 5: Odde* piert de Katt

›Sōōn Hund vun Peerd!‹, sä de Jung, dō rēēd[X60]|rēē' hē op ėn Katt. Ut dit Spreekwōōrt kann ēēn düütli mârken, wat för ėn Mēnen dat Volk in sien Witzen un Slääg|2x Witze över Jungs hett. Un ōōk mit unsen Odde sien Vernünftigkeit schâll man blōōts de Minsch vun buten, un dėnn vör âlln sien Klōōr mēēnt ween[X82]. – Vun de dösigen Tōōg|Kneep, dē hē in sien drüdd[M3] Johr un in sien Unverstand utōōvt hett, dor lēēt sik allēēn al ėn Bōōk vun moken. Allerwegens|överâll sēēt hē bi tō kleien |buddeln un tō püsseln|ârbeiden|ârbei'n. Âllns kunn hē bruken un wat hē op sien Fohrten in'e Nēēgde vun't Huus jüst in de Fingern krēēg, dat sleep hē ōōk mit an't Huus. Dat hēēt, wėnn dat ni[X20] jüst glōhnig[M3] Iesen ōder ėn Möhlenstēēn wēēr. – Hēēl dicht bi Âlldags süm[X06]|ehr Huus worr vun'e Krüüzstroot her ėn niede Stroot anleggt; un wėnn unsen Moot |Kamerood bi't Afbreken un op'e Busteed rumhantēren kunn, dėnn wēēr hē sō recht op sien Jüst|in sien Fett. Füürholt, tweie Pütt, ōle Tüffeln, jo, sōgor ėn poor dicke dōde Rötten söch hē sik dėnn vun de Schutthümpels, un sleep âllns truli an de Borg un kipp dat dėnn över de Klōōndöör. – „Nä, nä, wi schullen dėn ōlen Strōmer |Rumdriever wohrhaftig anbinnen!“, jammern de Fruunslüüd dėnn veelmools, wėnn dat lütte Puttfârken sik mool gor tō dull inkleit|eingesaut (DrG05.032) hârr. Un dėnn krēēg hē mool för wücke Doog Huusarrest. In't Huus wies|zeigte hē dėnn ēērst recht, wat hē kunn, un stell âllns op'n Kopp. – Man hē kunn ōōk wedder[X41a] sien Schuren|Phasen hėbben, wō hē sō hėel still för sik allēēn op'n Huusdöördrüssel sēēt un no'n Heben ōder in dėn Pappelbōōm kēēk. Wėnn hē dor dėnn sō sēēt un kēēk un kēēk, as wėnn hē âll de ėnkelden Blööd an dėn Bōōm tellen wull, dėnn lach Grōōtmudder[X12] gēērn sō vör sik hėn. Un sē slieker sik dėnn ōōk wull suutje vun achtern an

Odde ran, lä ėm ehrn linken Ârm um dėn Hâls un wies mit de anner Hand no dėn Bōōm. „Jo!", sä sē dėnn hēēl ēērnsthaftig un kēēk dėn Lütten schârp in de Ōgen. „Dėn doren Bōōm, dėn wohr|schütze man|nur ümmer^{X21}! Dor sitt ėn Spōkelsch*|Geist in! Dē kėnnt di niep* un nau|ganz genau un wēēt ōōk âllns, wat du deist! Wėnn du oordig büst, dėnn is hē hēēl still un rōhrt sik ni^{X20}. Man wėnn du mool eisch büst un wullt ni^{X20} hōren, dėnn schasst mool sēhn! Dėnn schimpt|schellt de Bōōm mit di. Un hē kann di ōōk mit sien langen Tėlgen recken|erreichen un di vun boben dool düchtig verrüüschen un verjackeln |2x verhauen, wėnn du dor sō ünnerdör geihst. Ik rood^{X60}|roo'|rate di blōōts: [DrG21.038] Dėnk an mi un wohr du ümmer^{X21} dėn Bōōm!"

Dat wēēr doch snooksch*|merkwürdig; watt^{X25} dat Bōōmspōkel de ōle Fru dat wull nachtens openboort hârr? – In sōōn stille Stunn wēēr unsen Odde dat dėnn mool passēērt, datt Âlldags süm^{X06}|ehr swatte Katt ėm koppöver vun' Drüssel smeten hârr, as sōōn grōten Hund achter ehr tō jogen ween^{X83} wēēr un sē in' letzten Momang noch no't Huus rinwitschen kunn. Odde wēēr bi disse Kattenjagd drēēmool koppheisterschoten un hârr sik ėn bōse|bannige Buul weghoolt. Vun dē Tiet an hârr hē nu ėn bannigen Piek op de Katt, un wėnn hē ehr tō sēhn krēēg, dėnn gung dat: „Hōh, du ōle Katt, du Sotan, du!" (DrG05.033) Dat wēērn Grōōtmudder^{X12} ehr Wōōr ween^{X83} un dē hârr hē glieks opsnappt. Mit Füürtang un Füürholt wēēr hē achter de Katt tō stökern|stochern un söch, ehr wück bitōpulen |zu verpassen, wō hē man kunn. – Disse Fiendschop wēēr dėnn ōōk de Ōōrsook, datt Grōōtmudder^{X12} mool wedder^{X41a} ėn bannigen Schreck in de Knoken krēēg. Odde foot ōōk wull, wėnn hē de Katt mool sō vun achtern beluren|belauern kunn, dat Dēērt bi'n Stēērt. Hē nēhm dėn Stēērt dėnn ünner'n Ârm un gung dėnn mit de Katt langs de Glitsch|Rutschbahn, as wėnn hē ėn Slerrn^{X79} achter sik hârr. Sō hârr hē ehr dėnn ōōk mool wedder^{X41a} no de Komer rintârrt|hineingezerrt un kēēm bâld dorop ohn de Katt wedder[X41a] ruut. – „Woneem[X31] mag de ōl' Katt wull steken?", froog Fru Âlldag ehr Swiegermudder[X12] in'e Köök. „Ik hōȫr ehr al ėn Tietlang jaulen un dat klingt sō wiet weg, jüst, as wėnn sē sik wō inspârrt hett." – „Dē hett de Slēēf vun Jung doch ni[X20] an't Ėnn no't Klēderschapp rinkregen? Hē sitt dor je stüttig |ständig achter tō schuuchen |scheuchen." – Dormit tüffel Grōōtmudder[X12] no dat Schapp un kēēk no. Man dor sēēt kēēn Katt in, un ōōk op'n Böhn un in'e Waschköök wēēr sē ni[X20] tō finnen. „Puss, Puss, Puss!", klung dat dör't hēle Huus un Odde speel bides* rein unschüllig un vergnȫȫgt vör de Döör. „Puss, Puss, Puss!", rēēp hē af un an sōgor noch mit. Opmool hōȫr[X65] Antje vun'e Komer her ėn gresig[M3] |grässliches Geschrigg un Grōōtmudder[X12] kēēm dor in ēēn Fohrt ruutstörten un juuch un kriesch: „Huuh, Antje! Koom doch mool her! Dat spȫȫkt dor in'e Komer! Huguttugutt, wo gresig, wo gresig!" – „Wat is dor dėnn? Wat is dor dėnn?", froog Antje bang. Man Grōōtmudder[X12] wies ümmer[X21] no de Komerdöör un stöhn: „Dor, dor! Huuh, wo gresig! Wat mag dat ween[X82]? Wat hett dat tō bedüden? Huuh, kiek (DrG05.034) mool hėn, dor kummt hē ruut, dor kummt hē ruut! Friech sien grōten Schaftstevel, dē danzt dor rum! Huuh, wo gresig, wo gresig!" – Dat wēēr over ōōk ėn Ansicht, datt ēēn sachs* in' ēērsten Schreck de Hoor tō Bârg komen kunnen. Un ōōk Fru Âlldag lä sik beide Hannen op de Hattkuhl |Herzgrube, as sē dat Speelwârk |Geschehen sēhg! Wat wēēr dat? Wo kunn dat angohn? Dor danz wohrhaftig ehrn Mann sien grōten Knēēstevel mit de Sohl no'n boben ut'e Komerdöör ruut! Hē hüpp un dreih sik, wackel hėn un her un full denn mool wedder[X41a] um. Man opmool [DrG21.040] fung Antje sō luut an tō lachen, datt Grōōtmudder[X12] ni[X20] anners mēēn, as datt sē vun dėn Schreck tō veel un ėn Ramm|Krampf bi't Lachen kregen hârr. Ėn lütten Stōōt*|Augenblick loter muss sē over al vun Hatten mitlachen. Dėnn ehr Swiegerdochter krēēg nu dėn Stevel tōfoten un sä:

„Och, och, ârme Pussi! Kannst du dor ni[x20] wedder[x41a] ruut? Wokēēn[x33]|'kēēn hett di dėnn no dėn ōlen Stevel rinsteken?" – Datt Odde sien Hand dorbi in't Speel hatt hârr, dat kunn ēēn wull mârken. Ēēn kunn je sēhn, datt hē sik mit de Katt befoot |beschäftigt hârr, dėnn sien hēlen Ârms wēērn verkleit|verkratzt. Watt[x25] hē dat Dēērt nu mit dėn Kopp no dėn Stevelschaft rinsteken hârr ōder watt sē ut Versēhn dor rinkrabbelt wēēr un hârr in ehr Bangen mēēnt, datt dat Dings ėn Utgang hârr, kott: Sē hârr dor in fastseten un kunn dor ni[x20] wedder[x41a] ruut. Blōōts de achtersten Pōten|Hinterpfoten hârr sē noch frie hatt un bi dėn Versōōk sik optōrichten wēēr sē dėnn mit dėn Stevel rumdanzt. – Grōōtmudder[x12] kloog nōōssen noch lange Tiet, datt sē veelmools nachts vun ėn grōten Stevel drōmen dä, dē ümmer[x21] in ēēn Suus mit ehr rumdanzen dä; sō wēēr ehr dat op't Gemōōt|op de Nerven[x59] sloon|slogen. *(DrG12.25)*

Kapitel 6: Ōma ehr Fōōtbank

Dat wēēr man ėn hēēl groff[M3]|*grobes* un rubberig[M3]|*raues* Dings, Odde* sien Fōōtbank. Ēgentli hōōr[X65] sē je Grōōtmudder[X12] tō, dėnn ehrn Unkel Mattes* hârr Grōōtmudder[X12] dē vör mēhr as fofftig Johr tō Hochtiet schėnkt. Unkel Mattes wēēr ėn Timmermann ween[X83] un wat hē mookt hârr, dat wēērn jüst kēēn Kunstwârken, fien un zoort, man stârk un durobel |*dauerhaft* wēēr dat. Ōōk de Fōōtbank wēēr stârk, dėnn sē wēēr ut Ēkenholt un hârr vēēr dicke vēērkantige Bēēn. Sē wēēr sō stevig|*stabil*, datt Rōland vun' Bremer Mârkt[X77] sik dor driest ropstellen kunnt hârr. Tōhōpenknackst wēēr sē ni[X20].

Un mit disse Fōōtbank hârr Odde Ȃlldag sik al afgeben un hârr dormit speelt, as hē noch op'e Ēēr krabbel un noch ėn Pierock|Pie; *ärmelloses, wadenlanges Kleid* anhârr. Veelmools hârr hē dėnn mit sien Grōōtmudder[X12] Striet kregen um de ōle Fōōtbank. Grōōtmudder[X12] hârr je ehrn ēgen Kopp un wėnn sē de Fōōtbank bruken muss, dėnn muss Odde ehr hergeben. Frōher, as Odde noch in'e Wēēg lēēg, dō hârr Grōōtmudder[X12] dor de Fōōt ropsett, wėnn sē ėm drōōgmook un op dē Oort fein frisch inbünnel. As Odde grötter worr un dat dä ni[X20] mēhr nōdig, dō bruuk Grōōtmudder[X12] *[DrG21.042]* de Fōōtbank blōōts noch bi't Kantüffelschellen. Dėnn gēēv dat ümmer[X21] ėn gröten Krieg in't Huus twischen Grōōtmudder[X12] un Odde, dėnn hē wull sien Fōōtbank ni[X20] hergeben. „Her mit de Fōōtbank! Slēēf vun Jung!", sä Grōōtmudder[X12] dėnn opletzt un nēhm Odde de Fōōtbank weg. Dėnn gēēv dat natüürli ėn Mōōrdsgeschrigg. „Mien Fōōtbank!", bölk Odde dėnn. „Dorni[X20] Ōma ehr! Orre no Pullzei hėndohn!" Man *(DrG12.26)* Grōōtmudder[X12] lach ėm wat ut un sä: „Goh man tō! Goh man hėn no de Pullzei! Dor wēēt süm[X04]|se al lang, wat du för ėn eischen Jung büst. Un wėnn du di dor sēhn lettst, dėnn steekt süm[X04]|se di hȫȫchstens in't düüstere Lock!"

Odde trock dėnn vergrėllt af no'n Diek rop un krȫȫp in sien Lock in' Pappelbȫȫm. Dor wēēr dat beter as bi de Pullzei. Hē blârr dėnn noch ėn Stremel|*Weile*, man dėnn worr hē bâld still, dat hȫȫr[X65] je doch kēēn Minsch. Grȫȫtmudder[X12] schell bides* in alle Rȫh[X52] Kantüffeln. Af un an schuul|*spähte* sē sō vun'e Siet no dat Finster hėn. Sē tȫȫv dor op wat. Richtig. Dat duur ȫȫk ni[X20] lang, dėnn wies sik dor ėn verhuult[M3] Gesicht un ėn lütte smerige Nöös drück sik gēgen de ünnerste Ruut|*Fensterscheibe*. Dat sēhg hēēl drullig ut un Grȫȫtmudder[X12] muss sik dat Lachen verbieten|*verbeißen*. Man snackt worr dor kēēn Wȫȫrt bi. Odde sä nix un Grȫȫtmudder[X12] ȫȫk ni[X20]. Ēērst, wėnn de letzte Kantüffel schellt wēēr, dėnn rēēp Grȫȫtmudder[X12]: „Na, koom man her! Kannst dien ōl' Fȫȫtbank kriegen."

Hurro! Dat wēēr Musik för Odde sien Ōhren! „Ōle Fȫȫtbank? Feine Fȫȫtbank! Orre sien Fȫȫtbank!", rēēp hē un nēhm dat vēērbēnige Dings in' Ârm un hârr sien Fȫȫtbank lēēf, jüstsō as ėn lütte Dēērn ehr Popp lēēfhett. Nu wēēr sē wedder[X41a] sien ēgen un hē kunn dormit moken, wat hē wull.

Un wat mook Odde sik âllns ut sien Fȫȫtbank! Dat wēēr jüstsō, as wėnn ēēn Tȫverfēē*, dē wull in de Märkenbȫker vörkummt, de Fȫȫtbank de Knȫȫv geben hârr, sik in âllns tō verwanneln. Mool wēēr sē Odde sien Stȫhl, mool sien Disch, wō hē vun eten dä. Dėnn worr sē mool tō ėn Peerd un ėn annermool tō sien Peerstâll ōder gor tō'n Swienstâll. Tō Wiehnachten, as Odde drēē Johr ween[X83] wēēr, krēēg hē ėn lütt[M3] holten Peerd för drēē Groschen. Hȫh, wēēr dat ėn Freud! Dō hârr de Fȫȫtbank as Peerd afdankt. Sē worr op de Siet leggt, över de bövelsten|*oberen* beiden Bēēn worr ėn Stück Papp deckt un nu wēēr dat ėn Peerstâll. As dat Peerd nöössen man blööts noch ēēn Bēēn un kēēn Kopp mēhr hârr, dō mook Odde sik ėn Swien. Hē nēhm ėn *(DrG12.27)* gele Wuddel, stēēk dor vēēr afbrénnte Swevelsticken|*Streichhölzer* rin, dat wēērn de Bēēn, un dat Swien wēēr kloor. – Man dat Swien hârr kēēn lang[M3] Leben. Dat duur ni[X20] lang, dénn slacht Odde dat, dénn hē hârr Aptiet op Schinken un Wust. Dō worr dénn ut de Fōōtbank ėn Slachthuus. Ünner ėn gresig[M3] *[DrG21.044]* Schriegen, wat Odde natüürli sülben besorg, worr dat ârme Swien slacht. Dat wēēr kēēn hâlben Dag ōōlt worrn! Dénn worr dat in runne un kantige Stücken sneden, ut de Fōōtbank worr ėn Slachterloden mookt un dē worr vull Wust un Schinken packt. Man in ėn knappe Stunn wēēr al âllns utverkofft un de Slachterloden wēēr wedder[X41a] lerdig. Un dorbi hârr dat Geschäft man ėn ēēnzigsten|*einzigen* Kunnen hatt un dē hēēs[X64] Odde Âlldag.

Man ōōk tō Slechtigkeiten muss de Fōōtbank unsen Odde af un an verhölpen. Dat hēēt, hē wēēr je noch sō lütt, datt hē noch gor ni[X20] wuss, wat gōōt[X50] un slecht wēēr. Hē wēēr dōmools noch sō lütt, datt hē noch ni[X20] op'n Disch langen kunn. Dorum schōōv Odde sik de Fōōtbank an dėn Disch un stēēg dor rop. Un wénn de Zuckerputt ōōk merrn op'n Disch stunn, Odde kunn dor hénlangen un grapsch sik dor ėn Stück ruut. Wénn Mudder[X12] ėm over dorbi footkrēēg, dénn gēēv dat Klapsen op de Hand. „Du, du, bȫse Hand", hēēs[X64] dat dénn, „wullt du dat wedderdōōn[X41a]?" – „Disse Hand dorni[X20]! Anner' Hand doon!", brüll Odde dor ēēnmool bi un hēēl Mudder[X12] de rechte Hand hėn. Mudder[X12] hârr ut Versēhn de linke Hand verklapst.

Dōmools, Wiehnachten, as Odde dat lütte Peerd kregen hârr, dō fehl de Doog no't Fest allerhand Zuckertüüg vun' Dannenbōōm. „Wokēēn[X33] mag dat doon hébben?", froog Fru Âlldag. „De Jung kann dor doch ni[X20] ankomen, dat hangt je

Georg Droste, Odde Alldag I (Peter Neuber, Meldörp-Böker 8.2, 2018)

veel tō hōōch." Man as sē dėn annern Dag mool tōfällig dör dat lütte Kiekfinster kēēk, wat vun'e Köök no de Stuuv gung, dō worr ehr dat kloor, wō âll de Schokolodenringen un de spoonsche Wind blėben wēērn. Moschüü|*Monsieur*|›Herr‹ Odde stunn hēēl risch |*ausgestreckt* ünner'n Dannenbōōm op sien Fōōtbank un hool sik mit de Füürtang mool wedder[X41a] ėn fein[M3] Stück vun boben.

Sō wēēr de ōle brove Fōōtbank Odde sien Speelkamerood, sien (*DrG12.28*) Hölp un sien Speeltüüg. Wėnn't Winter wēēr ōder slecht[M3] Wedder[X41d], dėnn verdrēēv sē ėm de Tiet in't Huus. Dėnn worr dor ėn Band anbunnen, twischen de vēēr Bēēn worrn ėn poor Törfstücken packt un dėnn gung de Treckerie dör dat hėle Huus. „Backtöff, Backtöff!", rēēp Odde dor dėnn bi un wēēr ni[X20] ēhr tōfreden, as bet Mudder[X12] ōder Grōōtmudder[X12] ėm dėn Törf afkofft hârrn. Jüstsō mook Odde dat, wėnn hė mit Kantüffeln, Steekrōben un Suppenkruut hanneln dä ōder wėnn hė ›Sand, kriedenwitten Sand!‹ utrēēp. Sien Fōōtbank wēēr ümmer[X21] de Wogen.

Un wėnn sē ni[X20] Woog wēēr, dėnn wēēr sē Schipp. Hōh, wo gung dat dor dėnn her. De Stuuv wēēr dėnn dat grōte Woter. Odde sēėt dėnn manġ de vēēr Bēēn, Grōōtmudder[X12] ehr beiden ōlen Tüffeln wēērn de Rēēms|*Ruder* un dėnn quääl Odde sik dör de Stuuv. Un dėnn kēēm dor Storm un smēēt dat Schipp um. Odde lēēg dėnn in't Woter un schrēēg um Hölp. Man hė kunn swimmen un kunn sik bârgen. *[DrG21.046]*

Ēēnmool, as Grōōtmudder[X12] Bōōrtsdag hârr, kēēm Odde hēēl wichtig un vull Hēēmlichkeit mit ėn grōōt[M3] Pakēēt no de Stuuv rinsliekern. Dat wēēr dick in Papier inwickelt un ēēn kunn gor ni[X20] sėhn, wat dor in wēēr. „Hier, Ōma! Orre Ōma Bōōrtsdag schėnkt!", sä Odde. Un as Ōma dat Pakēēt utwickel, wat kēēm dor ruut? De ōle Fōōtbank! Hė gēēv dat

Lēēfste weg, wat hē hârr, un dat gung Grōōtmudder[X12] sō tōnēēg|*nahe*, datt ehr ėn poor Tronen över de Backen lēpen. Man as Grōōtmudder[X12], blōōts um ėm mool ėn beten tō nârren, de Fȫȫt dor ropsett un sik veelmools för dat feine Geschėnk bedank, dō mook Odde ėn hēēl bedrȫȫvt[M3] Gesicht, un nu worrn sien Ōgen natt. – „Na, dor!", sä Grōōtmudder[X12], dē dat ni[X20] mit ansehn kunn. „Dor hest ehr wedder[X41a]! Ik will ehr di ėn beten utlēhnen. Goh man hėn un speel man!"

Dō nēhm Odde frōh un glückli sien Fȫȫtbank ünner'n Ârm un lēēp dormit hâlsöverkopp ut' Huus. Boben op'n Diek sett hē sik dorop un rēēd|rēē' in' Galopp ünner sien Pappelbōōm. Hē wēēr sō stolt un sō glückli as ėn Kȫnig, dē dör sien Land rieden deit. Un dorbi nȫȫm* Odde doch wieder nix sien ēgen as ėn ōle holten Fȫȫtbank. *(DrG05.035)*

Kapitel 7: De schöne Noversgoorn

„Kuck mal, kuck mal!", sä Frollein Anna Engelken den een Morgen tō ehr Süster. *„Kuck mal, Emilie, da ist wahrhaftig wieder der kleine Alldag in unserm Garten! Ich möchte doch wirklich mal herausbekommen, wie der kleine Stromer es eigentlich anfängt, durch das Staket zu kommen?"* – Jo, man dat wuss blōōts Odde* hēēl allēēn! Hē hârr dat ruutsnüffelt, datt dat holten Reckwârk |*Lattenwerk* achter den brēden Stickbeinbusch[X71] en tweien Stieper |*Latte (senkrecht)* hârr. De Nogel, wō dē ünnen mit fastnogelt ween[X83] wēēr, wēēr sachs* tweirust|*verrostet*. Un sō sēēt de Stieper blōōts noch boben fast, lēēt sik sōdennig ünnen licht an'e Siet schuben un full denn wedder[X41a] tōrüch, wenn Odde dor mangdörswutscht wēēr.

Wenn hē dor denn sōōn Tietlang rumbuttjert|*herumgestromert* un âllns grōōt un nieschierig ankeken hârr, un wenn hē denn opletzt anfung, de Stickbeinbüsch[X71] un de Blōōmbleken |*Blōōmbetten* tō plünnern, denn krēgen em tōmeist de Frolleins bi'n Kanthoken un setten em mit en leifigen|*gekonnten* Swung wedder[X41a] över't Reck. Denn jēēdēēn wēēt je, datt süm[X04]|*se* op süm[X06] |*ehrn* Goorn jüstsō ēgen wēērn as op süm[X06] |*ehr* Stootsstuuv|*Beste Stube*. Tōmeist krēēg hē denn noch vörher en Stück Kandiszucker, en lütten Kōken ōder en Handvull Kassbein[X71] *[DrG21.048]* ōder sō wat dorher|*etwas in der Art* in de Hand steken un en hēlen Bârg Vermohnens|*Ermahnungen* optō |*zusätzlich*, jo un jo* recht oordig|*artig* tō ween[X82]. *(DrG05.036)* Odde muss denn je wull denken: Snackt jüm[X01]|*ji*|*ju* man tō! De Hōōftsook is, datt dat hier wat för'n Snovel gifft, un ik koom doch bâld wedder[X41a]! – Frollein Emilie hârr jüst tō ehr Süster seggt: *„Och, lass ihn man mal, Anna. Wollen erst mal sehn, was er wohl angibt."* Man in dissen Momang bimmel de Frolleins süm[X06]|*ehr* Huusdöör un vun'e Krüüzstroot her rēēp sōōn schârpe Stimm no't Huus rin: „*Hiete morgen mal 'n bäten gefällig, Frollein Engelkens? Freschen Schellfesch oder 'n paar feine labennige Bütt?*" – De Frolleins kēken sik ēēn de anner an un de ēēn mēēn: „*Ja, wie denkst du darüber? Fisch haben wir lange nicht gehabt und ich wäre nicht abgeneigt. Aber wenn er nur wirklich frisch und nicht zu teuer ist.*" – Dormit stunnen de beiden ōlen Frolleins dėnn op un gungen no de Huusdeel. – Dicht bi de Huusdöör hüüscher|*schaukelte* sik de grōte griesgrōne Papagei in sien Buur, kēēk ni[x20] jüst fründli ut de Ōgen un quârk|*quakte* un snöter|*schnatterte* in ēēns weg: „Mook de Döör tō! Mook de Döör tō! Frollein! Dor is ēēn! – Dat Wekenblatt! Dat Wekenblatt! Hōōl't Muul! Hōōl't Muul! Döör tō! Döör tō!" – Bides* nu de beiden Frolleins, de Papagei un de Fischfru sik mit de ›labennigen‹ Bütt un de dōden Schellfisch afquälen un kibbeln un kabbeln|*schacherten*, hârr unsen Odde sien Riek för sik allēēn in dėn grōten feinen Goorn un buttjer vun ēēn Blōōmbleek no dat anner. Âllns wat fein utsüht un sünnerli wat bunt is, dat is wat för Kinner un de ēērste Gedank is dėnn: Hėbben! – Sō hârr hē sik dėnn al recht sōōn Schört vull Blōōm afrapst|*abgerissen*, as hē an dėn langen Utlōōp vun Ėngelkens süm[x06]|ehr Hōhnerbuur|*Hühnerhagen* kēēm un nieschierig dör dat Wierdrohtgitter kēēk! Hm! Dat wēēr wat! „Puss, Puss!", rēēp hē sōōn poor Mool. Man hē mârk (*DrG05.037*) bâld, datt dat ėn hēēl afsünnerlige Oort vun Katten ween[x82] muss. Dē gungen dor op twēē Bēēn un vör âlln dat grōte Dēērt mit dat spitze Snutenwârk un de glōhnigrōde Mütz op'n Kopp, dat hârr hē bannig op Sicht|*beäugte er argwöhnisch*! – „Hukukuk!", schimp|*futer* ėm de Hohn nu over an, dėnn dat wēēr sōōn rechten vergrėllten Italjener un pass schändli op'n Kroom|*Kanēēl*. Odde wēēr je over kēēn bangen Keerl. Fix trock hē sik ēēn vun de grōnen Blōōmstöcker ut sōōn Bleek ruut un fung nu an, dormit dör dat Wierengitter tō stökern, um dėn Hohn wück bitōpulen|*zu schlagen*. Man dat Speelwârk wull sō recht ni^{X20} flutschen|*gelingen*. De Hohn kreih un weih mit de Flünken, man Odde kunn ėm ni^{X20} an't Fell komen. De Kroom muss anners anfoot wârrn. Un bâld hârr hē dėnn ōōk ruutklamüüstert|*ruutfunnen*, datt de Utlōōp ōōk sōōn Oort Döör hârr. Hē mook mit sien Stock dėn Knacken|*Riegel* tōrüch un swutsch|*schlüpfte* no dėn Utlōōp rin. In dėnsülvigen Momanġ, as Odde no dat Hȫhnerbuur rinstēēg, weih de Hohn over leifig |*gewandt* as de Wind an ėm vörbi un futer un schimp nu vun buten vör dat *[DrG21.050]* Gitter rum. Hē wēēr bȫȫs|*schändli* vergrėllt över dėn frėmmen Gast, dė sō driest un wooghâlsig sien Huus- un Famielnfreden* stȫȫrt hârr un ėm in sien Rechten an' Wogen fohrt wēēr. Un unsen Odde sack bâld dat Hatt in de Schōh, dėnn dor binnen gēēv dat ünner dat Hȫhnervolk sōōn gresigen Opstand, as wėnn de Foss ünner süm^{X05}|*ehr* komen wēēr, sōdatt Odde angst un bang worr. Dat wēēr ēēn Kokelie|*Gekakel* un Opregen, ēēn Flēgen, Flüchten un Flünkensloon|*Flünkenslogen* rund um ėm rum un över sien Kopp weg, datt hē in sien Bangen dat Schott openrēēt un luuthâls an tō bölken fung. Dat Slimmste wēēr noch, datt de ȫle Knacken vun de Döör achter ėm wedder^{X41a} doolsloon |*doolslogen* wēēr, sōdatt hē ni^{X20} ruut- noch rinkunn. Man tō sien Glück *(DrG05.038)* kēmen bâld de Frolleins ut' Huus. Un wėnn süm^{X04}|*se* ōōk verblixt un verboost |*2x überrascht* wēērn, de Hannen över'n Kopp tōhōpenslōgen un dat gor ni^{X20} klȫȫkkriegen kunnen, op wat för ėn Oort süm^{X06}|*ehrn* Hohn ut dat Buur ruut- un de snooksche* frėmme Stellvertreder dor rinkomen wēēr, sō lēten süm^{X04}|*se* dėn lütten Slüngel doch ēērst mool wedder^{X41a} in Freiheit. „*Junge, Junge! Du ungezogener Schlingel!*", gung dat sachs* sōōn hâlv' Stieg mool|*10-mal*. „*Wie bist du da bloß hineingekommen?*" – „Baah! – Buuh! – Aah!", bölk Odde as Antwȫȫrt un rēēv sik mit de lütten Füüst de Ȫgen. Wėnn hē nu glȫȫv, datt de ȫlen Tanten, dė sunst ümmer^{X21} sō gȫȫthattig^{X50} un sō fründli tō ėm wēērn, datt dē ėm ōōk ditmool över sien Ēlend weghölpen ōder ėm noch sōōn beten Snuppkroom|Naschkram in de Hannen drücken worrn, dėnn hârr hē sik over schändli|gewaltig mit ėn holten Mess sneden. Rips, raps, krēēg Frollein Anna ėm bi de Plünnen un klopp ėm mit dėn slanken Ârm sōōn poor achtervör, wat ehr hellschen* leifig anstunn|sehr locker von der Hand ging, dėnn dat Matten-Utkloppen wēēr ümmer^{x21} ehr Ârbeit. Un ›Swups!‹ gung dat över't Stakett mit ėm! *„Du alter, böser Lümmel, du!"*, krēēg hē noch achterno. *„Lass dich bloß nicht wieder blicken, du eischer Junge! Du Stromer!"* – Odde verjoog sik, datt hē rein dat Brüllen vergeten hârr, kēēk mit sien gröten Ōgen dör dat Lattenwârksch vun't Stack un mook ėn Gesicht, as wėnn hē jüst vun' Moon fullen wēēr. *„Nu kuck mal, Emilie, was er noch frech und herausfordernd kuckt! Na, der wird noch mal gut! Das wird noch mal 'n ganz schlimmer Stromer!"* Jo, datt in unsen Odde recht sōōn Jan-Dickfell in stēēk, dat kunn ēēn in dissen Momang spȫren. Ėm mussen je wull de Wȫȫr vun sien Grōōtmudder^{x12} noch in de Ōhren klingen, dē sē de Katt tōrōpen hârr; dėnn hē stēēk de lütte Nöös dör de (DrG05.039) Latten un schimp dör't Stakett dör: „Du ōle Katt! Du Sotan!"

„Nicht doch!", mohn Frollein Emilie ehr jünger' Süster, dē över Odde sien Schimpen hēēl fuchtig worr un ėm dör dat Rėck|dat Stack ēēn langen wull. *„Nicht doch, Anna! Bedenke, dass das Kind in diesem Alter überhaupt noch kein Unterscheidungsvermögen über Gut und Böse hat. Aber die Art, wie wir ihn hinausbefördert haben, wird ihm [DrG21.052] eine heilsame Lehre sein, und er kommt so leicht nicht wieder, davon bin ich fest überzeugt. Wissen möchte ich aber doch für mein Leben gern, auf welche Art der Bengel in den Auslauf gekommen ist und wie er überhaupt in den Garten kommt!"*

Dat Letzte schull sē dėn annern Morgen al wies wârrn, man ōōk tō lieke|glieker Tiet, datt sē mit ehr ›er wird so bald nicht wiederkommen‹ schändli vörbischoten hârr. Dėnn as de beiden Dooms bi't Fröhstück sēten, sprung Frollein Emilie opmool umhȫȫch, as wėnn dor ėn Stück vun ėn Komēēt vun' Heben dool un no süm^X06|ehrn Goorn rinfullen wēēr. *„Nein, es ist doch unerhört! Diese Frechheit!"* Dormit stört sē ut de Hoffdöör un pietsch achter Odde her, dē jüst dėn blanken tinnen|zinnenen Hohn ut de grōte grȫne Regentünn ruuttrocken hârr un dor as sōōn Kattēker|Eichhörnchen mit över dėn Hoff un no sien Swutschlock achter dėn Stickbeinbusch^X71 lēēp. Man dicht vör dat Lock smēēt hē dėn Hohn no achtern un redd op disse Oort tōminnst ēērstmool dat nokelte Leben. Dėnn dat Frollein kunn gor ni^X20 gau nōōg mit dėn Hohn no dat Regenfatt hėnkomen, um sō veel as mȫȫgli vun dat schȫne rore Regenwoter tō bârgen. Man de Tünn wēēr al meist lerdig lōpen, un Odde sien Moot wēēr mit *(DrG05.040)* dissen Jungstog |Jungskneep bet tō'n Överlōpen vull. – Dėn Nomėddag kēēm Frollein Emilie hēēl fierli no Âlldags rum, tell de Rēēg no âll de Schanddoten vun Odde op un bekloog sik hēēl bitterli över dėn gresigen Struukrȫver|Strauchdieb. *„Denken Sie sich, Frau Alldag, ›ole Katt‹ und ›Sotan‹ hat er uns geschimpft! Ist das nicht unerhört?"*

Mit ėn fasten Smeednogel un wücke deegte Homerslääg sorg Friech Âlldag nȫȫssen dorför, as hē vun'e Ârbeit kēēm, datt süm^X06|ehr gōōt^X50|M3 Invernehmen mit de Noverschop dör sien Stammhȫler ni^X20 wedder^X41a stȫȫrt worr.

Dėnn stēēk hē sik sien kotte Piep an, sett sik op de grȫne Bank ünner dėn ōlen Bōōm un lēēt sik vun sien Fruunslüüd dėn hēlen Kroom noch mool niep* un nau verklōōkfiedeln. – Dat helle Lachen klung över dėn Diek dör dėn wârmen schȫnen Maiobend, as de Snack op de ›ōle Katt‹ un dėn

›Sotan‹ kēēm. „Wat hârr ik mi tō quälen, datt ik mi man dat Lachen wegbieten dä!", mēēn Grōōtmudder^{X12}. „Man ik segg sō veel: Dē Jung, dat wârrt noch mool ėn gresigen Rōver! Mit dėn doren Rietenspliet |Balg krieġt wi noch wat mit, dat schüllt^{X62a}|schööt jüm^{X01}|ji|ju sēhn un beleḃen!" – Un dē, vun dėn dor snackt worr, dē slēēp bides* in sien Unschuld wēēk un sacht, un sien prâllen Backen glōhen un blōhen, as ėn frische Mairōōs, dē tō'n ēērsten Mool in'e Morgensünn manġ dat Blödergrōōn ruutkieken deit. Vun buntklōrige Blōōm in dėn lēēfligen grōten Goorn muss hē ōōk sachs* jüst drōmen, dėnn hē böör dėn prâllen Ârm hōōch un grēēp mit de lütte Hand in de Luft un lach sō sōōt in' Sloop. *[DrG21.054]*

Ōh Kinnertiet! Du Paradies,
büst as dat Glück in' Drōōm!
Doch wėnn wi wookt, wėnn't Leḃen gries,
büst' blōōts ėn welke Blōōm! *(DrG05.041)*

Kap. 8: Knipperdolling treckt Odde* ut' Woter

Twëë Johr wëërn wedder[X41a] vergohn. – De Summersünn schien över de Weser, datt dat Woter blenker un blitz, as wenn sik Sülver un Gold vermengelëërt hârrn. Un de gollen Füürbâll schick ōōk sien wârmen Strohlen över den Diek güntsiet de Weser un wiet röver no de schöne gröne Welt, datt sē freedvull un lëëfli lachen un strohlen dä.

Wat much wull de lütte Jung, dē dor lang utstreckt op'n Puckel an' Diek in't Gras lëëg, wat much hē wull för Gedanken över de Welt un ehr Schöönheit dör sien Kopp gohn loten? Över fief Johr wēēr hē nu al ōōlt, uns' Odde, un hē kunn ōōk al ›denken‹!

Jo, denken op sien Oort! Frogen, Frogen, nix as Frogen wëërn dat, dē em dör den Sinn trocken. Wat much wull dor achter, dor hēēl achter ween[X82], wō de Luft sō op den grönen Grund stött? ›Jo‹, hârr Grōōtmudder[X12] güstern antert|antwōōrt, ›dor achter? Dor is ōōk noch de Welt un dor, wō de lütten Hüüs stoht, wēētst' wull, dor wohnt de Stēēnbrüchers |Strotenmokers.‹ Odde hârr dat ni[X20] glōōvt, denn in sō lütte Hüüs kunnen doch kēēn Minschen wohnen. Un vör âlln kēēn Stēēnbrüchers, dat wëërn doch sō gröte Brekers vun Keerls! – Un de Köh dor op'n Werder* |Weserinsel? Watt dat wull richtige, ›gebennige‹ Köh wëërn? Nä, dat kunn sachs* ni[X20]; dat wēēr je man Speeltüüg! Och! Wenn hē (DrG05.042) dor man wück' vun hârr! Man dē wēērn je sō wiet, sō gresig wiet weg! – Man sōōn Swülken! Dē krēēg hē doch noch mool! Grōōtmudder[X12] hârr seggt, wenn hē Vogeln fangen wull, muss hē süm[X05]|ehr Solt op'n Stēērt streuen. Hē hârr dat bi de Lünken al mēhrmools versöcht. Man wenn hē ōōk noch sō sachten* achter süm[X05] |ehr sliekert wēēr, de Dēērten wēērn doch ümmer[X21] wegwitscht un no den Pappelbōōm rinflogen. Denn hârr hē süm[X05] |ehr vergrėllt de hēle Fuust vull Solt achternosmeten un sien blaue Oder över de Nöös wēēr hēēl düütli tō sēhn ween[X83]. – Un wō kēmen wull de witten Wulken her, dē dor hōōch, hōōch boben in'e blaue Luft hėnseilen? Dor kēēm ēēn! Ōh! Dē sēhg je jüstsō ut, as de Kōnigsche vun Mieke ehr Anklēēdpoppen! Och, [DrG21.056] wat schood! Nu flōōg ehr de fiene lange Sleier af! Dor seil wat achter ehr her. Huh! Dat wēēr ėn Lōōv, dē wull de Kōnigsche bieten! Kiek, dėn Sleier hârr hē al un sluck ėm över|verschluckte ihn. Wėnn dē beiden Sandschippers in dat grōte Schipp dor, dē mit süm[X06] |ehr langen Stokens dėn natten Sand ut dat Woter holen, wėnn dē dėn Lōōv man mool ēēn överneihen|›überbraten‹ wullen! Man dē ōlen Drōōmbüdels|Träumer kēken blōōts ümmer[X21] no't Woter rin un moken süm[X06] |ehr Ârbeit. Dunner jo! Sōōn Sandschipperstoken, dē muss fein ween[X82] för't Fischen! Dē reck sō wiet, sō wiet! Jo, fischen much hē je för sien Leben gēērn mool! De grōten Jungs ut'e Krüüzstroot fischen je ōōk. De Fisch|Die Fische schull Mudder[X12] dėnn Voder[X11] an' Obend broden. Un ēēn lütten krēēg hē af un … „Morchen, Odo!“, klung dat vun boben vun dėn Diekkopp an Odde sien Ōhr, un Odde stunn gau op un lēēp dör dat Gras no'n boben.

Dor stunn hē wedder[X41a] an sien Pohl, de snooksche*, grieskoppige ōle Mann, dėn Grōōtmudder[X12] Âlldag ni[X20] verknusen|ertragen (DrG05.043) kunn. Dėn Pohl, wō de Ōl' sik op stütt, dėn kunn ēēn sik ēgentli gor ni[X20] ohn de dore Gestâlt vörstellen. Hē hung dor dėn hēlen Dag op, kēēk ėn hâlve Stunn de Weser opwârts un ėn hâlve Stunn de Weser dool. Blōōts bi hēēl slecht[M3] Wedder[X41d] un wėnn dat Obend worr, dėnn gung hē no sien lüttje Koot|Kate achter'n Diek. Man wėnn ēēn dor niep* op achten dä, dėnn kunn ēēn wies wârrn, datt de Pohl mool vēērteihn Doog, ōōk sachs* mool drēē Weken lerdig blēēv. Un disse Tiet wēēr för dėn Ōlen ėn hēēl böse, biesterige Tiet! – De Lüüd vertellen sik, datt hē ut' Swobenland stammen schull un ėn lēhrten* |*gelernter* Kunstslosser wēēr. In de Revolutschōōnstiet vun 1848 schull hē in sien Heimot de Hööftanföhrer vun de Demokroten ween[X83] hėbben un hârr lange Tiet in't Tochthuus seten. In sien verbiestert[M3] un verbeten[M3] |*verbissenen* Gesicht stunn wat schrebben, wat ėn gewöhnligen Minschen ni[X20] lesen kunn. Un dorum hârr hē ünner de Anwohners achter'n Diek ōōk kēēn Frünnen un rein gor kēēn Noverschop; hē schien dor ōōk kēēn Verlangen no tō hėbben. Ėn plietschen Spoosmoker hârr ėm dėn Ökelnoom ›Knipperdolling‹ geben, wat sachs* vun sien Noom Nolling herkēēm. Ōōk sien Fru, dē ėn Bârg jünger wēēr as hē, hēēl sik hēēl un dēēl|*ganz und gar* för sik. Sē hârr ōōk sō wat Afsünnerligs, sō wat Fiens an sik. Un de Lüüd wussen blōōts, datt sē in'e Stadt as Kookfru Dag för Dag tō dōōn hârr un allerhand Geld verdēnen schull. – Loot an' Obend hören[X65] de Novers Knipperdolling achter in sien Koot noch schirrwârken|*wârkeln*, homern, fielen un sogen. Wat hē dor um'e Hand hârr, dat wuss kēēn Minsch. Wėnn hē achter'n Diek an de Hüüs langsgung, bōōd[X60]|*bōō'* hē de Novers kott de Doogstiet|*grüßte er kurz*. Man hē kēēk ni[X20] hōōch ōder blōōts sō eben manġ sien dicken griesen Ōgenhoor dör un gung no sien Pohl. *(DrG05.044)* – Datt hē an dėn Teerdag mit de Âlldagschen Fruunslüüd sō lang snackt hârr, wēēr wohrhaftig ėn Utnohm ween[X83], un Âlldags hârrn sik dor gor ni[X20] nōōg över wunnern *[DrG21.058]* kunnt. Sō veel stunn fast, datt disse sünnern Kloos |*Sonderling*, gnegelig un gnadderig un minschenschu as hē wēēr, datt dē in sien Binnenleben wat hârr, wat hē nüms* wiesen dä. Man vör âlln för Kinner schien hē ėn wârme Steed in sien Hatt tō hėbben. Hē wohr|*hütete* dėn lütten Odde mit de Ōgen, wō hē man kunn, söch ėm an sik rantōtrecken un hârr ėm al quantswies|*unauffällig* wat in'e Hand steken, wō ėn Kinnerhatt sien Freud an hett. – Sō trock dat dėnn ōōk an dissen Morgen as sōōn tōfreden Schien över dat hatte Gesicht vun dėn ōlen Mann, as hē Odde in't Gras liggen sēhg. Still plier|*blinzelte* hē no de lütte Kinnergestâlt, sēhg niep* un nau, datt de Jung mit sien blauen, klōken Ōgen no dėn Heben kēēk, datt sik de Hannen un de Lippen bewegen. Un dėn Ōlen sien Mund mit dėn schârpen, hatten Tog vertrock sik, as wėnn dat ėn Lachen wârrn schull, as Odde opstunn un op ėm tōkēēm.

„*Morchen, Odo! Heste gut geschlofe?*" Dormit hēēl hē Odde sien mogere, schrumpelige Hand hėn, un Odde foot dėn Ōlen mit sien beiden Hannen um de Wrist|*Handgelenk*. „Unkel Dolling, Unkel Dolling! Segg doch mool tō de Sandschippers, datt süm[X04]|se mi sōōn ōlen Angelstock geben dōōt! Unkel Dolling, ik will ōōk mool Fisch fangen, sō hēēl grōte un recht sōōn Bârg|*recht viel!*" – Knipperdolling foot ėm mit de linke Hand in sien Hoorpull|*Haarschopf*, as wėnn hē ėm tösen |*zausen* un hoortrecken wull. „*Wann blos de Fische nich di fange! Du gleene Gnirps! Beim Fische, do gännste bi versupe, un do hädde mir geenen Odo nich mehr!*" – Man Odde lēēt sik sō licht ni[X20] afspiesen. „Unkel Dolling, hest du kēēn Stock? Tō|*Los*, *(DrG05.045)* mook mi doch ėn Snōōr, Unkel Dolling!" – „*Morche in Dage moch ich di 'n Schnur!*", trōōst Nolling dėn ōlen Dibbermoors|*Quälgeist*. „*Un nu gannste hibsch Gras rubbe for miene Garniggels, Odo! Morchen gehn mir mit'nander fische!*"

Grōōtmudder[X12] Âlldag sēēt an dissen Morgen ünner dėn Pappelbōōm op'n ōlen Diek. Ēēn kunn wull mârken, datt sē jüst ni[X20] jünger worrn wēēr, un tō de Fōlen|*Falten*, dē sē al hatt hârr, as uns' Odde op de Welt kēēm, dor wēērn noch sō allerhand tōkomen. Sē püssel|*werkelte* over noch sō recht hännig|*behänd*|*geschickt* in't Huus rum, neih, stopp un prüün |*werkelte mit der Nadel* bet an' loten Obend, un ehr Swiegerdochter hârr sik dat Huus gor ni[X20] ohn de ōle Fru dėnken mucht. Dat Spreekwōōrt ›Dėn Mann sien Mōder[X12] is dėn Düvel sien Fōder[X46]‹, dat pass hier op un dool ni[X20]|*rein gar nicht* her. Un wėnn de beiden Fruunslüüd ōōk af un an mool sōōn lütte Kabbelie över ōle un niede Tieden hârrn, sō wēēr doch de Fredensėngel jümmers[X21] tō Gast in dat lütte Huus mit dat rōde Pannendack un de grōnen Finsterluken.

Grōōtmudder[X12] sēēt un schell Kantüffeln. Dat lēēt sē sik ni[X20] nehmen un mēēn ümmer[X21], datt Antje ehr dē veel tō dick schell, dor gungen in't Johr wücke Pund bi in de Wicken |*verloren*. – Nu wēēr sē kloor un wull de Schellen in ehrn griesen Ploten|*Schürze* sō mit de Sliepen tōhōpennehmen un no't Huus rinbringen. Hōōl stopp! Dor wēēr noch ėn lütte Kantüffel! *[DrG21.060]* Nix umkomen loten! Ēēn kunn gor ni[X20] weten, op wat för ėn Oort ēēn dorno noch mool wedder[X41a] nosōken muss. – As sē wedder[X41a] opkēēk un ehr Ōgen över dat Vörland vun dėn Diek glieden lēēt, wō sē nu al ėn Stunns Tiet sōōn hunnert Schreed vun sik af de beste Siet vun dėn ōlen Knipperdolling sien Pohl antōkieken hatt hârr, blēēv sē opmool *(DrG05.046)* mit open Mund stief stohn. Wat kēēm dėn ōlen Keerl mitmool an? Sō hârr sē ėm je ehr Doog noch ni[X20] sēhn! Hē smēēt beide Ârms in'e Luft, lēēt sōōn hēēl gresigen Luut hōren, stört as sōōn Dullen|*Verrückter* op'n Diek langs un lēēp dėnn in grōte Hast dėn Slippen|*Deichauffahrt* dool un, as dat schien, no't Woter tō. – „Minsch, Minsch, Antje", lach sē, as sē in't Huus kēēm, „hârrst blōōts mool sēhn schullt, wat dėn ōlen Pohlhanger, dėn Knipperdolling eben ankomen is! Ik hârr doch ni[X20] dacht, datt de ōl' fule Truufsüss|*Muffel*|*Langweiler* sō birsen|*rennen* kunn! Hârrst man sēhn schullt, wat hē dėn Diek langsjachter |*entlanghetzte*! Dē hett sachs* sōōn Brannwienkuller|*Alkoholanfall* kregen ōder dor is an't Woter wat Afsünnerligs passēērt." – „Och", mēēn Antje hēēl ruhig[X52], un rōhr flietig in ehrn Bottermelksries |Kârnmelksries, datt dē ni[X20] anbrėnnen dä, „och, wat schull dor Grōōts |Großes passēērt ween[X82]? Is mōōgli |möglicherweise ėn Schipp afdreben ōder sō.“ – „Jo, ik wēēt ni[X20]“, anter |antwōōr Grōōtmudder[X12] un fung an, de Kantüffeln tō spōlen. „Dat mutt wat op sik hėbben, dėnn sō heff ik dėn ōlen Drōōmbüdel noch ni[X20] in Fohrt sēhn. Overs: Wat scheert uns dat! Fōr mi is dat ėn ōlen, tückschen, unhēēmligen Halunk. Ik heff al ümmer[X21] dacht, datt dor noch mool wat mit löppt, un ik bün ümmer[X21] as ėn Wierdroht spannt |angespannt, wėnn hē dėn Jung sō an sik ranlockt! Ik kann mi ni[X20] hölpen, Antje!“ – „Un ik heff di al sō foken seggt, Mudder[X12], du deist dėn ōlen Mann Unrecht! Wat dē in sien lang[M3] Leben âllns dörmookt hett, dat steiht ėm ni[X20] vör’n Kopp schreben, wēētst’ wull. Schood is dat je, datt hē âllns no sik rinfreten deit un sō versloten is. Man du muttst nu ni[X20] dėnken, Mudder[X12], datt dat pure Slechtigkeit is. Un wat sien Drinkerie anbedrepen deit, dat is ōōk jüst ni[X20] Slechtigkeit (DrG05.047) tō nōmen*. Ik glōōv, dat överkummt ėm sō opmool, un wėnn hē dat sō kriggt, dėnn kann hē dor gor ni[X20] gēgen an. Kiek mool, dat is nu al ėn Viddeljohr her, datt hē …“ – „Och wat, papperlapapp!“, full Grōōtmudder[X12] ehr in’t Wōōrt. „Datt du sōōn Slēēf |Lümmel noch bistohn kannst! Wėnn mool âll de Mannslüüd dat sō moken wullen? Ik tru ėm nix Gōōds[X50] tō, un dormit juuchholla!“ Antje nēhm ehrn Bottermelksputt |Kârnmelksputt vun’t Füür un sett ėm in de Goorkuhl |Gargrube, datt de Ries sien Hitten hōlen kunn un langsoom wiederbruddel |weiterkochte. Sē swēēg still un lach sōōn beten kneepsch |verschmitzt vör sik hėn. Sē wuss, datt mit Mudder[X12] doch nix antōfangen wēēr; dē wēēr âll de Klōken tō klōōk.

***

Tō desülvige Tiet, as sik Mudder[X12] un Swiegerdochter ohn Ârg in’e Köök wat vertellen, dō stunn op dėn Sand- un

Stēēnlöschplatz an'e Diekstroot *[DrG21.062]* sōōn Hümpel Minschen um ēēn vun de Sandhupens rum. Annere, dē jüst över'n Diek gungen un sēhgen, datt dor ›wat lōōs‹ wēēr, pedden|strēken|scheren dör dat Gras un lēpen ōōk no de Steed, wō de Minschen nieschierig un mit ēērnste Gesichter stiefweg op dėn Sandhupen kēken. „Wat is dor lōōs?", sō frogen dē, dē dor tōkēmen. „Wat is dat mit dėn ōlen Mann dor? Hett dē sik verdrinken wullt? Wokēēn hett ėm dėnn wedder[X41a] ruuthoolt? – Wosück[X30] kummt dat, datt ėm de Kopp sō blödd?" Sō froog de ēēn dėn annern, sachten* un liesen. Jo, op dėn Sandhupen, dor sēēt ėn ōlen Mann, ėn Sandschipper wēēr dorbi, ėm mit ėn rōōtbunt[M3] Taschendōōk de Stēērn tō verbinnen. Man dat Blōōt drüppel dor ünnerruut un lēēp ėm över de Backen in dėn griesen Boort. De natten Hoor *(DrG05.048)* hungen ėm wild um dėn Kopp, un ut dat Tüüg leck un strull dat Woter in dėn Sand. Hē hârr de Ōgen tō un schien hēēl benüsselt tō ween[X82], sōdatt hē wull gor ni[X20] wuss, wat um ėm vörgung.

Ni[X20] wiet dorvun, op sōōn annern Sandhümpel, dor lēēg lang utstreckt, op'n Puckel, ėn lütten Jung. Dat lütte Gesicht wēēr witt as de Dōōd un de Hannen wēērn mit inknepen Duums fast an de Bost drückt. Dat lütte Lief muss jüst ut'e Weser ruuttrocken ween[X82], dėnn dat Woter lēēp vun dėn Sandhümpel dool. Ėn öllern Sandschipper lēēg op Knēēn bi dėn Jung, rēēv ėm de Bost un sprēēd|sprēē'|*spreizte* ėm de Ârms vunēēn|*auseinander*. „Dat scheelt|hölpt|*nützt*|*bringt* di nix, Hinnerk*! Dat is tō loot! De lütte Jung hett dor tō lang inseten|*inlegen*. Wat is dat ōōk för ėn Reis|*Weg*, vun dor boben, vun' Slėngelkopp |*Schwimmstegende* af bet hierher. Un wat hârr de Ōl' tō dōōn, datt hē ėm ünner dėn Buck|*Schwimmbock* ünnerruutkrēēg!" – „Wat mag dat för ėn Lütten ween[X82]?", froog ėn annern. Un de drüdde sä: „Mi dücht, dat is ėn Achterndiekschen. Ik heff dėn

Jung ..." In dissen Momang kēēm sōōn feinen Herr dėn Diek dool, gung mit rasche Schreed an dat verdrunken Kind ran un smēēt sien witten Strōhhōōt un dat graue Jackett hastig op dėn Sand. De Ârbeitslüüd wēērn vull Hōōchachten an'e Siet gohn, un de Herr, dē sien Utsēhn no ėn Dokter ween[X82] muss, pack kotthorig|kottaf dėn lütten Keerl bi de Fȫȫt, stell ėm op'n Kopp un fung an, ėm düchtig achter wück vörtōkloppen. Sand un Woter drēēv un pâlsch|plätscherte ut dėn lütten Mund ruut. Un nu fung de Dokter mit Macht an un versöch, watt hē dat Lief ni[X20] wedder[X41a] in't Leben tōrüchbringen kunn. *(DrG05.049)* *[DrG21.064]*

Kap. 9: Odde* wârrt wedder; man Knipperdolling ...

De Ōl' wēēr bilüttens* wedder[X41a] tō sik komen. Hē slōōg matt de Ōgen open un kēēk ēērst hēēl frèmd um sik. „Wo is der Gleene?", froog hē èndli. „Dèn hebbt süm[X04]|se dor noch in'e Mook|in der Mache", antwōōr ēēn vun de Sandschippers. „Dat's ēnerlei, ōl' Knipperdolling! Dat hârr'k di ni[X20] tōtruut, datt du sōōn Kuroosch hârrst un noch sō swimmen un dükern kunnst! Koom hier! Op dèn Schreck drink di man ēērstmool orri ēēn! Hest keerlshaftig ēēn verdēēnt un is ōōk gōōt[X50] för |wegen dat Natte, för dat Verköhlen." – Man mit beide Hannen stött Knipperdolling dèn vullen Snapsbuddel tōrüch, dèn süm[X04]|se èm hènhēlen. „Ich dringe geenen Snops! Wo is des Gind?" – Ümmer mēhr nieschierige un dēēlnehmern Minschen stunnen um de Sandhümpels. Hēēl, hēēl still wēēr dat um dèn Dokter, dē sik de Hèmdsmauen optârrt|hōōchtrocken |hochgezerrt hârr un ârbeid[X60]|ârbei', datt èm de Swēēt vun dat ēērnste Gesicht doolleck. Blōōts de Minschen, dē sō achtertō |weiter hinten stunnen un vun dit Hantēren nix sēhn kunnen, dē flustern un frogen: „Wo is't? Kriegt süm[X04]|se èm wull wedder[X41a] tō sik?" – „Dat wârrt doch sachs* tō loot ween[X82]!", antwōōr dat dènn. – „Schood, schood! Sōōn lütten feinen Jung! Un dènn, wènn ēēn dat sō dènkt: De ârmen Öllern, (DrG05.050) dē nu sōōn Kind in't Huus ..." – „Hē leevt, hē leevt!", klung dat opmool. „Hē hett de Ōgen open! Hē leevt! Brâvo! Hurro! Hē leevt, hē leevt! De Dokter schâll leben!", rēēp ēēn vun de Sandschippers. – „Un hier, Knipperdolling ōōk!", gung dat. – „Hurro! Brâvo!", klung dat ut de Kehlen rundum. – Nu hârr ēēn dèn Jung op'n Ârm un broch èm no Knipperdolling. „Hier is hē, ōle Moot|Geselle, Bursche! Nu kann hē sik bi di bedanken. Un dènn sorg man dorför, datt hē èn orrige Reis|Abreibung kriggt, datt hē ni[X20] wedder[X41a] op de Slèngels|Schwimmsteg geiht!" – De ōle Mann sēēt dor op dėn Sand un hârr dėn Kopp in beide Hannen stütt. Hē bever an âll de Knoken un de Tähn klötern |klapperten ėm in' Mund. – „Minsch, nu drink doch ėn Lütten!", gung dat wedder[X41a] vun âll de Sieden. Un ōōk de Dokter, dē dor jüst an vörbikēēm, mēēn: *Nehmen Sie doch einen Schluck, Großvater! Das tut Ihnen gut!*" Knipperdolling richt dėn Kopp umhōōch, smēēt ėn lang[M3], schârp[M3] Ōōg op Odde, dėn süm[X04]|se bi ėm in' Sand sett hârrn. Dėnn grēēp hē opmool hastig no dėn Buddel, sett ėm jieperig|gierig an un drunk un drunk un drunk.

*** *[DrG21.066]*

Dat Sandstreuen, as frōher al seggt is, vör in'e Stuuv, dat wēēr ōōk sōōn Amt, wat Grōōtmudder[X12] Âlldag sik ni[X20] nehmen lēēt. Antje streu ehr dat ni[X20] egool|gleichmäßig nōōg un ōōk tō dick. Jo! De junge Welt, dē wēēr opstunns* wat riev |verschwenderisch! – Jüst wēēr sē dormit kloor un gung trüchwârts ut'e Stuuv. Ümmer sō mit'n slanken Ârm hârr sē dėn Sand mit sōōn leifigen|lockeren Umslag dör de Stuuv smeten. Nu noch sōōn beten op'n Drüssel risseln |rieseln loten, sō dör de (DrG05.051) Fingern un dėnn ... „Fru Âlldag! Fru Âlldag!", klung opmool ėn hēēl opdreihte Stimm över de Klööndöör. „*Mein Gott*, Fru Âlldag, wēēt|wēten[X10] Sē dat dėnn gor ni[X20]? Lōōpt |Lōpen[X10] Sē doch mool no'n Diek hėn! Och, du sōte Gott, wat ėn Malōōr, wat ėn Malōōr! Odde, dē hett sik je ... och, och, ik mag Sē dat gor ni[X20] sėggen! Datt de Jung ōōk ümmer[X21] an't Woter speelt! Knipperdolling, dē hett ėm je ..." – Wieder kēēm de Noversche ni[Yn] un dat Wōōrt blēēv ehr in' Hâls steken, sō verjoog sē sik vör dėn gresigen Luut, dē dor ut ėn quäälte Mudderbost[X12] ruutkēēm. – „Odde! Verdrunken!? Nä!" Dormit stött Fru Âlldag de Noversche op de Siet, flōōg an ehr vörbi un as ohnweten|von Sinnen dėn Diek rop. – Grōōtmudder[X12] hârr ehrn Rest Sand ut de Schört fâllen loten un wēēr op dėn

Stubendöördrüssel tōhōpensackt. „Mien Ohnen, mien Ohnen!", wimmer sē. „Ōh, ōh, dē Keerl, dē Knipperdolling, dē hett ėm …" – Lude Stimmen lēten sik op dat hōgere Vörland twischen dėn ōlen un nieden Diek, op dėn frie'en Platz dor, hōren. Dor kēmen Minschen! Antje flōōg süm[X05]|ehr in de Mōōt* |entgegen. Dor kēēm ėn Koppel|Timp|Schōōv Minschen un in'e Merrn gung sōōn ōlen Sandschipper un hârr verdwass|verdwēēr vör sik op sien Ârms ėn natt[M3] Kind liggen. Dat wēēr … Herrgott in' Heben! Nä! Dat wēēr tō veel, tō veel! – Op dėn Platz lēēg sōōn Klutz vun ėn ōlen Bōōm, dėn süm[X04]|se bi de Strotenbuerie afhaut hârrn. Antje sack dorop dool, sē kunn ni[X20] mēhr, âllns dreih sik rundum un sē sēhg nix mēhr un dat bruus ehr in de Ōhren. Man dor klung ut wiede Fēērn ėn Wēnen an ehr Ōhr. Dō hōōr[X65] sē ėn grove Stimm, dē mit ėn ruug[M3] Lachen sä: „Jo, nu loot dat Blârren|Weinen man no. Wüllt |Wōöt dat nu wull kriegen|schaffen, wėnn't ōōk op ėn hangen Hoor|um Haaresbreite ėn Schēben reten hârr|schiefgegangen wäre! (DrG05.052) Dor, lüttje Fru, Sē sünd sachs* de Mudder[X12]; för dit bruukt|bruken[X10] Sē ėm je kēēn Fellvull geben. Man Jung, Jung! Schasst mool sēhn, ik will di kranzheistern|op'n Putt setten, wėnn du wedder[X41a] op'e Slėngels geihst un wullt dor de langen Stoken ruutrieten!"

Un dėnn sēēt Odde op sien Mudder[X12] ehrn Schōōt. „Krieg ik dėnn ōōk kēēn Togels|Prügel, Mudder[X12]?", snucker* hē un bever vör Küll. „Ik will't ōōk ni[X20] wedder[X41a] dōōn!" – Dat wēēr tō veel för dat Mudderhatt[X12]! Ēērst de gresige Quool un dat Bangen, un nu, nu de Freud, datt ehr Kind leev, leev un an ehr Hatt lēēg!

De ōl' ruge un knupperige|knorrige Sandschipper strēēk sik mit sien grove, hatte Hand över dat brune Gesicht, as hē dat Snuckern*|Schluchzen un Wēnen vun [DrG21.068] de glücklige Mudder[X12] hōōr[X65]. „Hōōrt|Hören[X10] Sē mool, lütte Fru", sä hē ėndli op sien bållerige|*laute* Oort, „dat Wēnen, dat mööt[X61]|möten|mö'n[X10] Sē nu overs noloten! Dat kann ik ni[X20] hèbben|*mag ich nicht*! Sē hebbt|hèbben[X10] dèn ōlen Strömer je ōōk wedder[X41a]!" – „Och, och, wo schåll ik Sē dat danken!", snucker* Fru Ålldag èndli un hēēl dèn Mann de Hand hèn. – „Jo", lach dē over, „dor is nix tō danken! Wat scheert mi dat|*geiht mi dat an*! Ik heff dèn lütten, natten Swienegel hier blōōts herbrocht un dat hett mi èn Bårg Spoos mookt. Bedanken mööt|mö'n[X10] Sē sik bi Sē ehrn ōlen Nover Knipperdolling! Dē Keerl hett wohrhaftig sien Lèben riskēērt un hett swummen as èn Stint un dükert as èn Oontvogel|Oont|*Ente*! – Na, dènn Tschüüs ōōk, lüttje Fru! Nix för ungōōt[X50]|*Sie entschuldigen mich*! Un datt du mi ni[X20] wedder[X41a] op de Slèngels geihst!", dröh[X53] hē Odde noch mit'e Fuust un gung wedder[X41a] an sien Ârbeit.

Hēēl still wēēr dat in Fru Ålldag worrn, un sē sä nix mēhr. Kotthorig|*Kurz entschlossen* drōōg sē ehrn Jung in't Huus un *(DrG05.053)* pack èm in't Bett. – Grōōtmudder[X12] swöög*|*schwelgte* un lamentēēr, lach un wēēn in ēēn Putt un lēēp vun ēēn Eck in de anner. Sē wēēr reinweg dör'n Wind|*verwirrt*. As sē för dèn Lütten Flēdertēē koken schull, dä sē in Gedanken èn dick[M3] Stück Zichuren* in dèn Tēēputt un gōōt dat Waschwoter, wat sē Antje bringen schull, in Gedanken in dèn Dörslag|*Sieb*|*Filter*. – Datt Knipperdolling dèn Jung in dèn Strōōm achternosprungen wēēr un datt disse Mann, dē sik no ehr Mēnen al jēēdēēn Schann oploodt hârr, datt dē sien Lèben riskēērt hârr för èn frèmd[M3] Kind, dat wull Grōōtmudder[X12] ēērst gor ni[X20] in' Kopp! Ēērst as no't Mèddageten ehrn Söhn sik dat bi de Sandschippers niep* un nau befroogt hârr, dō glōōv sē dat un kuker|*kränkelte* un gruvel nu sō still vör sik hèn. – Jo, dat stimm ållns sō. Odde wēēr, as hē èn Tietlang Gras plückt hârr, op dat Slèngelsch|*Schwimmsteganlage* gohn, um sik dor ēēn vun de langen Wichelstöcker|*Weidenstöcke* ruuttōtrecken, dèn hē wull as Angelstock bruken wullt hârr. Hē muss dėnn wull utglitscht ween[X82] ōder sō, ēēndōōn, hē wēēr trüchlangs |*rücklings* no't Woter rinschoten. Un as Knipperdolling ėm achternosprungen wēēr, dō wēēr hē al recht sōōn Stück wegdreben ween[X83] un dėn ōlen Mann hârrn sien Knööv dėnn bâld verloten. Wėnn ni[X20] ėn Sandschipper vun dat Buckschipp |*gestaktes Schiff* ut ėm ėn Stoken tōsmeten hârr, dėnn wēērn doch wull twēē Minschenleben verloren ween[X83]. Dör dėn Stoken hârr de Nōōthölper ōōk de blödige Koppwunn kregen. Man hē hârr Odde al tōfoten hatt, ėm mit de Tähn bi'n Kittel packt un sik dėnn mit dėn Stoken an't Land trecken loten. –

Tō'n ēērsten Mool in sien Leben stunn Âlldag in de lütte Stuuv |*Döns* vun Knipperdolling sien Koot, dē sōōn beten achtertō|*weiter hinten* in dėn Eddelhoff* lēēg. Dat Huus sēhg vun buten *(DrG05.054)* man kümmerli un wrackelig|*baufällig* ut, man Âlldag kunn sik in' Stillen gor ni[X20] nōōg wunnern, wo rentli |*sauber* un kommōdig |*gemütlich* dat dor binnen wēēr. Reine Gardinen un Puttblōōm *[DrG21.070]* vör't Finster, ėn grōten Ârmstöhl mit ėn stickt[M3] Rüchküssen in'e Eck, ėn Kommōōd mit mischen|*messingnen* Ringen un Lōbenköpp|*Löwenköpfen*, kott un gōōt[X50]: Âllns wēēr sachs* ōōlt un slicht, man dat sēhg ni[X20] no Ârmōōt ut ōder as wėnn hier sōōn verkomen un versopen Tüffel|*Dussel* husen dä. Ēēn bruuk ōōk blōōts ēēn Gluup|Ōōg op de Wannen smieten, dėnn kunn ēēn glieks mârken, mit wat för ėn Mann ēēn dat hier tō dōōn hârr. Ēēn vull[M3] Bōōrd mit allerhand grōte un lütte Bōker, dē akkeroot in'e Rēēg stunnen. Un dėnn de velen Schillrootsen|*Gemälde* un Biller mit Köpp un dorünner drückte |*gedruckte* Nooms: Robert Blum, Gottfried Kinkel, Karl Schurz, Adolph vun Trütschler, dormanġ Goethe un Schiller. Âllns wies dorop hėn, datt hier in't Huus ėn Geist wohn, dėn ēēn ni[X20] vermōden wēēr, wėnn ēēn dat vun buten ankēēk.

Âlldag wēēr hierher komen, um sik bi dėn broven[X59] Mann vun Hatten tō bedanken. Hē hēēl dat ni[X20] blōōts för sien Plicht un Schülligkeit, nä, hē hârr ėn oprichtig[M3] Verlangen, dėn broven[X59] Nōōthölper vun sien ēēnzigsten Jung de Hand tō drücken. Sōōn poor Mool hârr hē al ›Gō'n[X50] Dag!‹ rōpen, man hē mârk bâld, datt hier kēēn Minschensēēl tō Huus wēēr. Jüst wull hē sachten* wedder[X41a] ut de Stuuv gohn, as hē op de lütte Deel Treed hōōr[X65] un hē dach ni[X20] anners, as datt de Inhebber vun dit Huus ōder sien Fru dat wēēr. Man hē kēēk ni[X20] slecht, as hē sien Mudder[X12] vör sik stohn sēhg, Grōōtmudder[X12] Âlldag, dē jüst ut dėn prâllen Sünn'schien in't Düüstere kēēm un ōōk sachs* ut ehr verwēēnten Ōgen ni[X20] orri kieken kunn. Sō muss sē wull (DrG05.055) dėnken, datt de Gestâlt, dē dor op ehr tōpedd, Knipperdolling wēēr. Sē hēēl ehrn Schörtentimpen|Schürzenzipfel an de Ōgen un snucker*: „Och, Herr Nover! Och, ik bün man ėn ōle Fru, over ik wull man …" – „Mudder[X12], wat kummt di dėnn an?", fâllt ehrn Söhn ehr in't Wōōrt. „Ik bün dat je!" – Eben hârr hē ehr dat vunēēnsett, datt hier nüms* tō Huus wēēr, as de Döör opengung un dē, mit dėn süm[X04]|se snacken wullen, vör süm[X05]|ehr stunn. Mudder[X12] un Söhn gungen ėn Schritt tōrüch, as süm[X04]|se de Gestâlt sēhgen. Gesicht, Hoor un Boort vull Blōōt, de glosigen Ōgen wiet openreten, dat natte Tüüg vull Sand un Klei, sō stunn hē dor, löhn sik an dėn Döörstänner un lēēt ėn gresigen Fuseldunst in dat Huus trecken. – „Herr Nover", snack Âlldag ėm ėndli an un foot dėn Ōlen bi de ieskōle Hand, „och, Herr Nover! Ik wull mi man vun Hatten bedanken, datt Sē …" De Ōl' schien bilüttens* tō begriepen, wat hier lōōs wēēr un wat de Mann wull. Hē trock over sien Hand tōrüch un schōōt no't Huus rin. As hē an Âlldag sien Mudder[X12] vörbiwull, hēēl dē ėm bi'n Rockärmel fast un wull ėm mit de anner Hand wat tōsteken. „Och", sä sē, „och nehmt|nehmen[X10] Sē mi dat ni[X20] för ungōōt[X50]! Ik wull man sėggen: Ik heff Sē sō veelmools

Unrecht doon, un nu nehmt|nehmen[X10] Sē mi dat blōōts ni[X20] för övel! Dissen Rulldoler, dėn heff ik al lang liggen, dėn heff ik mi mit Strümpstrichen *[DrG21.072]* verdēēnt, wüllt[X63]|wööt|wüllen |wöö'n[X10] Sē sik dor ni[X20] wat för tō Gōde[X50] dōōn, Herr Nover?" – De dune Mann gluup|*blinzelte* de ōle Fru ėn Tietlang an, datt sē angst un bang worr. Hē kau un kau, as wėnn hē wat sėggen wull, sluck over ümmer[X21] vergeevs dool. Ėndli fung hē an tō mummeln |*murmeln* un ēēn kunn dor blōōts de Wȫȫr ›Menschenpflicht – Beleidigung – Bezahle? – Bezahle? – Bezahle?‹ ruuthȫren. Âlldag *(DrG05.056)* mârk sachs*, datt hier nix tō moken wēēr, un tō'n ēērsten Mool muss hē dėnken: Wo kann dat angohn, datt sōōn Minsch sik sō besuppt? Is disse Mann ni[X20] veel tō schood dortō? Is hē ni[X20] tō beduren? Hē drück ėm noch mool de natte kōle Hand, klopp ėm op de Schullern, hook sien Mudder[X12] ünner'n Ârm un gung still no Huus.

Nu wēēr dat Ōbend, wedder[X41a] sōōn feinen, lēēfligen Summerōbend, still un fierli. De Moon stunn hōōch an' Hėben, vull, blank un doch sō ēgen, sō spȫȫkhaftig, sō as wėnn dat grōte Gesicht wat frogen wull. Sien blēken Schien full op dėn grōten mächtigen Lōōfpull|*Laubkrone* vun dėn Pappelbōōm, un dē smēēt ėn swatten Schadden op dat rōde Pannendack achter'n Diek.

Âllns wēēr still, kēēn Luut, nix rȫhr sik, ōōk ni[X20] ēēn Blatt an' Bōōm. Blōōts de Speckmüüs[X41k], de ōlen griesen Hexendēērten, dē flōgen un fluddern|*flatterten* över dėn Diek un dreihen süm[X06]|ehr Krinks dör dėn Moonschien rund um dėn stootschen Bōōm, dē süm[X06]|ehr Nohren|*Nahrung* Hârbârg gēēv.

Man dor binnen, ünner dat rōde Pannendack, dor wēēr Freden un Glück! Dor kēken twēē grōte blanke Kinnerōgen vun dat lütte Bett ut dör dat Komerfinster un kunnen sik ni[X20] sattsēhn an de helle sülvern Schiev un ehrn Glitter|*Glanz*. Dō bōōg sik ėn Fruunskopp över dat Kinnergesicht mit de prâllen rōden Backen, twēē lēve, wârme Hannen foten dėn Kopp twischen sik un ėn sachte Stimm fluster: „Jung, Jung! Odde! Slöppst du dėnn gor ni^{X20}? Wo büst du dėnn nu tōweeg|*Wie geht es dir nun*?" – „Och, Mudder^{X12}", anter|*antwōōr* Odde, „ik bün sō hungerig, Mudder^{X12}! Wüllt |*Wöö'* wi bâld Mėddag eten? Bottermelksries?" – „Jung, Jung", lach Fru Âlldag, „du büst mi ėn schōnen Sēlentrōōster, du Leckertähn *(DrG05.057)*! Dat is je nachtslopen Tiet! Dat is glieks teihn! Wēētst' dėnn gor ni^{X20}, datt du in't Woter fullen büst un datt du al teihn Stunnen in't Bett liggst? Ōh Jung, Jung! Wat hest du uns för ėn Kummer mookt! Wullt' nu ōōk hēēl wiss|*ganz gewiss* ni^{X20} wedder^{X41a} an't Woter gohn? Segg?" – Odde kēēk sien Mudder^{X12} grōōt an, as wėnn hē sik op wat besinnen muss. Dėnn nückkopp hē un sä: „Jo, man ėn Botterbrōōt krieg ik doch, Mudder^{X12}? Ik bün sō hungerig!" – Fru Âlldag wisch sik hēēmli ėn Troon ut de Ōgen. Wokēēn kunn wull sōōn Beed|*Bitte* afsloon|*afslogen*. Dat wēēr je ōōk ėn Lust antōkieken, wosück^{X30} de Bėngel nu in dat grōte Botterbrōōt rinhau, wat sē ėm opsmeert hârr! – „Mudder^{X12}?", froog Odde un kau mit beide *[DrG21.074]* Backen, „Mudder^{X12}? Is dat dėnn de Moon, wat dor sō hell is?" Un as sien Mudder^{X12} ›jo‹ sä, froog hē wieder: „Wokēēn putzt dėn Moon ümmer^{X21} sō blank, Mudder^{X12}? Deit dat de lēve Gott, Mudder^{X12}? Wokēēn stickt dėnn âll de Stēērns an, Mudder^{X12}? Dōōt dat âll de lütten Ėngels? Mudder^{X12}? De Ėngels, sünd dat âll dėn lēben Gott sien Kinner, Mudder^{X12}? Goht dē ōōk no Schōōl? Un wokēēn kookt süm^{AU9}|*ehr* dėnn wat tō eten, Mudder^{X12}? Hebbt de Ėngels ōōk ėn Mudder^{X12}?" – Och! Wėnn Fru Âlldag doch man drēē Tungen hatt hârr, um op âll disse Frogen op ēēnmool tō antwōren! – „Jo", sä sē opletzt, „sōōn Ėngel, dat wēērst du op ėn hangen Hoor|*fast* vunmorgens worrn, wėnn Unkel Dolling di ni^{X20} wedder^{X41a} ut' Woter trocken hârr! Jung, Jung! Nu vertell mi doch mool, wo wēēr dat dėnn ēgentli? Wat hest' dėnn dacht, as du dor sō hėndrēēvst?" – Odde bēēt ēērst noch mool ėn orrigen Happen vun sien Swattbrōōtsneed af, kau sinnig|bedachtsoom dėn Mund frie un sä dėnn: „Och, dat wēēr sō – sō – natt, un dėnn kunn ik dat gor ni^{X20} âll doolslucken. Un *(DrG05.058)* dėnn – dėnn – och, dėnn sēhg ik sō gollen Kugeln un Stēērns vör de Ōgen un ėn Bârg Musik, un dėnn – dėnn – Mudder^{X12}? Mookt Unkel Dolling mi dėnn ōōk morgen ėn Angelstock?"

De Moon, dē in de lütte Komer rinschient hârr, dē hârr sik al veel tō lang ophōlen un wanner ėndli wieder. Hē hârr âllns opluustert|erlauscht un lach över't hēle Gesicht. Nu kēēk hē achter'n Diek langs un um de Eck vun dat spitze Gevelhuus un dėnn manġ de Puttblōōm un Gardinen vun dat lütte Finster dör. Âll de Köpp dor an'e Wand, de Gesichter, süm^{X04}|se krēgen Leben! Âll de Ōgen dreihen sik un kēken ēērnst un trurig dör dėn lütten Ruum un hungen tōletzt an de Fruunsgestâlt mit dat fiene blēke Gesicht. Man de Fru hârr de Hannen in dėn Schōōt fōōlt un süüfz dēēp op. Ėn Stöhnen lēēt sik hōren ut de lütte Komer blangenan|nebenan un ėn schârpen Fuselruuch|-geruch trock dör dat hēle Huus. Twēē dicke Tronen lēpen langsoom de Fru över de blēken Backen. Noch ēēnmool süüfz sē dēēp un fluster dėnn: „Rudolf! Rudolf! Immer wieder? Keine Rettung?" – Schu un hastig trock de Moon sien Schien tōrüch ut disse Stuuv. Düüster worrn de Gesichter an'e Wand. Un as de Moonschien noch ēēnmool över dėn Diek, över de Dokens|Dacken un dör dėn Pappelbōōm strēēk, dō klappern in' Nachtwind sachten* de Blöder ēēn an' anner, un dėn Moon wēēr dat, as wėnn de ōle Bōōm, sien gōden^{X50} Bekannten, ėm tōfluster:

Hier Minschenlust, dor Minschenquool!
Du Moon kannst âllns sēhn!

Dien Schien geiht op, dien Schien geiht dool:
Hier Wēēg, dor Liekenstēēn! *(DrG05.059)* *[DrG21.076]*

Kapitel 10: Huusarrest, Papagei un Kninken

De Pohl, wō Knipperdolling sunst ümmer an stohn hârr, dē blēēv in dissen Summer lang lerdig. Man wenn Âlldag mool länger ârbeiden dä un kēēm denn loot ut'e Stadt un gung över den düüstern Platz vör sien Huus, denn full hē mēhrmools över wat. Wenn hē denn nauer* tōkēēk, denn wēēr dat en Minschengestâlt, dē dor lēēg, as wenn dē dōōt wēēr. Denn gung Âlldag achter'n Diek um'e Eck, un hē un Fru Nolling brochen rein still den unglückligen Mann an't Huus, dē in sien Swackheit sō dēēp sackt wēēr. Dor worr kēēn Wōōrt bi wesselt, dē blēke Fru drück den Nover blōōts still de Hand, wenn disse trurige Ârbeit doon wēēr. – „Unkel Nolling is krank. Hē hett sik verkȫhlt, as hē di ut' Woter trocken hett." Dat wēēr de Antwōōrt, dē Odde* krēēg, wenn hē mool no sien Fründ froog. – Grōōtmudder[X12] hârr sik in ehr Mēnen över ›de ōle Suupbütt‹, as sē frȫher sä, hēēl un dēēl dreiht. Jo, nu wēēr dat en anner Ding! Hē hârr je süm[X06]|ehrn Jung ut' Woter hoolt un hârr sien Leben för dat Kind insett! Nu wēēr hē ni[X20] mēhr dat ›Swien‹ un ›dat ōl' fremme Pack‹. – De beiden Fruunslüüd hârrn sik ōōk mit de stille, fiene Fru anfrünnt un sorgen dor truli för, datt Nolling sien *(DrG05.060)* Pleeg in't Huus hârr, as hē noch wekenlang no sien Schuur swoor krank lēēg. Süm[X04]|Se lēten dat an nix fehlen un brochen em in' Stillen Suppen un Melkspiesen. Un süm[X04]|se freuen sik, datt süm[X04]|se op disse Oort no süm[X06]|ehr Dünken wat afdregen kunnen vun de grōte Schuld. Snacken dä de Kranke mit nüms*. Wenn ēēn no de Stuuv rinkēēm, denn dreih hē sien smâll[M3] Knokengesicht no de Wand.

För unsen Odde kēēm no de Woterreis en slimme Tiet. Hē hârr Huusarrest! Dat will wat seggen för en Jung, dē bet hertō in Frieheit rumstrȫȫpt hârr un op Koperfohrt|*Kaperfahrt* ween wēēr. Ėn ârmen Vogel wēēr hē, dėn süm^{X04}|se in't Buur sett hârrn un de Flünken besneden! – Odde spȫȫr tō'n ēērsten Mool in sien Leben, datt hē ›Minsch‹ wēēr. Wo kēēm dat? Ėm ploog dat Lėngen*|*die Sehnsucht!* Hē fȫhl, datt hē mool ›glückli‹ ween^{X83} wēēr, hē hârr Verlangen no dit verloren Glück, no Frieheit.

Nu wēēr de ünnerste Huusdöör|*der untere Teil der* Klȫöndöör fast |fest tōschott. Ėn Fȫȫtbank worr dor achterstellt, wō hē sik dėnn ropstellen un över dėn Rand vun de Döör röverjappen |*hecheln* kunn. Wat scheel|*nützte* ėm dat, datt de Tėlgen vun sien Bōōm *[DrG21.078]* ėm tōnücken un ›Koom doch! Koom doch ruut!‹ winken, datt de Swülken över dėn Diek seilen un ėm tōjibbeln:

›Tschiewitt, tschiewatt,
wat, wat is dat,
tschiewatt; tschiewitt,
koom mit, koom mit!‹

Un de ōlen Kauken*|Dickköpp|*Dohlen*! Huh, wat dē ėm nu ârgern mit süm^{X06}|ehr ōōl^{M3} utverschoomt^{M3} ›Japp, japp!‹ – Tȫȫvt! Dor kēēm de Katt, dē wull jüm^{X02} |ju wull kriegen! Jo, dē kniepȫȫg|*zwinkerte* ōōk hēēl plietsch no dėn Bōōm rop, as wėnn sē dat sachs* in' Sinn hârr. Man dor blēēv dat ōōk bi, un sē lickmuul blōōts un slōōg sik mit dėn lütten rōden Slickfeger|mit de Tung um de Nȫȫslöcker. – *(DrG05.061)* „Mudder^{X12}!? Schåll ik de Katt mool mit ėn Stück Backtörf smieten? Sē fritt al wedder^{X41a} Gras, un dėnn gifft dat je Regen, seggt Grōōtmudder^{X12}!" – „Jo, tȫȫv man, Jung!", anter|*antwōōr* dat dėnn ut'e Köök. „Ik wârr di wat anners, wėnn du dėn Törf ut' Huus smieten wullt!" – „Och, wat is dat doch ėn Ploog mit sōōn Bėngel!", stöhnen dėnn de Fruunslüüd ėnanner wat vör. „Wėnn't doch man ēērst Ȫȫstern wēēr, datt wi dėn ōlen Stohin'-Weg no de Schōōl bringen kunnen un ėm ut dat Huus lōōs wēērn!" – Jo, man wat schull de ârme Odde blōōts sō lang moken? Ruut dörs hē ni[X20], tweimoken dörs hē in't Huus ōōk nix, de Dēērns süm[X06]|ehr Billerbōker hârr hē al dusendmool bekeken un ōōk meist kladderig keken|zerlesen. Och, wat wēēr dat för ėn gresig[M3] Leben opstunns* un wat wēēr de Welt doch lütt! – Jo, op dėn lütten Achterhoff, dor wēēr de Heben hōōch nōōg. Man wėnn hē an Ėngelkens süm[X06]|ehr Stakett kēēm, dėnn wēēr de Welt för Odde ōōk al tō Ėnn, un hē kunn âllnfâlls mool manġ de Latten dörschulen no de Jehannsbein[X71] un Stickbein[X71]. Jo, dor wēēr nix tō holen. Un vun de Frolleins krēēg hē ōōk man ümmer[X21] blōōts beide Ōhren dick vull mit Vermohnens un Rüffels. *„Sieh, da ist der böse Schlingel, der immer ans Wasser geht und seinen Eltern so viel Kummer macht!"* Dat kėnn Odde al buten Kopp. Vunmorgens schienen de ōlen Tanten ni[X20] dor tō ween[X82]. Man kiek dor! Dor stunn je de ōle ēēklige Quârker, de Papagei, merrn in' Goorn mit sien Buur in' Sünn'schien. Odde kunn dat ōle Dēērt ni[X20] op't Fell kieken|nicht leiden; ēēnmool|zum einen kēēk dē sō achtertücksch |hinterlistig ut de ōlen schėben Ōgen, un dėnn|zum andern snacken de Frolleins dor ümmer sō glei|sanftmütig, katzenfreundlich mit un stellen sik dor sō ieverig mit an. – „Wacker Polli!", oop|äffte Odde dėn Papagei dör de Latten (DrG05.062) no. – „Frollein! Is ēēn!", quârk de Papagei. – „Hōōl't Muul!", rēēp Odde. – „Dat Wekenblatt! Dat Wekenblatt!", klung dat tōrüch. – „Schoopskopp!" – „Gō'n[X50] Morgen, gō'n[X50] Morgen!" – „Hōōl't Muul, hōōlt Muul!" – Sō gung dat [DrG21.080] hėn un her un röver un tōrüch. ›De Klōōkste|Klügere gifft no!‹, much Odde wull ėndli dėnken un hēēl tōēērst dėn Babbel. Man wat nu? Hē hârr dėn ōlen Krummsnovel, de dore Grōōtsnuut gēērn mool ēēn bipuult |ausgewischt, over wosück[X30] |wie schull hē dat anfangen? Man kiek! Dor lēgen allerhand unriepe Fâllappeln, wėnn hē ėm dor mool ēēn mit … Och! Dē wēēr vörbi! Gōōt[X50] keken, man slecht dropen! ›Klurrr!‹ klöter dat an't Buur. Dē sēēt! De Papagei pluuster sik dick op un slōōg mit de Flünken. Noch sō ēēn! Nu kēēm recht sōōn dicken. Odde wēēr op dat Stakett klattert, hool wiet ut un … Nu blēēv ėm doch vör Schreck de Ârm stohn, as hē dat Speelwârk sēhg, wat nu kēēm. De Vogel, dē ut sien Opregen gor ni[X20] mēhr ruutkēēm, hârr dör dat Flünkensloon|Flünkenslogen dėn Buurstänner sō in't Wackeln brocht, datt de drēēbēēnte Stänner, dē op dėn schrēgen Sandweg sōunsō ni[X20] hēēl fast stohn hârr, datt dē opmool koppheistergung un mit ėn luut[M3] Geklöter op'n Grund flōōg. De Papagei mook ėn Geschrigg as sōōn ōle Heen, dē an't Mess schâll un trüddel mit dat runne Buur noch recht sōōn Stück langs dėn Goornweg. Dorbi slōōg un weih hē in ēēns weg mit de Flünken, sōdatt dat sō utsēhg|lēēt, as wėnn dat sō ween[X82] schull un as wėnn hē de Maschien wēēr, dē dat Dreihdings in' Gang hōlen muss. As de beiden Frolleins in dėn Goorn störten, um mit ėn gresig[M3] Gejuuch un Gekriesch süm[X06]|ehrn ârmen Ōōgappel |Liebling ›aus der entsetzlichen Lage zu befreien‹, dō hârr de ēēn noch sōōn hēēl lütt[M3] beten vun ėn hellblauen Kinnerkittel in Âlldag süm[X06]|ehr Hoffdöör verswinnen (DrG05.063) sēhn. Ut dat Gerōōp, wat süm[X04]|se hēēl düütli vör in't Huus hōōrt hârrn, vör âlln over ut de velen grönen Appeln, dē dor allerwegens rumlēgen, kunnen süm[X04] |se sik bâld süm[X06]|ehrn Vers moken. Un dat wohr|duur ōōk kēēn teihn Minuten, dō stunn Frollein Emilie bi Âlldags op'e Huusdeel, un dat|und zwar jüst op de lütte Kellerluuk, dē dor glieks rechter Hand in't Huus wēēr. Dor muss|müsse wat an doon wârrn! Dat gung ni[X20] sō wieder mit dėn ›bösartigen Flegel‹ vun Jung. „Nein, nein! Es ist unerhört!“ – Dor hōōr[X65] ēērstmool wat tō, datt de beiden Âlldagschen Fruunslüüd dor klōōk ut worrn, wat dor dėn ēgentli lōōs wēēr. „Jo, jo! Sōōn Slēēf|Lümmel vun Jung! Na, tōōv man! Odde!“ Jo, dat wēēr âllns licht seggt un rōpen ›Odde!‹ Un ōōk de Achterndiekers kunnen ni[X20] ēhr|*eher* ēēn hangen|*aufhängen*, as bet süm[X04]|se ėm hârrn! „Odde! Hier kummst' mi her!", sō klung dat dör't Huus, man hē wēēr nârms tō finnen. Wėnn nu Frollein Emilie sō schârpe Ōgen hatt hârr, as dē Oort Minschen, vun dē seggt wârrt, datt süm[X04]|se dör ėn ēken Brett|*Eichenbrett* kieken köönt, un sē hârr dėnn mool vör sik dool, sō an ehr Fȫōt vörbikeken, dėnn hârr sē wies wârrn kunnt, datt dē, dē dor sō fēverig |*fieberhaft* söcht worr, datt dē still as sōōn Muus un as sōōn opkrüllten |›aufgewickelter‹, *zusammengerollter* Swienegel|*Igel* ünner desülvige Kellerluuk sēēt, wō sē jüst op stunn. – Ēērst as Odde dör de lütten runnen Luftlöcker vun de Luuk hȫȫr[X65], datt de Luft rein, ōder wēnigstens, datt *[DrG21.082]* dat Frollein wedder[X41a] ut' Huus wēēr, dō böör hē sachten* mit'n Kopp de Luuk hōōch un snüffel mool sōōn beten in't Wedder[X41d], sō op dē Oort, as wėnn de Foss mool för't Weddern|*Wittern* dat Snutenwârk tō't Lock ruutstickt. – „Wō[X31] büst du ween[X83]? Wō hest du steken? Du Briet|*Flegel* vun Jung!" Sō futer|*schimp* dat op Odde lōōs, as hē mit ėn hēēl dusselig[M3]|*dösig*[M3] Gesicht achter *(DrG05.064)* no de Waschkȫȫk rinkēēm un jüstsō utsēhg, as wėnn hē sachs* grōte Lust verspȫȫr, sik sülben mit sȫken tō hölpen. – Grōōtmudder[X12] ehr hell[M3] Lachen dorȫver, datt de Rietenspliet |*Tu-nicht-gut* in't Kellerlock seten hârr, dat wohr |*bewahrte* ėm ditmool noch vör ėn orrige Sâlv|*Rüüsch*|*Tracht Prügel* |*Abreibung*, dē sien Mudder[X12] ėm tōdacht hârr. Ēgentli wēēr sē je ōōk blōōts vergrėllt över dat vele Rōpen un Sōken, wat sē vergeevs doon hârr un sä opletzt: „Na, tȫȫv man, mien Jung! Dat spoorst du di op! Kriggst annermool sōveel|*umso* mēhr! Bedank di man bi dien Grōōtmudder[X12], dē verdârvt di noch op un dool|*völlig*, wėnn sē di ümmer de Hand vör'n Stēērt|*Moors* höllt! Over tȫȫv man: Vun nu af an will ik mool anners mit di umspringen! Ōle Flȫȫz|*Flegel*, du!"

Ool, grö̂ne Ool!
Madam, koomt|kom'n^X10 Sē mool dool!
De Kööksche^X16 sitt in't Kellerlock
un flickt dėn Krenolinenrock!

Sō sungen un trallâren|*trällerten* de Âlldagsdēērns, as süm^X04
|se ut'e Schōōl komen wēērn un dėn Spoos vun Odde hȫȫrt
hârrn. Grōōtmudder^X12, dē ōōk vun alle Kneep |*Späßen* vull
stēēk, hârr süm^X05|ehr dit Riemelsch |*Reimerei* gau lēhrt*. Nu
slōten süm^X04|se ėn Krink um Odde, hupsen un danzen un
sungen: Uns' Odde sitt in't Kellerlock, is bang doch vör dėn
Kloppelstock! – Sōōn Tietlang gung dat Speelwârk gōōt^X50.
Odde lach un danz mit. Man as hē mârk, datt dat blōōts op
Tosen un Tucksen|*2x Zausen, Zupfen* ruutlēēp un datt hē dor de
Dumme bi wēēr, worr hē vergrėllt. Hē stunn stief as ėn Stock
in'e Merrn vun dėn Krink, ümmer rōder worr sien Gesicht, de
Füüst bâllen sik, un de bekannte blaue Oder wēēr ümmer
düütliger tō sēhn. Sōōn poor Mool hârr hē al ›Ruhig^X52!‹ bölkt
un hârr mit'n Fōōt oppedd. Man je |*umso* duller drēben de
Dēērns dat un jachtern um ėm rum. Opmool sprung Odde
over mit ėn splitterig^M3|*giftig*^M3 Bölken hōōch, hau mit *(DrG05.065)*
beide Füüst rundum op de Dēērns lōōs un sprung dör dėn
Krink. – Jo, nu hârr de Spoos ėn Ėnn. De Dēērns rēben sik
de Steden, wō süm^X04|se wück afkregen hârrn, wischen sik de
Tronen af un schimpen op dėn ōlen ›Büffelhund‹, dē kēēn
Spoos verdregen kunn.

Odde stunn bides* in dėn Gang, dē op de Siet vun't Huus
langsgung. Wat wēēr dat för ėn Leben! Nix as Kruuz, Jammer
un Ėlend! Wat schull hē blōōts anfangen? Jo, ēērst man mool
no de Kninken |*Kaninchen* kieken. Dat wēērn ėgentli Unkel
Dolling sien, man hē hârr süm^X05|ehr ›op *[DrG21.084]* Verholen|*zur
Erholung*‹, wat sō veel bedüden schull as ›in Pengschōōn‹. Dē
brochen ėm tōminnst dat in, datt hē jēēdēēn Nomėddag ēēn

Stunn op'n Diek dörs, um Gras tō plücken. Man dat hēēs[X64], dėnn mussen ümmer[X21] twēē vun de Dēērns as Opsichtspullzei mit, datt hē ni[X20] an't Woter gung! – Nu mook hē dėn Deckel vun dat Buur open. Man wat wēēr dat? In'e Eck lēēg ėn hēlen Bârg Kninkenhoor un dormanġ grimmel un wimmel dat. Bums! klapp hē dėn Deckel wedder[X41a] tō, lēēp Hâls över Kopp no't Huus rin un rēēp: „Mudder[X12], koom mool her. Dor sünd Müüs in't Kninkenbuur!" – Jüst wēēr sien Voder[X11] in't Huus komen, un dē verkloor ėm dėnn, datt dat kēēn Müüs wēērn, nä, dat ēēn Knink hârr Jungen kregen, un dat|und zwar süss Stück. Nu muss dat anner ruut ut dat Buur, dat kunn anners|sunst de lütten Jungen mool dōōtbieten. Un dėnn muss noch sōōn orrigen Klutz vun Stēēn op dėn Deckel leggt wârrn, datt dor kēēn Katten rankomen kunnen.

Sō worr dat dėnn nu ōōk je mookt. Dat ēēn Knink, wat natüürli de Buck wēēr, kēēm in sōōn lütte holten Kist, un de Kninkenmudder[X12] hârr nu mit ehr Kinner dat Riek allēēn. – Âll Nööslang nēhm Odde nu dėn Stēēn vun dat (DrG05.066) Buur, kēēk un snüffel, ›watt süm[X04]|se ōōk wull noch âll dor wēērn un watt de Jungen wull al grötter worrn wēērn!‹ – För dėn Nomėddag kunn hē ėn hâlve Stunn länger Urlaub ruutschinnen, ›hē muss je för de Jungen ōōk Gras plücken!‹ – Noch loot an' Obend klei un klüter|wühlte und werkelte hē bi de Kaninken rum un deck süm[X05]|ehr meist tō mit Gras. – Man as Âlldag dėn annern Morgen mool no'n Rechten kieken wull, verfēēr hē sik ni[X20] slecht, as hē wies worr, datt de Jungen doch över Nacht âlltōhōpen dōōtbeten worrn wēērn. Odde hârr dėn Obend in sien Truschuld|Einfalt de beiden Kninken wedder[X41a] vertuuscht un dėn Buck bi de Jungen un dat Wiefen |Weibchen allēēn sett. – As Âlldag ėm over bi dėn Hoorpull foot un ėm froog, worum hē dat doon hârr, anter|antwōōr hē hēēl truhattig: „Jo, ik dach, ik dach, dat ēēn, dat hârr je al dėn hēlen

Nomėddag sō allēēn seten, un nu kunn je dat anner mool de Nacht över allēēn sitten." Jo, nu wēēr dor nix mēhr an tō moken, un Odde wēēr dē, dē sik an meisten ârger, datt he kēēn junge Kninken mēhr hârr. *(DrG05.067)* *[DrG21.086]*

Kap. 11: Regenwotertünn, Kaschott, Frieheit

›Wi Waschwiever wullen wull wittwaschen, wėnn wi wussen, wo wârm wēēk[M3] Weserwoter wēēr.‹ Wėnn bi Ålldags Waschdag wēēr, dėnn spiel|spitzte Odde* al frȫh morgens de Ȫhren un luur op wat. Dėnn hē wuss niep* un nau, datt Grōōtmudder[X12] op jēēdēēn Fåll mit dissen Snack an' Dag kēēm. Hē schull je dėn doren Snack för Gewålt butenkopps |utwennig lēhren* un Grōōtmudder[X12] nobabbeln. Hē hârr dat ōōk sachs* gōōt[X50] un gēērn kunnt. Man hē dä sien Grōōtmudder[X12] ni[X20] dėn Gefållen, sē dä ėm je nȫȫssen ümmer[X21] tårren un ârgern, an jēēdēēn Waschdag. Sō wēēr dat, wėnn de Blautuut|Wäscheblau-Tüte an de Rēēg kēēm. Dėnn kunn hē sik dor ōōk fast|fest op verloten, datt sē ėm tōrēēp: „Antze, pome her! Orre ma ėn Ziepers!" Dor kēēm noch tō, datt hē in dėn Waschwiever-Snicksnack kēēn Sinn un Verstand rinbringen kunn. De Weser wēēr kēēn hunnert Schreed vun't Huus af, man de Ålldagschen Fruunslüüd nēhmen liekers kēēn Weserwoter för't Waschen! Nä, dat muss (DrG05.068) Regenwoter ween[X82], un dor worr in wuschen, sō lang as dor noch ėn hålben Ammer vull in de ōle swatte, brackerige, hålfvermōderte Kōhbålje|Kuhfass in wēēr. Dat Regenwoter, wat vun dat verrōkerte Pannendack dör de ōle rusterige Gööt |Dachrinne no de Bålje rinlōpen wēēr, dat wēēr meist swatt as Black|Dint. Man dat wēēr ›Regenwoter‹, veel, veel wēker as ållns annere. Un Odde wēēr dat bi Dōōdsstroof verboden, an de Bålje rantōgohn un in dat Woter rumtōkleien|rumtōsuddeln. – Man liekers un jüst dorum trock unsen Muscheblix|Blitzjungen dat ümmer wedder[X41a] mit sōōn ēgen Gewålt no de ōle Tünn hėn. Sō kēēk hē dėnn ōōk an dissen Nomėddag, as hē trurig vun dėn Kninkenståll kēēm, mit langen Håls nieschierig över dėn Rand vun de Tünn. Wo dēēp much dat Woter wull ween[X82]? Wat muchen wull op dėn Grund âll för Kostborkeiten un Gehēēmnissen op'n Hümpel liggen? Ōh, ėn hēlen Bârg |einiges wuss hē! Man dat wuss hē blōōts hēēl allēēn op'e Welt! Dor wēērn: Twēē tinnen Eetlepels, ēēn Kökenmess un ēēn Govel, ēēn lütte Nippfiguur vun'e Kommōōd, Mieke ehr Boodpoppen, Griffels, Lōpers |Mârmels |Murmeln, un, wat dat Slimmste wēēr un wō hē noch mit Schuddern un Gresen|2x Schaudern an dach: Grōōtmudder[X12] ehrn mischen|messingscher Schōhantrecker! Vulle acht Doog hârr dat Huus op Stütten stohn un wēēr um un um kēhrt worrn, as de Schōhantrecker verswunnen [DrG21.088] ween[X83] wēēr! Dat wēēr ėn gresige Tiet ween[X83], man Odde hârr ėn dick[M3] Fell. Hē wēēr Kummer wėnnt, dėnn bi âllns, wat in't Huus mool weg wēēr, dor hēēs[X64] dat: „Dat hett wedder[X41a] de verdreihte |verdammte, opsternootsche|widerspenstige Bėngel versuust un wegsleept!" Hē hēēl dorum reinen Mund, hē wēēr kēēn Judas un worr nüms* verroden un al gor ni[X20] sik sülben …

Wat wēēr dat Woter hüüt fein blank un sō still un glatt! Bet an dėn Rand wēēr de Tünn over ōōk vull no (DrG05.069) dėn letzten Gewidderregen. De blaue Heben spēgel sik dorop, un ėn lütte Wulk seil dor langsoom as sōōn Tōverschipp* över hėn. Ėn ōlen Propp|Korken swumm dicht vör ėm an' Rand. Hē puust ėm no dat anner Över röver, hool ėm wedder[X41a] her un mook dat Speelwârk noch mool. Wat gēēv dat för feine Bülgen|Wellen. Dor muss ēgentli noch mēhr op swimmen. Sō as seggt|wie gesagt, sō ōōk doon|so getan. De Luft wēēr rein, de Dēērns wēērn no Schōōl, Grōōtmudder[X12] döös in ehrn Löhnstōhl un Mudder[X12] lees vör in'e Stuuv dat Blatt. Suutje klatter Odde dör dat lütte Komerfinster no de Dēērns süm[X06] |ehr Komer rin un kēēm glieks dorop mit sōōn lütten bunten Pappkasten wedder[X41a] ruut. Dat wēēr wat! Dor lēēt sik wat mit moken! Mieke ehr Anklēēdpoppen! De ōle Bâlje stunn op drēē

Bēēn, dē ut vēēr hâlve Backstēēn opbuut[X55]|opbuudt wēērn un dē man lōōs opėnannerleggt wēērn. Odde pedd mit ēēn Fōōt op sōōn Stēēn, dē ėn beten vörstunn un lä sik mit dėn Lief op dėn Rand vun de Regentünn. Nu lä hē de ėnkelden Poppen behott|behutsam op dat Woter. Paula, un *Lydia*, un *Käthe*, un ›*die Zofe*‹, un Prinzess *Valerie* (Mieke sä ümmer[X21] ›Falleri‹) un âll de annern lütten ›Deideis|Wiegenpuppen‹, dē hē âll vun Ansēhn un mit Noom kėnn. Dat wēēr ėn Lust. *›Alle meine Enten schwimmen auf dem See!‹* dach Odde. Nu kēēm de Storm! Hē puust âll wat hē kunn|för Gewâlt, un de Poppen fungen dat Dümpeln an. De Prinzess wull sik verdrinken! Nä, dē mussen de Nixen holen, no dėn Grund vun dissen dēpen, dēpen Sēē. Dor wēēr dėnn dat vertȫverte |verzauberte Kȫnigsslott, wō Berta ėm vun vörleest hârr ut ehr Märkenbōōk. Luter hēēl, hēēl lütte Dēērten schöten in't Woter hėn un her, Stēērtpȫgg |Kaulquappen. Dat wēērn sachs* de Nixen, dē wull hē mool (DrG05.070) fangen, un dėnn … Opmool gung dat klapps, bumms, pullsch, pâlsch, brrr! Bah! Habuuh …

„Och, och, och! Nä, nä, nä! Wo kann't angohn|Wie ist's möglich! Wo kann't angohn! Ōh, ōh, dat schȫne Regenwoter. Nä, nä, disse gresige Swienegel vun Jung!" Dat wēērn sōwat|etwa de Wȫȫr, dē an Odde sien Ōhr klungen, as hē wedder[X41a] tō sik komen wēēr un sik, natt as ėn Woterrött, wedder[X41a] ünner de ōle Bâlje ünnerruutkröpeln wull, dē mit ėm koppheistergohn wēēr. – Man worum Odde in sien natt[M3] Ēlend vun sien Mudder[X12] ōōk noch Rüüsch|Prügel vör de natte Büx krēēg, as wėnn sē ėm wedder[X41a] drȫȫg kloppen wull, worum sē ėm in't Bett stoppen dä un worum Grōōtmudder[X12] ėm [DrG21.090] vēērteihn Doog lang âll dėn Klöterkroom ünner de Nöös hēēl, dē bi dat Tünnumkippen ėndli mool wedder[X41a] an't Doogslicht komen wēēr, dat kunn hē mit'n besten Willen ni[X20] klōōkkriegen |begriepen. Datt hē ehr dōmools dèn Schōhantrecker sō hēēmli wegnohmen hârr un hârr èm sō tücksch no de Regentünn rinsmeten, ohn dat tōtōgeben, dorför wēēr hē de slechtste Kreatuur, dē dor man op Gott sien Ēērdborrn rumlēēp. Un hē schull, sō bâld as dat man jichens* |irgend gung, no'n Ellner Hoff*, no de Beternanstâlt |Besserungsanstalt, dor worrn süm^{X04} |se èm dènn bi'n Moors kriegen un èm dat Schōōsterlēēd|'kēēn^{X33} wēēt, 'kēēn mi noch nehmen deit, 'kēēn wēēt, 'kēēn mi noch nimmt? vörsingen!

Jo, de Regentünn wēēr nu lerdig, dor lēēt sik nix mēhr an ännern. Man dèn ârmen Odde sien Moot|Maß, sien pickswatt^{M3} Sünnenregister, dat worr bi âll de Snackerie noch ümmer^{X21} vuller. Dènn de Fruunslüüd hissen|wiegelten sik ēēn de anner op un snacken sik ümmer^{X21} mēhr in Roosch|Rage. Odde sēēt still un bedrōōvt op'e Kellerluuk un gruvel vör sik hèn. Dat sēhg sō ut|lēēt sō, as wènn hē no dèn letzten Tog|Kneep|Streich schändli|schrecklich (DrG05.071) mōōr|mürbe worrn wēēr. Un dē ni^{X20} verstunn, in de Sēēl vun èn Kind vun fief Johr tō lesen, dē kunn sōgor glōben, datt hē ›in sik‹ gung un faste Vörsätz foot, um sik tō ›betern‹. Op jēēdēēn Fâll lees èm de ōl' gōōthattige^{X50} Smittsche sō wat ut de trurigen Ōgen af, as sē in't Vörbigohn över de Klōōndōōr kēēk. Un sē smēēt èm glieks dorop èn poor Lutschers |Slickstangen tō, dē sē èm mitbrocht hârr. Man dor kēēm sē bi Grōōtmudder^{X12} schōōn an! Dat fehl ōōk noch! Sōōn achtertückschen|fälschen Bèngel noch Lutschers geben! Dē schull an't Roothuus an' Kook |Schandpohl un schull dor èn Zettel um' Hâls hèbben, wō opstunn: „Ich hab mein Großmudder ihrn Schuhanziehert inner Regentonne gesmissen un bin ein Bumann von Jung!" Dor plinkōōg|zwinkerte sē de Smittsche bi tō un mēēn Wunner, wat sē för èn Witz mookt hârr. Man de Smittsche trōōst Odde, strokel èm de Backen un sä tō ehr: „Kinners, stellt sik^{X08}|ju doch ni[X20] sō verdreiht |verrückt an! Dat kummt âllns vun dat ōle Inpannen |Inspârren! Wat schâll sōōn Kind dėnn? Wat mööt süm[X04] |se doch um'e Hand hėbben. Nä, de Bėngel mutt sien Frieheit hėbben! An't Woter wârrt hē sachs* ni[X20] wedder[X41a] gohn, un wat sunst passēren schâll, dat passēērt doch. Wėnn dat Malōōr dat sō will, sō kann ēēn sik sachs* ėn Finger in'e Nöös afbreken. Güstern hârr hē sik je al Hâls un Bēēn breken kunnt, un bi de ōle Regentünn, dor hett hē gor ni[X20] sō veel Schuld an. Ik heff de ōle Wüppeltünn al lang op'n Kieker hatt!" Jüst wēēr ōōk noch de Puustmeiersche no't Huus rinpedd, wull sachs* ėn beten mit manġsnötern un de Smittsche dėn Wedderpârt[X41c] hōlen |widersprechen. Dō kēēk Antje mool schârp ut de Huusdöör un sä: "Wat kummt dor dėnn för ėn vörnehmen Herr dėn Diek langs un dreiht hier op uns Huus tō? (DrG05.072) Kinners nä! Dat is je uns' Paster!" – "Ōh nä ōōk doch!", spektokeln de annern Fruunslüüd. "Kinners, loot uns[X07b] man gau achter ut' Huus ruutwitschen!" Un de Puustmeiersche [DrG21.092] sä noch: "Hebbt jüm[X01] |ji|ju ōōk de Bibel op'e Kommōōd liggen? Anners |Sunst ..." – "Sō is dat hier ni[X20] bi uns!", rēēp Fru Âlldag ehr no. "Mit ›schienhillig‹ hebbt wi hier nix tō dōōn, un uns' Paster Merkel ..." Dormit pedd de ōle witthorige Kârkenmann ōōk al no de Huusdöör rin un hēēl mit ėn fründli[M3] Lachen de Fruunslüüd de Hand hėn. *„Ah, sieh da, Großmutter! Immer noch rüstig? Immer noch die sorgende, ratende Stütze des Hauses? Guten Tag! Guten Tag!"* Dormit schüddel hē de Fruunslüüd de Hannen. Hē mârk dat gor ni[X20], datt süm[X04] |se sōōn beten verdattert wēērn un verlegen |benaut an süm[X06] |ehr Kökenschörten doolstrēken. Grōōtmudder[X12] bōōg sik dėnn gau no Odde dool, dē mit sien smerig[M3], bruun[M3] Lutschersnutenwârk noch op'e Kellerluuk sēēt. Fix wisch sē ėm de backsige Hand in'e Schört af un fluster ėm tō: "Stoh mool op! Geev dėn Unkel Paster de Hand un segg: ›Gō'n[X50] Dag!‹, du Fârken!" – *„Ah! Da ist ja auch unser* *kleiner, jüngster Täufling! Guten Tag, kleiner Mann!"* – Odde hēēl dėn Paster sien lütte Pōōt hėn, kēēk ėm mit sien grōten blauen Ōgen an un sä dėnn jüstsō as Grōōtmudder[X12] ėm dat tōflustert hârr: „Gō'n[X50] Dag, du Fârken!" – De Paster muss sik op dėn brunen Kuffer|Truhe doolsetten, sō schüddel hē sik vör Lachen. Sien gelen Handstock mit dėn Elfenbēēnknōōp full op de Kellerluuk, un hē klapp|klatsch sik vör Vergnōgen op de Lėnnen|Oberschenkel, datt dat man sō knâll. „Kostbar! Kostbar!", rēēp hē ėndli un wisch sik mit sien rōōtsieden Taschendōōk dėn Swēēt un de Tronen af, dē ėm vör Lachen över de Backen trüddeln|kullern. *(DrG05.073)*

De beiden Fruunslüüd wussen ēērst|tōēērst vör Schreck un Schoom gor ni[X20], wat süm[X04]|se sėggen schullen, man mussen opletzt sōōn beten sōōtsuur mitlachen. An lēēfsten wēērn süm[X04]|se je beid' op'e Steed op dėn gresigen Bėngel doolgohn un hârrn ėm dorför betohlt, datt hē süm[X05]|ehr sōōn Schann mook un dėn Paster ėn ›Fârken‹ schimp. Grōōtmudder[X12] verhool|erholte sik tōēērst un tell nu in ēēn Oten|Atemzug Odde sien hēēl[M3] swatt[M3] Sünnenregister op. Sē hōōg|freu sik al in' Stillen, datt nu de Paster dėn Sünner mool orri de Biecht verhōōr[X65]|zur Rede stellte un ėm mool hēēl gefährli dėn Kopp waschen worr. – Dr. Merkel, dē al lange Johr hier Sēēlsorger un Huusfründ wēēr, dē wēēr dėnn ōōk hēēl ēērnst un still worrn, as hē tō hōren krēēg, an wat för ėn dünnen Foden dit lütte frische Leben hier köttens hungen hârr. As de Snack op âll de annern dullen Tōōg, op Frollein Ėngelken, de Kninken un gor op de Regentünn kēēm, dō flōōg dat sachs* för ėn lütten Stōōt* wedder[X41a] as sōōn Sünn'schien över sien Gesicht. Man ēērnst un streng kēēk de ōle Herr op de Fruunslüüd, as de Reed op dėn Huusarrest kēēm un as Grōōtmudder[X12] ėndli tō Ėnn kēēm|sluten dä. Sē mēēn an't Ėnn: „Jo, Herr Paster! Wat sėġġt|sėggen[X10] Sē nu tō sōōn Lümmel-

Exemploor? Mussen|Müssten wi ėm ni[X20] inpannen|insparren in ėn düüster[M3] Kaschott* bi Woter un Brōōt, bi Rötten un Müüs? Dėn hēlen Summer kummt [DrG21.094] uns de dore Slēēf|Bandit ōōk ni[X20] wedder[X41a] över'n Drüssel |Türschwelle! Un nu kranzheistert|kranzheistern[X10]|ausschimpfen Sē ėm dor man mool orri för, datt hē Sē ēērsten|vorhin ėn Fârken schimpt hett!"

Paster Merkel, dē ėn ōlen Kinnerfründ wēēr un veel afwuss |wusste vun de Minschen, dē hârr dat Kind an sik rantrocken un twischen sien Knēēn nohmen. Hē kēēk Odde sō recht dēēp un fründli in de grōten blanken|glänzenden blauen Ōgen un lä ėm (DrG05.074) sachten* de Hand op dat goldgele Hoor. Bang un schu kēēk Odde dėn vörnehmen Herr in't Gesicht un twēē grōte blanke Tronen trüddeln ėm langsoom över de Backen. Wat much nu mit ėm passēren? De grōte Mann, dē ėm sō ēgen |seltsam ankēēk, dē ėm sō fast twischen sien Knēēn klemmt hârr, wat hârr dē nu mit ėm vör? Op jēēdēēn Fâll gēēv hē ėm nu ėn Sâlv|Abreibung! Ōh, dat wēēr gresig! Hârrn süm[X04] |se ėm dėnn âll verloten? Grōōtmudder[X12], Mudder[X12] ...? Hē kēēk sien Mudder[X12] vun'e Siet an, as wėnn hē sėggen wull: Hölpst du mi dėnn ni[X20]? Hē hârr je kēēn Ohnen|Ahnung, wat dat Mudderhatt[X12] sik in dissen Momang quääl, wat dat blödd un tucks|zuckte bi dissen Gluup|Blick! Dankbor kēēk sē dorum dėn Paster an, as dē nu dėn lütten Sünnenbuck dat Hoor ut de Stēērn strēēk un mit sien fründlige Stimm tō ėm sä: „Nicht weinen, kleiner Mann! Nicht weinen! Ich denke, du hast nun wohl genug gebüßt, und ich will ein gutes Wort für dich einlegen bei Mutter und Großmutter. Du sollst deine Freiheit wiederhaben, wenn du mir versprichst, nicht wieder auf den gefährlichen Schlengel|Schwimmsteg zu gehen. Da, gib mir die Hand drauf! Nicht wahr, liebe Frauen, es soll ihm doch alles verziehen sein? Er will ja auch von nun an so artig und folgsam sein und nur im Gras und im Sande spielen! Nicht

wahr, Mutter? Nicht wahr Großmutter? Er darf doch wieder?"
– Dormit nückkopp |*nickte* un plinköög |*zwinkerte* de Minschenfründ de Fruunslüüd kneepsch|*verschmitzt* tō, un Fru Âlldag anter|*antwōōr* èndli: *„Ja, Herr Pastor, wenn Sie meinen, dann können wir's ja mal wieder mit ihm versuchen und ..."* – „Antje, Antje!", iever|*eiferte* over Grōōtmudder^{X12}, dē in dissen Momanġ wedder^{X41a} an ehrn Schōhantrecker dènken much: „Antje, ik stoh over för nix ni^{X20} in, *(DrG05.075)* datt dat ni^{X20} wedder^{X41a} èn Malōōr afgeben deit. De Bèngel sleit uns ōōk hēēl un dēēl ut'n Tau, sō as dē tō Kēhr geiht, wènn hē ēērst mool wedder^{X41a} buten Huus is!" – De Paster hârr bides* Odde twischen sien Knēēn ruutloten un wies no de Dōōr. Man uns' Moot|*Kamerad* schien dèn Kroom noch ni^{X20} sō recht tō truen un kēēk froogwies vun ēēn op'n annern. As over ōōk sien Mudder^{X12} èm tōnück, dō gung hē langsoom un trüchlangs |*rückwärts* ut de Huusdōōr ruut un witsch gau um de Eck.

Lang un ēērnsthaftig snack nu noch de Paster mit de Âlldagschen Fruunslüüd. Mit slichte Wōōr belēhr hē süm^{X05}|*ehr* dorōver, wosück|*wie* dat in'e Sēēl vun sōōn Kind ēgentli utsēhn dä. Datt ēēn bi sōōn Kind noch rein gor ni^{X20} vun Slechtigkeit snacken kunn, dèn Ünnerschēēd *[DrG21.096]* vun ›slecht‹ un ›gōōt^{X50}‹ worr dat Kind noch gor ni^{X20} kènnen. *„Alles, was der Junge bisher Unrechtes getan hat, ist nicht wert, ihm auch nur eine Minute die goldene Freiheit zu rauben. Jede Verkürzung dieser Freiheit aber ist ein Raub an seinem Leben, an seinem Glück. Ein Kind, das man einsperrt, es wird verkümmern und verkrüppeln. Es wird aufwachsen wie eine Blume, die in einem Keller oder in einem dumpfen, sonnenlosen Hofe sich sehnsuchtsvoll nach dem Lichte reckt. Das Kind kann nur gedeihen in der Freiheit, in hellem, goldigem Sonnenschein. Es soll mit Baum und Strauch, mit Blume und Vogel auf du und du stehen, und so die selige Zeit des reinsten* *unbewussten Glückes ungetrübt genießen. Es wird so in Gottes freier Natur erstarken an Leib und Seele, und was es in seiner Jugendzeit aufgenommen hat an Licht und Sonnenschein, davon wird es sein Leben lang zehren. Daraus wird es immer aufs Neue, wie aus einem unversiegbaren Wunderborn (DrG05.076) schöpfen, denn wir Menschen sind Kinder des Lichtes, wir sind Sonnenkinder! So wie wir wissen, dass uns die Sonne nur Gutes schafft, täglich, tausendfältig, so wollen auch wir an das Gute im Menschen glauben, an die ewige Liebe, der wir unser Dasein verdanken und die auch dem kleinen werdenden Menschenkinde dort so wunderbar und warm aus den blauen Augen leuchtet!"*

Mudder[X12] un Dochter hârrn de Hannen fōōlt un de Tronen kēmen süm[X05]|ehr in de Ōgen. Sō wat hârrn süm[X04]|se noch ni[X20] hōōrt! Dat wēēr je ên Predigt, sō as süm[X04]|se ehr in'e Kârk noch ni[X20] hōōrt hârrn! Man de ōle Paster stunn noch ên hēle Wiel op dēn Diekkopp un hârr sik mit beide Hannen op sien Handstock stütt. In Gedanken verloren lēēt hē sien klōken Ōgen in'e Runn gohn un dat schien, as wenn sik disse Ōgen gor ni[X20] lōsen kunnen vun dēn mächtigen, hellgrōnen Pappelbōōm, vun dat lütte Huus mit de grōnen Finsterloden, vun dēn lütten Blōōmhoff |Blōōmgoorn, wō düüsterrōde Stockrōsen un mächtige goldgele Sünn'blōōm blōhen un ēm anlachen. Endli wenn hē sik af un wull, in Gedanken verloren, op dēn Diek langs no de Stadt tō gohn. Dō sēhg hē op de grōne Diekkant |de Diekschrēēg |Deichböschung ēn hellen Kinnerkittel. Ēn lütte Gestâlt trüddel dör dat hōge Gras. Dat gung dor koppünner un koppōver, bâld schōōt dat koppheister, bâld stunn dat kopp, ünner Juuchen un Lachen. Dat wēēr Lebenslust! Unbannige Freud, Frieheit un Glück. Sünn'schien allerwegens, buten un binnen! Dor blēēv de ōle Herr noch mool stohn un fōōl|faltete in Andacht de Hannen. Ēn glückligen, tōfreden Schien lēēg op sien Gesicht, un ohn datt hē dat wull, trock ėm dör dat Hatt: ›*Was Ihr aber tut der geringsten Einen, das habt Ihr mir getan!*‹ |*Mt25.40*. Sachten* *(DrG05.077)* bewegen sik sien Lippen, un ėn wârme Dankbeed |wârm^{M3} Dankgebett wēēr dat, as dē flustern: *[DrG21.098]*

> *›Herr, Deine Güte zeiget*
> *die rechten Wege mir!*

> *Wer sich zum Kinde neiget,*
> *der steigt empor zu Dir!‹*

Kap. 12: Vun de Franzōsentiet, Küll un Nōōt

Nu wēēr dat Winter, ėn hatten, langen, beetschen|beißender Winter. Sōōn, wō ēēn opletzt glōōvt, datt dat gor ni[X20] wedder[X41a] Frōhjohr wârrt. Tōminnst de lütte Snēēfeger, dē dor achter'n Diek vör de Huusdöör an't Schropen, Schüffeln un Fegen wēēr, dē much sō wat sachs* in dissen Momanġ dėnken. Hurrr! Hui! Wat huul un buller de schârpe Ōōstwind över dėn Doken|dat Dack un smēēt dicke, witte Wulken vun dėn fienen, hatten Stuffsnēē över dėn Diek. Wat fleut dat dör de kohlen |kahlen Tėlgen vun dėn Pappelbōōm, dē mit sien nokelten Ârms wild um sik slōōg, as wėnn hē sik wehren wull gēgen de mächtige kōle Hand, dē ėm ümmer[X21] un ümmer wedder[X41a] ohn Nosicht schüddel, duuk|düker un tuus|zauste. Blōōts de mächtige, dicke Stamm, dē gung um kēēn Hoorbrēēd|Haaresbreite ut'e Spōōr. Dē stunn fast|fest, as wėnn hē ut hatten Stēēn haut *(DrG05.078)* wēēr. Sien ēēn Hälft wēēr dick mit Snēē beweiht, un ümmer wedder[X41a] frische Wulken störten dool vun dėn griesen Heben. Süm[X04]|Se dreihen un küseln sik, dünen|tōōrnen sik hōōch op an dat lütte Huus achter'n Diek, as wėnn süm[X04] |se dat hēēl tōdecken un begroßen wullen, un wullen ni[X20] ēhr rasten un rōhen[X52], as bet dat ėn stillen, witten Graffhümpel wēēr, bet de hēle Welt dorlēēg as ēēn grōten, grōten witten Kârkhoff.

Uns' Odde* quääl sik, âll wat hē kunn, tōminnst dėn Huusdöördrüssel rein tō kriegen, man vergeevs. Dat beten, wat hē op'e Schüffel krēēg, dat weih ümmer[X21] dor wedder[X41a] hėn, wō hē dat herkregen hârr. De Puust|Oten blēēv ėm stohn, wėnn de kōle iesige Wind ėm wild dėn Snēē in't Gesicht smēēt. Un de Wind tuus|târr an dat Hâlsdōōk, wat hē sik um de Ōhren knuddelt|gewunden hârr, un rēēt ėm de Mütz vun' Kopp. Âll nööslang hēēl Odde op tō schüffeln, puust sik in de

Hannen un stēēk de Fingerdippen|*Fingerspitzen* in dėn Mund, dē nieschierig ut dėn ēēn vun de Handschen *[DrG21.100]* ruutkēken, dē hē anhârr. Man hē muss sik ranhōlen! Wiesen wull hē, datt hē kēēn Bangbüx wēēr, kēēn Obenhucker |*Ofenhocker* un Puuchlapper|*Weichei*, dē sik wat utlachen loten muss, wėnn hē nu al wedder[X41a] rinkēēm. Man de Hannen sėngeln|*brannten* doch rein verdüvelt, un an dat Hâlsdōōk sēēt al de witte Ruriep vun sien Oten. Hē hârr nu over mool in'e Stuuv seggt, datt hē paddschüffeln wull för Mudder[X12], datt sē an't Huus komen kunn. Och, wėnn sē man ēērst dor wēēr! Man dat kunn noch lang wohren|*duren*. Sē wēēr je hēēl ut dat Steffensdōōr|*Stephanitor* ruut no Elsbe*-Tant. Dē verpleeg sē, dē wēēr je sō krank! Hurrr! Hui! Wo gresig huul un fleut dat! Odde lēēg dat as sōōn dicken witten Nevel vör de Ōgen. Âllns witt! Âllns ēnerlei: Diek, Weser un Werder*. De Weser stunn al vun Merrn November, un nu *(DrG05.079)* wēēr dat Januormoond! Dat worr al schummerig un dat sēhg ut|lēēt, as wėnn de griese Heben hēēl op de Ēēr doolsacken wull. Nu gung sachten* de Huusdöör achter Odde open. Ėn poor Dēērnsârms lään sik um sien Bost un trocken ėm no't Huus rin. „Koom doch rin, Odde! Kannst du dėnn gēgen sōōn Snēē wat moken! Koom gau rin, dat wēēr je âllns man Spoos! Jung, Jung, wat büst du verkloomt|*klamm* un dick vull Snēē!" Jo! Dat sēhg Odde wull in: In'e Stuuv wēēr dat recht wat beter. De ünnersten Finsterruten wēērn noch dick in Ies, wėnn de lütte Kanōnenoben ōōk noch sō glōh un strohl, datt dat utsēhg|lēēt, as wėnn dor ėn Oss op broodt wârrn schull. Achter'n Oben stunnen twēē holten Ammers mlt Drinkwoter, dē sunst in'e Kōōk bet op'n Grund froren wēērn. Grōōtmudder[X12] Âlldag, dē ni[X20] wiet vun' Oben in ehrn Löhnstōhl sēēt, hârr sik ėn dicken langen School umsloon|*umslogen* un de Fōōt op'e Füürkiek |*Fußofen* sett. Wėnn de Stubendöör opengung, jo, wėnn blōōts ēēn an'e Klink foot, dėnn rēēp sē al gliek: „Mook de Döör tō!

Huh, wat ėn Küll, wat ėn Küll! De Sēēl verfrüst ēēn noch reinweg in' Lief!"

Odde stell sik an dėn Oßen, hē wull je ėn beten wedder[X41a] opdauen. „Jung, Jung! Wat bringst du för ėn Küll|*Kälte* in't Huus", stöhn Grōōtmudder[X12]. „Dor sünd wedder[X41a] mool twēē Törfsōdens mit ut'e Döör gohn." Dat wēēr mool wedder[X41a] sō ēēn ut Grōōtmudder[X12] Âlldag ehr Muuskist|*Mottenkiste*! Dat wēēr wedder[X41a] sōōn Nööt|*Nuss*, dē unsen Odde ni[X20] knacken kunn. Ėm wēērn kēēn Törfsōdens bemött|*begegnet*, as hē no de Döör rinkomen wēēr. „Odde", froog Grōōtmudder[X12] nu, „hest' ōōk natte Strümp kregen? Dėnn treckst' mi op'e Steed ›drȫge Fȫȫt‹ an!" Bi't Finster stötten sik twēē an un ēēn hȫȫr[X65] sōōn sacht[M3] |lies[M3] *(DrG05.080)* Gniggern |*Kiechern*. „Grōōtmudder[X12"], froog Berta dėnn, „schåll ik ni[X20] Licht ansteken? Ik wull mool sēhn, wėnn Odde sik ›anner Fȫȫt‹ antreckt." – „Wat seggst' dat sō spietsch un spöttsch", anter|*antwöör* Grōōtmudder[X12]. „Heff ik mool wedder[X41a] wat ni[X20] recht seggt? Un ik will di bi ›Lichtansteken‹! Wat jüm[X01]|ji|ju dor tō sēhn hebbt, dat kȫȫnt jüm[X01] |ji|ju ōōk in' Düüstern sēhn. Dat wēēr je noch beter! Januormoond, un dėnn *[DrG21.102]* Klock hålvig fief al Licht opsteken! Odde! Hool mool eßen ėn poor Sōdens rin! Man mookst mi ni[X20] de Stußendör tō! Dat wēēr|*wäre* ėn Fehler! Dėnn övertreckt sik dien Stēērt |*Moors* mit Glatties! Dat will'k di sėggen!" – Odde stunn buten op'e Deel un krēēg ēēn Törfsōden no dėn annern ünner de Böhntrepp ruut. ›Dėnn … övertreckt … sik … dien … Stēērt mit Glatties!‹ dach hē bi sik, as hē vun de Törfsōdens sōōn lütten Tōōrn buen dä. Dat wēēr je snooksch*|*wunnerli*! Dat kunn hē ni[X20] klōōkkriegen! Dē Dēēl vun sien Lief, dē in lēge|*slechte* Tieden al foken Bekanntschop mit'n Rēētje|*Rohrstock* ōder Hasseln|*Haselgerte* mookt hårr, dē hårr ėm sachs* al brėnnt as Füür, man datt dē mit Glatties … „Mook mi mool de Döör open!", schrēēg hē nu, un kēēm dėnn mit sōōn hōgen Tōōrn vun Backtörfstücken anbalancēren, dē ėm bet över dėn Kopp reck. Man jüst, as hē över dėn Drüssel no de Stuuv rinpedden wull, dō krēēg de Törf dat Övergewicht un pulter hâlf no de Stuuv rin un hâlf no'n buten vör de Döör. – Dat wēēr wat för Grōōtmudder[X12]! „Sō is't recht! Sō is't recht!", gung dat. „De Flietigen, dē lōōpt sik dōōt, un de Fulen, dē sleept sik dōōt! Ōh, ōh, ōh! Wat ėn Ballast vun Jung! Nä, nä, nä! Wat ėn Küll, wat ėn Küll! Is ėn Schann, is dat! Dėn lēben langen Dag hett ēēn noch kēēn wârmen Fōōt hatt. Ümmer[X21] geiht dat ›Lock ut‹, ›Lock in‹, un nu steiht noch ut schieren Övermōōt ėn hâlve Stunn de Döör open! Wi bōōt je sachs* *(DrG05.081)* reinweg blōōts för de Stroot in, un de Sōdens kost je ōōk kēēn Geld! Nä, wat!" Sō gung dat noch recht ėn Stremel. – Man de Dēērns wēērn fix mit tōsprungen, un in ėn Ruff|*im Nu* wēēr de Kroom wedder[X41a] in'e Rēēg. Drēē, vēēr frische Törfsōdens kēmen in dėn Kanōnenoben, hell flucker|*flackerte* dat Füür, un dör dėn Schöstēēn huul de ōōsten Wind. – Ėn matt[M3] Schummerlicht trock nu langsoom no de lütte Stuuv rin. Vun buten schien de frische Snēē dör dat Finster, un de Schien vun dėn Oben speel schrēēg hėn un her op dėn Fōōtborrn. Dör dėn Bōōm op'n Diek klöön dat as Klogen un Stöhnen, un an de Finsterruten smēēt de Wind noch ümmer[X21] dėn fienen Snēē, datt dat af un tō klöter |*klapperte*, as wėnn dat Hogelschuren wēērn. Hōger, ümmer[X21] hōger worr buten de Snēē, un hōger un hōger worrn de Hümpels un Bârgen, dē um dat Huus logern. – „Schåll ik ōōk de Finsterloden|*Luken* tōmoken, Grōōtmudder[X12]?", froog Berta. „De Snēē wârrt anners tō hōōch, hē reckt hier al bet an de ünnersten Ruten." – „Jo, mien Dēērn", anter |*antwōōr* Grōōtmudder[X12], dē ümmer[X21] glieks wedder[X41a] gōōt[X50] wēēr, wėnn sē mool sōōn Schuur|*Anfall* hatt hârr, „mook man dicht, mien Dēērn, dat wârmt noch sōōn beten." – Berta ârbeid|*ârbei'* sik dör dėn Snēē, mook de Luken tō, stēēk vun buten dėn iesern Splint dör, un Mieke schōōv vun binnen ėn platten Nogel dör de Splintōōsch|*Splintöse*. – Odde hârr sik op sien lütten holten Stōhl dicht bi'n Oben sett un rückoors|*rücksteert* |*rückte* hėn un her. Nu wēēr dat Tiet! – Sachten*|Liesen tucks |*zupfte* hē Grōōtmudder[X12] an'e Schört. „Grōōtmudder[X12]! Tō|*Los!* Ėn Geschicht ...“ – „Jo“, lach Grōōtmudder[X12], „kunn'k mi dat ni[X20] dėnken! *[DrG21.104]* Nu geiht dat Drammen|*Drängen* un Prachern|*Betteln* wedder[X41a] lōōs!“ – Ōōk de Dēērns quälen un bedeln nu mit, un ėndli sä Grōōtmudder[X12]: „Na jo! Dėnn mööt jüm[X01]|ji|ju overs ōōk rein|*ganz* still ween[X82]! Alsō dėnn hōōrt tō: *(DrG05.082)* De Geschicht vun dėn bunten Hohn!“ De Dēērns tuscheln un gniggern|*kiecherten* sō hēēmli för sik, un Mieke sä: „Ōh jo, Odde! Dē is fein! Dat's ėn hēēl niede, dē kėnnst du noch gor ni[X20]!“ – „Nä“, sä Grōōtmudder[X12], „dėnn hōōr tō, Odde! Alsō, de Geschicht vun' bunten Hohn. Man muttst' ōōk gōōt[X50] oppassen un tōhōren! Alsō de Geschicht vun' bunten Hohn! Wēēr dor ni[X20] eben ēēn an'e Huusdöör?“ – „Nä“, anter |*antwōōr* Odde, „ik heff nix hōōrt.“ – „Na, dėnn heff ik mi sachs* verhōōrt. Alsō dėnn kann't je lōōsgohn: De Geschicht vun' bunten Hohn! Berta, loot dat ōle Hōjohnen|*Gähnen*, un du, Mieke, dien ōōl[M3] dumm[M3] Gegnigger! Nu hōōr tō, Odde: De Geschicht vun' bunten Hohn!“ Nu krēēg Grōōtmudder[X12] sōōn Hossenschuur|*Hossenanfâll*, un resper|*räusperte* sik, datt dat gor kēēn Ėnn nehmen wull. Ėndli hârr sē sik verhoolt un fung wedder[X41a] an: „Na, dėnn hōōr tō, Odde: De Geschicht vun' bunten Hohn! Segg mool, Berta, och, mi fâllt jüst in, och, hebbt wi noch Ōōl in't Huus?“

Dat wohr|*duur* ēērstmool ėn hēlen Stōōt*|Stremel|*Weile*, bet de Antwōōrt kēēm, un ėndli klung dat, as wėnn Berta ėn Knevel in' Mund hârr, as sē sä: „Jo! Dor steiht noch ėn hâlben Buddel op dat Bōōrd.“ – Odde hârr al ėn poor Mool ungedüllig mit de Fōōt schurrt un mit sien Stōhl wackelt, mârk over noch nix. Hē sä blōōts: „Och, Grōōtmudder[X12]! Du vertellst je gor ni[X20] wieder!" – „Jo", lach Grōōtmudder[X12], „dat kummt noch! Muttst di man Tiet loten! Du wullt ōōk ümmer[X21] ållns in' Swiensgalopp hèbben! Nu hōōr tō! Pass op! Alsō, dat wēēr dènn je gōōt[X50], un nu de Geschicht vun' bunten Hohn! Hōōr mool! Wat bullert dat buten! Ik glōōv over doch, datt wi anner Wedder[X41d] krieġt, ik spōōr't an mien Liekdōōrns|Hühneraugen, dē ..." – „Och, Grōōtmudder[X12]! Ik heff gor kēēn Lust mēhr! Du fangst je gor ni[X20] (DrG05.083) an! Ik ..." – Nu kunnen sik de Dēērns over ni[X20] länger mēhr hōlen, pruuschen|prusteten lōōs un klappen|klatschten in de Hannen. Odde mârk èndli, datt Grōōtmudder[X12] èm blōōts för èn Griesen|Esel|Nârren hèbben |hōlen wull, un datt de Anfang vun de Hohngeschicht ōōk tō lieke|glieker Tiet dat Ènn wēēr. Jüst wull hē sik beklogen un an tō drammen|drängen fangen, as Grōōtmudder[X12] èm bi de Hand foot un hēēl ēērnsthaftig froog: „Segg mool, Odde, du hest doch de Schüffel wedder[X41a] mit no't Huus rinbrocht? Wō hest' dē wull hènstellt?" – „Op'n Törf", anter|antwōōr Odde muulsch un vergrèllt. – „Na, dènn is't gōōt[X50]", sä Grōōtmudder[X12], „de Schüffel, wēēt jüm[X01]|ji|ju wull, dē Schüffel, dat is èn ōōl[M3] Ârvstück, dē hōōrt tō't Huus, un dē mööt jüm[X01]|ji|ju wohren! Och jo, jo, jo", sä sē dènn noch sō vör sik hèn, „wènn de ōle Schüffel snacken kunn! Dē kunn wat vertellen! Dat wēēr èn gresige Tiet, èn hēēl slimme, lēge Tiet!" – Nu spielen|spitzten over de Dēērns de Ōhren un worrn krâll |munter! „Tō |Los, Grōōtmudder[X12], vertell doch mool!", gung dat. „Och Ōma, tō, mook doch! Och, man tō, vertell [DrG21.106] doch!" – Sō pracher un dramm dat vun åll de Sieden. Grōōtmudder[X13] slüür|broch süm[X05]|ehr èndli tō Rōh[X52] un lēēt ēērst noch èn poor Törfsōdens in' Oben lèggen. As de Dēērns dicht no dèn Oben un an Odde rankropen wēērn, dō gēēv sē èndli no un fung an tō vertellen. „Jo", süüfz sē, „ēgentli hârr'k jüm[X02]|ju gor nix sèggen un dèn Mund ni[X20] wöterig moken schullt. Man dē >A< seggt hett, dē mutt ōōk ›B‹ séggen, un sō will ik jüm[X02]|ju vertellen, wat dat mit unse ōle Schüffel op sik hett. Man jüm[X01]|ji|ju mööt mi verspreken|tōséggen, datt jüm[X01]|ji|ju ni[X20] bang wârrn wüllt[X63]|wööt un ni[X20] dat Gresen un Grusen kriegt. Anners|Sunst vertell ik jüm[X02]|ju mien Doog ni[X20] wat wedder[X41a]! Sō hōōrt dènn tō:

De ōle Schüffel is sachs* al över söbentig Johr ōōlt, un dor hett (DrG05.084) jüm[X03]|juun Ōōr-Ōpa, wat mien seligen Voder[X11] wēēr, dē hett dor in'e franzōōs'sche Tiet al Schanzen mit groovt. An de Schüffel, dor hett al mool Blōōt an seten, Minschenblōōt! Jo, dor backt Franzōsenblōōt an, an dat ōle brove Iesen! Dat is noch datsülvige Iesen vun dōmools, blōōts anner Stööls, dē sünd dor sachs* ankomen. Dat wēēr dōmools én lēge Tiet för uns düütsch[M3] Voderland[X11] un ōōk för uns lēēf[M3] Bremen! De ōl' Verbreker, dē Schinner, dē Napōleon, dē wull je de hēle Welt ünner sien Fuchtel|in seine Gewalt hébben, un ik glōōv, ēēn kunn sachs* de hēle Ōlenwâlls-Stadtgrōōv[X75] vull moken mit dat Minschenblōōt, wat hē vergoten hett. Ik wēēr dōmools sōōn söben Johr ōōlt, man ik wēēt mi noch niep* un nau tō besinnen, as dat opmool hēēs[X64]: De Franzōsen marschēērt no't Ōōsterdōōr|Ostertor rin! Dat wēēr én bannige Opregen|Aufregung! Wi dachen je ni[X20] anners, as datt nu dat Schēten un Mōōrdbrènnen in'e Stadt lōōsgohn schull. Wi Kinner dörssen ni[X20] ut' Huus. Dèn hēlen Dag hârrn wi de Luken dicht un bötten ōōk kēēn Füür an, datt de Rōōk ni[X20] verroden schull, datt hier Minschen in't Huus wēērn. Man dor passēēr nix in'e Stadt. Unsen Root|Stadtrat wēēr sō vernünftig un slau ween[X83] un hârr süm[X05]|ehr de Dōren openmookt un nēhm süm[X05]|ehr fründli in'e Stadt op. Hârrn de Bremers dat ni[X20] doon, dènn hârr dat én swoor[M3] Unglück afgeben, un de Fiend hârr nüms* schōōnt un de hēle Stadt runjenēērt.

Man dorför worrn wi op anner Oort piesackt un schunnen. De Franzöös wēēr je de Herr in'e Stadt un kunn moken, wat hē wull. Hunnertdusende vun Dolers muss de Stadtkass hergeben an Kunterbutschōōn |Kontribution |Besatzungssteuer, Lebensmiddeln, Tüüg un Fōōttüüg |Schuhwerk. De Börgers mussen Afgoben un Stüren betohlen, âllns wēēr unminschli düür, un Nōōt un Ârmōōt trocken (DrG05.085) mit de Franzōsen ōōk no de Stadt rin. Wenn dat ēēn Regiment afmarschēērt wēēr, denn kēmen dor wücke anner för wedder[X41a], un dat ēēn wēēr noch utverschoomter as dat anner. Man de dullsten Schinnerknechten wēērn un blēben de Tolllüüd, dē venienschen|üblen grönen Tollsnüffelhunnen. Napōleon hârr je de Kuntinentoolspârr utschreben, dor wull hē Engeland mit runjenēren un den Hannel afsnieden. Âllns, wat vun buten rinkēēm an Woor, dat muss hōōch vertollt wârrn, ōder dat worr wegnohmen. Man bi âll de schârpe Oppasserie worr liekers smuggelt op Düvel koom ruut. Un mennig ēēn, dē plietsch wēēr un dor de Kuroosch tō hârr, dē hett sik dor en schönen Doler Geld bi verdēēnt, mennig ēēn hett dor over ōōk sien Leben bi loten musst.

Sō hârr dat nu al vēēr Johr lang gohn. Dat Geld in'e Stadt worr ümmer[X21] knapper, Brōōtkōōrn un Kantüffeln worrn ümmer[X21] dürer, un vele ârme Lüüd sünd dōmools vör Hunger tōgrunngohn. Ōōk bi uns, bi mien Öllern, wēēr dat sō knapp, datt wi Kinner veelmools|foken nōōg hungerig tō Bett mussen ōder meddoogs Kantüffelschellen un Solt eten hebbt. Uns' Voder[X11] wēēr Lastendreger un ârbeid |ârbei' sunst |anners ümmer[X21] an'e Slacht|Schlachte, Altstadt-Uferstraße. Man nu legen Hannel un Scheepfohrt still un sō hârr hē nix tō dōōn in sien Geschäft|Job un muss sēhn, datt hē anner Ârbeit krēēg. Sō hett hē veel |foken Ēērdârbeiden mookt in franzöös'sche Dēēnsten, hē hett Schanzen opsmeten, hē ârbeid|ârbei' mit an dèn Herdendōōrskârkhoff* |*Herdentorskirchhof* un an'e Swackhuser Schussēē|*Schwachhauser Heerstraße*, dē de Franzōōs dōmools anleggt hett. Bi disse Ârbeiden bruuk hē dènn ümmer[X21] de Schüffel, wō Odde ēērsten |*vorhin* Snēē mit schüffelt hett, un wō ik vun vertellen wull. – Dat wēēr jüst in' Januor-Moond in dat Johr *(DrG05.086)* achteihnhunnertunteihn. Wi hârrn ōōk jüst sōōn hatten Winter as opstunns*, jo ik glōōv, dat wēēr sachs*|wiss noch èn beten schârper|*gluupscher*. Ik wēēt noch, datt ik vun dèn Frost grōte Löcker in Hannen un Fōōt hârr. Dortō hârrn wi meist nix tō bōten|*heizen*, dènn de Törf wēēr bōōs düür|*peperdüür* un dat Geld knapp. Uns' Voder[X11] hârr för|*wegen* dèn hōgen Snēē al dooglang ni[X20] buten arbeiden |*ârbei'n* kunnt, un de Nōōt wēēr hēēl, hēēl slimm. In dē Tiet wohn dor achter an' Diek, dor sōōn beten güntsiet vun't Dobbensiel|*hinter Dobben und Sielwall*, no'n Diek tō, sō allerhand Hack un Mack|*Pack un Prachervolk*. Dat wēērn ruugbannige |*ungehobelte* Keerls, dē èn *[DrG21.108]* orntligen Minschen in' Düüstern ni[X20] gēērn bemött un an' Dag ni[X20] gēērn sēhg, datt süm[X04]|se èm över'n Drüssel|*Türschwelle* kēmen. De Slimmsten vun dit ›*Korps der Rache*‹, dat wēērn nu drēē Brōder mit Noom Buschmann. Dē wohnen dor bi de Prückelkuhl |*Krötenkuhle* in sōōn richtige ōle Rōverhöhl, un dē drēē sēhgen sō ut, as wènn süm[X04]|se ünner'n Gâlgen utneiht|*ausgerissen* wēērn! Wō dē ēgentli vun leben, dat wuss kēēn Minsch. Man jēēdēēn tru süm[X05]|ehr dat Slimmste, Mōōrd un Dōōtslag tō. Nu muss dat in dē Doog in' Januor (wō ik jüst vun snackt heff), dō muss dat mool passēren, datt opmool de öllste vun de Buschmanns-Jungs bi uns no't Huus rinsliekern kēēm. Nüms* hârr èm komen hōōrt, man opmool stunn hē hier in'e Stuuv, kēēk hēēl tücksch un veniensch |*niederträchtig* as sōōn Höhnerdēēf umrum un sä tō unsen Voder[X11], watt hē ni[X20] mool eben mit ruutkomen wull, hē hârr èm mool ünner vēēr Ōgen wat tō sèggen. Voder[X11] gung mit dèn Keerl no de Deel ruut, un de beiden hârrn dor recht èn Wiel wat tō flustern un tō verhackstücken|*verhandeln*. – Èndli gung hē wedder[X41a] weg, un as Voder[X11] wedder[X41a] no de Stuuv rinkēēm, dō froog Mudder[X12] besorgt, wat de ōle Gâlgenvogel dènn wullt hârr. –»Jo«, sä Voder[X11], *(DrG05.087)* »wat hett dē vun mi wullt! Ik schull afsluuts |dörut tōkomen Nacht èn Smuggeltog mitmoken. Dat Rōverpack hett op'n Werder* vergohn Nacht èn grōten Slerrn[X79] vull Kunterbann|*Konterbande*|*Schmuggelgut* in de Wicheln |*Weidenbäumen* versteken. Un nu mēēn dèn Muscheblix|dèn doren Keerl eben, ik wēēr je knövig|*kräftig* un hârr èn brēden Puckel, ik schull süm[X05]|ehr nachtens dèn Kroom mit över de Weser över't Ies hölpen, sōōn twintig, dörtig Doler kunnen dor sachs* för mi bi affâllen.« –»Um Gottswillen!«, rēēp unse Mudder[X12]. »Beste Bernd*! Bemengelēēr|Befoot di ni[X20] mit sōōn Kromerie! Ōh, ōh! Dat wēēr je mien Dōōd, wènn du nachtens tō sōōn Handwârk buten Huus wēērst! Nä, nä! Lēver in Ēhren hungern, as in Schann in't Fett sitten!« – Voder[X11] kēēk Mudder[X12] recht sōōn Wiel stiefweg in't Gesicht. Èndli sä hē: »Magst' sō wat wull sèggen? Magst' dat wull vun mi dènken? Dat's mien Ēhr al tō nēēg |schon ehrenrührig, datt sōōn Banditenvolk as dat Buschmannspack mi ōōk man över'n Drüssel kummt, un ik hârr dèn Jan-bi-de-Nacht |nächtlichen Besucher an lēēfsten bi'n Kanthoken kregen un över'n Diek sett.« – »Och«, mēēn Mudder[X12], »is man èn Segen, Bernd, datt du't ni[X20] doon hest un büst èm sō mit Snacken |so biweeglangs wedder[X41a] ut' Huus lōōsworrn. Dat Pack is je tō nēēgnehmsch|*übelnehmend* un nodreegsch|*nachtragend*, dē hârrn uns dat ni[X20] wedder[X41a] vergeten. Wēētst' wull noch, mit Hattkamps süm[X06] |ehr Huus, as dat dōmools de Nacht doolbrènn? Dat wēēr de Wrook|Vergellen|Rach för ...« – »Still«, sä Voder[X11], »kannst süm[X05]|ehr nix bewiesen.«

An disse Doog gung dat bi uns in't Huus noch stiller un bedrȫȫvter tō as de annern Doog. Ik wēēt noch, dat Brōōt wēēr jüst bet op dėn letzten Knuust|Kanten âll worrn, un Voder[X11] quääl sik dėn Nomėddag dör dėn hōgen Snēē un hool ėn hâlf[M3] Swattbrōōt vun' Stēēnweg*. [DrG21.110] Mit ėn wēhleidig[M3] Gesicht, vull Kummer un Sorg hârr Mudder[X12] ėm dat (DrG05.088) Geld gebėn un tell mit swoor[M3] Hatt de Grōtens* no, dē ehr noch överblēbėn. Wo schull dat noch wârrn! Och jo, dat wēēr ėn swore, swore Tiet! Dėn hēlen Dag snack Mudder[X12] gēgen |gegenüber|zu uns Kinner vun wieder nix as vun Buschmann un sien Smuggelie un mēēn dėnn ümmer[X21], ehr swoon|schwane sō wat, as wėnn hier in't Huus noch wat passēren dä. As dat an tō schummern|dämmern fung, krēgen wi Kinner jēēdēēn ėn dünne Sneed drȫȫg[M3] Swattbrōōt, un dėnn mussen wi tō Bett. Dor lēgen wi wârm, wēērn ünner de Fȫȫt ünnerruut, un Mudder[X12] sä ümmer[X21]: ›Wokēēn[X33]|'kēēn slöppt, dē sünnigt ni[X20]‹ un ›'kēēn[X33] lang slöppt, dėn nährt Gott‹.

Uns' Öllern gungen ōōk al in'e Puuch, um Licht un Füren |Feuerung tō sporen, wėnn Voder[X11] kēēn Ârbeit hârr. Ik hȫȫr[X65] noch, datt Voder[X11] mit'e Schüffel vör de Döör tōgangen wēēr, um dėn hōgen Snēēbârg wegtōschüffeln, dē al frȫher, jüstsō as vundoog, vun dėn Doken |dat Dack un vun dėn Diek doolweiht wēēr. Dėnn kēēm Voder[X11] wedder[X41a] no't Huus rin, stēēk de Schüffel no'n Böhn rop, wat hē ümmer[X21] dä, un gung dėnn ōōk tō Bett."

Kap. 13: Grōōtmudder vertellt vun èn Mōōrd

Man nu muss Grōōtmudder[X12] sik ēērst mool èn beten verpuusten, un Berta schènk ehr dèn Rest Kaffe in, dē noch op'n Disch ünner de Kaffemütz stunn. In'e Stuuv wēēr dat (DrG05.089) pickendüüster, sō mook sē de Obendöör open, un de Schien vun dat Füür full brēēt un kommōdig dör de Düüsternis. As Odde* èn poor Sōdens opleggt hârr, froog hē nieschierig: „Grōōtmudder[X12]? Is dat al ut? Kummt nix mēhr vun de Smugglers un vun de Schüffel?"

„Geduld, Geduld, lēve Sēēl!", mohn Grōōtmudder[X12]. „›Hangen hett kēēn Hast|Hängen ist nicht eilig‹, seggt ēēn doch ümmer[X21] un ›Dat is noch lang hèn bet Niejohrsobend!‹ Du schasst dien Nöös sachs* noch vull nōōg kriegen, tōōv man! Sō! Ik wēēr rein schrill un hēēsch|2x heiser in' Hâls worrn. Man wat deit ēēn ni[X20] âllns för jüm[X02]|ju Bēēster|Halunken! Na, nu hōōrt tō:

Alsō, nu wēēr je âllns gōōt[X50]! Man ik kunn dèn Obend gor ni[X20] in' Sloop komen, dènn ik kunn ni[X20] wârm wârrn in't Bett, hârr Fōōt as [DrG21.112] sōōn Iesschullen, un de Frostbulen un Löcker pieren|piesacken mi, datt èn Hund jammern worr. In't Huus wēēr âllns dōdenstill, blōōts buten huul de Snēēstorm, un dat sēhg ut|lēēt, as wènn de hēle Welt noch insnieden[X56] schull. Ik kunn nu wull sō eben de Ōgen tōkregen hèbben un wēēr sōōn beten indruselt, as ik opmool èn luut[M3] Wrackeln |Rütteln un Bumsen|Bullern an'e Huusdöör hōōr[X65]. »Voder[X11]«, rēēp ik bang, »Voder[X11]! Hōōrst du ni[X20]?« – Man dènn worr ik ōōk al wies, datt mien Voder[X11] sien Steveln antrock, un hōōr[X65], datt Mudder[X12] hēēl opreegt sä: »Bernd, Bernd, wees|wee' sinnig un loot mi ēērst Licht opsteken, anners …« – Dō gung dat Kloppen un Bumsen an'e Döör ōōk al wedder[X41a] lōōs un dröhn dör't hēle Huus. Un buten rēēp èn nervöse Stimm:

»Mook open! Nover, gau! Nover, gau! Mook open!« – Ik höör[X65] nu, wosück Voder[X11] hastig an de Huusdöör gung, ėn dicke iesern Stang nēhm, dē ümmer[X21] ünner de Böhntrepp stunn, un de Stang verdwass vör de Huusdöör dör twēē (DrG05.090) Krampen schōōv, dē hē sik al vör längere Tiet in de Döörstänners mookt hârr. As de Döör op disse Oort noch faster verwohrt wēēr, rēēp Voder[X11] an't Slötellock: »Wokēēn is dor?« – »Ik bün't«, klung dat buten, »ik bün't, Dirk Buschmann! Ik segg di, Nover Âlldag: Mook open! Man gau! Mook open! Mien Leben steiht op't Speel!« – »Wokēēn bi mi no't Huus rinwill«, anter|antwōōr Voder[X11], »dē kann bi Doog komen! Ik heff hier kēēn Nachthârbârg un vör âlln kēēn Rōverhöhl ni[X20]!« – Mit'e Wiel wēēr Mudder[X12] mit Licht op'e Deel komen un ik hōōr[X65], wo sē sachten*|liesen un ieverig |nachdrücklich tō Voder[X11] sä: »Um Gottswillen, Bernd! Loot dat no! Segg ėm nix tō nēēg|beleidige ihn nicht! Loot uns[X07b] lēver in' Gōden[X50] mit süm[X05]|ehr langkomen un loot ėm rin! Ik beed[X60]|bee' di, Bernd, mook doch open!« – »Ik will dėn Düvel dōōn!«, rēēp Voder[X11] luut. »Mēēnst du, ik will mi hier Lüüs in't Fell setten un mi dėn Toll op'n Hâls hissen|hetzen, wėnn ik mien Huus hier bi nachtslopen Tiet tō ėn Smuggelhârbârg hergeben dō! Hier kummt mi nüms* över'n Drüssel, un dē dat woogt, dē …!« – Ik slēēp dōmools in de linke Komer, wō Tine* nu slöppt. Ik hârr mi in't Bett op'e Knēē huckt un kēēk dör dat lütte runne Flettfinster|Vörplatzfinster|zur Diele hinaus. Dō sēhg ik opmool sōōn swatten Schadden vun'e Waschköök her ansliekern komen un schrēēg, sō luut as ik man kunn: »Voder[X11]!! – Mudder[X12]!!« – Dat wēēr âllns in dėn Momang, as mien Voder[X11] noch snacken dä un dat Gesicht no de Huusdöör tōwėnnt hârr. Man as hē mien Stimm hōōr[X65], dreih hē sik as de Wind um, rēēt mit ēēn Ruff|im Nu de Iesenstang ut de Krampen, hēēl ehr över'n Kopp un rēēp mit ėn Stimm, as ik ehr noch mien Doog ni[X20] vun ėm hōōrt hârr: »Hund, wo

|*wie* büst du hier rinkomen un wat wullt du hier?« – »Reeg di ni[X20] op, Bernd!«, anter|antwōōr nu Buschmann *(DrG05.091)* mit ėn hēēsche Stimm, »reeg di ni[X20] op un loot de Stang sacken! Ik will di nix, gor nix! Man de Toll is mi op'e Hacken! Ik *[DrG21.114]* bün süm[X05]|ehr noch sō eben un mit naue Nōōt* wegwitscht |*entkommen*. Man Jan hebbt süm[X04] |se mi, dē venienschen |*niederträchtigen* Himmelhunnen, dėn hebbt süm[X04] |se mi op'n Werder* dōōtschoten!« Ik hōōr[X65] dör dat Komerfinster, wo de unhēēmlige Gast mit de Tähn gnisch|gnirsch un ėn Stimm mook as sōōn wild[M3] Dēērt. – »Un nu schâll ik di hier versteken!«, rēēp mien Voder[X11] füünsch. »Wullt du mi un mien Famieln* in't Unglück störten? Ruut, segg ik! Ruut ut mien Huus! Wō |*Wo* büst du ēgens |ēgentli rinkomen? Wat!?« – »Wō ik vunmorgens rinkomen bün«, anter|antwōōr de anner. »Muttst dien Hoffdöör beter verrammeln! Dē kann ēēn vun buten mit'e Messkling openknacken. Man nu wees|wee' vernünftig un loot mi op dien Böhn, hest dor kēēn Schoden bi. Ōder höllst du dat hēēmli mit dėn Fiend? Wat? Ik dach, sōōn Keerl as du, dat wēēr ėn gōden[X50] Bremer Jung. Glōōv mi man tō, Bernd, dor koomt noch wedder[X41a] anner Tieden! Dē Hunnen mööt noch mool wedder[X41a] ruut ut de Stadt! Un dėnn kunn di dat lēēg gohn, wėnn de Bremers wies wârrt, datt du ėn Franzōsenfründ ...« – »Hund!«, rēēp Voder[X11] in vulle Wōōt[X51]. »Wullt du mi drōhen[X53]? Wohr dien Tung, ōder ...« – Dormit wull hē op dėn Halunk |Kujōōn doolstörten, man Mudder[X12] kriesch wild op un hung sik an sien Ârm. »Bernd«, schrēēg sē, »bring uns ni[X20] in't Unglück! Loot ėm! Loot ėm doch op'n Böhn! Ik beed[X60]|bee' di doch um Gottswillen!« Mien Mudder[X12] wēēr man lütt un fien |zoort, man, wat kēēn drēē stârke Mannslüüd tōrechtkregen hârrn|hätten, dat broch sē bi Voder[X11], bi dėn Riesen Gōliath, hēēl allēēn tōweeg. – Dat wohr|duur âllns man Ōgenplinken|*Momente*. Man sōdro|*sobald* de *(DrG05.092)* Gast, dėn kēēnēēn* inloodt hârr, sōdro dē wies worr, wo dat

Loken schoren wēēr|*wie die Sache stand*, dō witsch hē ōōk al, fix as sōōn Katt, de Böhntrepp rop un toos|*târr|zerrte* noch ėn vullen Sack achter sik her, dėn hē bet sōlang in'e düüstere Eck stohn hatt hârr. – »Beste Bernd«, quääl Mudder[X12] ümmer[X21] op't Frische, »loot ėm doch op'n Böhn sitten! Hē deit uns je nix! Hē will je vun uns nix! Wėnn de Luft rein is, dėnn ...« – »Worum geihst' dėnn ni[X20] no dien ēgen Versteek?«, rēēp Voder[X11] nu no'n Böhn rop. »Wat muttst' noch orntlige Lüüd in dien Schandhandwârk mit rinrieten, du ...?« – »Ik wull mi sachs* wohren|*werde mich hüten!*«, klung dat vun boben. »Ik heff dat hēle Huus vull Kunterbann. Wėnn süm[X04]|*se* mi dor footkrēgen, dėnn geiht âllns över'n Jordan! – Ōh, Jan, Jan!«, gung dat dėnn op'n Böhn as sōōn Stöhnen. »Jan, Jan! Datt di dat ōōk passēren muss! Man ... Nover! Hȫȫrst du nix? Legg de Stang vör! Dor kummt wat över'n Diek! De Grȫnen!« – »Hillige Gott«, rēēp mien Mudder[X12], »hillige Gott, wat fangt wi an!« – »Heff ik di ni[X20] wohrschuut*|*gewarnt!*«, rēēp Voder[X11]. »Nu sünd wi in dėn Düvel sien Köök!« – »Bernd«, klung dat dumpig vun boben, »wėnn't blōōts ēēn is, dėnn loot ėm man rin! Man driest|*Nur mutig!* Mit ēēn will ik wull kloorkomen! Schick ėm man rop! Ik will ėm Jan sien Blōōt ...« – ›Bums, bums!‹, dröhn dat gēgen de Huusdöör. Dat hēle Huus bever. Wi vēēr Kinner schrēgen, un Mudder[X12] hârr dat Licht op'n Fōōtborrn sett un wrung de ēēn Hand in de anner. ›Bums! Bums!‹, gung dat wedder[X41a] un ēēn pulterdüütsche Stimm rēēp schârp|*rief scharf in gebrochenem Deutsch*: »Offen den Türe! Awang! Douangjee lamprör! Awang!«

Mien Voder[X11] hett uns nȫȫssen vertellt, datt ėm dat fōōrts kloor ween[X83] is, in wat för ėn slimme un gefährlige Loog wi wēērn. Bi ėm stunn dat glieks fast, datt hē dėn Toll op (DrG05.093) jēēdēēn Fâll openmoken muss, ēēndōōn|*egool*, watt dat mēhr Lüüd ōder watt dat man ēēn Mann wēēr. Süm[X05]|*Ehr* dèn Wedderpârt tō *[DrG21.116]* hōlen|*Widerstand zu leisten*, dat wēēr Nârrenkroom ween[X83]. Dènn ēēnmool kunn hē gēgen èn Schēētgewehr nix moken, un tō'n Twēten wēēr de ōle ruge Keerl dor op'n Böhn dat ōōk ni[X20] wēērt, datt hē sien Lebèn op't Speel sett. Dit Lebèn hōȫr[X65] Fru un Kinner. – Kotthorig |*Kurzerhand* schōōv Voder[X11] dat Schott tōrüch (vun binnen bruuk ēēn kēēn Slötel), klink de böverste Döör open un sä op Franzȫȫsch, wat hē bi de Ârbeit al sōōn beten lēhrt hârr: »*Angtree Moschöh!*« – Èn spitz[M3] un blank[M3] Banjenett|*Bajonett* schōōv sik dör de Huusdöör un èn witt versniedte[X56] Gestâlt stunn glieks dorop op'e Deel. »*Bandit hier in Haus! Wo sein? Sakreblö! Wo sein Kuschong?*« Dormit kēēk hē umrum un sett mien Voder[X11] dat Gewehr op de Bost. Mudder[X12] schrēēg nu luuthâls op un pack dat Gewehr mit'e rechte Hand, dorbi wies sē over mit'e linke no'n Böhn rop. De Tollminsch wēēr noch èn teemli jungen Keerl un schien mēhr Kuroosch as Vörsicht|*Plie* tō hèbben. Hastig nēhm hē dèn Lüchter in'e linke Hand, hēēl dat Gewehr vörut över'n Kopp un stēēg de Böhntrepp rop. »*Ah bong!*«, rēēp hē, as hē sō op'n drüdden ōder vēērten Tritt|*Stuuf* wēēr un dor op'e Trepp Spōren vun Snēētreed |*Schneetritten* sēhg, dē dor noch frisch vun Buschmann sien Fōōt tō sēhn wēērn. Noch twēē ōder drēē Treed stēēg hē no'n boben. Dènn kēēm dat Gresige, dat Furchtbore, wat ik in mien Lebèn ni[X20] vergeten kann un wat mi noch in de Ōhren klingt un vör Ōgen liggt, sō ōōlt as ik ōōk al worrn bün! Ik wēēr âllnogrood*|*bilüttens** ut' Bett opstohn, hârr mi èn dünnen Rock övertrocken un wēēr jüst mit Bevern un Tähnklappern vör Bangen un Küll no Mudder[X12] henlōpen, as *(DrG05.094)* de Töllner vun dèn willen Buschmann vun boben dool sōōn gresigen Slag mit de schârpe Kant vun Voder[X11] sien Schüffel op'n Kopp krēēg, datt hē, ohn datt hē ōōk man ēēn ēēnzigsten Luut vun sik geben dä, rüchlangs vun de Trepp doolfull un mit sōōn sworen, dumpen Klapps op de Stēēn doolslōōg. »Himmelhund! Veniensche |*Niederträchtiger* grȫne Blōōthund!«, schrēēg dorbi mit ėn hulerige|*heulender* Stimm de Mōōrdgesell vun Buschmann vun boben. »Hest' nu nōōg? Du franzȫȫs'sche Slieker! Dat is dorför, datt du mien Brōder dōōtschoten hest! Du grȫne Düvel, du!«

Wėnn de Blitz vör uns in de Grund sloon|*slogen* hârr, dėnn hârrn wi sik[X07]|uns ni[X20] duller verjogen kunnt as in dėn Momanġ, as vun boben de hatte Slag kēēm un de frėmme Minsch dor sō in sien Blōōt vör uns Fȫȫt lēēg! Dat hēle Gesicht wēēr över un över vull Blōōt, blōōts de swatten Ōgen kēken dor sō ruut un rullen sik umrum. Un dėnn tucks de Lief noch wücke Mool, reck sik un lēēg dėnn still un stief vör de Trepp." *[DrG21.118]*

Kap. 14: De Möördgeschicht sett Odde* tö

Grōōtmudder^{X12} swēēg still, süüfz dēēp op un lä sik in ehrn Löhnstōhl tōrüch. ›Wuh, huh!‹, bruus de Ōōst |Ostwind un schüddel un wrackel an de ōle Huusdöör un an de Finsterluken, datt dat klung, as wẹnn wille, biesterige Dōdenspȫkels *(DrG05.095)* mit Klogen un Flȫken |Schimpen in dat Huus inbreken wullen. In de lütte Stuuv wēēr dat sō still, sō afsünnerli still! ›Kummtick, kummtack! Kummtick, kummtack!‹, sä sinnig de ōle Wandklock. Un dor manġdör hȫȫr^{X65} ēēn af un tō sōōn dēpen beverigen Otentog |Atemzug vun ēēn vun de Kinner. – „Grōōtmudder^{X12}? Is dat ẹn wohre Geschicht? Is de Franzōōs dẹnn ni^{X20} wedder^{X41a} gebennig worrn, Grōōtmudder^{X12}?" – „Jo, Jung!", süüfz de ōle Frau. „Ik wull sülben, datt de Geschicht ni^{X20} wohr wēēr, dẹnn hârr dit Huus veel swore Sorgen wēniger hatt! Jo, de frẹmme Mann wēēr dōōt, musendōōt, un … Man Kinners! Sēht^{X58} jüm^{X01} |ji|ju dẹnn gor ni^{X20}, datt dat Füür utgohn deit? Ik glȫōv wohrhaftig, dor is al de swatte Katt in' Oben! Nä! Tȫȫv mool … is sachs* noch eben tō redden! Odde! Hool Törf rin. … Kiek an! Hē rȫhrt sik ni^{X20} vun'e Steed! … Tō tō tō! Fix! Lōōp, as wẹnn du ẹn Brummer in't Ōhr hest!" – Jo, uns Odde rȫhr sik noch ümmer^{X21} ni^{X20}, un as Grōōtmudder^{X12} schârp un kottkoppsch |unwirsch worr, dō sä hē ẹndli hēēl sliepstēērtsch |kleinlaut: „Ik, ik, dat is buten sō düüster, un ik, ik, no de Trepp mag ik ni^{X20} hẹn! Loot Berta doch mool Törf rinholen, Grōōtmudder^{X12}!" – „Nu kiek! Nu kiek!", schimp Grōōtmudder^{X12} „Datt hett ēēn dor nu vun. Is bang! Is bang! Schoom di doch wat, ōle grōte Flȫȫz |Bẹngel! Sunst |Anners ümmer^{X21} sōōn Kasper! Du büst mi ẹn schȫnen Boos |Held in'e Bottermelk! Mēēnst wull an't Ẹnn, datt de Tollminsch dor liggen deit? Berta! Steek mool Licht op un wies èm mool, datt dat buten noch jüstsō utsēhn deit as vör èn Stunn."

De Dēērns tuscheln liesen mitènanner, gungen dènn tō twēēt ruut un stēken in'e Kӧӧk de lütte blickern (DrG05.096) Lamp an, dē ni[X20] veel grötter wēēr as sōōn gröttere Kaffetass un èn Schien smēēt, dē ni[X20] veel heller wēēr as de Schien vun dèn Swevelsticken|Rietsticken, wō sē mit ansteken worrn wēēr.

„Koom man ruut!", klung dat dènn buten. – „Nä, ik will ni[X20]!", anter|antwӧӧr Odde. – „Tͦͦv, ik will di bi ›Ik will ni[X20]‹!", iever |eiferte nu Grͦͦtmudder[X12]. „Op'e Steed geihst' mi ruut, du ōle verdreihte |vermaledeite Bangbüx! Sōōn opsternootschen |aufsässiger Jung! Sunst ümmer[X21] dickdͦͦn |angeben un dèn Opsnieder spelen un dat Wͦͦrt fͦͦhren [DrG21.120] as drēē annere! Un wènn ēēn èm nu mool èn Geschicht vertellt, dènn bevert èm de Büx as ik wēēt ni[X20] wat! Op'e Steed|fͦͦrts geihst' mi hèn un hoolst Törf rin, ōder ik hau di sō lang, as ik mi rͦͦhren kann! Büst du dènn èn Jung? Büst je èn richtig[M3] ͦͦl[M3] bibberig[M3] Tittkâlf |Milchkalb, büst du!" – De Dēērns wēērn bilüttens* no de Stuuv rinkomen, foten Odde bi de Hannen un tosen|tärren|zerrten èm mit ruut. – Man wiet krēgen süm[X04]|se èm ni[X20], dènn op de Kellerluuk smēēt hē sik dool, spaddel mit Hannen un Fͦͦt un schrēēg: „Ik will ni[X20] no'n Törf! Ik will ni[X20] no de Trepp! De dͦde Mann liggt dor, de dͦde Mann!" – De Dēērns kènnen de ͦl' gnurrige Grͦͦtmudder[X12] tō gͦͦt[X50]. Süm[X04]|Se wussen ͦͦk, datt Odde sik opletzt doch noch èn Dracht oploodt|opstookt hârr|hätte, wènn sē hēēl gnadderig|wrantig |wracksch worr|würde. Süm[X04]|Se stellen èm dorum man gau op de Bēēn, stēken èm èn poor Sͦdens tō un schubsen èm dènn no de Stuuv rin.

Nu flucker dat Füür in' Oben wedder[X41a] hell op. De lütte ͦͦlfunzel|ͦͦlpüüster, dē merrn op'n Disch op èn umdreihten

Melkputt stunn, smēēt ehrn matten Schien dör de lütte siede |*niedrige* Stuuv. Man disse Schien full ni^{X20} wiet över de Dischkant weg. De lütte Flamm, dē man as sōōn Fingerlidd |*Fingerglied* lang wēēr, wēēg sik suutje hėn un her, as sōōn Grashâlm in' Summerwind. Ėn fienen Striepen (DrG05.097) vun swatten Quâlm trock langsoom vun de geelrōde Flamm no'n boben gēgen de Deek. Ėn matten griesen Sleier vun Twēēdüüsternis|*Zwielicht* lēēg över de Wannen, un ēēn kunn eben un eben|*geradeso*|*knapp* de Biller un Schillerie'en|*Gemälde* wohrnehmen, dē dor bunt dörėnannerhungen. Merrn över de Kommōōd hung, in ėn brēden Mahgōni-Rohm dat gröttste: Dor stunn de brēde Mannsgestâlt mit dat iesern Gesicht, de ēēn Hand op dat dicke Bōōk. Un wėnn dat dor ōōk ni^{X20} ünner dat Bild stohn hârr, ēēn hârr dat dėn Mann vun de Lippen un ut de Ōgen aflesen kunnt: *›Hier stehe ich! Ich kann nicht anders! Gott helfe mir! Amen!‹* Dat wēēr ōōk sōōn ōōl^{M3} Famielnârvstück*, dit Lutherbild. Grōōtmudder^{X12} hēēl dor grōte Stücken op, un de echte ōle ēhrbore luthersche Geist, dē hârr hier ōōk in't Âlldagsche Huus dat Regiment fōhrt, sō wiet Minschen sik besinnen kȫnt. Jo, Grōōtmudder^{X12} Âlldag hēēl op Ēhrborkeit un op hatten Kopp un fasten Will. „Ik goh liek dör|*gerade durch*!", sä sē ümmer^{X21}. „Ik dō|*gebe* jēēdēēn|*jedem* liek un recht|*gleich und gerecht* un segg dat sō, as ik dat mēēn. Un dėn dat ni^{X20} passen deit, dē schâll mi man ut'n Weg gohn!"

Man dat lēēg ōōk wull|*sachs** an dėn swacken un matten Schien vun de lütte Funzel, datt Grōōtmudder^{X12} bi âll ehr Ēhrborkeit un Iruhattigkeit doch ni^{X20} lesen kunn, wat dor op dat lütte Jungsgesicht schreben stunn, dat ehr tō Fōten mit grōte bange Ōgen op dat Lutherbild kēēk. Sē worr ōōk ni^{X20} wies, datt Odde sien Gesicht kriedenwitt wēēr, datt sien Gestâlt bever, as wėnn dat vun Küll kēēm, un datt Berta vun *[DrG21.122]* achtern ehrn Ârm um ėm sloon|*slogen* hârr un ėm fast

|fest an sik drück. Jo, Grōōtmudder[X12] wēēr je ėn true Sēēl, ėn gōōt[M3] Blōōt, man ehr Oort, dē wēēr tō knupperig|rau för dit junge Wesen. Ehr Wârktüüg, dat wēēr vun dē Oort, wō de (DrG05.098) Timmermann ėn ēken Klutz mit behaut. Man disse wēke un fiene|zoorte Stamm, dē verlang doch no ėn zoortere Hand un no fiener Geschirr|Wârktüüg. Odde hârr de Lippen fast |fest opėnannerknepen un hōōr[X65] gor ni[X20] op sien Grōōtmudder[X12] ehr Schimpen |Schellen un ehr spietsch[M3] |höhnsch[M3] Gestickel. Ēēn ēēnzigst[M3] Bild stunn ėm vun dat hēle Vertellersch vör de Ōgen, düütli, gresig: De dōde Mann! De Spleet|Spalt in' Kopp! Mit de Schüffel, mit sien Schüffel, sien Speeltüüg, sien Kamerood!

„Grōōtmudder[X12]", froog Berta ėndli no ėn länger[M3] Swiegen, „Grōōtmudder[X12], nu muttst du de Geschicht over noch tō Ėnn vertellen. Wonēhr[X32] is Buschmann dėnn ut' Huus gohn? Wō sünd jüm[X01] |ji|ju mit dėn Dōden afbleben, un wat is dorno komen?" – „Och wat", gnurr Grōōtmudder[X12], „ik segg gor nix mēhr! Hest' je sēhn, wat dorvun komen deit! Man", fung sē no ėn Tietlang wedder[X41a] an, „ik mutt dat doch sachs* tō Ėnn vertellen, anners |sunst dėnkt hier unsen lütten Schieter |Hampelmann, de Dōde liggt dor övermorgen noch un kummt ėm nachtens mit dat blōdige Gesicht noch vör't Bett." – Bi dissen Snack tucks dat sō dör Odde sien Lief, un hē drück sik noch faster an sien Süster ran. Grōōtmudder[X12] hōjohn|gähnte sōōn poor Mool un vertell dėnn wieder:

„As mien Öllern dat ēērste Gresen verwunnen hârrn, dō rēēp Voder[X11] no'n Böhn rop: »Woog di ni[X20] dool, du Mōōrdgesell! Du hest mien Huus mit Blōōt besöhlt|besmeert |besudelt! Du Schandgesell! Disse Nacht schick ik noch no de Mäerie|no't Roothuus|frz. mairie un mell|zeige de Sook an! Woog di ni[X20] dool! Ik stoh hier mit de Stang!« – »Wėnn du dat deist, wėnn du dat anmellst«, klung dat vun boben, »dėnn störst du di sülben in't Unglück! Wenn du mi over still beteben|gewähren lettst, denn (DrG05.099) bring ik den Kroom in't Lōōt|in'e Rēēg. Ik schaff di den doren dor ünnen ut' Huus, un dor kreiht kēēn Hund un kēēn Hohn no, wat hier över Nacht in't Huus passēērt is. De Hōōftsook is, dat jüm[X01]|ji|ju dichthōōlt|nicht plappert! Vör âlln mööt jüm[X01]|ji|ju de Dēērn dat bipulen|beibringen!« – Dor mēēn hē mi mit. Mudder[X12] hârr mi bides* wedder[X41a] in't Bett steken, un wat Voder[X11] noch mit Buschmann verhannelt hett, dat heff ik ni[X20] recht verstohn. Süm[X04]|Se hebbt mi over vertellt, datt Voder[X11] un Buschmann de Liek in den Mantel un in Säck dreiht hebbt, un datt süm[X04]|se ehr denn op en Umweg ēērst en hēēl[M3] Stück achter'n Diek langssleept hebbt. Denn hett Voder[X11] Buschmann dor allēēn mit loten, un dē hett seggt, datt hē den Lief bi't Siel in'e Weser ünner't Ies schuben wull, wō de Fischers sōōn Wook*|Wake|Eisloch haut hârrn. Tō'n Glück snie[X56]|schneite dat noch de hēle Nacht dör, sōdatt den annern Morgen kēēn Spōōr tō sēhn ween[X83] is.

Mudder[X12] hârr bides* de Huusdeel reinmookt. As Voder[X11] wedderkēēm[X41a], wēēr sien ēērste Ârbeit, datt hē [DrG21.124] sien Schüffel düchtig blank schüür un tōhōpen mit dat Toll-Gewehr op'n Böhn ünner'n Ōken|im Dachwinkel verstēēk, wō kēēn Minsch dit Schârpgeschirr finnen kunnt hârr. – Veel Sorg mook Voder[X11] Buschmann sien Sack, den hē bi uns achterloten hârr un ōōk de annern|nächsten Doog ni[X20] wedder[X41a] afhool. För't Ēērste stēēk Voder[X11] em in den lerdigen Kantüffelkeller un smēēt dor den Rest Törf rop, dē noch ünner de Trepp lēēg.

Man âllns hett gōōtgohn[X50]. Wull vergungen de Doog in Hangen un Bangen, un vör âlln uns' Voder[X11] lēēt lange Tiet den Kopp doolsacken un kuker|quien|kränkelte vör sik hen. Dat dä ēērstmool de swore Sorg, datt dat an' Dag kēēm, wat in de gresige Nacht in uns Huus passēērt wēēr. Un denn gnoog

|gnabbel|*nagte* dat an sien ēhrli^{M3} Hatt, datt ünner *(DrG05.100)* sien Doken|Dack sōōn schändli^{M3} Verbreken aflōpen wēēr un hē dat verswiegen muss. – Ōōk ik muss swiegen un heff dat ōōk gēērn doon, dėnn ik wuss niep* un nau, wat dorvun komen kunn, wėnn ik wat utplappern|nosėggen worr. De annern Kinner wēērn je noch lütt un hârrn gor ni^{X20} recht begrepen, wat dor ēgentli passēērt wēēr. – Sō! Tōōv! Ēēn Dēēl hârr'k bâld vergeten: As mien Mudder^{X12} de Nacht dat Huus reinmook, dō funn sē dicht bi de Trepp ėn blanken gollen Dubbellujedor |*Louisdor = Goldlouis (frz. Goldmünze).* Nu wussen mien Öllern ni^{X20}, wō süm^{X04}|se dormit afblieben schullen. Man wi wēērn je ōōk in bittere Nōōt, un sō hebbt süm^{X04}|se no lang^{M3} Överlėggen dat Geld wesselt un för Lebensmiddel un Füren|*Feuerung* utgeben. Dor wēēr uns veel mit holpen un wi sünd dor lange Tiet mit hėnkomen, dėnn dōmolige Tiet wēēr dat Geld noch mēhr wēērt as vundoog."

Grōōtmudder^{X12} schien mit ehr Vertellen tō Ėnn tō ween^{X82} un mohn de Dēērns, dėn Ketel mit Kaffewoter op'n Oben tō kriegen. Dat gung je schârp op söben tō un Voder^{X11} kunn bâld an't Huus komen. As dat Füür tōrechtstökert wēēr un dat Woter op'n Oben stunn, froog Mieke, wat in dėn Sack ween^{X83} wēēr un wō süm^{X04}|se dor opletzt mit afbleben wēērn.

„Jo", sä Grōōtmudder^{X12}, „dat will'k dėnn je ōōk noch verhackstücken|*abhandeln*|*erledigen*: Alsō de Sack, dē hett uns ēērst veel Kummer mookt. Wi wēērn je ümmer^{X21} bang, bi uns kunn mool Huussōken|*Haussuchung* afhōlen wârrn. Wat dor in wēēr, dat wēēr âllns ėngelsche Woor. Ēēn dicke Rull swatt^{M3} Samtmanchester, ėn Packen mit fienen Twēērn un Neihsied, un dėnn noch sō allerhand Band. De ēērste Tiet much Mudder^{X12} dor nix *(DrG05.101)* vun bruken. Doch as de Halunk |Kujōōn vun Napōleon de Ödder^{X43a} gēēv, datt in'e Stadt âllns, wat ut Ėngeland komen wēēr, datt dat âllns de Kromers un

Kōōplüüd wegnohmen wârrn schull, un as ōōk richtig|wirklich dèn süssten Dezember op'e Börgerweid jüst vör de Rembertistroot süsstig Fōhr èngelsche Woor verbrènnt worrn, dō moken mien Öllern sik dor ōōk kēēn Geweten mēhr ut un fungen bilüttens* an, dat, wat in dèn Sack wēēr, tō verbruken.

Ik wēēt noch, [DrG21.126] as ik lang al verheiroodt wēēr, dō hârr ik noch ümmer[x21] vun dèn èngelschen Twēērn, un hârr dor doch mien hēle Utstüür al mit neiht. Drēē Johr no de Geschicht mit dèn Tollkeerl sünd wi je ōōk de ōlen welschen |roman.|französischen Blōōtsugers un Piesackers lōōsworrn, un süm[X04]|se hebbt in Russland un nōōssen bi Leipzig dor süm[X06] |ehr Stroof för kregen. Vun de beiden willen Buschmanns hebbt wi mien Doog ni[X20] wedder[X41a] wat hōōrt un sēhn. De Tolllüüd schüllt[X62a]|schööt süm[X05]|ehr doch op'e Spōōr komen ween[X82]. Dō sünd süm[X04]|se hēēmli utneiht, un kēēn Minsch hett weten, wōhèn|neemhèn süm[X04]|se stoben un flogen|zus.: geflohen sünd. – Sō! Dat wēēr de Geschicht|de Vörfäll mit uns ōle Schüffel un dèn Tollmann. Ik heff jüm[X02]|ju dat nu in mien Gōōtheit[X50] vertellt, man jüm[X01]|ji|ju bruukt dat ni[X20] anner Lüüd op'e Nöös tō backen. Dē worrn sunst |anners schōōn wunnerwârken|staunen, wat ik jüm[X02]|ju för Rōvergeschichten vörsnacken dō. Wohr is dat wiss un wohrhaftig, un noch mènnig[M4c] Nacht sēhg ik dèn Töllner in sien Blōōt vör de Böhntrepp liggen. – Berta! Mohl Bōhnen dör un hool de Zichuren* rin!" (DrG05.102)

Kapitel 15: Odde* is dōōtkrank

Ėn anner Gesicht wies no wücke Stunnen de Âlldagsche Stuuv. Merrn över dėn Disch hung an ėn dreihten Wierdroht |Metalldraht de Hangellamp mit dėn blickern Scheerm, dē boben grōōn un ünnerwârts witt anmoolt wēēr. Disse Stootslamp |Prachtlampe worr blōōts sünndoogs ansteken ōder wėnn Voder[X11] Âlldag sik obends vun't Geschäft noch Mehrârbeit mitbrocht hârr un wat tō tēken ōder op'n Stēēn tō kratschen |ratschen hârr. Grōōtmudder[X12] hârr vör disse Lamp, vör dat ōle ›Wüppspeel‹, as sē dat nōōm*, bōōs Manschetten|wēēr dor bōōs bang vör. Dor muss je dat ōl' niemōōdsche ›Peter Leum‹ op brėnnt wârrn, un dat kunn sē ›för'n Dōōd‹ ni[X20] utstohn. Sē hârr al veelmools wohrschuut*: Wėnn dat richtig in'e Mōōd kēēm, dėnn schänn|verderbe sik de hēle Minschheit noch de Ōgen ut bi dit ōl' ›schrille‹|grelle Licht.

An dissen Obend sēēt Friech* Âlldag wedder[X41a] still un ieverig bi sien Ârbeit un trock mit ėn spitzen Stohlsticken |Stahlstift fiene Streken dicht an dicht op dėn Stēēn, dėn hē vun't (DrG05.103) Geschäft mitsleept hârr. Op'e anner Siet vun dėn Disch sēēt achter Stoppkorf un Neihkasten Fru Âlldag un wēēr dorbi, ėn Hümpel Kinnertüüg un Strümp dör de Fingern gohn tō loten, dē bi ehr op'n Stōhl lēēg. Sinnig vertellen sik de beiden Ēhlüüd wat un snacken sik över âllns ut, wat süm[X04]|se dėn Dag över beleevt hârrn un wat an grōte un lütte Sorgen süm[X06]|ehr Hatten beweeg. [DrG21.128] Biller vun Freud un Lēēd ut verleden|verflossenen Johren, Biller vull Höpen*|Hoffnung un Glück för de tōkomen Tiet, dē molen sik disse beiden ēhrboren, slichten un tōfreden Minschen in sōōn stille Stunnen. Un de Fredensėngel, dē stunn dorbi, dē wēēr hier je ėn sekern Gast. Hē weih sachten* mit sien Flünken dör dėn lütten Ruum, hē strēēk wēēk un fründli disse beiden

Minschenkinner över dat Gesicht un mool dor stille Lēēv
|Lēēvde un Verdreeglichkeit op.

„Schullst för vunobend doch man Schicht|Schluss moken,
beste Jung!", mohn Antje nu ėndli. „Kiek mool, de Klock geiht
op hâlvig ölben un morgen muttst du frȫh wedder[X41a] ruut." –
„Noch teihn Minuten, mien Dēērn!", anter|antwōōr Friech. „Ik
bün glieks kloor, un kann dėnn dėn Stēēn morgen frȫh
wedder[X41a] ..." – Wieder kēēm hē ni[X20], dat Wōōrt blēēv ėm in'
Hâls steken, dėnn buten op'e Deel, jüst achter de Stubendöör
klung ėn Luut vun ėn Kinnerstimm, sō gresig schrill un bang,
datt dat Ēhpoor in' ēērsten Momanġ vör Schreck
tōhōpentucks, un dėnn over, as wėnn dat ut ēēn Mund kēēm,
„Odde!!" rēēp. Fru Âlldag wēēr de ēērste, dē no de
Stubendöör hėnflōōg, wō dat jüst hastig an de Klink wrackelt
hârr. – Dor stunn Odde in sien Nachthėmd|Nachtpie, mit de
blōten|nokelten Fōōt op de kōlen Stēēn. Sien Gesicht wēēr
kriedenwitt un schien sik in Bangen un (DrG05.104) Schudder tō
vertrecken. De Ōgen wēērn wiet openreten un kēken stief op
ėn Steed in't Wiede. „Odde! Odde!", rēēp de besorgte
Mudder[X12] un nēhm dėn lütten Lief, dē vör Küll un Bangen
bever, op ehrn Schōōt. „Odde! Mien best[M3] Kind! Segg, wat is
di? Worum kummst du dėnn ut' Bett? Jung, Jung! Kannst di
je op'n Dōōd verkȫhlen!" – Odde klapper mit de Tähn, krōōp
dicht an sien Mudder[X12] ran, streck de Hannen vörut un
snucker*: „De dōde ... Mann! Dē will mi ... huh! Dē liggt je
ünner ... ünner ... mien ... Bett! Ōh, de dōde Mann ... mit dat
Blōōt!" – „Hē drȫȫmt!", sa Friech Âlldag. „Man wosück|wie
kummt hē bi sōōn Snackerie? Watt de Dēērns ėm wedder[X41a]
sōōn öle Spȫȫkgeschichten vörleest hebbt? Dat is gor ni[X20]
gōōt[X50] för dėn Bėngel, sien Blōōt is veel tō jiddelig*|nervȫȫs." –
„Ik glȫȫv, dėn Jung stickt ėn Krankheit in de Knoken", mēēn

Fru Âlldag besorgt, „wüllt[X63] èm morgen man mool in't Bett liggen loten, un dènn afluren, wat dorvun wârrt."

Jo, sē hârr recht hatt: Èm stēēk wat in de Knoken. – De kōle Hand, dē vun't Ōōsten her över dat Land reck, dē streu noch ümmer[X21] de mächtigen witten Stuffmassen ut un schüddel un tuus|zauste dèn ōlen griesen Pappelbōōm ohn Nosicht un hârr èm sō kohl un slurig|bedripst|trist mookt, datt dat utsēhg|lēēt, as hârr sē èm bet in't Mârk dropen. Disse kōle Oten, dē hârr ōōk unsen Odde anbloost un smēēt èm op dat Krankenbett. – Dor lēēg hē nu lang, un dat rōde, glōhnige Gesicht mit de blanken, fēverigen Ōgen kēēk ut de dicke Bettdeek ruut. De hitten Hannen grapschen op'e Deek rum un *[DrG21.130]* grēpen dènn as in Dōdensbangen an dèn Hâls, wō de Oten kott un drang |gequält ruutfleut. In dèn willen Fēverdrōōm wunn sik de lütte *(DrG05.105)* Lief in Bangen un Quool. „De dōde Mann! Mudder[X12]! Ik will ni[X20] op'n Böhn! Mudder[X12]! Hē kummt mit de Schüffel!" – Dat holp ni[X20], dor muss èn Dokter in't Huus, sō veel as Grōōtmudder[X12] ōōk lamentēēr un sik dorgēgen wehr. „Halsbräune!", sä de lütte dicke Herr sinnig|bedachtsoom, as hē dat Kind mit èn Lepelstööl no'n Hâls rinkeken hârr. „*Müssen vor allen Dingen fleißig gurgeln, sonst ist das Schlimmste zu befürchten!*" – Sō vergungen drēē, vēēr Doog. Die düüsteren Schaddens, dē as Krankheit un Sorg no't Huus rinkomen wēērn, dē luren in âll de Ecken vun dat lütte Huus, wō sō vele Johr dat Glück wohnt hârr. De Schaddens kēken ut âll de Gesichter, ut de Ōgen vun de truen Minschen, dē hier nu mit sachte|liesen Schreed hèn un her gungen. Un swatter un swatter worr de Schadden, un slēēk sik langsoom ümmer[X21] nēger un nēger no de lütte Komer hèn un ut dèn Schadden recken sik twēē kōle Ârms dull un jieperig |gierig no dat lütte Minschenkind, no dat Sünndagskind Odde Âlldag.

Grōōtmudder[X12] sēēt in ehrn Löhnstōhl, tō ėn Kluten|*Klumpen* tōhōpensackt. Dē|Wokēēn ehr vör acht Doog tōletzt sēhn hârr, dē muss sėggen, datt sē utsēhg, as wėnn sē um wücke Johr öller worrn wēēr. Dat schrumpelige Gesicht welk un gries un infullen, de Ōgen matt un de Mund fast un schârp tōknepen. Sō hârr sē sik in ehr Dōōk indreiht un sä kēēn teihn Wöör dėn Dag. – Dō gung de Stubendöör open, un mit langsome, mȫde Treed kēēm ehr Swiegerdochter op ehr tō. Antje pedd an dėn Löhnstōhl ran un lä ehrn Ârm um de ōle Fru ehr Schullern. De beiden wesseln kēēn Wōōrt, ēēn höör[X65] blōōts ėn dēēp[M3], swoor[M3] Süüfzen ut dėn Stōhl un ėn Snuckern* vun de quäälte Mudder[X12]. *(DrG05.106)* „Ik mag ni[X20] an de tōkomen Nacht dėnken, Mudder[X12]!“, stöhn Antje ėndli. „Ōh Mudder[X12], Mudder[X12]! Wėnn uns de Jung nohmen worr! Hē kann gor ni[X20] slucken, un mi gruut, datt hē sticken|*ersticken* deit, wėnn kēēn Wunner passēērt!“ Grōōtmudder[X12] rȫhr sik ni[X20] un sä kēēn Wōōrt. Blōōts de ōle Klock klingklang ehr ēwig[M3] ›Kummtick, kummtack! Kummtick, kummtack!‹. „Mudder[X12], ik beed[X60]|bee' di“, fung Antje wedder[X41a] an, „nu segg doch mool ėn Wōōrt! Kiek mool: Wi sünd de langen Johren ümmer[X21] sō in Freden bi'ėnanner ween[X83], un nu, wō dat Unglück över uns kummt, nu lettst du mi mit mien Kummer allēēn un snackst kēēn Wōōrt!“ – „Wârrt dėnn no mi höör[X65]?“, klung dat ėndli hēēsch ut Grōōtmudder[X12] ehrn Mund. „Wârrt dėnn no mi noch froogt? Op'n Kopp heff ik wat kregen vun mien Herr Söhn, datt ik sien Kinner Rȫvergeschichten vertellt hârr! Un dėnn: Wat schâll ik dortō sėggen? De junge Welt is je veel, veel klōker! Dor mutt ėn Dokter in't Huus un dat mutt âllns Geld kosten! Giftkrooms mutt dorher vun'e Aftēēk! Man op mi *[DrG21.132]* wârrt ni[X20] höört! Wėnn jüm[X01]|ji|ju mi man beteben|*gewähren* lēten, dėnn wēēr dat Kind-Gotts al lang wedder[X41a] beter! Ik will je gēērn, gēērn dōōtblieben, wėnn dat Kind man an't Leben blifft! Mien

Dagwârk is doon, *und wenn es köstlich gewesen ist, dann ist es Mühe und Arbeit gewesen!*"

Antje hârr de ōle Fru bi de Hand foot. Sē sēhg, wo twēē Tronen langsoom över de welken Backen trüddeln|kullern un wo de Ōgen ėn afsünnerligen, frėmmen Utdruck krēgen, as wėnn süm[X04]|se no ėn anner'[M4d] Welt rinkēken. ›Wėnn jüm[X01]|ji|ju mi man beteben lēten!‹ Disse Wȫȫr klungen in dat bange un bedrȫȫvte Mudderhatt[X12] wedder[X41c]. Ėn Höpen* trock *(DrG05.107)* in dit Hatt, wėnn dē ōōk man hēēl, hēēl swack wēēr. „Mudder[X12]?", froog Antje. „Du sääst, wėnn wi di man beteben lēten? Segg Mudder[X12], wat wēētst du dėnn för ėn Middel? Segg Mudder[X12], wat is dat dėnn?" – „Wullt du dat dėnn anwėnnen?", froog de ōle Fru, un mook sik in ehrn Stōhl risch |kēēm hōōch. „Wullt du niep* un nau dōōn, wat ik di segg? Ik segg di blōōts, Antje: Veracht ni[X20] de ōlen Huusmiddels! Dē hebbt de Minschen frōher in süm[X06]|ehr Bangen utprobēērt un dor is al mėnnig[M4c]|manches Minschenleben mit redd worrn! Wo loot is dat al?" – „Dat is glieks drēē, Mudder[X12]", anter|antwōōr Antje, „man wat schȧll dat dėnn?" – „Um Klock viddel no vēēr koomt de Dēērns ēērst ut'e Schōōl", mummel Grōōtmudder[X12] vör sik hėn. „Na, sett di man ēērst wedder[X41a] bi dėn Jung hėn, ik segg di dėnn Beschēēd."

Antje schüddkopp un gung wedder[X41a] vull Sorg an dat Krankenbett. Sē hȫȫr[X65] ni[X20], datt de ōle Fru suutje ut'e Stuuv ruutgung, datt sē ehr Nevelkapp ut dat Klēderschapp ruutkrēēg, datt sē dėnn no de Kȫȫk slēēk un mit'n Melkputt in'e Hand hēēmli ut de Huusdȫȫr ruutgung. Al Weken wēēr sē kēēn Tritt ut' Huus ween[X83], un de schȧrpe, kōle ōōsten Wind lä sik ehr dorum swoor op de Bost, as wėnn hē ehr dėn Oten nehmen wull. Man driest|tapfer tüffel sē achter'n Diek langs dör dėn Snēē. Över ehr, dör dėn ōlen Bōōm, dor klung dat dump un fierli as sōōn Kȧrkenorgel un vun de kohlen Tėlgen full fienen Stuffsnēē|*Pulverschnee* un weih ehr in't Gesicht. Ēn poor oppluusterte Kauken* sēten achter dėn ēēn Knast un kēken trurig no de versniedte[X56] Steed dool, wō süm[X05]|ehr sunst|anners ümmer[X21] sōōn lütt[M3] Minschenkind sōōn fein[M3] Fōder[X46] hėnstreut hârr. Wat wēēr de Winter doch hatt un lang, un dat Leben sō bang, sō *(DrG05.108)* bang! Ēēn Kauk* piep sachten* |liesen. Wull hē de ōle Fru anrōpen, dē dor sō ielig, sō krumm un frosterig|*frierend* achter'n Diek langsschrökel|*sich langschleppte*? Wieder, ümmer[X21] wieder gung de Gestâlt, bet datt dat man noch sōōn lütten swatten Punkt wēēr, dē sik op dėn wieden witten Snēē aftēēk|*abzeichnete*. – De Vogel in dėn Bōōm wēēr still un stēēk as de annern sien Kopp ünner de Flünken. Ōōk in dėn Bōōm worr dat hēēl, hēēl still, dėnn de Wind hârr sik leggt. De hēle Welt wēēr still, sō still, as wėnn dor reinweg nümmer wârm[M3] Leben in ween[X83] wēēr, as *[DrG21.134]* wėnn dat slichtweg niemools Minschen, mit âll süm[X06]|ehr Lust un süm[X06] |ehr Quolen, op ehr geben hârr.

Man dor binnen in't Huus, achter in'e Komer, dor sēēt in Angst un Quool, in Höpen* un Bangen ėn Mudder[X12] un hârr ėn hitte fēverige Kinnerhand twischen ehr Fingern. Wat worr de Nacht bringen? De Dokter hârr ehr vunmorgens seggt, sē muss sik op dat Slimmste inrichten. Nä! Dat dä sē ni[X20]! Ehr Kind, dat dörs ni[X20] vun ehr gohn! Noch hârr sē't je! Och, wėnn dat doch ēērst Obend wēēr, datt ehrn Mann kēēm! Dėnn kunn sē sik utsnacken. Mit Mudder[X12] wēēr doch nix antōfangen, dē muss doch sachs* al sōōn beten kindsch ween[X82]. Sē wēēr dörweg|*allgemein* recht stumperig|*kümmerli* worrn in'e letzte Tiet. Odde sien Oten gung noch ümmer[X21] kott un swoor un de lütte Bost hiem|*keuchte* un flōōg op un dool. Och, wėnn sē ėm doch hölpen kunn! Nu sack ehr de Kopp op de Bost. Och, sē wēēr je sō mōōd, sō mōōd, vun de Nachten, dē sē al dörwookt hârr! Bunte Blōōm treden ehr vör de Ōgen, grōōn, rōōt, blau un geel. Nu wēēr sē opmool in sōōn feinen, grōten Goorn mit Blōōm un Bōōm. Bunte Vogeln hüppen dor in de Twiegen un sungen lēēflige (DrG05.109) Lēder. Sē muss ėn lange, lange Allēē doolgohn un kēēm dėnn an sōōn fein[M3] Huus, dat sēhg ut|lēēt, as wėnn dat vun schier[M3] Gold un Sülver wēēr. De Döör vun dat Huus stunn open, man dor wēērn grōte gollen Trâllen vör. Man achter dat Gitter, dor stunn ėn hōge Fruunsgestâlt in ėn lang[M3] witt[M3] Klēēd mit luter swatte Rōsen besett. De Fru hârr ėn Kind an'e Hand, dat lach un nückkopp ehr tō un wink mit de Hand. Sē brēēd[X60]|brēē' beide Ârms ut un wull dat Kind an sik trecken. Dat wēēr je ehr Kind, ehrn Jung! Sē wull ›Odde!‹ rōpen, man de Hâls wēēr ehr tōsnōört. Sē wull de frėmme Fru ansnacken, man dat Hatt blēēv ehr stohn! Ėn knökern|knöchemer Dōdenkopp grien ehr dör de Trâllen an un … – Dō lä sik ėn beverige Hand op Antje ehrn Ârm un ėn matte, man vertrute Stimm sä: „Antje! Büst du indruselt? Ik bün wedder[X41a] dor! Ik heff dat hoolt! Koom, dor is kēēn Tiet tō versümen, wi wüllt[X63] ėm dat um' Hâls moken!" – Antje muss sik ēērst besinnen, wō sē dėnn wēēr. Noch hēēl sē de hitte Hand fast, dor stunn de ōle Fru mit ehr Nevelkapp, in de mogern, blau- un stieffroren Hannen hēēl sē dėn brunen Melkputt. „Mudder[X12"], froog Antje hastig, „wō büst du hėnween[X83], un wat hest du dor?" – „Tō tō tō!", mohn Grōōtmudder[X12]. „Du hest seggt, du wullst dat! Du wullst mi beteben|gewähren loten! Ik heff sülben ėn solten Hēērn|Hering vun' Sielpadd|Sielpfad hoolt. Dėn schâll dat Kind um' Hâls hėbben. Jo, kiek mi man ni[X20] sō unglōōvsch|ungläubig an! Dēēl dėn Hēērn langs in twēē Dēlen, mook dor de Groden|Gräten ruut un binn ėm de beiden Dēlen mit ėn Dōōk um. De lütte Hâls sitt binnen vull gele Pieken|Stippens|Pickel, un dat is de Dōōd, Antje! De Hēērn hoolt âllns no'n buten ruut! Hier (DrG05.110) in dėn Putt heff ik ōōk ėn beten Soltlōōk|Salzlake [DrG21.136] mitbrocht. Nu pass op, wat ik di segg: Tō de Lōōk mutt ėn lütten Schubs|*Schuss* kokenhitt[M3] Woter tō. Dėnn gēēt wi dat Kind dor wat vun no'n Hâls rin un rieƀt düchtig mit ėn Handdōōkstimpen|*Handtuchzipfel* no. Schudder di ni[X20] sō, Antje! Ik wēēt wull, dat is ėn Peerkuur un Quäälkroom för dat Kind, man dat is dat letzte Middel, Antje! Besinn di ni[X20], Antje! Dat hölpt, dat hölpt! Wat ik di segg! Ik heff dat in de vēērtiger Johren mool vun ėn ōle Botterfru hȫȫrt!"

Kap. 16: Odde* is borgen, Grõõtmudder dõõt

Langsoom un sinnig kēēm dėn annern Morgen de õl' liedsome* Dokter över de Âlldagsche Huusdeel. As Fru Âlldag ut de Stuuv pedd, blēēv hē stohn, schōōv sien gollen Brill umhōōch un kēēk de Fru lang un schârp ut sien lütten griesen Õgen in't Gesicht, as wėnn hē dor de Antwōōrt lesen wull, de Antwōōrt op de Froog, dē hē op'e Tung hârr. *„Na? Kleines Frauchen?"*, froog hē ėndli un trock dor sien Pelzhandschen bi ut. *„Na? Wie steht's denn?"* – *„Oh danke, Herr Dokter!"*, anter|antwōōr Antje hastig. *„Ganz gut, Herr Dokter, das ist alles nach außen geschlagen. Ich glaub, er hat das Schlimmste überstanden!"* – Sē freu sik in' Stillen, datt de Dokter ehr ni[X20] in't (DrG05.111) Gesicht kēēk un hastig no de Komer rinpedd, wō de lütte Kranke lēēg. Op dėn Dōördrüssel blēēv de ōle Herr sōōn lütten Stōōt* stohn un snüffel mit sien lütte dicke Knōōpnöös|Knopfnase|Stubsnase as sōōn Knink in'e Luft. Antje pucker dat Hatt! Schull hē wull wat rüken vun dėn Hēērn? Wėnn hē blōōts nix froog! Dat Lēgen full ehr je sō swoor! Odde hârr dėn Kopp op de Siet dreiht un lēēg still op sien Küssen. Dat lütte Gesicht wēēr witt un infullen, man de Oten gung hēēl ruhig[X52] un de Kranke schien tō slopen. – *„Die Temperatur ist ja fast normal"*, sä de Dokter, as hē dat Kind bi de Hand foot hârr, *„und hier ..."* Nu bekēēk hē hēēl niep* dėn lütten Hâls, dē vun buten as sōōn Krogen mit luter gele Pieken besett wēēr. *„Hm, hm! Merkwürdig! Wann ist denn diese Veränderung eingetreten?"* – *„Seit diese Nacht, so um Klock zwei"*, sä Antje, *„da zeigten sich die ersten Pieken."* – Nu hârr Odde de Õgen opensloon|openslogen. Hē schien dėn Dokter, dē an't Koppėnn stunn, gor ni[X20] tō sēhn. Hē hōjohn|gähnte wücke Mool, hoss|hustete sōōn beten, resper|räusperte [DrG21.138] sik un froog dėnn sien Mudder[X12]: „Mudder[X12], krieg ik dėnn nu õõk morgen Leverwust?" – „*Hahaha!*", lach de Dokter, datt ėm de lütte Lief wackel. „*Das ist prachtvoll!* Jo, mien Jung, du schasst ėn hēle Leverwust hėbben, un ėn hēle dicke!" Dormit strokel hē dat Kind de Backen, wėnn |wendete sik an de glücklige Mudder^{X12} un klopp ehr fast|fest op'n Puckel. „Dē is dor dör!", lach hē dėnn noch mool. „Ik segg je man, de ōlen plattdüütschen achterndiekschen Strandrōvers sünd toog as de Katten! *Aber*", mēēn hē dėnn ēērnst un sachten*, „*es war schlimm, sehr schlimm! Diese Krankheit ist ein böser Würgengel! Ich hatte den* (DrG05.112) *Kleinen schon aufgegeben. Darum: Vorsicht! Vorsicht! Leichte Kost und warm halten! Und die Geschwister ja fernhalten!*" Antje wisch sik hēēmli de Tronen af, dē ehr över de Backen trüddelt|rullt wēērn. Dat wēērn Freudentronen ween^{X83}. Sē hârr't ni^{X20} hölpen kunnt|nicht unterdrücken können, dat Hatt wēēr ehr gor tō vull! Dat Glück gor tō grōōt!

Man dit Glück, dat wēēr ni^{X20} hēēl rein! De swatte Schadden, dē nu al teihn Doog in't Huus rumslēēk, dē wēēr noch ni^{X20} bannt, dėnn dē hârr sik opmool no de anner Siet vun't Huus röversleken, no ėn anner lütt' Komer rin. Grōōtmudder^{X12} Âlldag hârr no ehrn Weg dör Snēē un Wind ni^{X20} wedder^{X41a} wârm wârrn kunnt. Truli hârr sē noch bi de Hēērnhantērerie mitholpen un âllns anornt. Dėnn wēēr dat mit ehr Kraft tō Ėnn ween^{X83}, un sē hârr sik langsoom an de Wannen langs no ehr lütte Komer hėnkröpelt|hėnsleept un hârr sik still in't Bett leggt. Ėn schrillen Hossen hârr de hēle Nacht dör dat Huus gellt. – Antje hârr mehrmools no de ōle Fru rinkeken un froogt: „Mudder^{X12}, wo geiht'? Wullt' ōōk wat hėbben, ėn beten drinken ōder sō?" – Man dėnn hârr Grōōtmudder^{X12} antert|antwōōrt: „Quääl di ni^{X20} um mi! Loot mi man still betėbėn un pass op dat Kind!" – Un dėnn wēēr Antje komen, hēēl in Opregen, un hârr seggt: „Mudder^{X12}! Ik glōōv, dat gifft ėn Umswung! De Slund|Sluck wârrt frie un de Hâls is buten|buutwârts rōōt mit luter lütte Punkten!" – Dō hârr de ōl' Fru hēēl ruhig[x52] antert|antwōōrt: „Dat heff ik je seggt! Dat heff ik wull weten! Nu legg di man hėn un sloop ėn beten!"

Antje hârr sinnig noch wücke Wȫȫr mit dėn Dokter wesselt un fȫhr ėm dėnn in Grōōtmudder[x12] ehr Komer. „Mudder[x12]! Herr Dokter is hier! Dē wull gēērn mool no *(DrG05.113)* di kieken!" – Man dat klung jiddelig* un schabbig|beetsch ut Grōōtmudder[x12] ehr Bett: „Wat, wat, wat is dat? Dokter? No mi kieken? Wat is an mi ōl' Minsch dėnn Grōōts tō kieken! Hier kummt mi kēēn Dokter över'n Drüssel!" Âllns Tōroden|Zuraten un Snacken holp nix. Grōōtmudder[x12] trock sik de Deek över beide Ōhren, de Dokter lach still vör sik hėn, drück ünner Schüddkoppen Fru Âlldag de Hand un gung.

„Berta", froog Grōōtmudder[x12] dėn Obend, as Berta ehr ėn Tass hitten Peperminttēē vör't Bett brocht hârr, „Berta? Wo loot is dat al, un *[DrG21.140]* wat schriebt wi vundoog för ėn Dag?" – „Dat is drēē Viddel op acht, Grōōtmudder[x12], un wi hebbt hüüt dėn twintigsten." – „Fobion Sebasterjohn|Fabian Sebastian, lett dėn Saft in de Bȫȫm ropgohn!", mummel de Kranke vör sik hėn. „Watt ik unsen ōlen Gesell wull noch mool wedder[x41a] grȫȫn sēh[x58]? Jo, ik bün je mit ėm grōōt worrn, man hē hett doch ėn toger Leben as ik, wėnn't ōōk man ėn Pappelbōōm is. Mit mi wohrt|duurt dat nu ni[x20] lang mēhr, mien Dēērn! De Luft! De Luft! Un de Hossen un dat Hachpachen |Jappen, un …" – „Och, Grōōtmudder[x12]!", snucker* Berta. „Sō wat schasst du ni[x20] sėggen! Du dörst reinut ni[x20] dōōtblieben, Grōōtmudder[x12]!" – „Kind!", sä Grōōtmudder[x12]. „Ōle Lüüd mööt dōōtblieben un junge Lüüd köönt dōōtblieben! Ēēnmool mööt[x61] wi dor âll hėn, un wėnn ik dėnn ni[x20] mēhr bün, kiek mool, dėnn is dat jüstsō op'e Welt as dōmools, as ik noch ni[x20] dor wēēr. De Weser, dē strȫȫmt dorhėn, de Sünn, dē schient, un de Wind, dē weiht dör unsen ōlen Bōōm! Man wėnn ik dat âllns, âllns noch mool sēhn kunn!"

Jo, sē krēēg âllns, âllns noch mool tō sēhn, de ōle true brove Grōōtmudder[X12] Âlldag! In disse sülvige Nacht, dō sēhg sē de hēle schöne wiede gröne Welt noch mool, *(DrG05.114)* tō'n letzten Mool! Dėnn ōōk in disse Nacht strēēk de Wind dör de Bōōmkrōōn, un dat Bōōmspökel slieker sik noch ēēn Mool as Drōōmspökelsch no de lütte Stuuv|Döns rin, wō de ōle kranke Fru lēēg, still un ēēnsoom. Sē hârr âllns tō Rōh[X52] schickt, sē wēēr stârk nōōg, dėn sworen Gang, wėnn sē ėm dėnn gohn muss, hēēl för sik allēēn antōtreden. Un sachten*, sachten* drōōg ehr dat Drōōmspökelsch ut' Huus ruut un sett ehr ünner dėn Bōōm, op de gröne Bank. Wârm un gollen lach de Sünn'schien över de wiede Welt un schien dör dat Blödergröön vun dėn Bōōm. Man dat wull Obend wârrn un de gollen Bâll hârr sien ēwigen Doogsbogen meist al tō Ėnn brocht. Allerhand Minschengestâlten trocken över dėn Diek, an Grōōtmudder[X12] vörbi. Dor lēēp ėn lütte Dēērn langs, mit Hunnenblööm|Löwenzahn un Mârtjen|Gänseblümchen in'e Schört. De Dēērn, dat wēēr sē je sülben! Un de Dēērn worr grötter un grötter vör ehr Ōgen. Un de Blööm, dē wēērn tō ėn Kranz worrn, dėn sett sē nu ėn smucken jungen Keerl op'n Kopp un dē nēhm de Dēērn fast|fest in sien stârken Ârms. Man dēper un dēper gung de Sünn dool, swacker un swacker worr de Musik in dėn Bōōm. Dor hēēl achter, in't griese Schummerlicht, dor stunnen twēē ōle Lüüd mit witte Hoor. Dat wēērn je ehr Öllern! Süm[XU4]|Se winken ehr tō! Noch ēēnmool trock ėn hellen gollen Schemer över dat gröne Gras hėn. Dor sēhg sē ėn lütten Jung mit rōde Backen un blaue Ōgen un ėn Kranz vun rōde Blööm um dėn Hâls. Sē brēēd|brēē' de Ârms ut un dat Kind lach ehr sō lēēfli tō! Dėnn worr dat düüster, hēēl düüster! Nacht, swatte, ēwige Nacht! Dō full dat düüstere

Loken, wat kēēn Minschenhand wedder[X41a] hōōchtrecken kann, wō kēēn Minschenōōg achterkieken kann. *(DrG05.115)*
[DrG21.142]

Man buten lēēg de Welt jüstsō as vörher. Grōōtmudder[X12] hârr recht hatt! Blōōts âllns wēēr sō still, sō afsünnerli still! Un dat sēhg ut|lēēt, as wenn de Telgen vun den ōlen Huuswächter op'n Diek langsoom un fierli doolsacken, dēper, ümmer[X21] dēper, datt de Bōōm utsēhg|lēēt as sōōn mächtige Truurwichel |*Trauerweide*, dē sik mōōd as in stille Kloog över en Graffhümpel brēēd|brēē'. Un bi dat Doolsacken vun de Telgen, dor gnârr, knack un ruschel dat, sachten*, hēēl, hēēl sachten*! Man dat klung as en Kârkenlēēd, en Spōkelchorool* |*Geisterchoral*, sō ēērnst un fierli, man ohn Wēnen, ohn Trurigkeit:

Nu is tō Enn dien Streben,
hest kēēn Last mēhr un kēēn Freud.
Datt de Dōōd hōōrt mit tō't Leben,
dat blifft sō bet in Ēwigkeit!

Kapitel 17: De ēērste Schōōlmorgen

„Schuur Regen, Schuur Regen, loot' vörövergohn!
Loot âll de lütten Kinner no de Schōōl hėngohn!"

Ėn dicken liedsomen*|kommōdigen Küpermeister|Böttchermeister
wēēr dat, dē dit ōle Riemelsch sung. Hē slunter|drŏtel|schlenderte
mit sien witte Schört un sien swattsieden Spint|Zylinder dör de
Buchtstroot* un wēēr (DrG05.116) in sōōn Hümpel Schōōlkinner,
Jungs un Dēērns, behangen blėben, dē mit Gesnoter, mit
Getrippel-Getrappel   un   Geklipper-Geklapper   vun'e
Ŏŏsterdōōrstroot|Ostertorstraße herkēmen. – „Och, Unkel, dat
regent je gor ni[20]!", rēēp sōōn stevige frische Dēērn ėm tō un
kēēk dorbi no'n Heben, dē an dissen Morgen sō recht schōōn
kloor un blau wēēr. De ōle Meister blēēv stohn, un ėn brēēt[M3]
Lachen trock över sien ēhrbor[M3] Gesicht. Hē klapp|klatschte in
sien hatten Hannen un rēēp: „April, April! Anscheten! Hest'
gor ni[20] weten!" – „Na, tōōbt|tōben[X10] Sē man, Meister!", rēēp
vun'e anner Strotensiet de Tobaksmääkler|Tabaksmakler Rieder.
„Wėnn dat vundoog man gōōt[X50] geiht mit Sē! Sē wēēt|wēten[X10]
doch: Dėn Vogel, dē an' frŏhen Morgen al singt, dėn kriggt an'
Obend de Katt!" – „Ōha", lach de Meister, „dor hōōrt ümmer[X21]
[DrG21.144] twēē tō: De Vogel un de Katt! Nä, wēēt|wēten[X10] Sē,
ik heff dor ümmer[X21] sō mien Vermook|Spoos an, wėnn ik de
doren Trabanten dor sō hėntrippeln sēh[X58]! Kiekt|Kieken[X10] Sē,
dor! Dat Rackertüüg! Vundoog is je Rekruten-Opnohm! Wat
de lütten Dēērns dat dor hild hebbt, mit süm[X06]|ehr nieden
stieben Bōōmwullschörten|Kattunschörten! Un de Purksen vun
Jungs mit de osig|mächtig grōten Tornüsters! Jo, ik wēēt noch
niep* un nau dėn Morgen, as ik dat ēērste Mool ..."

De beiden Mannslüüd wēērn wiedergohn, un twēē
Fruunslüüd, mit Kinner an'e Hand, kēmen de Buchtstroot*
langs. „Nä", sä de ēēn, „no'n Klockengang|Glockengang koomt

unse je ni[X20] hèn. Dor sünd je blōōts de vēēr böversten Klassen, un dat is süm[X05]|ehr dor tō lütt worrn. Nu hebbt süm[X04] |se hier op'e rechte Siet noch wat mēēdt un hebbt för de Lüttsten de ünnerste Klass inricht. Na, schâll mi mool verlangen|bin gespannt, wat dat dènn för èn Stuuv is, wō süm[X04] |se süm[X05]|ehr hènstoppen dōōt! Jo, man *(DrG05.117)* ēēn dört je nix sèggen. Dat is je man èn Frieschōōl! Mien Fritz hier, dat is nu al dat süsste, wat ik dor hènkrieg, un ēēn is je frōh, datt ēēn süm[X05]|ehr âll satt kriggt un noch beten wat optō geben kann. Wokēēn kann dènn noch dat vele Schōōlgeld un de düren Bȫker ... Kiek! Dor is dat wull al!" De Fruuns wēērn op sōōn lütten Vörhoff komen, dē mit èn knupperige|holperigen Stēēnbrüch |Steinpflaster ploostert wēēr. Dör sōōn smâlle Huusdöör drängen un schōben sik lütte un grōte Kinner, un Fruuns un Mannslüüd mit lütte Gören an'e Hand; dortō ōōk gröttere Schōōlkinner, dē mit grōte Wichtigkeit un Överlegenheit süm[X06]|ehr jungen Brȫder ōder Süstern hüüt dat ēērste Mool an dē Steed bringen wullen, wō süm[X05]|ehr dat helle Licht vun de Wetenschop opsteken wârrn schull, datt süm[X05] |ehr dat op süm[X06] |ehrn Lebensweg strohlen un vörutlüchten schull. – *„Herr du meines Lebens!"*, rēēp de Mudder[X12] vun vörhèn, dē ehr Snutenwârk bet hertō noch ni[X20] ēēnmool stillstohn loten hârr. „Kinners, Kinners, nä! Wat düüster! Hier mutt ēēn sik je èn Katt vör de Knēē binnen, wènn ēēn sik tōrechtbiestern|tōrechtfinnen will! Nä, nä, wat èn Kabüüs|Lock! Wēērn wi dor man ēērst wedder[X41a] ruut!"

Op dèn smâllen, düüstern Vörplatz un op de noch smâllere un jüstsō düüstere Trepp wēēr dat èn Leben as in sōōn Schoopskoben|Schafstall, dē för fofftig Schoop buut[X55] is, man wō süm[X04]|se hunnert Stück rinproppt hebbt. Ut dat Kluun|Knäuel vun lütte un grōte Minschen, wat sik hier op Vörplatz un Trepp fastrammelt hârr, hȫȫr[X65] ēēn èn Truffen|Trampeln, Schurren un

Ramentern |Lärmen, ėn Jaulen, Quieken, Schimpen, Schandēren un Rōpen, datt ēēn dėnken schullt hârr, ēēn wēēr hier op de Gallerie vun't Openthēoter op'n Friemârkt[X77] un dor schull hüüt vun't Ârmenwesen umsunst ėn Vörstellen geben wârrn un âllns (DrG05.118) tōōv nu op dėn grōten Momanġ, wō de Döör vun't Openbuur |Affenkäfig openschott |entriegelt worr. [DrG21.146]

Ėndli quääl un ârbeid |ârbei' sik ėn Herr de Trepp rop, un ēēn hōōr[X65], datt boben ėn Döör opensloten worr. „Dat is de Lēhrer! Dat is de Lēhrer!", gung dat dör dat Gedräng. Un sō hēēl bilüttens* schōōv un dräng sik dat Speelwârk no'n boben, no de ›Klass‹ rin, ōder beter no de ēhmolige Schōōsterwârksteed rin, dē süm[X04]|se, ›durch eine bauliche Erweiterung‹ (süm[X04]|se hârrn dėn Schōōster sien lütte Ledderkomer[X41f] noch mit tōnohmen), as ėn Schōōlklass inricht hârrn. Dat muss ēēn sėggen: Grōōt wēēr dit Geloot |dissen Ruum jüst ni[X20], man dorför bannig |bōōs siet |niedrig. De Lēhrer wēēr noch ėn teemli jungen Mann vun in de twintig. Man no sien Körperläng hōōr[X65] hē tō dat Slag Minschen, wōvun seggt wârrt, datt süm[X04]|se ēērst gēgen Wiehnachten ėn Snōōv |Schnupfen kriėgt, wėnn süm[X04]|se op'n Friemârkt[X77] |(im Oktober) natte Fōōt kregen hebbt. Nu schâll je de wârme un verdorben Luft gēērn no'n boben stiegen, un sō hârr Herr Ōōstermann (sō hēēs[X64] de Lēhrer) dėn Vördēēl, datt hē ümmer[X21] an besten spören kunn, wėnn de Luft in sien ›Lēhrsool‹ de nōdige Dichtigkeit hârr un nix mēhr opnehmen kunn an Ruuch vun Stevelwichs, Botterbrōōt un anners noch wat. Man bet no de Stubendeek hârr Herr Ōōstermann sien Hoorpull |Haarschopf noch annerthâlf Fōōt Platz, sōdatt hē af un an tōminnst noch mool ėn lang[M3] Gesicht moken kunn. Dortō wēēr hē ōōk je noch jung, hârr ėn teemli vergnōōgten Sinn, un, wat de Hōōftsook wēēr, de ›Nerven[X59]‹ wēērn in de dōmolige Tiet noch ni[X20] opfunnen |entdeckt.

An dissen Aprilmorgen kēēm Herr Ōōstermann sien Läng ēērst recht|besunners tōpass, dẻnn hē kunn dat Gewimmelsch, wat um ẻm rum wēēr, licht överkieken. „Herr Jēēs, (DrG05.119) wat ẻn Rick|Lulatsch! Wat ẻn Lüchtenpohl|Latemenpfahl!", sä de Slabbertasch|Snacktasch vun'e Buchtstroot* teemli luut tō ehr Noversch un dräng sik an dẻn Lēhrer ran. „Morgen!", sä sē, as sē sik manġ de Bankrēgen dörquäält hârr. „Morgen, Herr Lehrer! Och, nehmt|nehmen[X10] Sē dat ni[X20] för övel, ich wollte Sie man meinen Lüttjen bringen! Ich wullt Sie abers man gleichs sagen, dass Se mich den Jung nich priegeln! Er is 'n bisschen zart un hett ēērst de Masseln|Masern gehabt." – „Setzen Sie das Kind dort hin!", sä de Lēhrer kott un wẻnn sik an annersēēn. Âll de Mudders[X12] hârrn wat Besunners bi süm[X06] |ehr Aflevern tō bestellen. Kunn ween[X82] un dat Kind, wat süm[X04] |se brochen, wēēr sōōn beten fien|zoort un ›man minn‹, ōder dat wēēr recht ẻn Utbund vun Klōōkheit un âll de annern um wēnigstens twēē Johr vörut, sōōn Kopp hârr dat! Op ẻn lütte Dēērn schull hē man* jo recht oppassen, datt sē kēēn Toch |Luftzug krēēg un datt sē ōōk ehr Frÿhstück ›verputz‹. „Na, dẻnn man tschüüs, lütt' Metta! Dẻnn pass man gōōt[X50] op un lēhr ōōk düchtig wat!" – „Tschüüs, tschüüs, Kalli! Nu blârr man ni[X20], ōōl[M3] appeldwatsch[M3]|dummes Tittkâlf! Is noch sōōn rechten ›Mamajung‹!" – „Na, dẻnn bet hüüt Mẻddag, Oolheid|Adelheid! Ik kook ōōk wat Feins! Un wẻnn' mool ruutmuttst, dẻnn wies man driest mit'n Finger! Hōōrst'!" [DrG21.148]

Sō snoter|schnatterte, quârk|meckerte un blârr|weinte dat bunt dörẻnanner ünner Drängen, Schuben un Schubsen. Man ẻndli hârr doch de Lēhrer dẻn Kroom sō wiet vunēēnpuult |vunēēnkregen, datt hē dat Kaff|Spreu vun dẻn Wēten un ›die Böcke von den Schafen‹ sortēērt hârr. Dat schâll hēten, âllns, wat ni[X20] tō sien Studenten tell, dat wēēr wedder[X41a] de düüstere smâlle Trepp hẻndoolklattert, un hē hârr dẻnn de lütten

Dēērns op de ēēn, un de kotthorigen tōkomen Philosōphen op de anner Siet glückli tō Rōh[X52] brocht. – Hunnertvēēr lütte (DrG05.120) Hannen lēgen fein fōōlt op de Dischen, hunnertvēēr Ōgen kēken hâlf bang un hâlf nieschierig no dėn grōten Mann sien Gesicht, un twēēunfofftig Köpp lään sik dorbi in dėn Nacken, sō op dė Oort, as wėnn an' Heben ėn Luftballong tō sēhn is. – Wat för Gedanken muchen nu wull dör âll disse lütten Köpp hėntrecken?

Sō teemli wēērn dat je bi âll desülvigen Gedanken, dė wēērn süm[X05]|ehr al wekenlang vörher vun de Öllern un vun de grötteren Kinner bipuult worrn: „Oordig ween[X82]! Gōōt[X50] oppassen! Anners|Sunst gifft dat Slääg mit'n Rēētje|Rēētstock!" – Bet sō wiet hârrn süm[X04]|se noch kēēn sēhn. Watt de Lēhrer wull ēēn hârr? Un wat dor nu wull kēēm? Nu sett sik de Lēhrer achter sien Pult, klapp ėn grōōt[M3] blau[M3] Bōōk open, nēhm ėn Packen Papieren in'e Hand un sä: „Nun passt mal auf! Ich rufe jetzt eure Namen! Ihr wisst doch alle, wie ihr heißt?" – „Jaaah! Ik hēēt Didi*, Unkel!" – „Ich heiß Lina Meier, Herr Lehrer!" – „Mein Mudder hat gesagt ..." Sō gung dat dörėnanner. – Herr Ōōstermann fohr[X66] sik mit de Fingern dör de Hoor, klapp drēēmool mit sien Linjool op dat Pult un snēēd[X60]|snēē' dordör âll de lütten Plötermöhlen dat Woter af. „Also aufgepasst! Wer aufgerufen wird, steht auf! Otto Alldag! Wo wohnst du?" – „Nimmer fünfundzwanzig!", anter|antwōōr dat ut ēēn vun de letzten Banken. – „In welcher Straße wohnst du denn?" – „In gar kein Straße." – „Na, Junge, wie heißt das denn da, wo du wohnst?" – „Wir sagen ümmer[X21] ›achter'n Diek‹." – „Herr Lehrer! Herr Lehrer!", rēēp sōōn lütte Dēērn. „Ich weiß! Das ischa Odde* Alldag, un das heißt Puntjendiek, heißt das!" – „Dat's ni[X20] wohr!", rēēp Odde vergrėllt. „Dat hēēt Ōōsterdiek bi uns! De Puntjendiek|Punkendiek is je dor achter! (DrG05.121) Du ..." – „Pst! Setz dich! Also Osterdeich *fünfundzwanzig! Schön! Weiter! Henriette Barghorn!"* – Sō gung dat én Tietlang wieder. Wokēēn oprōpen wēēr, dē muss no vörn komen, un no dat ABC worrn de Plätz verdēēlt. Fokens nōōg|*oft genug* fohr[X66] Herr Ōōstermann sien Hand noch dör de Hoorpüll|*Wuschelköpp* un ménnigmool kunn hē dén Noom ni[X20] ruutkriegen, wénn hē dat mit sōōn Bangbüx ōder mit sōōn lütt' vertrocken Blârrsnuut tō dōōn hârr. Odde hârr nu bides* Tiet nōōg, sik mool sōōn beten umtōkieken un lēēt sien Ōgen op Reisen gohn ōder op dit un dat verwielen. *[DrG21.150]*

För unsen Odde gēēv dat hier je allerhand tō kieken, dat Schööönste för ém, dat wēērn de velen bunten Lōpers|*Mârmels*, feine Pickers, dē op sōōn blanken Wierdroht|*Metalldraht* in sōōn vēērkanten|*vierkantigen* Rohm sēten. – Dénn de beiden swatten Knööp, dē achter dén Lēhrer sien Pult an'e Wand hungen un wō sōōn grōōt[M3] Papier an fastmookt wēēr. Dor wēērn allerhand krumme un grode Streken un Kreihenfōōt op tō sēhn. Dor op dat Schapp stunn sōōn swatten Kasten, dē sēhg ut|*lēēt* as sōōn grōten âllmächtigen Tüffel|*Puuschen*|*Hausschuh*. Man hē wuss wull, dor wēēr Musik in! Dat wēēr je én Vigelien! Dē hârr hē al mool sēhn un hōōrt, op én lustigen Dag bi Jörg Dreiher in Swackhusen|*Schwachhausen*. Och, wénn de Lēhrer man dén Kasten mool herkriegen un mool ēēn opspelen wull! Man dat schien|*lēēt* noch gor ni[X20], as wénn dor wull wat ut wârrn kunn. Dénn Herr Ōōstermann wēēr dor noch ümmer[X21] bi, dat Adressbōōk vun sien Gemēēn tōhōpentōstellen. Dat wēēr én gresig[M3] Stück Ârbeit för dén ârmen Mann, dénn veelmools muss hē de Nooms ēērst dör Roden un dör allerhand Kneep|*Kniffe* mit'e Knieptang ruutholen. Twischendör gung dat dénn ōōk noch: *„Du, warum weinst du denn noch immer?"* – „Äääh! ... Buuh!! *(DrG05.122)* ... Ik will ... no Huus! Ik ... will no ... no ... mien ... Mam ... Mamma hén! Buuh!" – *„Na, warte nur noch ein bisschen, gleich geht's auf den*

Spielhof! Dann könnt ihr auch euer Butterbrot essen!" – „Herr Lehrer! Herr Lehrer! *Er hat seins al auf da!"* – „Ōle Klafferkatt |Sluderbütt|*Petze*!", gnurr dat vun de Jungssiet her – „Kriggst nȫȫss' dien Sâlv|Reis!" – Herr Ōōstermann knâll af un tō mit sien Linjool op dèn Pultdeckel, wat ümmer[X21] sō veel bedüden schull as: „*Richt euch!"* – Man „*Herr Lehrer, er pett mir ümmer!"* klung dat vun hēēl achtern her. Un „*Ja! Er kuckt mir ümmer so an!"* gung dat tōrüch. – Èndli stunn de Lēhrer op, stell sik an de Döör un rēēp: „*Jetzt könnt ihr hinuntergehen! Eine Bank nach der anderen! Aber dass mir niemand vom Hof und auf die Straße läuft!"* Dissen Nosatz hârr unsen Odde ni[X20] hȫȫrt, hē sēēt je hēēl vör un wēēr de Ēērste, dē ut'e Klass gung. – De lütte Platz vör't Huus, dèn Herr Ōōstermann as ›*Spielhof*‹ betēēkt hârr, wēēr nu dicht an dicht vullpramst |vullproppt mit Jungs un Dēērns. Dissen Hoff dēēn ègentli sōōn poor Dēēnstlüüd as Wogenplatz. Un wènn süm[X05]|ehr ōōk seggt worrn wēēr, süm[X06]|ehr Wogens hier ni[X20] mēhr aftōstellen, wō de Hoff vun nu an ›*zu Schulzwecken*‹ bruukt wârrn schull, sō hârr doch ēēn sōōn Jan Dickfell seggt: „Wat scheert mi dat! Mien Woog hett dor ümmer[X21] stohn un dor blifft hē ōōk!" Op'e Diessel vun dissen Woog sēēt nu uns' Odde un ēēt sien Botterbrōōt. Wènn dit Sittelsch|*dieser Sitz* ōōk lang ni[X20] sō kommōōd wēēr as de Schōōlbank dor boben, sō gefull èm dat hier doch düütli beter. Hier wēēr je Frieheit! Luft un sōōn beten Sünn'schien! Och! Èm wēēr dat dor boben in dat ōle Kabuff ōōk je *(DrG05.123)* af un an sō swoor *[DrG21.152]* um't Hatt worrn! Heimwēh hârr hē kregen, Lèngen* no Friehelt, no sien Diek un sien Weser, wō de Sünn'schien jüst nu wedder[X41a] dat schȫne grȫne Leben hèntȫvern dä|*hinzauberte*! Wat hârr hē dor noch âllns tō verhackstücken|*abzuarbeiten*! De Stickels|*Jökels* |*Stichlinge* wēērn dor, un de hēēl lütten Prückels|*Kröten* mussen sik ōōk al bâld sēhn loten. Dat rüük dor al sō an't Öwer no Slick, wènn de Sünn dorop schien! Dat kènn hē! Dat hȫge

Georg Droste, Odde Alldag I (Peter Neuber, Meldörp-Böker 8.2, 2018)

Woter, wat bet an dèn Diekkopp ranstohn hârr, dat sack ümmer[X21] mēhr weg. Süss Treed|_Stufen_ vun'e Stēēntrepp hârr ēēn güstern al op- un doollōpen kunnt. Un dènn vör't Huus sien Bleken|Betten|_Beete_! Wat hârr hē dor al âllns plant un seit, vēēr Kantüffeln un twēē dicke gele Wuddeln, wücke Kastanjen un Eckern|_Eicheln_. Un sōgor èn Handvull Ries un èn poor grȫne|rȫge Kaffebōhnen hârr hē sik hēēmli ut'e Kȫȫk muust|snappt. Èn Stück vun de Diekschrēēg|_Böschung_, wat jüst vör't Huus wēēr, dat wull hē ōōk noch beplanten mit Kruupbōhnen|_Buschbohnen_ un törkschen Wēten|_Mais_. Wènn hē dat man ēērst umgroovt hârr! Mit de lütte Füürschüffel gung dat sō slecht, un de grōte, dē foot hē ni[X20] wedder[X41a] an! Nä, op kēēn Fâll! Huh! Dor sēēt je Blōōt an! Minschenblōōt! Wo gresig hârr hē dor dōmools vun drōōmt, as hē dat sō in' Hâls hatt hârr! Disse Gedanken trocken Odde bunt dör dèn Kopp, as hē op de Wogendiessel sēēt un sien Frȫhstück vertehr. Dat smeck ni[X20] fein! Nä, dat smeck sō no Papier, un tō Huus wēēr dat veel beter! Un dènn de velen Kinner! Wat èn Lârm |Schandool! – Vēēr ōder fief wēērn nogrood*|bilüttens* op dèn Woog klattert un rēpen èm tō: „Hüh, Peerd! Jüh, du! Fohr uns mool!" – Èn öllern Herr dräng sik nu dör de Kinner, gung op Herr Ōōstermann tō, dē vör de Huusdöör stunn un gēēv èm de Hand. De beiden _(DrG05.124)_ lachen un schüddkoppen, wiesen op de Kinner un dènn wedder[X41a] no'n boben un hârrn dat hellschen* drōōk|övermȫdig mit de Snackerie.

Kap. 18: De ēērste Paus un wat dorno kummt

Odde* wēēr vun de Diessel doolstegen un foot mit beide Hannen dėn Greep an. „Jüh, Peerd!", rēēp dat wedder[X41a], un Odde fung sōōn *[DrG21.154]* beten an tō trecken. Drēē ōder vēēr Jungs, dē sik achter an dėn Woog anlöhnt hârrn, fungen nu an tō schuben, un ēhr Odde sik besinnen kunn, wosück dat ēgentli tōgohn wēēr, dō wēēr hē mit sien Woog vun dėn Hoff dool un merrn in'e Buchtstroot. *„Hurrah! Rirarutsch! Wir fahren in die Kutsch!"*, sungen de lütten Dēērns op'n Woog. Ümmer[X21] duller schōben achter de Jungs, Odde muss huppeln as sōōn Hoos, watt hē wull ōder ni[X20], un in ėn Karēēr |in' Galopp gung de Fohrt de Buchtstroot langs, bet wiet an dėn Klockengang|Glockengang vörbi un no de Bischopsnodeln* tō.

Bi't Pētri Wetenhuus|Witwenhaus kēēm dat Spannwârk ėndli tō'n Stohn. Nu gēēv dat ėn Kibbeln un Kabbeln|Streit twischen Schuvers un Fohrgäst. Dėnn dē bet herto schōben hârrn, dē wullen nu ōōk mool op'n Woog sitten. Odde muss dat je sachs* *(DrG05.125)* sō hâlf un hâlf dör dėn Sinn|Kopp trecken, datt dat nu sō bilüttens* Tiet worr, wedder[X41a] umtōdreihen. Man hē kēēm dor ni[X20] mit tōgang un quääl sik nu an de Diessel, um dėn Woog wedder[X41a] tōrüchtōschuben. Meist hârr hē de Kutsch bet no dėn Klockengang hėnmanōvert, as opmool ėn schrille Huusdöörpingel an sien Ōhr slōōg. Ėn Döör gung open un ėn lange, hogere |hagere Gestâlt in ėn swatten Klēēdrock|Ornat un mit ėn swatte Samtkapp op dėn kohlen |kahlen Kopp pedd op ėm tō. Glieks dorop spōōr Odde twēē hatte knökerige Fingern an sien Ōhr, dē sik aftōmöhen schienen, ėm dat Ōhr vun' Kopp aftōdreihen. Sō veel hârr Odde nu al ohn Schōōl op'e Welt lēhrt un wuss dat niep* un nau, datt hē vun sien beiden Ōhrenklappen|Ohrmuscheln kēēn över hârr. Hē rēēt sik dorum vergrėllt vun de beiden

Knokenfingern lōōs un schrēēg sprüttengiftig*: „Au! Wat schâll dat! Loot mi beteben|tofreden!" – „Na, warte, Bursche!", zisch nu èn hēēsche Stimm, un Odde kēēk in èn moger[M3] Gesicht ohn Boort un mit infullen Backen. Dit mogere Gesicht, mit de runnen griesen Ōgen, dē dör sōōn grōte Hōōrnbrill kēken, dit Gesicht, dat kēēk èm sō hatt un bōōsoordig an, as wènn de Klock|Uhr Klock drēē in'e Nacht wiest|drei Uhr nachts anzeigt. De ârme Odde wuss je ōōk ni[X20], datt dit Gesicht rein gor kēēn minschli[M3] Gesicht wēēr. Hē wuss ni[X20], datt dat èn Uthangschild wēēr, wō griese, düüstere Gestâlten mit èn hatten, iesern Sticken|Stift ohn Nosicht|erbarmungslos èn Tēken |Zeichen inratscht hârrn. Dit Tēken stell èn Rekenmaschien vör, dē ut luter glōhnige, spitzige Kugeln tōhōpensett wēēr, un twischen disse Kugeln trock sik èn grōne Slang in sōōn Rundslag as èn Froogtēken hèn. Un dē Gestâlten, dē dat dor inratscht hârrn, disse Gestâlten, ohn Hatt un ohn Sēēl, de hēēssen[X64] Schōōl, Disziplin un Pedanterie! (DrG05.126)

Wènn Grōōtmudder[X12] Odde in frōhere Tieden mool ›Dènn övertreckt sik dien Stēērt mit Glatties!‹ andrōht[X53] hârr, dènn wēēr èm dat ümmer[X21] sō ween[X83], as wènn sē gor nix seggt hârr, ōder jüstsō gōōt[X50] hârr sē ōōk sèggen kunnt: ›Dènn kannst du di för teihn Doler Lutschers kōpen!‹, ōder [DrG21.156] sō. Hē wuss, âllns blēēv bi'n Ōlen|unverändert un dach ›Klei mi an' Moors!‹|dachte ›Rutsch mir den Puckel runter!‹. Man datt hier in'e Schōōl de Wind ut èn anner Lock kēēm, dat schull hē al glieks an dèn ēērsten Morgen spōren. As de Herr Schōōlvörstoher ›in höchsteigener Person die verstreuten und räudigen Schafe ihrem nachlässigen Hirten und der Herde‹ wedder[X41a] tōfōhrt hârr, dō mook de bedepperte|beschämte ›Hârder*‹ ēērst mool èn bōse Schietreis|erlebte eine Standpauke, datt hē ni[X20] beter op sien Schoop oppasst hârr. Herr Ōōstermann krēēg de schōne Utsicht, datt ›im Wiederholungsfalle derartige

Pflichtvergessenheiten einem hohen Schōōlarchat *unnachsichtlich gemeldet werden würden‹*, un de lütten Verbrekers hârrn de schöne Utsicht, vun Herr Ōōstermann ›*exemplarisch bestraft zu werden‹*.

As de swatte Knackstevel|Schietkeerl sik wedder[X41a] ut de Klass ruutgnirrgnârrt|*herausgeknarrt* hârr un Herr Ōōstermann mit sien lütten Trabanten wedder[X41a] allēēn wēēr, dō hârrn in ėm twēē Mächt ėn hatten Striet. De beiden Mächt hēēssen[X64]: Plicht un Lēēv|Lēēvde, Lēhrer un Minsch. De Lēhrer lang opletzt achter dat Schapp no dėn Rēētstock, man de Minsch lēēt dėn Ârm wedder[X41a] sacken, as hē de bangen Gesichter un dat gresige Jammergeschrigg vun de Handwogenlustfohrers vernēhm. *„Herr Lehrer, ich hab ja nichts nich getan!"* – *„Och Unkel Lēhrer, ich hab ja gar nich mitgeschiebt, ich … ich hab …!"* – *„Ich happer auch ja bloß aufgesitzt, un der da hat gefahrt!"* – *„Ja! Der da hat gefahrt! Der hatten auffe* (DrG05.127) *Straß gefahrt! Der da!"* – Sō schrēēg un jaul dat um Ōōstermann rum. *„Der da! Der da!"*, klung dat vun âll de Sieden, un âllns wies op dėn ârmen Odde. – Dėnn fōhl Odde, wo ėn stârke Hand ėm bi'n Ârm pack, de gele Stock tucks|*zuckte* ėm vör de Ōgen vörbi, un ėn schârpe Stimm rēēp: *„Also du warst der Schlingel? Hast du den Wagen vom Hof gezogen? Was?"* – Ēēn ēēnzigsten Luut kēēm ut Odde sien Kehl; dėnn fōhl hē, datt hē dör de Luft swunkt worr. Un jüst schull de Stock op dat lütte Gatt|*Hintem* doolsusen, dō dreih Odde dėn Kopp op'e Siet, un Ōōstermann kēēk in ėn Poor grōte, schöne blaue Kinnerōgen, dē sō vull Bangen un Beden|*Bitten* un Ankloog op ėm richt wēērn, datt dėn ›Minsch‹ Ōōstermann wedder[X41a] de Hand mit dėn Stock doolsack, ohn datt hē ēēn Slag doon hârr. Tō lieke |*glieker* Tiet hōōr[X65] ēēn vun de Dēērnssiet her ėn jämmerli[M3] Wēnen, un de lütte Lina*|*Karoline* Bârghōōrn|*Barghorn* rēēp dör de Klass: *„Herr Lehrer, er hat's gar nich getan. Er gar nich, Herr Lehrer! Er hat man bloß anner* Diesseln *gefasst, un da haben die annern rausgeschiebt. Ich hab's gesehen, Herr Lehrer!"*

„Na?", froog Fru Âlldag dèn Mèddag, as Odde sō bi hâlvig twölf rum langsoom an't Huus randammelt kēēm. „Na, wat hett de Schōōllēhrer dènn seggt?" – „Nix!", anter|antwōōr Odde kott, lä sik mit dèn Lief över dèn brunen Kuffer|Truhe un hēēl sien Gesicht twischen de beiden knütten|geballten Füüst. – „Nix?", sä Fru Âlldag. „Dat mutt je èn snookschen* [DrG21.158] Schōōllēhrer ween[X82], wènn dē n i x seggt hett! Man wat mookst' dènn för èn dütterig[M3]|dösig[M3] un bedrüppelt[M3]|bedrücktes Gesicht? Is di wat passēērt? Wat? Hest' wat utfreten? Sō anter|antwōōr doch, Jung!" – „Ik goh ni[X20] wedder[X41a] hèn no Schōōl!", bölk Odde. „Hē *(DrG05.128)* hett mi meist Rüüsch|èn Sâlv geben, un … bruuh!" – Mit Hangen un Wörgen krēēg Fru Âlldag dat nu èndli ruut, wosück èm dat gohn wēēr un wat âllns in'e Schōōl passēērt wēēr. Sē muss sik doch dat Lachen verbieten|verbeißen över de Oort, wosück de Jung dat an' Dag broch. Allemann |alle schullen süm[X04] |se Rüüsch vun èm hèbben. Âll dē, dē ›Der da! Der da!‹ rōpen hârrn. Blōōts Lina* Bârghōōrn ni[X20], dat wēēr de Beste, mit dē wēēr hē ōōk eben no Huus komen, dē wohn dor je achter|hinten an' Puntjendiek. De annern wull hē sachs* kriegen, man no de Schōōl gung hē ni[X20] wedder[X41a] hèn! – „Jo", lach sien Mudder[X12] èndli, „dat geiht man ni[X20] sō! Dènn wârrst' opletzt vun'e Pullzei hènbrocht. De Pullzeidēner|Schandârm, dē slutt di dènn an' iesern Keden an un treckt mit di dör de Stadt. Nä, wēētst' wull: Goh du man driest|mutig|ruhig wedder[X41a] hèn! Herr Ōōstermann, dat schâll de beste Lēhrer ween[X82], Berta hett èm je ümmer[X21] in'e Tēkenstunn hatt. Dat vun vunmorgens|heute früh, dat hett hē vunnomėddag|*heute Nachmittag* al wedder[X41a] vergeten. Un dėnn wârrt hē je sachs* wat vörspelen op'e Vigelien un Geschichten vertellen. Blōōts sōōn Tōōg |*dumme Sachen* as vunmorgens, dē dörst' jo ni[X20]|*auf keinen Fall* wedder[X41a] moken, anners|sunst kriggt de Lēhrer di op'n Kieker! In'e Schōōl, dor geiht dat ni[X20] ümmer[X21] ›Puus, Puus|*Liebes Kätzchen*‹, dor geiht dat ōōk veelmools ›Ōle Katt|*Dumme Katze*‹. Wat heff ik mit di allēēn al för ėn Ploog! Un sōōn Schōōllēhrer, dē hett dėnn sōōn hēle Klass vull mit eische Gören|*frechen Kindern*! – Nu goh man hėn un speel man ėn beten! Bâld kummt Voder[X11], dėnn is dat Eten kloor. Un Klock hâlvig twēē geihst' mi fein wedder[X41a] mit Mieke no Schōōl!"

Dormit gung Fru Âlldag in de Köök, um sik mit dat Etenkoken tō befoten. Man Odde hârr gor kēēn Lust tō't Spelen un plier|kēēk sliepstēērtsch|*bedrückt* över de ünnerste Huusdöör in't Wedder[X41d]|*nach draußen*. Och! (DrG05.129) Hē hârr dacht, datt dat al Summer wēēr. Un nu trock wedder[X41a] ėn dicke, swatte Wulk an' Heben langs, un âll de feine blanke Sünn'schien, dē wēēr wedder[X41a] weg |verswunnen! Kōōlt un fuchtig weih dat över dėn Diek, un nu flögen ėm sōgor dicke Snēēflocken in't Gesicht. Wosück dat wull kēēm? Wonēhr[X32] worr dat wull richtig Summer? Hunnert Frogen trocken ėm dör dėn Kopp. Hē dreih sik um un jüst wull hē ›Grōōtmudder[X12]!‹ rōpen, dō full ėm in, datt ehr lütte Komer je al lang lerdig wēēr. Grōōtmudder[X12] wēēr op'n Kârkhoff, hârrn süm[X04]|se ėm seggt, as hē no sien Krankheit wedder[X41a] ut' Bett opstohn wēēr. Dat wēēr schood! Dē hârr ėm ümmer[X21] âllns sō fein sėggen kunnt un dat wēēr veelmools jüstsō ween[X83], as wėnn sē dat Wedder[X41d] sülben mook. Berta hârr ėm vertellt, datt sē dėn ēēn Obend seggt hârr: ›Watt ik unsen Bōōm wull noch mool wedder[X41a] grōōn sēh[X58]?‹ Dėn annern Morgen hârr sē dōōt un kōōlt in't Bett legen, as wėnn sē slēēp, *[DrG21.160]* un sē hârr hēēl tōfreden utsēhn un sōōn beten lacht. Man de Bōōm wēēr je ümmer[X21] noch ni[X20] grōōn; wat wohr|duur dat lang! Nu schien wedder[X41a] de Sünn un de kohlen Twiegen krēgen sōōn fienen blanken brüünligen Schien. Un dat Gras dor ünnen an dėn Grund – man wat wēēr dat: „Mudder[X12"], rēēp Odde no de Köök, „wokēēn hōōrt de Bâljen|Wannen un Ammers tō, dē dor bi unsen Bōōm stoht?" – „Dē hōōrt dėn Küperlēhrjung |Tünnenmokerlēhrjung ut de Paulistroot|St.-Pauli-Straße. Dē hett hē vun anner Lüüd tōhōpenhoolt för sien Meister tō'n Hēēlmoken. Un hē hett mi froogt, watt hē dē dor ni[X20] sō lang hėnstellen dörs un watt ik dor ni[X20] ėn beten oppassen wull. Hē hoolt süm[X05]|ehr no Disch|nach dem Essen wedder[X41a] weg!" – Dat wēēr wat för Odde! Mit ēēn Jump|Sprung lēēt hē sik över de Huusdöör fâllen un hōōr[X65] gor ni[X20] mēhr, datt sien Mudder[X12] ėm norēēp: *(DrG05.130)* „Hōōl' stopp, du ōl' Rietenspliet|Wildfang! Is de Büx di wull noch tō hēēl? Man datt du mi dor ni[X20] bigeihst!!"

Nieschierig besnüffel|bekēēk un begriesmuul|taxēēr Odde dėn Kroom|dat Tüügs, dē|wat achter sien Pappelbōōm stunn. Dor wēērn vēēr holten Woterammers. An twēē fehl dat Hėnk|dat Sēėl, ēēn hârr kēēn Borrn un an dėn annern fehl ēēn Tünnband |Fassreifen. Dėnn stunnen dor noch twēē Waschbâljen, dē ōōk hellschen* wrackelig |wackelig un leedwēēksch |>gliederweich< wēērn un luut um Hölp schrēgen. Ēēn vun de Tünnbannen hârr Odde hēēl gēērn tō ēgen|in de Hoov|>in der Habe<|in Besitz, dor wēēr hē al lang achteran|verlegen um. De vörnehmen|reichen Kinner hârrn sōōn iesern Trüddelbannen|Rollreifen, man dor gēēv sien Mudder[X12] kēēn Geld för ut. – Opmool kēmen Didi* Puustmeier un Jan Grōōt um de Eck ut dėn Eddelhoff*. Süm[X04] |Se spelen Peer un rennen dėn Diek rop, blēben over bi Odde stohn, kēken op de Ammers un frogen: „Wokēēn hōōrt dē?

Dē sünd je âll twei, ōl' Klöterkroom! Sünd dat jüm[X03]|juun?" –
„Wat scheert di dat!", anter|antwōōr Odde. „Dor mööt[X61] wi för
oppassen!" – „Speel di man ni[X20] op!", mēēn Jan Grōōt. „Göör
in' Pierock|Kinderkleid! Eben ēērst no Schōōl komen! Du, Didi,
feine Tünnbannen|Fassreifen! Dē holten sünd gōōt[X50] för
Drokenbögels|für den Drachenbau un de iesern sünd fein för't
Lōpenloten!" – „Wēētst' wat", sä Puustmeier, „dor buut[X55]|buudt
wi ėn Tōōrn vun un speelt ›Kookappel, de Blitz‹|Kook|Schandpfahl
|Steinigung! Un wėnn süm[X04]|se twei sünd, dėnn hebbt wi feine
Tünnbannen, dē dēēlt wi sik[X07]|uns dėnn, Odde!" – Odde kēēk
schu|schaluu no de Siet, no sien Huusdöör. Man Jan un Didi
wēērn dor al fix bi, de Bâljen umtōdreihen. Ēēn Ammer no dėn
annern worr dor boben ropstellt, un in ėn Ruff|im Nu wēēr ėn
feinen Tōōrn tōrecht. Ėn Portschōōn Ploosterstēēn worrn
ransleept. Odde krēēg wücke af, un wō hē je de Lüttste wēēr,
(DrG05.131) krēēg hē ōōk noch drēē Treed vōrut. Un as Jan
Grōōt kummandēēr „Wohrschu*! Ēēn … twēē … drēē!", dō
dunnern ›Bums … Bratsch! … Krabums!‹ de Stēēn gēgen de
Ammers un Bâljen. „Noch mool sō!" – „Un noch mool!" – „Un
noch mool!" De Stoben|Dauben un Bannen vun Ammers un
Bâljen hârrn je al sōunsō ēēn tō'ėnanner seggt: ›Hōōl du man,
ik kann ni[X20] mēhr!‹ [DrG21.162] Man nu lēgen süm[X04]|se âll in ēēn
Hümpel hulterdepulter dörėnanner, sōdatt blōōts noch ēēn,
dē dor bōōs wat vun verstunn, mit veel Mōhg ruutfinnen kunn,
wat mool ›Ammer‹ un wat ›Bâlje‹ hēten hârr. – As de drēē
Strōmers sik övertüügt hârrn, datt âllns gründli besorgt un ut'n
Licm wēēr, fungen süm[X04]|se an, dėn Kroom tō sortēren un sik
de holten un iesern Bannen|Fassreifen ēhrli un brōderli tō dēlen.
Süm[X04]|Se mârken in süm[X06]|ehrn Iever gor ni[X20], datt ėn grōten
Jung mit ėn blaue Schört mit ėn Handwoog|Treckwoog dėn Diek
langstrock un nu hastig över dėn Platz lēēp. Ėn lütten Stōōt*
|Moment blēēv hē vör Schreck stief stohn un lēēt de Ârms an'
Lief doolbummeln. Dėnn stört hē as sōōn Willen op de Jungs

lōōs un schrēēg: „Mien Ammers! Mien Bâljen! Mien Ammers! Jüm[X01]|Ji|Ju Spitzbōben! Jüm[X01]|Ji|Ju Halunken!" *(DrG05.132)*

Kapitel 19: Odde* flücht no Knipperdolling ...

As wėnn de Hööv|*Habicht* op sōōn Swârm Duben doolstött, sō stōōv|*stob* dat Klēverdrēē|*3-bl. Kleeblatt* vunēēn, neih dėn Diek hėndool un flücht sik no dėn Eddelhoff. Man de Tünnbannen hârrn süm[X04]|se mitnohmen! – Puustmeier un Jan Grōōt wēērn in ėn Ruff|*im Nu* in süm[X06]|ehr Hüüs verswunnen un Odde witsch fix as de Wind bi Knipperdolling rin. „Unkel Dolling! Unkel Dolling!", hachpach|*keuchte* hė. „Unkel Dolling, süm[X04]|se wüllt[X63] |wööt mi kriegen! Süm[X04]|Se wüllt[X63] mi hauen!" De ōl' Nolling sēēt an't Finster in sien Ârmstōhl un lees ėn Bōōk. Wedder[X41a] wēēr dat, as wėnn ēēn wēke Hand över dat welke Gesicht strēēk, un wisch ėm de hatten dēpen Fōlen glatt, dē de Johren, de Krankheit un de Kummer dor ringroovt hârrn. Langsoom lēēt hė dat Bōōk op sien Knēēn sacken, hė lä sik in sien Stōhl achteröver, kēēk ünner sien Brill ünnerruut un froog: *„Ah kiek hin, wer gommt denn do? Gannst dien ollden Ungel Dolling doch noch finnen? Was hest denn widder ausfräten? He?"* – De Antwōōrt krēēg hė glieks vun buten, dėnn ėn verblârrt[M3] un puterrōōt[M3] Gesicht wies sik achter't Finster un ėn verbrüllte Stimm bölk: „Koom mool ruut, du! Schasst mool sēhn! Ik hau di tō Appelmōōs, du Halunk!" *(DrG05.133)* – Knipperdolling mook de Luftruut|*Flügelfenster* open un froog hēēl ruhig[X52]: *„Was haste denn do zu brillen, du große Flaps? He?"* – „Süm[X04]|Se hebbt mi âll mien [DrG21.164] Ammers un Bâljen tweismeten!", jammer de Jung. „Dē hârr ik vun unse Kunnen hoolt, un mien Meister de neiht mi ..." – *„Aber ich hebb dir keen Ammers un Baljen zweischmäten"*, anter|*antwōōr* de Ōl', *„wenn de mi awer zu Abbelmus schloche willst, da gomm nur rin, des känne mir hier drinne och obmoche."*

As de ârme Lēhrjung noch ėn Tietlang blârrt un schimpt hârr, schōōv hė af un gung dėn Diek wedder[X41a] rop. –

Knipperdolling rēēp nu Odde ut de Komer ruut, wō hē sik rinflücht hârr. Dėnn nēhm hē dėn Jung twischen sien Knēēn, bōōg ėm dėn Kopp tōrüch un kēēk ėm lang un dēēp in de blanken Ōgen. „Was hest nu widder gemacht, Odo? Was hest ausfräten? Was?" – As Odde dėn hēlen Kroom nu biecht un vertellt hârr, krēēg hē vun sien ōlen Fründ allerhand Vermohnens|Ermahnungen un Rootslääg, dē natüürli för ditmool tō loot kēmen, de tweien Ammers un Bâljen krēgen dor süm[X06]|ehr frōhere Gestâlt ni[X20] vun wedder[X41a]. De Ōl' sä, datt hē sien Mudder[X12] rōpen schullt hârr un ni[X20] sülben mitsmieten, un datt de ârme Lēhrjung nu in't Ēlend kēēm, wėnn hē blōōts ėn Woog vull ōōl[M3] Holt an't Huus broch. „Wos mocht denn de Schule?", froog Nolling opletzt. „Ik sitt op'n ēērsten Platz", sä Odde, „man ik will doch ni[X20] wedder[X41a] hėn, …" – „Tōōv man, Odde", klung dat achter't Finster, „tōōv man! Wat hebbt wi di al söcht! Wi sünd al bi't Eten un Voder[X11] is hēēl vergrėllt! Mook gau tō, Jung! Voder[X11] geiht um hâlvig twēē mit uns bet no de Buchtstroot!"

Nu wēēr de ōle ēēnsome Mann wedder[X41a] allēēn. Odde hârr sik twischen sien Knēēn ruutdreiht un wēēr ohn ›Tschüüs‹ (DrG05.134) ut' Huus witscht. Nolling nēhm ni[X20] wedder[X41a] sien Bōōk in de Hand, hē lēēt dėn Kopp op de Bost sacken un mook de Ōgen tō. Sō as de Sünn'schien, wėnn hē dör de Wulken brickt un vun' Hewen lacht un strohlt, sō as dat ēwige gollen Licht ōōk dat düüstere, langwielige Mōōrland ėn Utsēhn vun Drōmeligkeit, Fründlichkeit gewen deit, sō kann ōōk Freud un Lēēv dat düüsterste Minschengesicht wēēk un lēēfli moken. Man wėnn de Sünn achter de Wulken geiht, dėnn liggt dat Mōōr spōkelig* dor, swatt, still un verloten. Sō wies dėnn ōōk dėn ōl' sünnern Kloos|Kauz sien Gesicht wedder[X41a] dėn ōlen hatten Tog vun Düüsternis un Minschenschu, as de Jung in sien Iever sik sō hastig vun ėm afwėnnt hârr. Hē sēēt sachs* dor, as wėnn hē slēēp, man af un tō gung de ōle mogere Bost op un dool un dor binnen, dor ârbeid|ârbei' un wōhl datt, as wėnn de swatte wille Sēē in'e düüstere Nacht ehr Bülgen|Wachen|*Wogen* smitt. Moondenlang |*Monatelang* kunn dat still ween[X82] hier binnen, un dat schien|lēēt, as hârr sik dat ōle, lohme Hatt ėndli matt quäält, in Kummer un Sorg, dör Krankheit un Nōōt, in Swackheit un wille Lüsten |*Gier*, in't hatte Strieden un Streben un in't dēpe Doolsacken un Afstörten. Haha! De ōle nârrsche ›Knipperdolling‹ achter'n Diek! Dėn de Jungs mittō*|mitünner mit fule Appeln *[DrG21.166]* smēten un dėn süm[X04]|se al dat griese Hoor, dėn Boort un dat Gesicht mit Teer un Klei besmeert hârrn, wėnn süm[X04]|se ėm op'e Stroot funnen hârrn. – Nu brēēd|brēē' hē de Ârms ut, as wėnn hē wat griepen wull, man hē lēēt süm[X05]|ehr wedder[X41a] sacken un stöhn. Wiet, hēēl wiet wēērn sien Gedanken tōrüchgohn, vele, vele Johr. Hē sēēt opmool in ėn feine Luuv |*Laube* vun Wienlōōf un Jasmin, un op sien Knēēn, dor hēēl hē ėn lēēfli[M3] Kind, ėn Jung mit gollen Hoor un schȫne grȫte blaue Ōgen. Un de vullen Backen vun dat Kind, dē wēērn *(DrG05.135)* jüstsō lēēfli rȫōt as dat Ōbendrōōt, wat dor in'e wiede blaue Fēērn achter de Bârgen lēēg. Dėnn sēhg hē, wo ēēn krâlle |*frische* junge Fru ut de Huusdöör kēēm, un över de Huusdöör, dor wēēr ėn Schild: ›*Schlosserei von Rudolph Nolling*‹. – Man dat lēēflige Bild verswunn, un griese, kōle, stille Düüsternis wēēr um ėm tō. Hē lēēg op hatte nokelte Breed|*Brettern*, un wėnn hē sik rȫhr, dėnn klöter un klirr ėn swore iesern[M4b] Keed un hē slōōg mit'e Fuust gēgen ėn kōle fuchtige Wand. Negen lange Johr vull Quool un Lieden, vull vun't hitte Lėngen* |*Verlangen*|*Sehnsucht* no Frieheit un Fru un Kind, vull Wōōt[X51]|Hoot |*Hass* un Ankloog gēgen de Minschen, dē ėm hier inpannt |inspârrt hârrn, Flōōk|*Fluch* gēgen dėn Herrgott, dē sōōn gresig[M3] Unrecht mit ankieken kunn! – Un wat hârr ėm hier herbrocht? De wille Strōōm vun de Tiet! De hitte Oten vun Politik un

Revolutschōōn, dē hârr ōōk in ėm ėn Füür ansteken, dat wild opflusch|*aufloderte* un ėm rindrēēv no de grōte Stadt, wō in ėn hatt^(M3) Wrangeln un Ringen dat Volk un de Regenten sik strēden. Hē, un dusend annere nȫmen* |*nannten* dat ›den heiligen Kampf für Freiheit und Recht‹. De Regenten nȫmen* dat: ›Rebellion und Landesfriedensbruch‹. – Mit vulle Mannsknööv, stevig un brēētschullert, wēēr hē no dėn Dwinger |*Zwinger* rinkomen, mit griese Hoor, krumm un duuknackt|*gebeugt*, dat Hatt vull Wōōt^(X51) un wille Gedanken an Wrook|Vergellen|*Rache*, sō hârrn süm^(X04)|se ėm wedder^(X41a) no de Welt ruutschickt. In sien Huus, dor wohnen frėmme Minschen, un hē worr groff vun de Döör wiest, de ›Knastbrōder‹! No ėn lang^(M3), lang^(M3) Wannern un Sȫken funn hē ėndli sien Fru, krank un matt wohn sē op ėn ēlennige Böhnkomer. Man sien Kind, sien Hattensjung, sien Rudolf, dē sō schȫȫn, sō lēēfli ween^(X83) wēēr as de Morgen, dit Stück vun sien Hatt, vun sien Leben, dat hârrn süm^(X04)|se al lang no de swatte kōle Ēēr rinleggt. – Wild *(DrG05.136)* hârr dat in ėm opschregen, un hē hârr sik wedder^(X41a) doolstörten wullt op de Minschen, dē ėm no sien Dünken dit âllns andoon hârrn. Man sien tru^(M3) Wief, dat hēēl ėm tōrüch. De swacke Fru, sē worr wedder^(X41a) stârk un wanner mit ėm wiet weg no ėn anner Land, wō süm^(X05)|ehr nüms*|kēēnēēn kėnn. Johr um Johr hârr sē för süm^(X05) |ehr arbeidt, dėnn hē funn sien ōlen Knööv ni^(X20) wedder^(X41a). Hatt un minschenschu wēēr hē bleben, un vun Tiet tō Tiet dėnn pack ėm de gresige wille Gier, dėnn verkoff hē sik för ėn Tietlang an dėn Düvel, an dėn Bedrēger, dē ėm sien Schicksol, dē ėm Quool un bittere Trüchgedanken sō lang vergeten lēēt, bet datt hē *[DrG21.168]* mit hunnertmool lēgere |slimmere Quolen wedder^(X41a) opwook ut dėn Dusel|Tumel, ut dėn swatten, düüstern Drōōm.

Ėn dēēp[M3] Stöhnen kēēm ut dėn ōlen Mann sien Bost. Wedder[X41a] rēēt hē wiet de Ōgen open un kēēk wild umrum. Nu quääl hē sik swoor ut dėn Ârmstōhl hōōch un gung langsoom un duuknackt ut de Stuuv ruut. – Nu stunn hē in dėn lütten Anbu achter in't Huus, dėn hē sik as Wârksteed inricht hârr. Op dėn Backstēēnfōōtborrn stunnen sōōn poor holten Kisten un Kasten un an de Wannen langs lēēg sōōn beten Band- un Staffiesen. In de achterste Eck wēēr sōōn lütte Füürsteed un ėn Handbloosbâlg. Ünner dat lütte Finster, wat ünnen mit ėn Sack tōhungen wēēr, dor stunn ėn Wârkbank mit ėn Schruuvstock, un merrn op disse Bank wēēr ėn snooksch[M3] |afsünnerli[M3] Maschienbuwârk opstellt. Lütte un gröttere Kamm- un Tähnrööd ut Iesen un Holt, leddern[X41f] Drievrēēms un Snōren, Feddern[X41e] un Wülpen|Walzen wēērn hier kruus un bunt tōhōpensett un blōōts de ōle Mann, dė dor mit beverige Knoken un mit glosige Ōgen op dėn Dөördrüssel stunn, hē wēēr de Ēēnzigste op'e Welt, dė wuss, wat dit Mookwârk tō bedüden hârr. Hē *(DrG05.137)* hârr dor je över twintig Johr in de stillen Nachtstunnen an ârbeidt un klütert un klamüüstert|entwickelt. Hē kėnn jēēdēēn Rad, jēēdēēn ėnkelten Tähn, jēēdēēn Nēēt |Niete un jēēdēēn Schruuv. Disse Maschien, sē schull de Minschheit hēēl wat Nies bringen, sē wēēr johrenlang sien hēēmlige Höpen* ween[X83], un sē schull ėm hölpen, dėn Weg in dat Leben un tō de Minschen wedder[X41a] tō finnen. Hē hârr dit Röödwârks sien Plie |Geist ingeben wullt, man disse Plie, dė hârr ni[X20] langt|utreckt, hē wēēr dor ōōlt, зwack un stumperig |tüttelig bl worrn. Ållns wēēr vergeevs ween[X83], dat hēle lange Leben umsunst mit sien Quälen, Streben un Ringen!

Buten gung ėn Hogelschuur vun dėn Aprilheben dool, de dicken Kōōrns klackern op dėn Doken|dat Dack un gėgen dat lütte Finster vun de düüstere Wârksteed. De Wind fleut um dat Huus un de griese Sack vör dat Finster weih hèn un her un de Ruten klötern un bevern. Süm[X04]|Se bevern jüstsō as de ōle Mann, dē sik nu dēēp över ēēn vun de Kisten doolbōōg un dor in rumsöch un rumgrabbel. Nu hârr hē dat èndli manġ sien kōlen mogern Fingern, wat hē söch, un tüder|knüpfte an't Ènn vun sōōn Tüüglien|Wäscheleine. Nu reck hē sik umhōōch, bunn dat Ènn an èn iesern[M4b] Krampen, dē in'e Wand sēēt, un fung dènn an, in de Lien èn Sneer|Sling tō moken. Hē kunn ni[X20] mēhr! Hē wull ni[X20] mēhr! Wat schull hē noch op'e Welt: Sien brove Fru wēēr de Weg no de Stadt vunmorgens sō swoor worrn, sē worr ōōlt un swack, un hē wull ehr ni[X20] mēhr tō Last fâllen. Jüst wull hē sik de Sneer över dèn Kopp trecken, dō full sien Ōōg noch mool op de Maschien. Schullen frèmme Minschen an't Ènn över sien Wârk un över dèn nârrschen Keerl lachen? Nä! Dat, wat bet sō wiet noch kēēn frèmd[M3] *[DrG21.170]* Minschenōōg sēhn hârr, dat *(DrG05.138)* schull ōōk no sien Dōōd nüms* sēhn. Tweisloon|Tweislogen wull hē sien Wârk, in dusend Stücken. – Noch ēēnmool, tō't letzte Mool, wull hē dit Röödwârks, wat hē bet sō wiet in de langen Johren tōhōpensett hârr, lōpen loten. Langsoom fung hē an, an dat gröttste Rad tō dreihen, flinker un flinker gung èm de Ârm un èn Surren, Jiepen un Quietschen klung in sien Ōhr. Man dit Jiepen un Surren, dat worr èm tō èn Minschenstimm, nä, tō èn Düvelsstimm, dē èm al sō foken|oft ut de Maschien ruutklungen un èm lockt un wat tōrōpen hârr. ›Trinken, trinken! Trink doch, trink doch!‹ gell dat, luder, ümmer[X21] luder, hastiger, ümmer[X21] hastiger. Èndli stunn de Maschien still un dē, dē ehr dreiht hârr, lēēg mit dèn Kopp op dat hatte kōle Rad un ârbeid|ârbei' swoor un dēēp no Luft.

„Fru Puustmeiersch, sünd Sē in?", rēēp de Smittsche no Puustmeiers süm[X06]|ehr Huusdöör rin. „Dènkt|Dènken[X10] Sē sik mool! Ik glōōv wohrhaftig, de ōle gresige Keerl, dē

Knipperdolling, dē kriggt wedder[X41a] sien Suupschuur! Ik glöȫv hēēl wiss, hē is eben wedder[X41a] mit ėn grōten Köömbuddel |Brannwienbuddel no'n Sielpadd|*Sielpfad* tō gohn! Ōh nä, nä! Is ėn Schann, is dat! Sōōn ōlen Suupsack! Süht ut as ėn Liek op *Urlaub*, kann knapp mēhr ēēn Bēēn vör't anner setten un dėnn ... Nä, nä, ik segg je man!" *(DrG05.139)*

Kapitel 20: De ēērste Schōōl-Noméddag

An de Muur* vun dat ōle Slachthuus, wat jüst lieköver vun Herr Ōōstermann sien ›Lehrinstitut‹ wēēr, dor sēten twēē dicke iesern[M4b] Ringen, wō dat Slachtvēēh ankeedt worr. An dèn ēēn vun disse Ringen sēēt dèn Noméddag Klock fief Minuten vör twēē sōōn hēēl snooksch[M3]|afsünnerli[M3] Fârken|Ferkel. Dat hârr dat linke Vörbēēn dör dèn Ring steken, hau mit dat rechte rund um sik rum un schrēēg|gell in ēēn Tuur: „Ik will ni[X20] no Schōōl! Ik will ni[X20]! Ik will no Huus!" Èn Schōōldēērn vun teihn Johr hârr ehr Ârms um de Bost vun dit opsternootsche Dēērt leggt un trock un rēēt doran, un de Tronen lēpen ehr dorbi vör Bangen un schiere Opregen över de Backen. – De Lüüd, dē dor jüst dör de Buchtstroot gungen, blēben stohn un hârrn bâld sōōn *[DrG21.172]* lütten Krink sloten, um sik dat Speelwârk|Schauspiel antōkieken. „Koom doch, Odde*! Loot doch lōōs! Sō koom doch!", wēēn de Dēērn. „Dat pingelt je glieks. Dènn koom ik tō loot un mutt nositten! Tō, sō koom doch!" – Man *(DrG05.140)* unsen Odde krâll sik fast|fest an dèn Ring un schrēēg|gell noch ümmer[X21] luuthâls: „Nä! Nä! Ik will ni[X20]! Ik will ni[X20] no Schōōl!" – „Kinners, nä", sä sōōn dicke resolute Fru, „nu kiek ēēn sik dat an, wat èn unnaschen |ungezogener Flööz |Rüpel vun Jung! Dat schull m i e n man ween[X82]! Dèn wull ik wat geben!" – „Sō hölp doch de lütte Dēērn mool mit!", wènn sik èn anner Fru an sōōn dannigen |kräftigen Schōōljung. „Hölp ehr doch mool, datt sē dèn Wōōtkopp[X51] no Schōōl hènkriggt! Dat is je èn richtigen …" – Dō kēēm mit drēē lange Schreed Herr Ōōstermann över de Stroot schēten un èn kneepsch[M3]|verschmitztes Lachen kēēk èm ut de Ōgen, as hē dat Thēoter sēhg. Hē tick Mieke vertruli op de Schullern, nēhm sien Handstock ünner dèn ēēn un Odde ünner dèn annern Ârm, un ēhr datt dē wuss, wosück dat tōgohn wēēr, sēēt hē in'e Klass op densülvigen Platz, wō hē vunmorgens seten hârr. Datt Odde noch ümmer[x21] brüll un sik mit sien Knüttfüüst in de Ōgen rumwōhl, dat schien Herr Ōōstermann gor ni[x20] tō hōren ōder tō sēhn.

„Na", froog hē nu, un klapp in de Hannen, „seid ihr denn alle wieder da?" – „Jaaah!", gung dat dör de Klass, un ut jēēdēēn enkelt[M3] ›ja‹ kunn ēēn de Froog ruuthōren: „Hest du mi denn noch ni[x20] sēhn!" – „Na schön", sä Herr Ōōstermann, „nun will ich euch auch mal Musik vormachen! Müsst aber ganz ruhig sein!" – „Aaah!", klung dat dör de Rēgen. De Ōgen blenkern|glänzten vōr Freud, un mit Fōōt un Füüst worr trufft |getrampelt un trummelt. – „Aber ihr wolltet ja ruhig sein!", rēēp Herr Ōōstermann, un stell den Vigelienkasten op dat Pult. As de Sellschop endli still wēēr, froog hē: „Was habe ich hier denn wohl im Kasten?" – „Herr Lehrer! Herr Lehrer! Ich weiß: Das is (DrG05.141) 'n Feigeleinen, is das!" – „Das heißt 'n Schoopsschinken!", rēēp en annern. „Mein Vadder sagt ümmer: Jannfiedelkummsnitt, Jannfiedelkummsnitt!", rēēp de Drüdde. Un Herr Ōōstermann dreih sik bilüttens* no't Finster tō un schroop|kratzte op sien ›Feigeleinen‹ rum, um ehr tō stimmen. Endli dreih de Lēhrer sik wedder[x41a] um un froog: „Na? Was soll ich euch denn mal vorspielen?" – Knapp datt hē dat Wōōrt ruut hârr, dō recken sik al twintig, dörtig Ârms in de Luft un jüstsō veel Stimmen bölken un schrēgen dör de Klass: „Herr Lehrer! Herr Lehrer: ›Ich dreh mal um den Kessel!‹" – „Unkel, spiel mal: ›Stiele Lenacht!‹" – „Nä! Nä! Ich weiß: Das mit das auf den Kanapee!" – „Herr Lehrer: ›Ich lieg ins Bett un schwitze, mein Mann is eisig kalt!‹" – „Unkel, Unkel: Och, zu doch! Französe! Französe! oder 'n Walster!" – „Nein, Herr Lehrer, mal 'n Radofa! Das hat mein große Schwester neulichst in'r Hermannshalle mit 'n Mauermann *mit' weißen Büx getanzt, un da hat se vun mein Vadder welche an'e Binsen gekrigt!"* [DrG21.174]

Odde sēēt bides* still op sien Platz. Mit sien Blârren un Snuckern* hârr hē sik bilüttens* inkregen|inrookt, dor hō̄r[X65] je doch kēēn Minsch no hėn, un tō sien ēgen Pläsēēr much hē dit Geschäft ni[X20] bedrieben. Ēgentli hârr ėm je ōōk kēēn Minsch wat doon. Un dat wunner ėm an meisten, dėnn as de Schōōllēhrer mit ėm de Trepp ropseilt wēēr un ėm âll sien Spaddeln|Strampeln un Schriegen nix nütt|holpen|brocht hârr, dō hârr hē dacht, datt ėm dat nu schändli an Kopp un Krogen gohn worr un sien letzt[M3] Brōōt sachs* backt wēēr. Man dor wēēr nix passēērt, dat wunner ėm. Datt de Lēhrer ėm nu over gor ni[X20] sēhg, dat ârger ėm! Wat de annern âll bölken un sik opspelen! Hē *(DrG05.142)* kėnn ōōk Lēder, én hēlen Bârg un hēēl feine. Dē hârr hē lēhrt vun de Dēērns in't Huus, vun de Sandschippers bi de Diekstroot, vun Jan Grōōt sien Voder[X11], wėnn dē bi de Ârbeit wēēr, bi't Zigârrenmoken. Un dėnn de feinen vun Grōōtmudder[X12]! Man schull hē wat sėggen? Nä! De Lēhrer wēēr je wiss schändli vergrėllt op ėm, un dėnn … – Man wat wēēr dat? Odde schōōt in én Dutt un kēēk schu umhōōch, dėnn de grōte Mann dor hârr ėm mit dėn Vigelienbogen op'n Kopp tickt un froog hēēl fründli: *„Na du? Weißt du denn kein Lied? Jeder soll jetzt mal singen, was er kann. Also ruhig im Dom! Alldag kommt zuerst!"* – Wedder[X41a] muss Herr Ōōstermann in disse grōten Ōgen kieken, dē sō kloor, sō ēgen blau wēērn, as wėnn ēēn dor dör un dör kieken kunn. Un de Lēhrer nück disse Ōgen fründli tō, un Odde stunn op un sung. Hē sung dat, wō Grōōtmudder[X12] ümmer[X21] sō fein mit ėm hėn un her danzt hârr un dat hēēs[X64]:

„Mudder[X12] wat is dit? Mudder[X12] wat is dat?
Dēērn du kriggst mit'e Füürtang wat!
Heff di't doch seggt vör achteihn Johren

schullst[X62b]|schusst di vör de Mannslüüd wohren!
Denn de Mannslüüd sünd ni[X20] echt,
geeßt di wück mit'n Stevelknecht!"

De hēle Klass lach un juuch över Odde sien Singen un vör
âlln över den Stevelknecht. Ōōk Herr Ōōstermann vertrock
dat Gesicht un bēēt de Tähn tōhōpen. Hē hârr versöcht, Odde
bi sien Rhienlannertakt op'e Vigelien tōhölptōschropen, man
hē mârk bâld, datt hē doch blōōts en bōsen Stümper wēēr.
Ōōk as nu rēēglangs âll de lütten Nachtigolen an tō jiepeln
|zwitschern un tō piepen fungen, dō muss hē noch veelmools
wunnerwârken. *(DrG05.143)* Ni[X20] blōōts, datt hē hier *[DrG21.176]*
vun dat lütte Volk wat tō hōren krēēg, wat hē op't Seminoor
ni[X20] lēhrt hârr ōder wat hē sien Doog reinut|überhaupt noch ni[X20]
hōōrt hârr. Nä, em worr kloor, datt dat in'e Musik noch
Gehēēmnissen, noch Tōōnoorten un Övergäng gēēv, dē hē
noch ēērst op'n Grund komen muss, un dē hē mit disse
unschüllige Vigelien ni[X20] dwingen|blatschen kunn. Hē muss sik
vun den Schreck sōōn beten verholen, hē hârr je in sien Lex
|Lekschōōn vundoog bipuult kregen, datt hē ēgentli gor nix kunn!
Nu broch hē sien Rekrutenkumpanie ēērst mool wedder[X41a] in
Rēēg un Lidd, un de vörschreben Singstunn gung lōōs: *„Der
Ku - kuk und där E - sell, die hat - ten gro - ßen Streit!"* gell un
schrēēg dat dör de lütte siede Stuuv, un de ârme Herr
Ōōstermann schroop un soog|sägte an sien Schoopsschinken
rum, as wenn hē em vör Gewâlt merrn dörsnieden wull. De
blanke Swēēt leck em dorbi vun den Kopp dool, un de Ârm
bummel em matt an' Lief dool, as dat Klock drēē wēēr. Denn
de Luft in den ›Hōōrsool‹ wēēr nogrood*|bilüttens* sō dick worrn,
datt hē dor mit'n besten Willen mit sien Vigelienstock ni[X20]
mēhr hendörsoveln kunn. Un hē schuul|blickte af un an hēēl
bang no de Siet, um sik vörher de Steed uttōsōken, wō hē
henfâllen wull, wenn em mool flau worr.

„Wer kann denn nun mal eine Geschichte erzählen?", froog Herr Ōōstermann, as sik sien Hȫhner- un Hohnenküken no de Paus mit allerhand Gekokel|*Gegacker*, Gepiep un Gesnoter wedder[X41a] boben op'n Wiem|*Höhnerwiem*|*Sitzgestänge* tōrechtrekelt hârrn. Jo! Dat wēēr sōōn Sook! De hâlben swēgen|*Die Hälfte schwieg* still, un de anner Hälft sä nix un hȫȫr[X65] tō. De Buur, dē kēēk de Uul an, un de Uul, dē kēēk dėn Buurn an, un nüms* mell sik. – *„Na"*, münner Ōōstermann süm[X05]|*ehr* op, *„wer weiß denn eine? (DrG05.144) Nur nicht bange sein! Ich erzähl euch nachher auch eine. Aha! Wer zeigt da den Finger? Na, dann erzähl mal!"* – Sōōn hēēl lütt[M3] Mäden, blēēk un fien as sōōn Puttblōōm, dē dėn Winter över in' düüstern, dumpigen Keller stohn hett, dat stunn nu op, strēēk schüchtern de lütte Schört glatt un fung dėnn mit ėn dünne, piepselige Stimm an tō vertellen: *„Un da wohnen mal Leute bei uns, wo wir wohnen tun achtere Baljen|Achter de Bâlje|heute: Straße ›Hinter der Balge‹, da so'n bischen runter beier Tieben|heute: Straße ›Tiefer‹. Un da war'n die gans, gans schlurig un hatten so'n gans, gans klatterigen Sofa. Un so'n ganze Rummel Kinner hatten se auch, un die hauten mir ümmer gans stark. Un blos das eine nich, das war ja man noch ›so‹ klein!"* (Sē wies mit de Hannen um un bi |ungefähr sō grōōt as sōōn Graubrōōt!) *„Un das hatte der Hobbor jist bracht nach süm. Un da, auffenmal, da war das kleine Littje weg un kunnense gar nich wiederfinnen. Un da, da müsste die große Deern oosternkumfermeert werden. Un als wi die oosternkumfermeert werden sollte, da habense den alten klatterigen Sofa machen gelassen un aufgepulstert, un da, das war gans, gans grässlich! Da funnense das ganze lütte Kind ins Sofa wieder, zwischene Springfellern un war ganz schrecklich tot, Herr Lehrer! Das is abers wahr, Herr Lehrer!"* [DrG21.178]

Mit ›Herr Lēhrer‹ schien wat ni[X20] sō recht op Schick tō ween[X82], dėnn hē kēēm mächtig ut'n Verfoot|*Fassung*, schüddel sik un putz sik sachs* sōōn fief, süss Mool de Nöös, wō hē dat Taschendōōk bi vull vör dat Gesicht utbrēēd|utbrēē'. – Man nu wiesen sik al mēhr Fingern! Wėnn dat sō wat wēēr, vun dat Slag|dē Kant kunnen süm[X04]|se ōōk wat an' Dag bringen! – *„Herr Lehrer! Herr Lehrer, lass mir mal!"* – *„Ja, man los!"*, nück Ōōstermann. *(DrG05.145)* – Un ohn aftōsetten snöter sōōn lütte Rappelsnuut lōōs: *„Mein Bruder, mein kleiner Bruder, das issen ganzen Reissert, un der hat ümmer klatterige Büxen, un mein Mudder, mein Mudder, die schimpft denn ümmer, dasse da gar kein Grund inkriegen, kriegen kann un sagt sie is ümmer bei alle Löcher heil un sieben Katzen können nich eine Maus in die Büx nich fangen. Un da hatter mal wieder sone un da wohnt da in' Schnoor(Straße Snōōr|Schnoor), in' Schnoor so'n ganzen alten Schneider, Schneider, un da musste ich einmals voringes Jahr die Büx hinbringen, damals auffen Obem. Un da un da den annern Morgen, da brachte die Frau ihr wieder mit al die klatterigen Löcher. Un da war der Schneider von' Tisch gefallen un hatt 'n Gehörnschlag gekriegt. Un da, wi die Frau weg war, da sagte mein Mudder zu mein klein Bruder: ›Siehste! Dat hess du de Schuld! De arme Snieder hett sik so verjagt vor dien klatterige Büx un vor Schreck hett 'e 'n Slag kregen, siehste!‹"*

„Oh, wi schrecklich! Wo grässlich!", gung dat op de Dēērnssiet, un vun de Jungs föhlen wück an süm[X06] |ehr Büxenbēēn rum. Watt süm[X04]|se sik an't Ėnn in dissen Momang vörnēhmen, dē doren jo düchtig tō schönen? Sunst|Anners kunn dat ōōk mool sōōn ârmen Snieder dat Leben kosten!

Bides* rückoors|rückstēērt Odde op sien Bank hėn un her. Hē hârr sik fein wedder[X41a] verhoolt un wēēr düchtig op sien Jüst |allerbest bi Luun. Nu hēēl hē dėn Finger hōōch un froog driest

Georg Droste, Odde Alldag I (Peter Neuber, Meldörp-Böker 8.2, 2018)

|mutig: *„Herr Lehrer, soll ich mal eine?"* – Ōōstermann nück èm wedder[X41a] fründli tō, un Odde fung an tō vertellen: *„Un da war mal 'n Handwarksborsche, un der hatte kein Arbeit nich un bannig hungerig. Un da finger an zu bädeln, un da kömmt er in ein Haus un fragt er: ›Habense woll 'n* (DrG05.146) *büschen Schlafgeld for mir?‹ – ›Nä! Müssen weitergehn!‹ – Fragter: ›Habense woll 'n büschen was zu essen for mir?‹ – ›Nä! Müssen weitergehn!‹ – Kommter bei anner Leuten: ›Nä! Weitergehn!‹ – Anners Haus: Immer nix. – Kommter bei so'n große Friemarktsbude, das war 'n Tiermonascherie mit Löben un so. Fragter den Mann: ›Habense wull 'n büschen Geld for mir?‹ – ›Nä! Gips nich!‹ – Un da, will er al weitergehn, fragt der Mann: ›Könnse gut brillen?‹ – ›Ja!‹, sagter. – ›Denn brillense mal!‹ – Un da brillter: ›Uuuh!‹ – Un da sagt der Mann: ›Das war ganz pfein! Denn könnense bei mich arbein. Ich happen Löbe, der is abers nich mehr gebennig, un den hab ich das Feld abgezogen. Nu missense in das Feld neinkrabbeln un in den Löbe sein Bauer nein un ümmer tichtig brillen.‹ Un da, da krabbelter* [DrG21.180] *im Bauer nein un brillter ümmer: ›Uuuh! Uuuh!‹ Un da dachten die Leuten un Bauern, das weer 'n richtigen gebennigen Löbe. – Und da war abers in den annern Bauer, dich an den Löbe seinen, da war 'n Tiger in. Un da sprung der Tiger ümmer hin un her un ümmer mitter Krall gegen den Löbe seinen, da warn so Breder zwüschen. Un da, auffenmal, da fallten die Breders um un der Tiger sprungte in den Löbe sein Bauer. Un da schreite der Löbe: ›Hülfe, Hülfe! Hülfe, Hülfe!‹ – Un da auffenmal, da sagte abers der Tiger: ›Minsch! Hōōl doch dat Muul! Ik bün je ōōk kēēn echten!‹"*

„Das war aber 'ne feine Geschichte!", lach Herr Ōōstermann, un lä Odde de Hand op'n Kopp. *„Sag mal, wer hat dir denn die erzählt?"* – *„Dicht bei uns an da wird so'n*

hoges neues Haus gebaut", anter|antwöör Odde, *„un da warn die Mauerleuten auffer Stollaje*|Stelloosch|*Gerüst un verzählten sich das."* (DrG05.147)

Nu kēēm de Lēhrer an'e Rēēg un vertell süm[X05]|ehr ėn Geschicht vun dėn slauen Foss un de dummen Gȫȫs. De meisten hârrn noch kēēn Foss sēhn, un sō krēēg hē ėn grōōt[M3] Bild ut dat Schapp un hung dat an de Wandtofel. – Kott vör Klock vēēr vertell Herr Ōōstermann süm[X05]|ehr noch ēēn, bi dē vör âlln|vornehmlich uns' Odde schârp opluuster un sik Wōōrt för Wōōrt ünnerknȫȫp|rintrock. De Geschicht wēēr um un bi sō: Dor wēēr mool ėn Jung, dē wull gor ni[X20] no Schōōl un mook sien Süster op'e Stroot veel Verdrēēt|Ärger. Dō wēērn de Lüüd stohn bleben, hârrn mit Fingern op dėn Jung wiest un hârrn rōpen: ›Kiek mool, wat ėn ōl' unoordige Krööt|Trotzkopf! Dē schoomt sik kēēn beten!‹ Man dėn annern Dag hârr de Jung sik doch schoomt, wēēr still un oordig no Schōōl gohn un hârr mârkt, datt dat doch fein wēēr in'e Schōōl, datt ēēn dor düchtig wat lēhren* kunn un ōōk gor kēēn Slääg krēēg, wėnn ēēn oordig wēēr un gōōt[X50] oppassen dä. – Wėnn Odde hōōchdüütsch dacht hârr, dėnn hârr hē wiss dacht ›der Wirklichkeit nacherzählt‹ ōder ›dem Leben abgelauscht‹ ōder sō.

Lina Bârghōōrn, Mieke un Odde Âlldag gungen Klock vēēr vergnȫȫgt över dėn ōlen Wâll no Huus. – In't Huus gēēv dat ėn dicke Sneed Swattbrōōt mit ėn hâlben Twēēback. De Swattbrōōtsneed worr sō rundum över dat hele Brōōt weggatscht |wegsneden; Grōōtmudder[X12] nȫȫm* sōōn Brōōtschiev fröher slichtweg ėn ›Rundum‹. De ōle ēhrbore Grōōtmuddersinn[X12], dē wohn je sōunsō noch in't Âlldagsche Huus. Dor vergung je kēēn Dag, wō ni[X20] vun Grōōtmudder[X12] snackt worr, un dor wēēr kēēn Beleevnis, wō dat ni[X20] hēēs[X64] „Wat Grōōtmudder[X12] dor wull tō seggt hârr?" ōder „Wėnn

Grōōtmudder[X12] dat man noch mitbeleben kunn!" Ōder de Kinner strēden sik, *(DrG05.148)* wokēēn in Grōōtmudder[X12] ehrn Löhnstōhl sitten schull, ōder sōōn Tüügs. Jo, as süm[X04]|se Grōōtmudder[X12] Âlldag no'n Herdendōōrskârkhoff* tō ehr letzte Rōh[X52] brocht hârrn, dō hârrn süm[X04]|se ehr dor *[DrG21.182]* ni[X20] de ›letzte Ēhr‹ mit andoon, as dat je leider veelmools sō begäng|Mōōd is. Nä, Grōōtmudder[X12], dē hōōr[X65] noch ümmer[X21] tō de Famieln*, un de ›letzte Ēhr‹, dē dään süm[X04]|se ehr noch Dag för Dag an, mit jēēdēēn Gedanken.

Ōōk an dissen Nomėddag sä Fru Âlldag: „Jo, Kinners! Wat hett Grōōtmudder[X12] sik dor frōher al ümmer[X21] op freut, datt du no Schōōl kēēmst! Man nu hett sē dat doch ni[X20] beleevt, dat hett ni[X20] ween[X82] schullt!" – Un Odde kau vergnōōgt sien Botterbrōōt mit vulle Backen un vertell dorbi sien Mudder[X12] âllns, wat hē an dissen ēērsten Schōōldag beleevt hârr. Blōōts bi Fru Âlldag ehr Froog, watt hē dėnn no Mėddag ōōk oordig mitgohn wēēr, dō fung dat bi Odde sōōn beten an tō stomern|stammeln. Un Fru Âlldag bōōg ėm dėn Kopp tōrüch, kēēk ėm schârp in de Ōgen un mohn: „Jung Jung! Vertell mi âllns! Datt du mi jo ni[X20]|auf keinen Fall dat Lēgen anfangst ōder Fisemotenten|Ausflüchte mookst! Du wēētst wull: Dat gifft' bi uns ni[X20], un dē lüggt, dē kriggt ėn swatt[M3] Krüüz vör'n Kopp." Un Odde kēēk Mieke an, dē an't Finster sēēt un in dėn Pappelbōōm kēēk. Man Mieke swēēg still, dē verrood[X60]|verroo' nix. Dat wēēr ėn gōde[X50] Dēērn un kēēn Klafferkatt|Sluderbütt, un sō muss Odde dėnn sülben sien Sünnen biechten.

Man dor buten lach wedder[X41a] de gollen Sünn'schien över de Welt, dē dat in' Sinn hârr, wedder[X41a] grōōn, wedder[X41a] mool jung tō wârrn. Un de blanken, wârmen Strohlen locken de Blattspitzen un de brunen Knuppen|Knospen an Bōōm un Busch. Süm[X04]|Se locken dat Gras ut'n Grund un de Blōōm an' Diek, süm[X04]|se locken de lütten Vogeln dėn frischen Gesang

(DrG05.149) ut de Bost un de Minschen ruut ut de Hüüs un rin in dat grōte, schȫne, grȫne, ēwige Gottshuus.

Un de lütte Keerl |Patrōōn |Macker, dē dor ünner dėn Pappelbōōm stunn, hē kēēk mit sien krâllen Ōgen no dėn Heben un över dėn Diek un lēēt sik de frische, reine Vörjohrsluft|Frȫhjohrsluft no de junge Bost rintrecken. Hier wēēr Frieheit un Leben! Hier wēēr âllns sien, sien ēgen! De Bōōm, de Diek un ōōk de Weser, jo, de hēle Welt wēēr sien! Vergeten wēēr de siede dumpige Schōōlstuuv|Schōōldöns, wō süm[X04]|se dit wille Fohl|Fohlen vundoog de langen süss Stunnen inpannt|inspârrt hârrn. Vergeten wēērn nu âll de Sorgen, dē disse ēērste Schōōldag brocht hârr. Noch funn dit Kind dat reine, wohre Glück in Frieheit un Sünn'schien, un dat is dat Kinnerglück! Noch mook dat ėn Sprung in de Luft, un noch ēēn, un noch ēēn, un wuss ni[X20], worum. Noch stimm dat mit Juuchen|Jauchzen un Trallala|Trällern mit in dėn Vogelsang in, un dat wuss ni[X20], worum. – Ōōk de koterbunte|kokelbunte Bōōkfink, dē dor sō hell un sō frisch ut dėn Bōōm ruutslōōg|schmetterte, dē wuss ni[X20] worum. – Blōōts dat ōle Bōōmspȫkel, dat mit Kraft un Saft wedder[X41a] dör Tėlgen un Twiegen trock, dat wuss dat. Un de Tėlgen, dē vun dėn langen Winter sien kȫle Hand doolduukt wēērn mit Frost un Snēē, dē recken sik hȫger un hȫger no de hȫge blaue Deek vun dat gewâltige Gottshuus, *[DrG21.184]* un sachten*|liesen un wēēk klung dat as Orgel- un as Ėngelsmusik dör de Vörjohrsluft:

Sünn'schien gēēv uns dat Leben,
Vogel, Bōōm un Minschenkind.
Hōōch no't Licht hėn mööt[X61] wi streben,
wi doch Sünnenkinner sünd! *(DrG05.150)*

Kapitel 21: Odde* un de Wâllopsēher

> „Snickedickedick*, Snickedickedick!
> Wies dien vēēr Hō̄̄rn mool schick!
> Wėnn du dat ni[X20] deist,
> dėnn breek ik dien Geist!"

Dissen lierhaftigen |leierigen Singsang hō̄̄r[X65] ēēn op Sünnobendmėddag sōōn beten no twölf ünnen an'e Stadtgrō̄̄v[X75] |am Stadtgraben sō twischen Bischops*- un Ōōsterdōōr. Ėn wēke Dēērnsstimm wēēr dat, dē dit Riemelsch nu al sō teihn-, twölfmool afsungen hârr. In disse Stimm lēēg sō veel Hattligs, un dat Singen klung sō, as worr dat Mäden de Snick, um dē sik dat dreih, um ėn Gefållen beden. Un de Snick hârr de Dēērn ōōk op jēēdēēn Fåll dėn Gefållen doon, wēēr ut ehr lütt[M3] Huus ruutkropen un hârr ehr vēēr Hō̄̄rn ruutsteken! Man de stramme brēētschullerte Jung mit de rōden Backen un de kloren blauen Ōgen, dē dach anners över de Sook. Hē gung dicht an de Dēērn ran, hēēl ėn lütt[M3] bunt[M3] Snickenhuus vör sik in de platte Hand un lach kneepsch |verschmitzt vör sik hėn. As de Dēērn sōōn Singstremel tō Ėnn hârr, dō sä hē: „Glieks kummt sē, Lina! Glieks! Kiek, sē rōhrt sik al!" – Opmool nēhm hē dat Snickenhuus in'e knütte Hand|in die zur Faust geballte Hand, stell sik krumm vör dat Mäden hėn un lach luuthåls: „Ōh, Lina, wat büst du dumm! Dat Huus is je lerdig! Dor is je gor kēēn Snick ni[X20] in!" – Lina Bârghōōrn gung sōōn poor Treed op'e Siet, vun dėn Jungen af, kēēk (DrG05.151) ėm mit ehr ēērnsten Ōgen an un sä: „Ih, Odde, du ōle Bedrēger! Du hest mi ümmertō[X21] för'n Nârren, un ik mag di gor ni[X20] mēhr lieden! Kiek!" – Odde lach, kēēk no de Kunterschârp |Contrescarpe röver un fung an tō fleuten.

Lina wull hastig allēēn wiedergohn, dreih sik over noch ēēnmool um un froog: „Wullt du mi dat Snickenhuus geben, för mien lütten Brōder? Denn bün ik di ōōk wedder[X41a] gōōt[X50]." – „Nä!", anter|antwōōr *[DrG21.186]* Odde kott. „Dat kannst' ni[X20] kriegen! Dat mutt ik bruken." – „Haha, bruken!", lach Lina kott. „Ik kenn di wull! Dat kriggt *Klärchen* sachs* wedder[X41a]! *Klärchen* un *Friedo*! Jo, mit dē speelst du nu je ōōk ümmer[X21] un dē kriegt ōōk de Kastanjen un Eckern|*Eicheln*. Un dat feine witte Knink, dat hest' süm[X05]|*ehr* ōōk geben! Dat schoodt over nix! Speel du man ümmer[X21] mit de Feinen, dē hebbt sachs* betere Klēder an as ik! Du büst sōunsō al lang ni[X20] mēhr sō as sunst! Vun de twēte Klass an büst du veel, veel slechter worrn, un güstern büst' al wedder[X41a] ēēn wieder dool komen! Hest' bi't Beden en hēle Handvull Lōpers dör de Klass smeten! Ih! Odde Âlldag, dē sitt man noch op'n negenten Platz un schoomt sik gor ni[X20]! Ih, schoom di, schoom di|*heek* ut, heek ut |sliep ut, sliep ut |ätsch, bätsch*!" – Datt sien ōle Schōōlfründsche[X16]|*Schulfreundin* un Geleidspersōōn, wō hē nu al süss Johr mit no Schōōl gung, datt dē em nu sien Sünnenregister vörhēēl, dat ârger em wēnig. Man datt dor jüst sōōn feinen Herr mit en Doom an' Ârm an süm[X05]|*ehr* vörbigung un datt de beiden sik umkēken un em anlachen, dat worm |verdrōōt em. Hē worr puterrōōt un de blaue Oder över de Nöös wēēr düütli tō sēhn, as hē Lina norēēp: „Nehm di in Acht, du! Du wēētst hēēl gōōt[X50], datt ik de Lōpers ut Versēhn mit mien Taschendōōk ruutreten heff un …" Man Lina hōōr[X65] nix mēhr. Sō kōōk sik gor ni[X20] *(DrG05.152)* mēhr um, un renn|birs no't Ōōsterdōōr tō, datt ehr de langen brunen Flechten|*Zöpfe* flögen un datt de Bōkertasch klöter.

As Odde bi't Kaschott*|*Gefangenhuus* um de Eck kēēk, sēhg hē, dat Lina al an' Stēēnweg* gung. Hē hârr ehr sachs* wedder[X41a] inholen kunnt, man dat full em ni[X20] in. Sē hârr em ârgert un blamēērt un sē schull dat ōōk spȫren. Sē kēēm ėm dėnn mool wedder[X41a], um|*wegen* de sworen Rekenopgoḃen un Opsätz, wō hē ehr sunst |anners ümmer[X21] bi holpen hârr! Veelmools wēēr hē um ehr|*ihretwegen* noch mit tō loot komen, wėnn hē ehr Klock fief Minuten vör acht op'n Wâll op'e Bank noch bi de Schōōlârbeit holpen hârr. Un ēēnmool hârr ēēn vun de Lēhrers süm[X05]|ehr dorbi snappt|afsnappt, un Odde hârr ›*wegen Beihilfe zum Betrug*‹ ėn Reis mookt|ėn Sâlv kregen un wēēr twēē Plätz doolrutscht. Dat hârr bi ėm over nix holpen, hē hârr dat liekers wedder[X41a] doon un dat ėn annermool blōōts plietscher anfungen. – Odde gung ni[X20] över'n Stēēnweg*, hē hârr op'n ōlen Wâll noch allerhand ›tō besorgen‹ un muss dor ēērst sien Revēēr |Reḃēēt afpedden. Man dor fehl ėm vunmėddag|*heute Mittag* Lina Bârghōōrn bi. Dē hârr ümmer[X21] sō fein Posten stohn, wėnn hē in de Büsch rumkrabbel un Kastanjen, Bōōkeckern, Holtappeln, Mehlbein[X71] un annerswat söch, wat unsen Herrgott un de Bremer Stoot dor wassen lēēt. Sē hârr dėnn ümmer[X21] fein oppasst un dat Hossen anfungen, wėnn ėn Minsch ōder wėnn gor sōōn Wâllopsēher kēēm. Wâllopsēhers tellen bi süm[X05]|ehr je ni[X20] tō de Minschen, dat wēērn Wülv, dē dör dėn Wōōld slēken, um Kinner *[DrG21.188]* tō freten. – Dat wēēr nu Anfang Oktōber, un de Natuur fung an, sik intōroken|*einzupacken* un fransch bilüttens* ut|*franste aus*|*verlor ihren Schmuck*. De hârvstlige schârpe Ruuch vun Ēēr, de Liekendunst vun Blööd un Blȫȫm, dē trock ut dat Gras un Buschwark. Un mȫȫd un still wēēr dat överâll *(DrG05.153)* umrum|rundum, kēēn frischen Vogelsang mēhr in de Bȫȫm. Mudder[X12] Natuur hârr je ōōk wedder[X41a] mool ehr Soken doon, un mȫȫd un matt fullen ehr de Ōgen tō. Jüst as sōōn true Mudder[X12], dē sik dėn hēlen Dag för ehr Kinner afârbeidt un quäält hett, un dėnn kummt de Oḃend, un sē lett tōfreden ehr Hannen in dėn Schōōt sacken. Dat grōte Hârvststârḃen ohn Storm, dat hett sien ēgen stillen Tȫver*! Mudder[X12] Natuur will ehrn langen Wintersloop slopen! Un sinnig un suutje, langsoom leggt sē ehr Klēēd af un lett dat doolfållen, Stück vör Stück, un deckt dor sorgsoom ehr velen, velen lütten fienen|zoorten Kinner dor ünnen mit tō, datt süm[X04]|se jo ni[X20] frēērt! Wēēk is de Borrn in' Hârvst, un noch wēker de Deek, wō hē mit utleggt is, datt kēēn hatte Minschentreed de Mudder[X12] Natuur mēhr stōōrt, wėnn sē tō Rōh[X52] gohn will. – Ēēn mutt nu over ni[X20] dėnken, datt unsen Odde dorum sō sachten*|liesen un behott|behutsam oppedd, as hē vörsichtig no dat Buschwârk rinkrōōp, wat jüst vör dėn schrēgen Weg vun'e Altmanns-Hōōchde|Altmannshöhe stunn. Ēērst hârr hē sik no âll de Sieden umkeken, watt ėm ōōk nüms* sēhg. Man de Luft wēēr rein, dor boben stunn still de ōle Windmöhl, dē over kēēn Kapp|Kopp un kēēn Flünken mēhr hârr, dē kunn ėm ni[X20] verroden. Dor wēēr de Hexentrepp, man an Hexen glōōv hē ni[X20] mēhr, dē Tieden wēērn bi ėm vörbi. Âllns wēēr still, kēēn Minsch umrum, alsō: Rin in' Busch! Dor ünnen, ni[X20] wiet vun'e Stadtgrōōv[X75], dor stunn sōōn dicken Kastanjenbōōm, un an dėn Fōōt vun dissen Bōōm hârr Odde sik ünner allerhand Lōōf sōōn lütt[M3] Hamsterloger inricht. Jüst wull hē sien Tornüster vun' Puckel snâllen, um de Kastanjen, Bōōkeckern un Eckern|Eicheln, dē hē sik in wücke Doog hier överspoort hârr, intōpacken, as opmool ėn Mannsgestâlt (DrG05.154) achter dėn Bōōm ruutsprung un ėm mit de Wōōr „Tōōv, Bursch, ėndli heff ik di! Di heff ik al lang op'n Kieker!" bi de Slafitten kriegen wull. As wėnn sōōn grōten Bullenbieter op sōōn Katt lōōssett |doolgciht un will ehr bi't Nackhoor kriegen, sō stört de Wâllopsēher op Odde dool.

Dat wēēr ėn gresigen Momang för Odde, dėnn hē hârr hier sien slimmsten Fiend vör sik, dē al lang achter ėm anslēēk |anslieker, dėn hē over jēēdēēn Mool glückli wedder[X41a] ut de Pōten witschen kunn. Ditmool wēēr hē verloren, verratzt un verkofft! Un doch noch ni[X20]! Hē hârr ni[X20] Odde Âlldag ween[X82] musst, dėn kēēn Bōōm tō hōōch un kēēn Busch tō dicht wēēr! As sōōn Blitz hârr hē sik umdreiht, fȫhl ėn Fuust achter an sien Tornüster, duuk sik, rēēt sik lōōs un ârbeid|ârbei' sik nu, dėn Kopp vörut, as sōōn *Hirsch* |Hattbuck, achter dėn de Hunnen her sünd, *[DrG21.190]* dör dat Buschwârk. As Odde ut dėn Busch ruut wēēr, dō gung de wille Jagd over ēērst lōōs, dėn Weg langs no'n Diek tō. De Wâllopsēher schien ditmool âll sien Knȫöv ansett tō hėbben, um ėm tō foten. Odde renn, as wėnn hē Füür in'e Büx hârr, dėnn hē dach as de dore Riddersmann: ›*Es gilt nicht das Leben, es gilt noch mehr! Es gilt hier zu retten die heilige Ehr!*‹ Man vergeevs! Nēger un nēger|näher kēmen de sworen Schreed achter ėm, nu hȫȫr[X65] hē dėn Fiend al snuben un puusten, nu muss sik de Hand utstrecken, um ėm tō packen, nu! Noch ēēn Sprung, un … Jüst op dėn Dreih|Kehre, wō dat vun' ōlen Wâll no'n Diek ropgeiht, dor smēēt Odde sik opmool ›klabatsch‹ platt op'n Grund un verdwass över dėn Weg. De lange Wâllopsēher, dē sik vör dissen *Coup* ni[X20] wohrt hârr, hook mit dėn Fōōt achter Odde sien Tornüster, schōōt noch wücke Treed vörut, un ›klabatsch!‹ quabs|fiel hē ōōk, sō lang as hē *(DrG05.155)* wēēr, op dėn Grandweg dool. As de Mann sik wedder[X41a] hōōchkröpelt hârr, sik sien Knēēn un sien schunnen Hannen reben hârr, dō wēēr Odde al lang över de Ōlenwâlls-Kunterschârp weiht un gung kommōdig dör de Blēkerstroot |Bleicherstraße. Teihn Minuten loter sēēt hē tō Huus an' Mėddagsdisch un kēēk mit ėn langen Hâls in de grōte Bōhnensuppenterrien, watt dor ōōk wull för ėm noch nōōg in wēēr.

Kapitel 22: De niede ârme rieke Noverschop

Ut de ėnkelten Hüüs, dē süm[X04]|se in Odde* sien ēērsten Lebensjohren vun'e Krüüzstroot af buut[X55] hârrn, dor wēērn mit de Tiet twēē stootsche Rēgen vun worrn. Feine hōge Kastens wēērn dat worrn, mit Vör- un Achtergoorns. Un süm[X04]|se hârrn ēēn Huus an dat anner sett, ümmer[X21] nēger ran an dėn ōlen Diek. Dėnn wēēr dat över dėn Diek weggohn, un ōōk dat ophōōgte Vörland hârrn süm[X04]|se mit tō de Stroot tōnohmen, dē nu bi dėn nieden Diek ruutschōōt. Ōōk dicht an de Siet vun Âlldags süm[X06]|ehr lütt[M3] Huus wēēr dėn ēēn gōden[X50] Dag de Wōhlerie lōōsgohn, ōder as Grōōtmudder[X12] dat frȫher nȫȫm*, de ›Bueratschōōn‹. Hȫger un hȫger wussen de Muren* ut'n Grund. Un wėnn Fru Âlldag ōōk veelmools jammer un lamentēēr: No de Westsiet tō wēēr de Âlldags hēēl un dēēl dat Licht *[DrG21.192]* un de Utkiek wegnohmen. *(DrG05.156)* Wull stunn noch de ōle ēhrbore Pappelbōōm op'n Diek vör't Huus un worr noch Johr um Johr wedder[X41a] grȫōn. Wull kēken noch de lütten Ruten|*Scheiben* vun Âlldags süm[X06]|ehr Stubenfinster as sō lütte nieschierige Ōgen över dėn grȫnen Rand vun dėn ōlen Diek weg. Man gēgen de hōgen Achtersieden vun de nieden Hüüs wēēr de lütte achterndieksche Koot mit dat siede Pannendack |mit dėn sieden *Pannendoken* doch man as sōōn Kinnerspeeltüüg antōkieken, wat süm[X04]|se vergeten hârrn, wedder[X41a] in sien Kasten wegtōpacken. De Hüüs in de niede Stroot wēērn dėnn ōōk bâld verkofft, un Kōōplüüd, hȫgere Beamten un annere Lüüd, dē dat moken|*blatschen* kunnen, dō trocken dor in. Blōōts dat grȫttste, wat tōletzt buut[X55] wēēr, dat schȫne Eckhuus an' Diek, dat stunn meist|*fast* ümmer[X21] lerdig. Mēhrmools hârrn dor al Lüüd in wohnt, man dē trocken bâld wedder[X41a] ut. Dat ēēn Mool wēēr dat ėn Majōōr ween[X83], dē no ėn anner Stadt versett worrn wēēr. Dat anner Mool wēēr dat én ōle rieke Doom mit ehr Dochter. Man as de ōle Doom no én poor Moond dōōtbleben wēēr, dō wēēr dat Frollein wedder[X41a] uttrocken. Ehr wēēr dat Huus tō wietleftig |rümig |geräumig ween[X83], tō grōōt. De Achterndiekschen, dē disse Ōōrsoken |Grünn ni[X20] sō wies worrn, dē wunnern sik, schüddkoppen, un opletzt hârrn süm[X04] |se dat dénn ōōk ruutkregen, worum kēēn Minsch in dit Huus wohnen wull: Dat schull dor spȫkeln* |spȫken! – Man wat Wohrs wēēr dor wiss ōōk an! Hēēl ēhrbore un glȫȫvhaftige Lüüd, sōgor Fru Âlldag, dē hârrn mēhrmools hȫȫrt, datt dor in dat lerdige Huus sōōn rein snooksche* Pulterie wēēr, un dat sōgor an' helligen Dag. Dat klung dénn, as wénn dor Minschen treppop treppdool lēpen. Un wücke Mool wēēr dor sōgor Rōōk ut'n Schöstēēn trocken. Dorbi wēērn de Dören fast |fest tōsloten un kēēn Minsch kunn no dat Huus rinkomen. Af un an hârrn süm[X04] |se bi Âlldags ōōk al *(DrG05.157)* mool dén Snack op dat Spȫȫkhuus brocht un wēērn dor dénn over ümmer[X21] overēēns |einig ween[X83], datt dor wat Afsünnerligs |Besunners achtersteken muss |müsse. Spȫkelie* gēēv |gäbe dat nu mool ni[X20] op'e Welt, un dat gung |ginge âllns mit natüürlige Dingen tō. Âll hârrn süm[X04] |se dor én Wōōrt tō seggt, wénn süm[X04] |se sō an' Disch sēten, blōōts Odde ni[X20], dē krēēg dénn én rōden Kopp un kēēk op dén Disch. Berta mēēn mool, hē wēēr in sōōn Soken én beten bangbüxig un much nix vun Spȫkelie* hȫren. Dat stēēk ém wiss noch sō in de Knoken vun Grōōtmudder[X12] her. Dē hârr ém frȫher tō veel Spȫȫkgeschichten vörrȫvert |>vorgeräubert< un dorvun wēēr hē noch ümmer[X21] sōōn jiddeligen* Patrōōn. Odde sä over nix dortō, un dach sik sien Dēēl, dénn hē wuss mēhr vun dat Spȫȫkhuus.

Jo! Odde! Dē hârr sōunsō in disse Tiet veel tō bedénken un in' Kopp tō nehmen! Vun dē Tiet an, wō in de niede Stroot Lüüd wohnen, wēēr hē de meiste Tiet buten Huus, >uthüsig<, as sien Mudder[X12] dat *[DrG21.194]* nȫȫm*. Mit Macht trock ėm dat no de Stroot hėn! Hier wēēr för ėm ėn hēēl anner Welt! Niede Minschen, niede Speelkameroden, ållns veel feiner as bi süm[X05]|ehr achter'n Diek. Hier weih ėn anner Luft as op'n Eddelhoff bi Jan Grōōt, bi Puustmeiers un Knipperdolling. Mit dėn wēēr sōunsō meist gor ni[X20] mēhr tō snacken. De Ōl' wēēr mit de Tiet ümmer[X21] stumperiger|*unbeholfener* worrn un kēēk sō glosig un tronerig ut de Ōgen, as wėnn hē dösig in' Kopp wēēr. In'e Summertiet quääl hē sik langsoom an sien Handstock dėn Diek rop un stell sik wedder[X41a] an sien ōlen Pohl. Hē gung dėnn hēēl krumm un vöröverbȫȫgt un hârr de Ōgen meist |*fast* tō. Dat Snapsdrinken |Sprietsupen hârr hē opgeben musst, hē kunn dėn Weg no de Brėnnerie ni[X20] mēhr moken un frėmme Lüüd besorgen ėm sō licht nix. Ēēnmool hârr Odde dėn Ōlen *(DrG05.158)* ėn Buddel vull hoolt. Man as hē dor mit'e Tiet achterkēēm, in wat för ėn gresigen Tōstand dor de Mann vun komen wēēr, dō hârr hē dat ni[X20] wedder[X41a] doon un hârr sik mēhr un mēhr vun ėm afwėnnt. Vun dē Tiet an, datt Knipperdolling mârk, datt sien jungen Fründ mit de feinen|vörnehmen Kinner speel, dō kēēk hē ėm ōōk hēēl ėgen un gnadderig vun'e Siet an. Un as Fru Ålldag mool Odde ruutschickt hârr, hē schull dėn ōlen swacken Mann doch mool ünner'n Ârm foten un dėn schrēgen Diekslippen|Diekpadd mit rophölpen, dō hârr de ōle sünnern Kloos|*eigenartige Kauz* ėm mit de Hand afwinkt un hârr vör sik hėn mummelt: *„Geh nur! Ich bruuk nüms*! Halt di man an dene reiche Leit! Die werns dir schon eintreibe, dass do ok man 'n orme Lump bist!"* Odde wēēr dōmools al plietsch nōōg ween[X83], um tō verstohn, wat de Ōl' dormit sėggen wull. Ōōk sien Mudder[X12] hârr ėm je al veelmools wohrschuut* un hârr seggt: *„Jung, Jung, datt du di dor in'e Stroot mang de feinen Kinner man nix vergeben deist* |du di ni wegsmieten deist|*dich zu billig verkaufst*! Meng di dor ni[X20] ünner, wėnn süm[X04]|se vun di nix weten wüllt[X63]|wööt ōder wėnn süm[X04]

|se di vun boben dool ankiekt. Denn muttst du veel tō stolt ween[X82] un di tōrüchhōlen." Man bi âll dat hârr dat Odde ümmer[X21] wedder[X41a] no de feine Stroot hentrocken. Hē spöör bâld, datt dat op beide Sieden, ünner vörnehm un ring[X39], ünner de Kinner gōde[X50] un slechte gēēv. Hē funn de gōden[X50] bâld ruut, un vun beide Sieden fung de lichte, unverdorben Kinnersinn an, en Brüch tō buen[X55]|buden över de Dēēpde|Lunk |Vertiefung, dē bi de grōten Minschen Rang un Stand un vör âlln dat Geld utschacht hett.

An den Sünnobend, wō hē sik mit Lina Bârghōōrn vertȫȫrnt hârr un wō hē den Wâllopsēher man mit naue Nōōt wedder[X41a] dör de Lappen gohn wēēr, dō stunn hē op'n Diek, un de hēle *(DrG05.159)* Nomeddag hȫȫr[X65] em. Sien lütten Blōōmgoorn lēēg nu welk un vertuust|zerzaust dor, un ōōk op sien Stück Land gēēv dat nix mēhr tō dōōn. De Pappelbōōm lēēt âll sien goldgelen Blööd op den Diek fâllen, un wat dor noch ansēēt, dat tȫȫv op den Hârvststorm, dē bâld komen worr, um dat letzte Blatt aftōtusen|abzuzausen *[DrG21.196]* un över dat Land tō weihen. Odde smēēt nu ēērst en langen Gluup no de Finstern vun dat hōge Huus rop, wat sik hōōch över süm[X06]|ehr lütte Koot wegreck. Dat wēēr vun' Diek af dat twēte, un de Achtergoorns vun dat ēērste un vun dit gungen an den frie'en Platz lang, dē vör dat Âlldagsche Huus lēēg. Dat wēēr dissen Summer ween[X83], as in dat twēte Huus Lüüd rintrocken wēērn. De Lüüd vertellen sik, dat schull en Ēhpoor mit twēē Kinner ween[X82], en Jung un en Dēērn. Un de grōte Herr wēēr|wäre en Dokter, man ēēn, dē Lēhrer wēēr an'e Gelēhrtenschōōl |an't Gymnosium. Lange Tiet hârr Odde tōēērst ni[X20] sō recht ēēn vun de fremmen Minschen tō sēhn kregen, bet datt hē mool op'n Nomeddag, as hē bi sien Kninkenbuur ween[X83] wēēr, en schȫne fiene|zoorte Stimm achter sik hȫȫrt hârr: *„Du, Junge?* *(DrG05.160)* Was hast du da drinne?"* – As Odde sik umkeken hârr, dō hârr hē in sōōn poor unschüllige nieschierige Kinnerōgen un in ėn lēēfli[M3] sööt[M3] Mädensgesicht|Dēērnsgesicht keken, wat över de Plank |Bretterzaun vun dėn twēten Achtergoorn kēēk. Nu hârrn de Âlldags je over ėn Piek op dat hōge Huus, wat süm[X05]|ehr Licht un Luft wegnohmen hârr. Un sō mēēn Odde sachs*, datt hē dissen Ârger ōōk an dē utbieten|ausbeißen|auslassen muss, dē dor nu in wohnen. Hē hârr sik kott umdreiht un antert|antwōōrt: „Wat ik dor inheff? Wat scheert di dat!" – Dō hârr de Dēērn mit dėn Ėngelskopp sik no dėn Goorn rumdreiht un hârr seggt: *„Mutti, hier ist ein Junge, der spricht ganz merkwürdig!"* Un dėnn hârr sē sik wedder[X41a] an Odde wėnnt un hârr froogt: *„Ach, sag doch Junge! Was hast du da denn für Tiere drinne?"* – „Nieschierige Zeeg!", hârr Odde antert|antwōōrt un dėn Deckel tōklappt. Man dör dat Stubenfinster knüttfuust|ballte eine Faust ėm sien Mudder[X12] tō un sä: „Jung, du ōle Groffsack|Grobian! Du Flööz|Flegel! Wėnn de Lüüd di orntli koomt, kannst du dėnn ni[X20] ėn orntlige Antwōōrt geben? Schoom di doch wat!" – De Kopp wēēr dōmools glieks achter de Plank verswunnen un Odde hârr ėn Fruunsstimm hööört, dē sä: *„Komm herunter, Klärchen! Der Stuhl könnte umfallen!"* – Odde hârr sien dummen Snack wedder[X41a] gōōtmoken[X50] wullt un wēēr ōōk nieschierig, wat dat för Lüüd wēērn, de nieden Novers. As hē bâld dorno Stimmen achter de Plank hööör[X65], dō bu hē sik liesen ėn lütten Tōōrn vun Stēēn, klatter dor rop un kēēk nu över de Plank no dėn Goorn rin. Vun dat, wat hē dor sēhg un hööör[X65], dor kunn hē sik gor ni[X20] wedder[X41a] vun afwėnnen. In ēēn Rullbett ōdcr Krankenwoog, dor lēēg in snēēwitte Küssens ėn Jung, dē sachs* in Odde sien Öller ween[X82] kunn. Sien Gesicht wēēr meist sō witt as de Küssens, wō hē in lēēg, un op de mogern knökerigen Hannen wēērn fiene blaue Odern tō sēhn. Hē hârr sien grōten swatten Ōgen op ėn schöne feine|vörnehme Fru in ėn sieden Klēēd richt, dē an'e Siet vun dėn Woog sēēt un dėn

Kranken ut ėn Bōōk wat vörlees. De Dēērn, dē wull sōōn Johr jünger ween[82] kunn as de Jung, dē sēēt dor ōōk dicht bi an sōōn *[DrG21.198]* Kinnerdisch un mool mit bunte Bliestickens |Bliefeddern[41e] in ėn Tēkenbōōk|*Zeichenheft*. Odde hârr sik bannig verjoogt, as hē dat kranke Kind in dėn Rullwoog sēhg un kunn sien Ōgen dor gor ni[20] wedder[41a] vun afwėnnen. Hē sēhg ōōk, wo dat Mäden af un tō vun ehr Ârbeit opkēēk un vull Lēēv op ehrn kranken Brōder kēēk. Dit lēve Wesen, dat hârr hē nu sō anblafft un sō dösig behannelt! Datt de Fru mit dat stille ēērnste Gesicht *(DrG05.161)* ēēnmool sō quantswies|hēēmli no de Siet plier un ėm verwunnert ankeken hârr, dat hârr Odde gor ni[20] mârkt, hē kēēk je ümmer[21] op dėn Kranken. De Doom dä over, as wėnn sē nix sēhn hârr un lees ruhig[52] wieder, blōōts um ehr Lippen, dor speel sōōn hēēl fien[M3], hâlf kneepsch[M3] |*verschmitztes* Smuustern|*Schmunzeln*. Opmool lees de Doom hēēl luut: *„Dieses war der fünfte Streich, doch der sechste folgt sogleich."* Dormit lä sē dat Bōōk in dėn Schōōt un dreih dat smålle Gesicht vun dėn Kranken no de Plank tō. Odde krēēg ėn puterrōden Kopp, as de beiden Kinner ėm nieschierig un mit lachen Gesichter ankēken. Hâls över Kopp wull hē wedder[41a] achter de Planken verswinnen, over dat gung man ni[20] sō. De Plank wēēr boben mit ėn Liest besloon|beslogen, un ėn Nogel, dē dėn Timmermann krumm gohn wēēr, dē hârr sik in Odde sien Jack fasthookt. Hē hârr dat ōōk gor ni[20] nödig tō verswinnen, dėnn de Doom nück ėm fründli tō un froog: *„Wi heißt du denn, mein Junge?"* – Jo, de drieste|*mutige* un tuntige |*dickdreevsche*|*dickfellige* Strömer Odde Âlldag, dē vör kēēn Kneep bang wēēr, hier hârr hē nix tō verkōpen|*in der Hand* un wuss ni[20], wat hē sėggen schull. Man ėndli stomer hē doch: *„Ich, ich heiß Otto Alldag, heiß ich."* Sō wēēr hē dėnn over bâld in't Ünnerhōlen komen. Un ohn datt hē dat mârk, hârrn de Lüüd ėm över âllns utfroogt, wat süm[04]|se weten wullen. Man opletzt hârr ōōk Odde sien Schüchternheit verloren, as hē mârk, datt hier âllns hattli un fründli wēēr un datt ōōk *Klärchen* ėm sien Groffheit ni[X20] nodregen dä, sē hârr sien Wōōr dōmools sachs* gor ni[X20] recht verstohn hatt. Sō stunn Odde dėnn no teihn Minuten mit sien fein[M3] Knink in dėn Goorn, de kranke Jung hârr dat op sien Wogendeek kregen un de beiden Kinner strokeln sachten* dat wēke Fell vun dat Dēērt un hârrn dor ėn unbannige Freud an. – *(DrG05.162)* „*Möchtest du auch ein Kaninchen haben, Friedo?*", froog de Doom ehr krank[M3] Kind, un as de Jung nück, dō wėnn sē sik an Odde un wull weten, wō ēēn Kninken kōpen kunn, wat dē wull kosten dään un watt ėm dat wull swoor worr, dit hier tō verkōpen? As Odde dėnn antert|antwōōrt hârr: „*Kaninkens, die werden nich gekauft, die werden gejungt!*", dō wēēr sē an tō lachen fungen, un dat klung Odde in't Ōhr as Musik vun luter lütte Sülverklocken. Un Odde schoom sik un wuss ni[X20] worum, sä over, datt süm[X04]|se dat hiere Knink gēērn kriegen kunnen, hē hârr dor noch fief Stück vun. Dėnn schick de Doom ėm no Huus, hē schull sien Mudder[X12] frogen, watt hē dat Tier *[DrG21.200]* verkōpen dörs un wat dat kosten schull, umsunst wull sē dat ni[X20] hėbben. No fief Minuten duuk dėnn Odde sien Kopp wedder[X41a] över de Plank op un hē rēēp in dėn Goorn: „Nix!", un wēēr dėnn wedder[X41a] verswunnen. Dėn annern Dag wēēr dat Dēēnstmäden |de Dēēnstdēērn vun *Dr. Görtz* no Âlldags komen un hârr Odde sōōn fein[M3] dick[M3] Bōōk rumbrocht, mit bunte Biller, un vör|vom lēēg ėn lütte Koort in mit ėn gollen Snitt un op de Koort stunnen de Wōōr: ›*Mit bestem Dank für das hübsche Kaninchen! Klärchen und Friedo*‹. Dat Bōōk hēēs[X64] ›*Robinson Crusoe*‹, un Odde lä sik dormit in dat Gras, platt op'n Lief ünner dėn Pappelbōōm, un lees un lees, bet datt hē dat dicke Bōōk dörhârr. Hē dach ni[X20] an Eten un Drinken, hē vergēēt de Welt um sik rum, un de ōle dicke Pappel, sē worr ėm tō ėn slanken Pâlmenbōōm, de grȫne Diek wēēr dat ēēnsome Eiland un de Weser dat wiede Mēēr. Odde worr tō ėn *Robinson*, dē sik mit de willen Minschenfreters klopp un dē sien Lâmas fōdern[X46] muss. Un sien ârmen Kninken, dē wēērn dor wiss bi verhungert, wėnn de stille gōōthattige[X50] Mieke sik dor ni[X20] hēēmli um kümmert hârr. *(DrG05.163)*

Noch foken|veelmools wēēr Odde dėnn bi de feinen|vörnehmen Noverskinner in' Goorn ween[X83] ōder hârr över de Plank mit süm[X05]|ehr snackt, un de drēē hēlen gōde[X50] Kameroodschop. Ohn datt hē dat mârk un ohn datt de beiden dat wullen, worrn dordör dėn plattdüütschen Jung sōōn beten vun sien Ecken un Kanten affielt. Un liekers behēēl Odde sien Ēgenoort un sien frischen un wehligen|unbändigen Lebensgeist.

Kapitel 23: Hinnerk-Hosensnuut; Hangelbeern

Pink pink pink! Dor ârbeiden |ârbei'n de Stēēnbrüchers |Strotenmokers op'e Eck, jüst bi dat lerdige Huus. Dat wēēr én annern Slag Minschen, un wat dē sään, dor gung Odde* Âlldag kēēn Wōōrt vun verloren. Ōōk vun dat, wat de grōte brēētschullerte Hinnerk* mit de Hosensnuut |Hasenscharte dorherbabbel, dor gung ém nix vun verloren. Un hē hârr sien hēēmli^{M3} Pläsēēr an dissen wanschopen |missgestalteten Quesenkopp |Quârkmoors |Nörgler sien Rumpuperie |Meckerei un Schimperie. In't Huus kunn Odde je niep* un nau Hinnerk sien Sprook nomoken. Un Mieke un Berta wullen sik dén wull dōōtlachen, wén dor sō recht vele [DrG21.202] Wōōr kēmen, dē mit én ›s‹ anfungen, wō Hinnerk-Hosensnuut disse Wōōr je ümmer^{X21} mit én ›j‹ snacken dä. – Jüst as Odde in de Stroot inbōōg, wēēr Hinnerk wedder^{X41a} mit ēēn vun de ›zumftigen‹ Lēhrjungs bi tō schimpen (DrG05.164) un ramentern |krakelen. Odde slēēk|slieker sik suutje an't Huus langs, dén Hinnerk hârr ém bannig op'n Kieker. Dén Odde hârr ém al wücke Mool stief in't Gesicht keken, hârr dén Mund schēēf trocken un mit de Lippen sien Nööslöcker tōdeckt. Un dén wies Hinnerk ém de Tähn un gluup |kēēk ém an as sōōn dubbelnösige Bulldogg, dē süm^{X04}|se én Mütz opsett hebbt.

Odde swung sik nu op de Goornmuur* vun dat Eckhuus, sett sik in Pōsentuur|Positur un hōōr^{X65} sik dén Stēēnbrücher sien Schimperie an. Dē lēēg mit dén Lēhrjung op'e Knēēn in' Sand, umschichtig moken de beiden drēē sinnige Homerslääg ›pink … pink … pink‹, un dén worr queest |gnegelt: „Kannsch du Jōōmschtēēn|Kantstēēn jetten? Wa? Du Nattnöös! Bernd Jiesmer ut Homuusen|Hobenhusen*, dē kann Jōōmschtēēn jetten! Verschteihs mi?“ ›Pink … pink … pink!‹ Un dén: „Kannsch du … Hierher mit dén Jand! Kannsch du

Rostkaschtens|*Abflusskästen* buen^[X55]? Wa? Du Nööswoter, du? Jan Bäätjer ut Oorsten*|*HB-Arsten*, dē kann Rostkaschtens buen^[X55]! Dē hett ėn Woterpass|*Schlauchwaage*, dē wiest no beide Jieden liek! Lang mool her dėn Mootschtock|*Tollstock*! Foot an, du Holschterbuck! Hierher! Linker Hand! Noch ėn lütten Tick! Noch ėn hâlben ... Õh, lang mool eben de Tschluckbuddel her." – Sõ gung dat mit Hinnerk-Hosensnuut dėn lēben langen Dag. Wėnn hē jüst kēēn Dummen finnen kunn, dē ėm de ›Tschluckbuddel‹ tōlang, dėnn kröpel hē sik sülben umhōōch un knickbēēn mit sien grōten Holtschen no dėn Sandhümpel, wō sien Sprietbuddel instēēk un nēhm ēērst mool wedder^[X41a] ėn deegten Tog. – Nu mussen de Stēēnbrüchers mit alle Mann op'e Eck antreden, um ėn Stēēnwoog mit ut dėn wēken Sand ruuttōschuben, de Peer kunnen dat ni^[X20] allēēn dwingen |blatschen. – As Hinnerk *(DrG05.165)* vun sien Ârbeitssteed weggohn wēēr un nu bi dėn Woog dat gröttste Wōōrt fōhr, man sik bi't Schuben wiss kēēn Bēēn bi utrēēt (he bedach je ümmer^[X21], datt hē dor man twēē Stück vun hârr), dõ schōōt Odde sōōn hēēl kneepschen un verdüvelten |afosigen Gedanken dör dėn Kopp. An de Muur*, wō hē op sēēt, dor stunnen sōōn drēē, vēēr lerdige Wienbuddels. Odde slängel sik leifig |*geschickt* vun de Muur* dool, witsch no dėn Sandhümpel un hool sik Hinnerk sien Buddel, dē noch viddel vull Spriet wēēr. Disse Buddel stell hē manġ de annern an de Muur*. Hē nēhm dor over ēēn vun de lerdigen fōr weg, duuk ehr in dėn Ammer, dē dor jüst stunn un wō kloor^[M3] un rein^[M3] Woter in wēēr. Hē lēēt dor sõ veel Woter rinlōpen, as Hinnerk noch Spriet in sien Buddel hârr un stell ehr op ehrn ōlen Platz in dėn Sandhümpel.

Glieks blangenan bi Dokter *Görtz* wēēr ėn grötter^[M3] Huus, wō mēhr Pârt Lüüd tō Hüür |*zur Miete* in wohnen. In dat Ünnerhuus|*Tiefparterre-Wohnung* wēēr tō Vörjohr|*Frōhjohr* *[DrG21.204]* de Kunstmoler *Seebach* ut Berlin mit sien Fru un drēē Kinner rintrocken. De junge Fru schull frōher an't Thēoter sungen hėbben. Nu hēēt dat je ›*Ernst ist das Leben und heiter die Kunst*‹, un sō gung dat in dit ›*Künstlerheim*‹ hellschen* kandidel tō, dėnn süm^{X04}|se smēten Leben un Kunst koterbunt |*kunterbunt* dörėnanner un dör dat hēle Huus weih sō recht de ›Berliner Wind‹. Hârrn süm^{X04}|se mool Glück hatt un ėn Bild verkofft, dėn leben de *Seebachs* as de Brummers in' Siropsputt, ēten Ō̈ōsters |*Austern* un Kâviar, smeren sik de ›gōde^{X50}‹ Botter |*Grasbotter** op dėn Schinken un drunken Schampagner un Burgunder. Fru *Seebach* zippel sik dėnn schändli op, gung in Samt un Sied un mit Lackschōh, wō handhōge Hacken ünner wēērn. Wėnn dėnn dat Geld bet op dėn letzten Grōten* verkleit|*verplempert* un verjuucheit|*verjubelt* *(DrG05.166)* wēēr, dėnn lēēg de hēle Famieln* wedder^{X41a} platt un beed|bee' dėn hēlen Dag ›*Hunger leidet mein Gemüte!*‹ Dėnn gung dat Pumpen|*Borgen* lōōs un wō dat jichens* gung, dor worr dėnn ankloppt. Dėnn stöhnen süm^{X04}|se, wat sōōn Hēērn doch düür wēēr un datt süm^{X04}|se ēēn doch slecht opdēlen kunnen, wėnn fief Minschen sik dor tō Mėddag satt an eten schullen. ›*Frietzchen*‹, wat de öllste Jung wēēr un ėn Speelkamerood vun Odde, dē muss dėnn obends hēēmli lōōs un dėn grōten Provijant för dėn annern Dag inholen. Ēēnmool wēēr Odde dor jüst övertōkomen |*dazugekommen*, as hē bi Ösemanns in'e Hökerie ēēn Pund Swattbrōōt föddert^{X43b} hârr. Fru Ösemann hârr dėnn schüddkoppt un hârr ėm sōōn söben, acht Sneed afsneden un afwogen. ›*Frietzchen*‹ hârr dėnn ėn rōden Kopp kregen un hârr sik schoomt vör dėn slichten plattdüütschen Jung, dē bi âll sien Slichtheit doch ėn hēēl^{M3} Swattbrōōt vun foffteihn Pund holen un ōōk betohlen kunn. Man noch veel duller hârr hē sik schenēērt|*geniert* un schoomt, as mool op ėn Middewekennomėddag sien lütte Süster ut' Huus ruutspringen kēēm un ėm, as hē merrn in't beste Spelen wēēr, tōrēēp: *„Frietz, komm herein! Zu Bett! Dein Hemd soll jewaschen weerden!"* Fritz muss dėnn ohn Gnood tō Bett un dor sō lang in liggen blieben, bet datt ›Muter‹ dat utwuschen hârr un sien ēēnzigst[M3] Hėmd wedder[X41a] drȫȫg wēēr. – Man Fritz *Seebach* wēēr ėn hēēl lustigen Macker, stēēk jüst as Odde vull allerhand Kneep un wēēr bi âll de Tȫȫg fein tō bruken. Dėnn, wėnn hē ōōk ėn Windhund wēēr, sō kunn ēēn sik doch op ėm verloten un hē lēēt nix anbrėnnen|*ließ keine Gelegenheiten aus.*

Jüst wull Odde no *Seebachs* süm[X06] |ehr Vörgoorn rinpedden, um sik hier achter sōōn Lebensbōōm tō stellen, hē wull je gēērn dat Thēoter *(DrG05.167)* mit dėn Stēēnbrücher sien Spriet mitbeleben. Dō kēēm Fritz ut de Suträngdöör |Souterraindöör|*Tiefparterretür*, wink ėm tō un vertell hēēl ieverig: *„Du passe mal uff! Wir haben Besuch jekriegt aus Düsseldorf! Herr Brodler is da. Papas Freund. Un wie der seinen Koffer ausjepackt hat, da hatter mir was jeschenkt, janz wat Dolles! Da können wir mächtigen Spaß mit haben!* [DrG21.206] *Ick wer' et mal holen jehn!"* Glieks dorno kēēm Fritz dat twēte Mool de Trepp rop, man hē hârr ditmool ėn anner Utsēhn, dėnn hē hârr sik ėn bunte Mask vörbunnen. De Mask stell ėn sōwat vun dösig[M3] un brēēt[M3] Moongesicht vör, un dat grȫte open[M4a] Snutenwârk wēēr sō dusselig un wanschopen|*missgebildet*, datt dat ōōk dėn bedrüppeltsten|*betrübtesten* Snutentrecker|Gnegelputt |*Sauertopf* tō't Lachen bringen muss, wėnn dē in disse Fratz kēēk. – Jüst wēēr Odde dorbi, dėn pläsēērligen Maskenkopp tō begriesmulen|*begutachten* un tō bewunnern, as hē vun' Diek her ėn gresig[M3] Schimpen un Flȫken hȫȫr[X65]. Man as hē sik dorno umkieken wull, dō hȫȫr[X65] hē op dėn Fōōtweg dat luutste un wildste Trappeln un Trampeln, as wėnn sōōn poor swore Wogenpeer dörgohn wēērn un jogen nu in vullen Galopp op dėn Fōōtweg langs. Dat ēēn vun disse beiden Peer, dat wēēr over man blōōts de Stēēnbrücherlēhrjung, un dat anner, wat dor achterherklabaster, dat wēēr Hinnerk-Hosensnuut. Dē hârr bi dissen snookschen* Holtschenwettlop èn Riesbessen |Reisigbesen in'e Hand un bölk achter dèn Jung her: „Hōōlt dèn Jotan! Hōōlt dèn Hund! Ik hau di dat Krüüz af! Ik will di bi Tschluck utsupen! Ik will di bi Woter in'e Buddel dōōn, du Halunk!" – As Hinnerk vun dat Wogenschuben tōrüchkomen wēēr, dō wēēr natüürli sien ēērsten Gang no de Sluckbuddel ween[X83]. Sōōn Strapozen as mit dèn Stēēnwoog (DrG05.168) wēēr hē je gor ni[X20] wènnt, dor muss op jēēdēēn Fåll fōōrts ēēn nohmen wârrn. Man as hē de Buddel an dèn Mund sett un dor orri ēēn ruutsluckt hârr, dō hârr hē dat schēve Snuutwârk vör Schreck un Schudder|Schauder verdwass no de anner Siet rövertrocken (de Ōgen wēērn èm dorbi ut'n Kopp ruuttreden) un hē hârr mit vulle Backen dat Woter in èn grōten Bogen wedder[X41a] utspegen. Woter! Kloor[M3] Woter, un ni[X20] brènnt! Dat wēēr je gresig[M3] Tüügs! Dat kunn èn Keerl as Hinnerk doch ni[X20] an'e Tähn hèbben ōder gor doolslucken! – As de Lēhrjung, dē Hinnerk as Trabant bigeben wēēr, dit Speelwârk, disse ›Abstinenzanwandlung‹ vun sien schēēfsnutigen Planēten sēhn hârr, dō hârr hē in' ēērsten Momanġ Mund un Nöös openpannt|openspârrt un vör luter Wunnerwârken stief dorstohn. Man as hē sien Boos sien gresig[M3] Visoosch|Visage bekēēk, dō hârr hē sik in' Puckel smeten un hârr luuthâls lōōsbölkt vör Lachen. Dit hōhnsche Lachen düüd|düü' Hinnerk over verkēhrt un hēēl èm för dèn Verbreker, dē èm dissen Schovernack speelt hârr.

Bides* disse wille Stēēnbrücherjagd, dē för dèn ârmen unschülligen Lēhrjung op Leben un Dōōd gung, no de Krüüzstroot tōroos, wēērn Odde un Fritz Seebach in dat Suträng* gohn un hēlen Root, wat wull mit dèn verdüvelten Maskenkopp an besten antōfangen wēēr un wat süm[X04]|se dor wull för Pläsēēr mit hėbben kunnen. Nu wēērn de beiden Jungs no *Seebachs* süm[X06]|ehr Achtergoorn ruutpedd, wō de lange Siedenplank de Schēēd wēēr tō dėn Goorn vun de Frolleins Ėngelken. *[DrG21.208]* De Plank wēēr mannshōōch, man de ōle dicke Hangelbeerbōōm* reck sik dor hōōch över weg. Hē stunn ni[X20] wiet vun *Seebachs* süm[X06]|ehr Plank weg un sēēt vull vun feine goldgele Hangelbeern[X70]. *(DrG05.169)*

Dissen Bōōm, ōder veelmēhr de Beern[X70], dē dor opsēten, hōden de Süstern Ėngelken as süm[X06]|ehr Ōōgappeln. *„Das war ja Vaters Lieblingsbaum, den hat Großvater noch gepflanzt, und die Birnen aß Mutter ja so gern! Oh, und was konnte Vater böse werden, wenn die Jungens mal bei den Baum gingen!"* Sō snacken de ōlen Tanten jümmers[X21]. Man datt süm[X04]|se sülben de Beern[X70] ōōk hēēl gēērn ēten, datt süm[X04]|se in gōde[X50] Johren dē ōōk spintwies |büdelwies |viertelscheffelweise tō ėn gōden[X50] Pries verkoffen, un datt süm[X04]|se jüstsō füünsch un gnadderig worrn as ›Vater‹, wėnn blōōts mool ēēn Jung över de Plank kēēk un no dėn Bōōm schuul, dat sään süm[X04]|se ni[X20]. Dat dä ōōk ni[X20] nōdig, dėnn de hēle Noverschop wiet un siet, dē wuss dat ōōk sō. Sō as Odam un Ēva in't Paradies süm[X06]|ehr Vermohnen kregen hârrn (dat gung dōmools um dėn ›Baum der Erkenntnis des Guten und Bösen‹), sō wēēr unsen Odde dat förchterlige Verbott, wat de Ėngelkens süm[X06]|ehr Hangelbeerbōōm angeiht, al glieks mit in de Wēēg leggt worrn. Un dat worr tō Huus Johr um Johr, wėnn de Hârvst rankēēm, wedder[X41a] opfrischt, un dat stunn ėm vun lütt op an mit fürige Lettern|Bōōkstoben in de Sēēl rinschrėben. As Odde noch lütt wēēr, dō hârrn süm[X04]|se ėm tō Huus opbunnen|vörsnackt, datt de Frolleins Ėngelken de Beern[X70] an jēēdēēn Morgen tellen worrn, un hē hârr dat ōōk glōōvt. Man as hē dėnn danniger|größer worrn wēēr, dō hârr hē dat ni[X20] mēhr sō wegputzt|sluckt, un dat wēēr ėm gohn as dėn ârmen

Odam in't Paradies, blōōts datt dor nu kēēn Ēva bi wēēr. Man ėn Slang wēēr dor liekers bi ween[X83], bi Odde sien Hangelbeern-Sünnenfâll, un disse Slang, dat wēēr sōōn langen Bōhnenstoken|Bōhnenschacht, wō an't Ėnn ėn spitzen Nogel insēēt. De Bōhnenstang wēēr ėm dėnn ›ut Versēhn‹ in dėn Bōōm fasthookt. Un de Beern[X70], dē dorbi vun dėn Bōōm affullen wēērn, dē wēērn dėnn, ōōk ›ohn *(DrG05.170)* Afsicht‹, an dėn spitzen Drohtstift sitten bleben. De feine sȫte Saft vun de Beern, dē Odde man sō um dėn Mund umtōlōpen wēēr, dē hârr dėnn de fürige Flammenschrift sō no un no Bōōkstoov för Bōōkstoov utlöscht. Un sō wēēr dat dėnn komen, datt Odde ōōk in dissen Hârvst sōōn hēēl besünner[M3] Ōōg op dėn Hangelbeerbōōm hârr. Nu wēēr je vör dat Hangelbeernparadies, wō süm[X04]|se unsen Odde al vör teihn Johr över't Stakett torüchsett hârrn, ōōk jüst ni[X20] de Ėngel mit dat âllmächtige Sweert tō finnen. Liekers, de beiden ›Ėngelkens‹, dē stevig |rüstig un stüttig |ständig mit süm[X06]|ehr Flünken dör dėn Goorn weihen ōder dör süm[X06]|ehr grōten Brillenglöös ut dat Achterstubenfinster kēken, dē wēērn jüstsō gefährli för unsen Odde-Odam. Dėnn de Frolleins hârrn drōht[X53], *„jeden unnachsichtig wegen Hausfriedensbruch, Diebstahl und Mundraub bei der Polizei anzuzeigen"*, dē dat woog, bi süm[X05]|ehr över de Plank tō klattern un bi süm[X06]|ehr Beern tō gohn. *[DrG21.210]*

Kapitel 24: De Dēēf in' Beernbōōm

Ōōk Fritz *Seebach* hârr al veelmools|foken vull Verlangen dėn Kopp över de Plank steken, un dat Woter lēēp ėm dėnn man sō um de Tähn, wėnn hē sō no de feinen saftigen Hangelbeern[X70] kēēk. Ēēnmool hârr Frollein Emilie ėm hēēl fiendsch angluupt un hârr snippsch froogt: *„Na du? Möchtest du wohl mal* (DrG05.171) *eine?"* Man Fritz blēēv mit sien Berliner Sladdersnuut sō licht kēēn Antwōōrt schüllig, un hârr antert |antwōōrt: *„Nä, ick danke, gnädje Frau! Ick hab jestern erscht ene jemöcht!"*

Odde* un Fritz hârrn nu al recht sōōn Wiel rootsloon |rootslogen |Root hōlen, wokēēn[X33] |'kēēn |wen süm[X04] |se mit dėn Maskenkopp brüden|triezen wullen. Man süm[X04]|se kunnen noch kēēn fasten Ploon finnen, bet opmool süm[X06]|ehr Ōgen un ōōk tō lieke |glieker Tiet süm[X06] |ehr Gedanken bi dėn Hangelbeerbōōm[X70] tōhōpendrēpen.

De beiden Jungs hârrn sik an dėn Goorndisch sett un suutje un ieverig snack Odde nu op Fritz lōōs un verkloor ėm, wat hē sik för ėn Ploon utdacht hârr, wō süm[X04]|se de ōlen Postüren|Schartēken|Wiefstücken an besten mit ârgern kunnen. Fritz trock sien Kopp in as sōōn Schildkrööt un quiek vör Freud: *„Mensch, det jiebt 'n Hauptfez!"* Glieks dorop witsch Odde ut *Seebachs* süm[X06]|ehrn Suträng* ruut un teihn Minuten loter wedder[X41a] rin. Man Fritz wēēr bides* ōōk ni[X20] fuul ween[X83]. Hē hüpp as sōōn Heister|Elster in't Huus rum un snüffel as sōōn Gerichtsbood|Gerichtsvollzieher âll de Ecken un Kisten, Kuffers |Truhen un Kasten dör. As Odde wedderkēēm[X41a], toos|tärr|trock hē ėm liesen no dėn Törfkeller rin. Un hier worr de swatte Ploon utföhrt, dėn de beiden in' Sinn hârrn.

Kēēn Minsch op'e wiede Welt ohn|swoon wat vun dat, wat hier in dissen düüstern Verbrekerkeller för ėn swatten Ploon in't Wârk sett worr. Man jüst över dissen Keller, dor sēēt Herr Kunstmoler *Seebach* an't *Fortepiano* un klopp de Musik tō dat feine Lēēd, wat sien slutterige|schlampige Fru mit de dreihten swatten Proppentreckerkrüllen |-lucken sung. *„Leuse, leuse, fromme Weuse! Schwüng dich auf zum Schtörnenkreuse!"* hēēs[X64] dat feine Lēēd. Un Herr *Brodler* sēēt in de feine dörseten Plüüschkautsch, himmel de ›*Agathe*‹ an un mook dor Ōgen bi as de Ėngelkens süm[X06]|ehrn Papagei. *(DrG05.172)*

Twischen süss un söben wēēr Fru Âlldag mit Mieke no de Krüüzstroot tō't Tüügrullen|Wäschemangeln ween[X83]. As de beiden wedderkēmen[X41a], stunn *[DrG21.212]* de Huusdöör al open un Odde wēēr dor jüst bi, vör |vorn in'e Stuuv de Lampen antōsteken. As sien Mudder[X12] ėm ankēēk, dō sēhg sē, datt hē ėn glöhnigrōden Kopp hârr un datt sien Jack un Büx vör|vorn hēēl grōön wēērn. „Wō büst du ween[X83]?", froog Fru Âlldag un kēēk ėm schârp an. – „Nârms|Nirgends!", anter|antwōōr Odde un klopp hastig sien Tüüg af. – „Nârms?", sä sien Mudder[X12]. „Dėnn verkloor mi doch mool, wosück ēēn dat anfangen deit, wėnn ēēn ›nârms‹ is! Man dat süht mi rein sō ut, as wėnn du wedder[X41a] wat utōōvt|angestellt hest! Wat? Jo, ik sēh[X58] di't an'e Nöös af, datt dat kēēn reinen Kroom mit di is!" – Bi't Obendeten hârr Odde man hēēl wēnig Aptiet un lēēt ėn grōōt[M3] Botterbrōōt liggen, wat sunst |anners sō licht ni[X20] vörkēēm.

As Mieke in't Bett lēēg, dō stēēk ehrn Brōder ehr twēē dicke saftige Hangelbeern[X70] tō un fluster dorbi: „Man hēēl still! Nix sėggen un glieks opeten!"

*

Dat mutt seggt wârrn: Jünger wēērn de beiden Frolleins Ėngelken in dē teihn Johr ni[X20] worrn, vun dōmools, as süm[X04] |se Odde Âlldag mool över süm[X06] |ehr Lattenstakett swunkt hârrn. Wėnn Odde opstunns* dat mool woogt hârr|hätte, in süm[X06] |ehr Geheeg tō komen, dėnn hârrn süm[X04] |se dat sachs* ni[X20] mēhr tōrechtkregen, ›Kantholt‹ mit ėm tō spelen, un wėnn süm[X04] |se ōōk âll beid' tōpackt hârrn. Na, dat hârrn süm[X04] |se ōōk je gor ni[X20] nȫdig, dėnn Odde wēēr in süm[X06] |ehr Ōgen „ein ganz netter, wohlerzogener Junge", tōminnst sōveel, as süm[X04] |se vun ėm wussen. Un dat wēēr wohr: Süm[X04] |Se hârrn (DrG05.173) ēgentli ōōk bet sō wiet nix över ėm tō klogen. Odde hârr ümmer[X21] sōōn beten Respekt vȫr de ōlen Dooms. Vun lütt op an wēēr ėm vertellt worrn, datt Frollein Ėngelken ėm ėn blanken Doler in de Wēēg leggt hârr, un datt Âlldags de Ėngelkens dat ni[X20] un ni[X20] vergeten worrn. Op'e anner Siet hârrn|hätten ōōk de Frolleins op Odde Âlldag Hüüs buut[X55] un hârrn Stēēn un Bēēn sworen, datt hē süm[X06] |ehrn hilligen Hangelbeerbōōm[X70] sien Doog ni[X20] ōōk blōōts mit ėn schēēf[M3] Ōōg ankeken hârr. Vun Odde sien ›Malȫȫr‹, wat hē al wücke Mool mit dėn Bōhnenstoken hatt hârr, dor wussen süm[X04] |se je nix vun, un de Bōōm un Odde sien Bōhnenstang, dē verroden je nix.

Sünndagmorgens slēpen de ōlen Dooms ümmer[X21] ėn beten länger. Dor schâll nu ni[X20] mit seggt ween[X82], datt süm[X04] |se ōōk sō dachen as de dore Fuuljack, dē ümmer[X21] sä: ›Wėnn'k de hēle Week nix doon heff, dėnn will'k tōminnst sünndoogs mien Rōh[X52] hėbben!‹ Nä, datt lēēg süm[X05] |ehr vun Voder[X11] her noch sō in't Blōōt. Man blōōts sō in' Oktōber, in de Hangelbeerntiet, dėnn quälen süm[X04] |se sik ni[X20] um Sünndag un um Âlldag, dėnn hârrn süm[X04] |se ümmer[X21] ėn bannige Drift|Drang ut' Bett ruut. „Es könnte am Ende doch mal jemand ...!" Na, dat anner kann ēēn sik je dėnken. [DrG21.214]

Man an dissen kloren Oktōbermorgen lēēg de Engelkensche Goorn in stillen, hilligen Sünndagsfreden dor. In'e Merrn vun dat grōte Grasrundēēl blōh in stille, rōde Pracht noch ėn grōte vulle Rōōs, un de koterbunten|kunterbunten Georginen|Schinarōsen|Dahlien mit süm^X06|ehr dicken Köpp, dē in ėn lange Rēēg an' Weg stunnen, dē recken âll süm^X06|ehr Gesichter no de vörnehme hōōchstämmige Prinzess röver, as wėnn süm^X04|se frogen wullen: ›Letzte Rose, warum blühst du so einsam allein?‹ Man de ēēnsome rōde (DrG05.174) Schōōnheit reck hēēl snippsch ehrn Kopp un dreih sik no de Hârvstsünn tō, dē jüst över de Hüüs wegkieken wull. Sē wēēr veel tō stolt, sik mit dat slichte Georginenpack tō befoten, wat sik mit Ōhrwörms, Spinnen un anner Ooskroom |Tokeltüüg afgēēv. – Nu püssel|werkelte Frollein Anna mit'n Riesbessen in'e Hand dėn Weg langs. Sē feeg dat gele Lōōf op'n Dutt, wat de Nacht över vun de Bōōm affullen wēēr un snüffel |kunkeluur vör âlln in't Gras rum, watt dor kēēn Fâllōōbst lēēg. Dat wēēr je snooksch* |sunnerbor, datt vunmorgens de Hangelbeerbōōm^X70 sō veel Blööd afsmeten hârr! Un dor lēgen drēē, süss, söben dicke gele Beern^X70! Tweifullen tō Mōōs|Mus! Un dor op dat Hōhnerbuur, dor lēēg … Over nä! Wat wēēr dat! Dor boben in dėn Bōōm! Dat wēēr je gresig! Anna wēēr de Bessen ut'e Hand fullen, sē sprēēd|sprēē'|spârr âll de teihn Fingern vun sik un mook ėn Gesicht, as wėnn sē Hamlet sien Geist|Spōkel* tō sēhn krēēg. „Emülie! Emülie!", gell|schrēēg sē ėndli mit ėn gresige Stimm. „Um Gottes willen, Emülie! Es sitzt jemand im Bürnbaum! Nein, wie entsetzlich! Emülie!" – ›Emülie‹, dē hēēl kommōdig in dėn Löhnstōhl an't Finster seten un dör ehr grōte Hōōrnbrill manġ de Bōōrts- un Dōōdsfäll in't Wekenblatt rumpliert hârr, smēēt vör Schreck dat Blatt merrn in de Stuuv. Wėnn ehr Süster ehr tōrōpen hârr: ›Unser Hahn hat eben ein Ei gelegt!‹ ōder ›Es ist eben ein großes Stück aus dem Himmel gebrochen!‹, dat hârr de ōle

Doom ni^{X20} sō unglōōvsch opnohmen ōder wēēr ehr ni^{X20} sō in de Knoken schoten, as disse Wōōr. *›Es ... sitzt ... jemand ... im ... Birnbaum!!‹*

As sōōn Heen|Höhn, wat ėn Mettje|*Regenwurm* funnen hett un dėnn över dėn Hoff flücht un kokelt|*gackert* (dėnn de annern sünd je achter ehr tō jogen), sō flōōg Frollein Emilie no dėn *(DrG05.175)* Hangelbeerbōōm^{X70} tō. De Bänner vun ehr witte Morgenhuuv weihen ehr achterno as de Smuckfeddern^{X41e} an sōōn Reiherkopp. – Nu stunn sē bi ehr Süster, dē ümmer^{X21} noch mit ėn beverige. Stimm gell: *„Emülie! Da! ... Da! 'n Mann! 'n Mann! Wie grässlich! 'n Dieb! ... Nein, die schönen Birnen!"* – Man nu hârr *›Emülie‹* sik hōōch opricht un kēēk mit ėn gresig vergrėllt^{M3} Gesicht dör ehr grōten Brėnnglöös no dėn Bōōm rin. Nu lä sē de linke Hand över de Ōgen, wies mit'e rechte in dat Gras (jüst as de stēnern Gustav Adolf op'e Dōōmsheid|*Platz in Bremen*) un schrēēg dėnn dör de Tähn, dē sē gottsleider ni^{X20} mēhr hârr: *„Wollen Sie da mal runter! Wollen Sie da mal runter! Nein, dies [DrG21.216] ist unerhört! Dieser freche Mensch! Ich sage, Sie kommen jetzt sofort herunter! Ich hole die Polizei!"* – Wėnn de beiden Dooms ni^{X20} dör süm^{X06} |ehr Öller sō swack op de Ōgen un sō kottkiekern ween^{X83} wēērn, dėnn hârrn süm^{X04}|se mit ėn hâlf^{M3} Ōōg wies wârrn musst, datt disse stieve, wanschopen un verschroben|*2x missgestaltete* Jan-Hinnerk, dē dor boben in'e Krōōn vun dėn Beernbōōm^{X70} sik in' Morgenwind wēēg, mit dėn besten Willen ohn frėmme Hölp gor ni^{X20} vun sien luftigen Trōōn doolkomen kunn. Hē hârr ōōk noch dat ēēn Bēēn sōōn vēēr, fief Mool um dėn Bōōmtėlgen dreiht, as sōōn Proppentrecker. Dat anner Bēēn slacker frie in'e Luft, de Wood|*Wade* wēēr, as't schien, mool sō|*doppelt so* dick as de Lėnn|*Oberschenkel*; dat Bēēn sēhg ut |*lēēt* as sōōn Mettwust, dē ünner'n Wiem |*Räuchergestänge* hangt, man bi dē wat schēēflōpen wēēr. Sachs* för|um|*wegen* de frische Morgenluft hârr disse snooksche*|afsünnerlige Keerl dèn Rockkrogen hōōchklappt un sēēt dor mit sien utverschoomt dicken Kōhlkopp sō duuknackt in, as wènn hē in sik sülben rinkrupen wull. Man bi âll dat lach disse drieste Hangelbeerndēēf[X70] sō vergnōōgt över dat brēde Pannkōkengesicht un brēēd|brēē' de plünnerigen Ârms ut, as (DrG05.176) wull hē de beiden Frolleins in süm[X06]|ehr Opregen |Aufregung an sien Hatt drücken, un de hēle Welt sōunsō.

„Friech!", rēēp Fru Âlldag no de Stuuv rin. „Och, koom doch tō'n Spoos mool eben op'n Hoff! Ik glōōv, bi Èngelkens is hēēl wat Afsünnerligs lōōs!" Friech Âlldag wēēr sunst|anners je man mēhr ēēn vun't drōge Slag, un dor hōōr[X65] al wat tō, datt hē mool dat Gesicht tō èn Lachen vertrock. Man as hē an dissen Sünndagmorgen över de Frolleins Èngelken süm[X06]|ehr Plank un no'n boben no dèn Hangelbeerbōōm[X70] rinkēēk, dō krēēg èm èn Lachschuur foot, as sien Fru dat noch ni[X20] vun èm hōōrt hârr.

As de dickfellige Moschüü|Monsieur|›Herr‹ dor boben op âll dat ›wollen Sie da mal runter!‹ un ›ich schicke zur Polizei!‹ ni[X20] ut'n Verfoot|Fassung komen wēēr un sik ni[X20] rippt un ni[X20] rōhrt hârr un ōōk ni[X20] antern|antwōren wull, dō hârrn sik de Frolleins dat Speelwârk|Geschehen mool vun'e anner Siet ankeken un wēērn sōōn beten um dèn Bōōm rumgohn. „Ich glaube, der hat sich aufgehängt!", schrēēg Frollein Anna. – Man glieks dorop lä ehr Süster ehr de beverige Hand op dèn Ârm un sä mit èn iesige Stimm: „Beruhige dich, Kind! Ich seh' es jetzt! Nein! Diese entsetzliche Frechheit! Eine empörende Gemeinheit!" – Friech Âlldag muss nu, op Frollein Emilie ehr Beden, över't Stakett klattern un de Èngelkens süm[X06]|ehr lange Ledder[X41f] an dèn Bōōm setten. Un no sōōn poormool ›ritschratsch‹ mit sien Taschenmess russel un pulter de frèmme Bōōmgast no'n ünnen. Dor lēēg de Keerl nu! ›Als *formlose Masse bis zur Unkenntlichkeit entstellt‹*, as dat bi sōōn Malŏŏr ümmer[X21] in de Blŏŏd|*Zeitungen* hēēt. De ârmen Frolleins krieschen luut op un hēlen sik de Hannen vör de Ōgen, as dat Speelwârk vun boben kēēm. Man dat wēēr ōōk gresig antōkieken! Âll dat *(DrG05.177)* Binnerste *[DrG21.218]* quull ėm ut'n Lief ruut, un de Kopp hârr sik umrumdreiht. Wat over dat Dullste wēēr: De Malŏŏrte lach bi âll sien Ēlend noch över't hēle Gesicht! Wėnn Friech Âlldag dat ēērst |tōēērst hellschen* suur fullen wēēr, bi de Ârbeit sik dat Lachen tō verkniepen|*verbieten*, sō mook hē nu ėn hēēl bedėnkli[M3] Gesicht, as hē wedder[X41a] ünnen stunn. Dėnn hē hârr wat sēhn, wat ėm op'e Steed|*stantepēē* ėn Antwōōrt gēēv op de Frogen, dē hē dor ünnen hŏŏr[X65]. – *„Wer hat das getan? Wer hat uns diesen gemeinen, hinterlistigen Streich gespielt?"* – Wėnn de Frolleins, sō as Friech Âlldag, Odde sien utdēēnte Graskiep |*Graskorb* un dėn ōlen klatterigen|*verdreckten* Rock kėnnt hârrn, dėnn hârrn süm[X04]|se Beschēēd weten. Friech Âlldag hârr ēērst liesen vör sik hėnmummelt: „De verdreihte|*verdammte* Bėngel!" Hē sä dėnn over luut: *„Och, wissen Se, Frolleins, da müssen Se sich nix bei denken, das is 'n Jungenstreich, so'n richtigen afosigen Zigarrenmacherstreich is das."* – Wėnn Friech Âlldag ohnt hârr, wat hē dör dit letzte Wōōrt anrŏŏren dä, dėnn hârr hē dat hēēl wiss ni[X20] ruutbrocht. De Frolleins dreihen sik bi dat Wōōrt *›Zigarrenmacherstreich‹*, as wėnn dat op sōōn Kummando wēēr, no dėn Eddelhoff tō, wō jüst achter süm[X06] |ehr Muur* dėn Zigârrenmoker Grōōt sien lütte Koot stunn. Emilie wies mit'e Hand no dat Huus un rēēp rein jiddelig* |*aufgeregt*: *„Siehst du's! Siehst du's! Da haben wir's! Das ist die Rache vun diesem impertinenten Gangvolk! Denken Sie sich, Herr Alldag: Diese Zigarrenmacherjungens warfen fortwährend mit Steinen in unsere Bäume und vorgestern habe ich mich beim Schulvorsteher beschwert. Dies hier ist nun die Antwort! Das ist die Rache!"* Ut de ēēn lütte Luftpann

|*Lüftungspfanne* vun dėn Âlldagschen Huusdoken|dat Huusdack, dor kēken twēē nieschierige grōte blaue Ōgen. Un över dat Jungsgesicht, wō dē ruutlüchten, dor gung jüst sōōn kneepsch[M3]|*verschmitztes* un kandidel[M3]|*lustiges (DrG05.178)* Lachen, as över dėn Maskenkopp, dē dor ünner de Ėngelkens süm[X06] |ehr Hangelbeerbōōm[X70] lēēg.

„Wō is de Jung? Wō is Odde?", froog Voder[X11] Âlldag, as hē dör de Hoffdöör wedder[X41a] no't Huus rinpedd. – „Jo", anter |antwōōr Fru Âlldag, „dē is jüst eben vun' Böhn komen un witscht jüst mit sien Angelstock ut' Huus. Dē wârrt sachs* vör Mėddag ni[X20] wedderkomen[X41a]." – „Dat is ōōk man sien Glück!", gnurr Friech Âlldag. „Ik hârr ėm over ōōk ėn Jackvull|Sâlv tōdacht, dē ni[X20] vun slechte Öllern ween[X83] wēēr! Dat wârrt je rein tō dull mit dėn Briet|Slēēf sien Tōōg|Hansbunkentōōg! Ik dörs |*durfte* ėm je ni[X20] verroden, man ik wull, ik hârr mien ōlen Rock wedder[X41a]. Wokēēn wēēt, wat vun dėn Kroom noch komen|*dies noch nach sich ziehen* kann!" – „Worum hest' dėn Rock un de Kiep dėnn ni[X20] mit no Huus brocht?", froog Fru Âlldag. – „Du hest gōōt[X50] snacken!", anter |antwōōr Friech. „Ik kunn doch ni[X20] sėggen:»*Och bitte, Frollein, geben Se mir meinen Rock!*« Un dėnn: Dor hârr ik je ōōk gor kēēn Tiet ni[X20] tō. Frollein Emilie hett eben in ehrn dullen|giftigen* Kopp dėn hēlen utstoppten Fidi mitsamts dėn Maskenkopp över de Muur* smeten un hett Kloos* Grōōt dat hēle Opengestell an't Finster *[DrG21.220]* bâllert. Na, dē wârrt schōōn kieken! Dat gifft noch wat, dat schüllt[X62a]|schōōt jüm[X01]|ji|ju sēhn un beleben!" *(DrG05.179)*

Kapitel 25: Maskenkopp un Zigârrenmoker

Kloos Grööt wēēr ēēn vun de ›*saubern*‹ Bremer Zigârrenmokers, wō ēēn dėn Tōsatz ›Schood, datt hē suppt!‹ ni[X20] bi anwėnnen dörs. Hē wēēr ėn ēhrboren Keerl un krēēg |fummel vun' fröhen Morgen bet in de Nacht hėntō ēēn Wickel no dėn annern ut de Forms ruut un lä de doren as glatte feine Zigârren op de Rohms. Wėnn af un an mool sōōn Kollēēg, sōōn Luftikus, bi ėm an't Finster tick un froog „Wo is't, Kloos? Wullt' ėn beten mit lang?", dėnn schüddkopp hē un anter |antwōōr: „Nä, ik mutt ârbeiden |ârbei'n!" Un wėnn dėnn de Verföhrer froog „Minsch! Woveel muttst' dėnn noch?", dėnn rēēp Kloos kott: „Ik mutt noch dusend!" Un sō blēēv dat: Kloos muss tō alle Tieden ümmer[X21] noch ›dusend‹. Jo, wosück hârr hē dat sunst|anners ōōk wull moken wullt. Âll de Johren smēēt ėm de Hoddboor ėn frisch[M3] Kind no'n Schöstēēn rin, un dat wēērn mit'e Tiet nu al negen Stück worrn. Sō kėnn hē dėnn wieder nix as ârbeiden|ârbei'n un ârbeiden|ârbei'n un nēhm sōgor dėn Sünndagmorgen, veelmools|foken ōōk dėn hēlen Sünndag mit tō Hölp. Hē mook dat ni[X20] sō as sien Nover, de verkomen Muurmann*, dē sünndagmorgens no Kârk gung un sik sō recht vöran hėnsetten dä. Moondoogs gung dē dėnn no'n Paster, wēēn ėm wat vör över sien ›kranke‹ Fru *(DrG05.180)* un krēēg dėnn vun dėn Paster ėn Brōōtkoort. Dē verklopp hē dėnn tō'n hâlben Pries un sett dat Geld in Spriet um. Nä, Kloos Grööt wēēr ėn flietigen un rechtligen|rechtschaffener Keerl. Blōōts, wėnn ėm mool hēēl wat Afsünnerligs dwēērschōōt ōder wėnn bi Meierholt in'e Krüüzstroot Hohnenbieten |Hahnenkampf wēēr, dėnn nēhm hē sik ōōk wull mool ėn Lütten un wēēr ōōk al mool mit ėn Tüdelüüt|Dunas no Huus komen.

An dissen Sünndagmorgen wēēr hē ōōk jüst wedder[X41a] bi de bekannten ›Dusend‹ an't Rullen. Vun Huus ut hârr hē ėn

vergnȫȫgten Sinn un hârr ȫȫk mool in junge Johren in'
Gesangverēēn Tenōōr mit sungen. Un sō sung hē jüst sien
Liefstückschen „Das ist der Tag des Herrn." Grood wēēr hē bi
de Sōlosteed ›Nun Schtiele nah und fern‹, as opmool, jüst vör
sien Finster, wat över de (DrG05.181) Muur* un no dėn smållen
Gang, dē twischen Ėngelkens süm[X06]|ehrn Goorn un sien lütte
Koot wēēr, rinpultern kēēm. [DrG21.222] Tō lieke|glieker Tiet bums
dat an sien siet[M3] Stubenfinster, datt de Ruten klötern. Un as
Grōōt hēēl nieschierig vun sien Ârbeit hōōchkēēk, dō kēēk hē
in ėn Minschengesicht, wat verschrēēg|verdwēēr|verdwass gēgen
dat Finster lēēg un ėm sō brēēt un sō krüüzfidēēl anlach, datt
Kloos Grōōt ȫȫk op jēēdēēn Fåll mitlachen dä, wėnn ėm ȫȫk
bi dėn Besȫȫk åll de Ruten tweigohn worrn. „Nä, nu fållt dor
doch ėn Oop ut' Nest|Nä, nu wârrt' rieten|Nein, nun wird die Welt verrückt!
Koom man ėn beten rin, mien Jung, dėnn kannst'
ruutkieken!", nückkopp hē dėn Plünnenkeerl dėnn vergnȫȫgt
tō un wull sik reinweg utschüdden vör Lachen. Man as hē
glieks dorop ut de lütte Huusdöör un no dėn Gang rinpedd, dō
blēēv ėm doch vör Verwunnern dat Lachen in' Hâls steken,
un hē mook sōōn dösig[M3] Gesicht, as wėnn hē ni[X20] mēhr wuss,
watt vundoog Sünndag ōder Ålldag wēēr. Ėn witte Huuv hârr
sik jüst vör ėm över de Muur* schoben, dėnn kēēm sōōn grōte
Hōōrnbrill, wō twēē vergrėllte Ōgen ut op Grōōt doolkēēken.
Un de Stimm, dē nu an sien Ōhr klung, dē wēēr jüstsō spitz,
as de Nöös, dē ünner de Hōōrnbrill sēēt. „Sollen auch
bedankt sein, Groot! Sollen auch bedankt sein! Haben die
Birnen gut geschmeckt? Ich habe Ihnen auch Ihre alten
Lumpen wieder rübergeworfen, die Sie uns gestern abend in
unsern Baum gehängt haben! Sie sollten sich doch was
schämen! Aber warten Sie nur: Die Sache findet sich: Die
Sache ..." Wieder krēēg de verwunnerte Grōōt nix mēhr tō
hȫren, blōōts noch sōōn luut[M3] un bang[M3] Juuchen un Gellen,
wat vun twēē Fruunsstimmen kēēm. Man tō lieke|glieker Tiet

wēēr de Kopp mit de Huuv un de Hōōrnbrill mit ēēn Ruff|*im Nu* achter de Muur* verswunnen. Frollein Emilie, dē sōōn ōlen wackeligen Goornstōhl an de Muur* sett hârr, wēēr in ehrn Iever vun' Stēngel fullen un lēēg nu mit dēn Puckel in sōōn Knackbeinbusch[X71]|*Schneebeerenbusch*.

As Grōōt sik vun dēn ēērsten Schreck verhoolt hârr, dō klei |*kratzte* hē sik mit sōōn nodēnkern Gesicht in sien Spitzboort, as wēnn hē ēēn vun de grōten Weltrodels op'n Grund komen wull, un wēnn sik dēnn an sien Fru: „Minsch, Minsch, Minsch, wat seggst' tō dat Pakēēt? Kannst' dor klōōk ut wârrn? Wat? Dor finn ik, Jan Strōhland, ni[X20] dōr, un wēnn ik noch sō duun bün!" – „Och wat!", anter|*antwōōr* Hanne vergrēllt. „Wat scheert uns dat ēgentli? Koom, smiet dat ōle Dēērt doch wedder[X41a] no süm[X05]|*ehr* röver över de Muur*. Ik will dēn ōlen Pulterkroom |*Klackerkroom* hier ōōk ni[X20] hēbben!" – „Hōōl' stopp!", sä over Grōōt. „Dat mookt wi anners! Dē Mann blifft hier! Dat is hüüt mien Gast, wēētst' wull! *Was Gott zusammenfügt, soll der Mensch nicht scheiden.* Dat gifft noch *(DrG05.182)* ēn Thēoter! August!! Koom, hool mi mool ēn Moot|*Maß* Wachholder! Op dēn Schreck mutt ik ēērst ēn Lütten hēbben!"

Odde* hârr vunmorgens Glück hatt mit sien Fischerie. Veelmools|*foken* kunn hē je stunnenlang de Hungerpietsch över't Woter hōlen, ohn *[DrG21.224]* datt hē ōōk man ēn lumpigen Butt krēēg. Man an dissen Sünndag hârr hē sō gēgen Mēddag twēē feine dicke Brassen, fief Rōōtōgen un ēēn Boors* in sien Nettbüdel. Hē freu sik in' Stillen um sō mēhr, as je tō Huus de Luft ni[X20] rein wēēr, un dör de Mohltiet Fisch kunn hē dat natte Johr|*die Standpauke* an't Ēnn noch glückli afwēnnen. Mit sōōn Gedanken kēēm hē dēn Mēddag vun'e Masch her, wō hē an' Slēngelkopp|*Schwimmstegende* sō veel Glück hatt hârr. Wēnn ēm ōōk dat Hatt sōōn beten swoor worr, as hē in'e Fēērn sien hōgen Pappelbōōm sēhg un ümmer[X21] nēger un nēger an't Huus rankēēm, hē muss doch still vör sik hėnlachen, wėnn hē an Frollein Emilie ehr ›Wollen Sie da mal runter!‹ dach. Dat wēēr ėn Spoos ween[X83]! Beter wēēr ween[X83], wėnn de Tog|Streich gor ni[X20] klappt hârr! Wėnn de Frolleins dor blōōts ni[X20] achterkēmen, datt hē dor de Hōōftmacker bi ween[X83] wēēr! Dėnn kēēm dat an de Schōōl un dėnn, na, dėnn ›Prōōst Niejohr!‹|›Moin Hermann!‹! Dėnn kunn hē sien Knoken man in ėn Taschendōōk vun' Klockengang no Huus dregen! Un wō wēēr de utstoppte Keerl mit Voder[X11] sien Rock afbleben? Na, glieks wârrt hē je âllns wies. Nu gung dat in ēēn Karēēr|im Galopp dėn Diekslippen|Deichauffahrt dool un dėnn … Man wat wēēr dėnn op'n Eddelhoff lōōs? Man nä! Wat wēēr dat? Odde tru sien ēgen Ōgen ni[X20]! „Ich hatt einen Kameraden, einen bessern findst du nicht", klung dat ut dėn Gang, un in dėn Momang kēēm ėn Drēēgespann um de Eck, wat Odde glieks de Antwōōrt gēēv op de Froog, wō wull sien Voder[X11] (DrG05.183) sien ōlen Rock afbleben wēēr. Kloos Grōōt un ėn annern Zigârrenmoker wēērn de Singers vun dat Kamerodenlēēd. Süm[X04]|Se schienen beid' al teemli ›ēēn in'e Kist tō hėbben‹, dėnn süm[X04]|se hârrn de Mütz al hēēl schēēf op dat ēēn Ōōg|Ohr sitten. Un twischen süm[X05]|ehr slacker|slanter, fein inōōscht|inhookt, ėn bunt[M3] Schooldōōk um dėn Hâls un ėn Zigârrenstummel twischen de Lippen klemmt, de Keerl mit dėn Maskenkopp. Hē hârr dėn dicken Kopp hēēl vergnōōgt op de Schullern leggt, spârr de stieben Ârms mit de noch stievern gelen Handschen-Fingern vun sik af un lēēt de verdreihten Bēēn mit de klatterigen un verspookten Schōh slackerig un ohn Kraft achternoslârren.

Odde schüür mit sien Angelstock an't Huus lang, smēēt de Fisch över de ünnerste Huusdöör op de Kellerluuk un rēēp: „Mudder[X12], hier is ėn Mohltiet Fisch för morgen! Ik koom glieks wedder[X41a], hier is wat lōōs!"

Sō as de Röttenfanger vun Homeln|*Hameln* de Kinner achter sik her un no dėn Bârg ›Klüüt‹ rinlockt hėbben schåll, sō trock nu disse Klēverdrēē |*3-bl. Kleeblatt* ut'n Eddelhoff âll de achterndiekschen Kinner achter sik her. Fru Grōōt hârr noch in Vertwiefeln|*Verzweiflung* ehrn Mann norōpen: „Beste Kloos, bliev doch hier, wi wüllt[X63] je wat eten! Ik heff de Kantüffeln al opsett!" Dat holp âllns nix. Dat Drēēgespann torkel|dammel |tållfööt un slacker|slanter ünner allerhand *[DrG21.226]* Singen un Trallerēren|*Trallala*, ünner grōōt[M3] Hopphei|Weeswârk un Hallō no'n Sielpadd|*Sielpfad* un dreih ėndli no de Brannwienbrėnnerie rin, wō süm[X04]|se mit ėn mächtig[M3] Spektokel|*Gelächter* un Jöhlen |Grölen vun de annern opnohmen worrn. *(DrG05.184)*

Kapitel 26: Sârgmoker un Zigârrenmokers

De Frolleins Engelken süm[X06]|ehrn Papagei wēēr mit de Johren, jüstso as sien Ēgendōmerschen, hellschen* schetterig|schütter un stumperig|gebrechlich worrn un sēhg ut|lēēt, as wenn hē de Motten|Uulhōhner hârr. Hē sēēt still op sien Stock, hârr tōmeist den Kopp ünner de Flünken un dach sik sien Dēēl. Wenn frōher de Huusdöör bimmel|pingel, denn hârr hē ümmer[X21] düchtig schregen: „Frollein! Is ēēn! Dat Wekenblatt! Dat Wekenblatt!" Vun dē Tiet an, datt hē dat mool ruutsnüffelt|mitkregen hârr, datt sien Frolleins ōōk ohn sien Rōpen ut de Achterstuuv kēmen un dat Blatt holen, wenn de Döör bimmel, dō hârr hē je sachs* dacht: „Wat schasst du di afquälen, blōōts för en Snuuvkatt |für einen ›Katzenschnauber‹ Zeitgewinn!" Un sō hēēl hē den ōlen krummen Snovel. Ōōk vunmeddag, sō bi Klock ēēn rum, lēēt hē sik nix mârken, as sōōn lütten mogern Mann mit en swatten Rock no de Huusdöör rinkēēm. Frollein Emilie, dē jüst mit ehr Süster bi't Meddageten sēēt, stēēk den Kopp ut de Stubendöör ruut, kēēk hōōch ünner ehr Brill weg un froog: „Na? Was ist gefällig?" – De Mann pedd langsoom sōōn poor Treed nēger ran, dreih sien Hōōt in'e Hannen rum un stomer|stotterte: „Och … äh … nix för ungōōt[X50]! Äh … mien hattlichste Dēēlnohm tō den … äh … trurigen (DrG05.185) Truurfâll un … äh … ik wull man mool frogen, äh … ik bün … äh … ik bün man Dischermeister Rüters ut'e Pauli- … äh … stroot, un ik wull man mool frogen, watt ik … äh … watt ik wull dat Moot nehmen kunn, un … äh … watt Sē mi dat äh … wull tōkomen loten wullen?" – Frollein Emilie hârr de Hannen vör den Lief fōōlt, lä bi den … äh Dischermeister sien Tauelie|Singsang den … äh … Kopp ümmer[X21] wieder in de … äh … Nack un spârr den Mund noch … äh … drēēviddel Toll wieder open, as sē

Georg Droste, Odde Alldag I (Peter Neuber, Meldörp-Böker 8.2, 2018)

sunst jēmools in ehr Leben doon hârr. *„Waaas?"*, kēēm dat dor ėndli ruut. *„Traauurfall? Maß nehmen? Wie meinen Sie das und wo wollten Sie überhaupt sein?"* – „Och, äh", gung dat nu wedder[X41a], „äh ... ik mēēn man ... äh ... ik heff doch jüst eben Beschēēd ... äh ... kregen, ik schull ... äh ... eben mool no Sē *[DrG21.228]* rumkieken. Sē ehr ... äh ... ehr Mann, dē hârr sik vunmorgens verunglückt un nu ... äh ... dē is je gottsleider ut'n Beernbōōm[X70] ... äh ... stört un ... äh ... nu äh ... wull ik man mool tōfrogen, watt Sē ... äh ... mi dat ni[X20] tōkomen loten wullen ... un ... äh wull man mool frogen ... äh ... wō is wull de Liek un ... äh ... ik wull wull hēēl gēērn ... äh ... dat Moot nehmen tō dėn Sârġ. Ik mēēn man ... äh ... dor is je nu nix ... äh ... mēhr an tō ännern, un ... äh ... Gott heff ėm selig! Dat is je trurig, datt hē ... äh ... dōōt is ... dōōt ... äh ... man ik mēēn ... äh ... leben un leben loten ... äh ... mēēn ik man, un ...äh ...“

Op wat för ėn Oort de ōle ēhrbore Meister ... äh ... Rüters ... äh ... bi Ėngelkens dėn Mėddag ut' ... äh ... Huus ... äh ... weiht wēēr, dat ... äh ... kunn hē sien Fru ni[X20] sō nau vertellen. Hē mēēn, hē wēēr sik vörkomen as *(DrG05.186)* de doren Rōvers in dat Vertellersch vun de Bremer Stadtmuskanten, un dat gresige Gellen vun twēē Fruunsstimmen, dat vergēēt |vergesse hē in âll sien Leben ni[X20]! *„Hinaus, Sie Unmensch! Das ist die Rache vun diesem Gangvolk! Hinaus! Ich schicke zur Polizei!"* Sō hârr dat in dit ›Truurhuus‹ um ėm rum schregen, un as hē bi de Huusdöör ween[X83] wēēr, dō hârr noch sōōn gresige Stimm kriescht: „Mook de Döör tō! Hōōl't Muul, hōōl't Muul! Dat Wekenblatt! Dat Wekenblatt!" (De ōle Krummsnovel muss je sachs* vör Schreck wedder[X41a] jung worrn ween[X82] un sien Kekelrēēm|Zungenband hârr sik wedder[X41a] verhoolt.) – Man Rüters sien Fru mēēn, sē hârr dėn Kroom vun Anfang an ni[X20] truut. De Besteller hârr sō kneepsch

|*verschmitzt* vör sik hėn grieflacht|*gegrinst* un wēēr ehr vörkomen as sōōn Zigârrenmoker, dē al teemli ēēn in'e Prüük|in' Timpen hârr. – As dėn Morgen de beiden ōlen Dooms bi dat Frōhstück seten hârrn, dō hârr Frollein Anna an ehr ›grōte‹ Süster hōōchkeken un hârr seggt: *„Ich bewundere dich, Emilie, und weiß wirklich nicht, woher du die Kraft und den Mut nahmst, den grässlichen Lumpenpopanz über die Mauer zu schleudern! Na, das Gangvolk hat sein Fett gekriegt und es ist doch wohl besser, wenn wir von einer Anzeige absehen. Man hat ja nur Polizeilauferei davon. Nicht wahr?“* – Emilie hârr dėnn tōstimmt un süm^{X04}|se hârrn sik gėgen Mėddag al hēēl fein wedder^{X41a} vun süm^{X06}|ehrn Schreck verhoolt, as de unglücklige Dischermeister süm^{X05}|ehr op sōōn schändlige Oort wedder^{X41a} ut'n Verfoot|ut'e Fassong brocht un dėn Freden vun dit sunst sō stille un ēhrbore Huus stōōrt hârr. *„Das ist ja grauenvoll!“*, wimmer un bever Frollein Emilie. *„Man hat sich gegen uns verschworen! Das muss ein regelrechtes Komplott, eine Verschwörung sein! Ich gehe jetzt zum Gendarm! Hole mir doch bitte eben mal (DrG05.187) mein Grauseidenes!“* Dormit strōōp Frollein Emilie sik ōōk al ehr bōōmwullen Morgenklēēd af. – Un jüst wull ehr Süster ut de Stuuv treden, um ›*das Grauseidene*‹ ut dat Schapp tō holen, as de Huusdöör wedder^{X41a} bimmel un Frollein Anna in de Stuuv tōrüchstört un in ēēns weg gell: *„Emülie! Ums Himmelswillen! Sie kommen! Er [DrG21.230] … er … kommt wieder! Der grässliche … der entsetzliche … der Mensch von … von heute morgen ist wieder da! Nein, wie entsetzlich!“*

Bides* Frollein Anna in'e Stuuv rumjammer un vun ēēn Stōhl op dėn annern doolsack, un bides* Frollein Emilie versöch, hulterdepulter|*überstürzt* wedder^{X41a} in ehr Morgenklēēd rintōklattern, dō kēēm op de lange Huusdeel ėn snookschen*|afsünnerligen Tog antrecken. Vöran gungen Kloos Grōōt un sien

Kollēēg, dėn wanschopen utstoppten Plünnenkeerl wedder[X41a] Ârm in Ârm twischen sik. Achter süm[X05]|ehr her kēmen wull sōōn teihn, twölf Zigârrenmokers, dē süm[X04]|se in'e Brėnnerie dropen hârrn un dē sik dissen Spoos ni[X20] ut'e Nöös gohn loten wullen. Langsoom un fierli truff|tramp un schurr de Tog no de Achterstuuv tō, un mit ēērnste dēpe Graff-Stimmen worr dor dat Lēēd bi sungen:

Müde kehrt ein Wandersmann zurück,
nach der Heimat, seiner Liebe Glück.

As de Tog bi de Stuuv ankomen wēēr, klopp Grōōt an de Döör un foot de Klink an, um ehr opentōmoken. Man de Döör worr vun binnen för Gewâlt tōhōlen, dėnn Frollein Emilie wēēr je um|wegen ehr Klēēd noch ni[X20] ›empfangs- und salonfähig‹. Man liekers krēgen de beiden Zigârrenmokers de Döör sō wiet open, datt süm[X04]|se dėn utstoppten Kasper mit Kopp un Rump no de Stuuv rinschuben kunnen. Un dē lach nu de Frolleins mit sien brēēt[M3] Lachen jüstsō *(DrG05.188)* vergnōōgt an as dėn Morgen ut'n Beernbōōm[X70], un hē schien dat gor ni[X20] begriepen tō könen, worum de ōlen Dooms sō gresig juuchen un schimpen. Frollein Anna rēēt over âll wat sē kunn an de Döör, un sō kēēm dat, datt dėn ârmen Keerl, dē dortwischen inklemmt wēēr, de Ribben in' Lief knacken un Odde* sien utdēēnte Graskiep an dissen Mėddag dėn letzten Rest krēēg. „Och, nix för ungōōt[X50]!", rēēp Grōōt nu no de Stuuv rin. „Wi wullen Sē man Sē ehrn Fründ wedderbringen[X41a], dē vunmorgens dat Malōōr hârr, över de Muur* tō fâllen. Wi grolēērt ōōk veelmools tō dat Weddersēhn[X41a] un wullen Sē man noch eben sōōn lütt[M3] Ständschen bringen."

„Lasst erschallen frohe Lieder! Diesen schönen Tag zu feiern!", klung dat nu vēērstimmig, rein un vull op'e Deel. Dėnn wėnn de Zigârrenmokers sungen, dėnn hēlen dor

Spijöök un Spoos bi op, dėnn gung dat sō, as sik dat höör[X65], würdig un fein, hėėl ėėndōōn, an wat för ėn Steed un bi wat för ėn Gelegenheit dat wėėr. Wat holp de Frolleins süm[X06]|ehr Jammern un Lamentėren, wat holp dėn ōlen Papagei sien Quârken un Schimpen: „Frollein is ėėn! Dat Wekenblatt! Dat Wekenblatt! Hōōl't Muul, hōōl't Muul!" In dėn reinen un fierligen Tōhōpenklang vun disse Singerstimmen gung âllns annere ünner. *[DrG21.232]*

As de Singers ėndli in alle Rōh[X52] un Orntlichkeit wedder[X41a] ut' Huus gohn wėėrn, un as de Frolleins mârken, datt süm[X05]|ehr ėgentli gor nix Unrechts passėėrt wėėr, dō kėken süm[X04]|se sik ėėn de anner an un kėken dėnn op süm[X06]|ehrn Beernbōōmgast[X70], dė mit utbrėėdte Ârms merrn in'e Stuuv lėėg. Un Frollein Anna mėėn ėndli nodėnkern: *„Du, Emilie, ich neige fast zu der Annahme, dass der Groot gar nichts mit der Angelegenheit zu tun hat. Das Singen war übrigens recht nett!"* – *„Ja, allerdings, der Gesang war schön!"*, süüfz Frollein *(DrG05.189)* Emilie. *„Aber ich habe doch schreckliche Angst gehabt! Das ist wirklich ein so aufregender Sonntag, wie wir ihn fast noch nicht erlebt haben. Wissen möchte ich aber doch, wem wir das alles verdanken!"*

Dė over, dėn süm[X04]|se dat verdanken, dė hârr mit ėn hėėl unschüllig[M3] Gesicht mit in dėn Minschenoplōōp stohn, dė sik vör de Ėngelkens süm[X06]|ehr Döör in'e Krüüzstroot anfunnen hârr. Dat Hatt hârr ėm doch sōōn beten puckert, wėnn hė sō bedach, wat nu al âllns vun sien verswegen un kattwehligen |übermütigen Jungskneep komen wėėr. Hė freu sik dorum, as de Zigârrenmokers wedder[X41a] bi Ėngelkens ruut wėėrn un lėėp nu Hâls över Kopp no Huus. Hė lėėp ėn düchtig' natt' Schuur |natt[M3] Johr|Schietreis in de Mōōt*|entgegen, dėnn dat wėėr nu al meist ėn hėle Stunn över de Mėddagstiet hėn!

Kapitel 27: Odde* in Gedanken, Noversgören

Sō is dat Leben: Hier Lachen un ėn vergnȫȫgt[M3] Hatt, dor Wēnen un düüstere Sēlen, ohn *, ohn Licht.

An dėn Nomėddag vun dėn Sünndag, dē Odde al sō veel Vergnȫgen un Lachen brocht hârr, stunn hē in dėn Gang un hârr jüst sien Kninken versorgt. Grȫȫns gēēv't ni[X20] mēhr veel, un hē muss al vun dat Hau* fȫdern[X46], wat hē in' Summer an' Diek wunnen|oornt hârr. Nu wēēr hē mit sien Ârbeit *(DrG05.190)* kloor un kēēk sōōn beten schu an de Finstern vun dat hȫge Huus rop. Dō vernēhm hē vun dat ēēn Finster her wedder[X41a] dėn gresigen Kloogluut, dē ėm ümmer[X21] sō ēgen dör dat Hatt snēēd|snēē'. Odde lä sik op sien Kninkenbuur, stütt dėn Kopp in'e Hand un dach no. Watt de ârme *Friedo* wull noch mool wedder[X41a] beter worr|*Ob sich seine Gesundheit noch mal besserte*? Ōder watt hē dor ōōk wull an dōōtblieben kunn? Un wėnn *Friedo* mool dōōtblēēv, wėnn hē dėnn *[DrG21.234]* man sien Bȫker un sien schȫȫn[M3] Speeltüüg krēēg! Vör âlln de Mappen mit âll de velen opdrȫȫgten Blȫȫm un dėnn dėn feinen Kasten mit dat Wârktüüg un de Lȫȫfsogen, dē hē sik al sō lang wünscht hârr. Man dat wēēr doch ėn slechten Gedanken vun ėm, an sō wat tō dėnken! Odde schoom sik un dach an de schȫne feine Fru un an *Klärchen*. Wat worrn dē trurig ween[X82], wėnn … nä! Sō wat Slechts wull hē ni[X20] wedder[X41a] dėnken. – Nu kēēm Fru Âlldag mit ėn Ammer vull Regenwoter dör dėn Gang un an Odde vörbi. Sē blēēv stohn, sett dėn Ammer dool un kēēk Odde vun'e Siet an. „Na, wō dėnkst du an?", froog sē. „Wat?" – „Ik heff jüst an *Friedo Görtz* dacht, Mudder[X12"], anter|antwōōr Odde. „Dē schrēēg eben wedder[X41a] sō, un dat mag ik gor ni[X20] hȫren, Mudder[X12"]!" – „Och, du lēve Tiet, jo", süüfz Fru Âlldag, dat ârme, ârme Kind. Wat mutt dat uthōlen! Mi geiht dat ōōk ümmer[X21] dör un dör, wėnn ik dėn Jung sō jammern hȫȫr, un ik denk veelmools|sō foken, wenn ēēn dat Kind-Gotts doch hölpen kunn! Wat is ēēn doch för en glückligen Minschen, wenn ēēn sund[X38] is! Man dat sühst du ōle Jan Dickfell noch lang ni[X20] in! Du stickst ümmer[X21] vull Kneep un di plooġt de Wehldoog|*Übermut!* Man sō is dat in'e Welt: Nix as Ârger, Kummer un Verdrēēt|*Verdruss* hett ēēn vun de Kinner! Sünd süm[X04]|se lütt, denn pedd süm[X04]|se ēēn|*einem* op de Fööt, un wenn süm[X04]|se *(DrG05.191)* grōōt sind, denn pedd süm[X04]|se ēēn op't Hatt! Sō as hier blangenan de gōde[X50] Fru Dokter ōōk. Dat geiht mi ümmer[X21] dör un dör, wenn ik de ârme Fru ankieken dō! Wat kann sōōn Mudder[X12] doch leisten! Den hēlen Dag sitt sē bi dat kranke Kind, un wenn ik nachtens mool opwoken dō, denn sēh[X58] ik ōōk Licht bi den Kranken un sēh[X58] ehrn Schadden dor an't Finster. Uns' Herrgott mag ehr dat lōhnen un geben, datt dat Kind wedder[X41a] sund[X38] wârrt. Un du ōle Strömer schriffst di dat mool achter't Ōhr un ârgerst dien Mudder[X12] ni[X20] sō veel! Mit di hett ēēn ōōk al allerhand dörmookt, un wokēēn wēēt, wat ēēn noch dörtōmoken hett! Wi sünd Bornholm|*Köln* noch lang ni[X20] vörbi!" Dormit nēhm Odde sien Mudder[X12] den Woterammer un gung in't Huus, um för morgen de Wasch intōwēken|*intōsteken.* – Sē wēēr dor gor ni[X20] um wies worrn, datt dat Finster vun de Krankenstuuv sōōn hēēl lütt[M3] beten vörstunn, un ēērst recht wuss sē ni[X20], datt achter den grönen Damastvörhang de blēke Fru stunn, wō sē jüst vun snackt hârr. Man de Fru hârr âllns hōōrt, wat dor ünnen snackt worrn wēēr, un dat wēēr ehr ween[X83], as wenn ēēn wēke Hand över ehr Gesicht streken un dor âll de Fōlen |*Falten* wegwischt hârr, dē de Kummer dor ringroovt hârr. Disse slichten plattdüütschen Wōōr, disse hattlige un oprichtige Dēēlnohm vun de slichte Fru dor ünnen, dat trock ehr dēper no't Hatt rin as dat stunnenlange Gesnoter, Jammern un Swōlappen* |*Salbadern* vun ehr Fründschen[X16] |*Freundinnen* un Verwandten. De meisten vun süm[X05]|*ehr* kēmen blōōts ut

Nieschier|*Neugier*, ōder süm[X04]|se hēlen dat för süm[X06]|ehr Plicht. Dėnn fullen süm[X04]|se ehr al buten vör de [DrG21.236] Döör um' Hâls, un dat gēēv wück, dē kunnen dėnn lachen un wēnen ut ēēn Putt|tōgliek. Man de doren Wȫȫr dor ünnen, dē wēērn sō mēēnt, as dē seggt worrn wēērn, dėnn dē wēērn achter ehrn Rüch snackt un gor ni[X20] för (DrG05.192) ehr Ōhr bereekt ween[X83]. – Odde blēēv noch ėn lütten Stōōt* op dat Kninkenbuur sitten un dach no. Dėnn hē kunn dat mit'n besten Willen ni[X20] verârbeiden, wat sien Mudder[X12] ėm dor vörprēēstert|vörpredigt hârr. Datt hē jüst|*gerade* sōōn Utbund vun Slechtigkeit wēēr, dat kunn hē mit'n besten Willen ni[X20] insēhn. Un wėnn hē mool wat utȫȫvt|utfreten hârr, dėnn wēēr ümmer[X21] de Hȫȫftsook ween[X83], datt hē dor ni[X20] bi snappt worr un kēēn Reis mook ōder sō. Bet herto hârr hē dor je meist|*fast* ümmer[X21] bȫȫs Glück mit hatt, dat kunn hē ni[X20] anners sėggen. Foken nōōg|*Oft genug* hârr je sien beten Leben an' Spinnwėbbfoden hungen, man hē wēēr doch in' letzten Momang ümmer[X21] noch wedder[X41a] dörwitscht, wėnn hē ōōk noch sō dull in Nōōt ween[X83] wēēr. Hē muss|bruuk|*brauchte* blōōts an dat Spȫȫkhuus hier dėnken, wō hē nu jüst an vörbigung, as hē langsoom no dėn Diek tō stevel. Hē wuss wull, wat dor för Spȫkels* in ween[X83] wēērn, hē muss|*müsste* je sunst|anners Jan un Lui Grōōt, Fritz *Seebach*, Didi* Puustmeier un ėn wissen Odde Âlldag ni[X20] kėnnen, dē dor vergohn|verleden|letzten Summer ümmer[X21] dör dat tweie Kellerfinster klattert wēērn un hârrn sik dat lerdige Huus as Rȫverhöhl inricht. Dėn ēēn Middeweken vergēēt|vergesse hē sien Doog ni[X20]|*niemals*, as süm[X04]|se sik hēēl driest|mutig un dickdreevsch|frech op'n Füürhēērd Kantüffeln broodt hârrn. Dō hârr de Huusdöör pingelt un de Buünnernehmer Büsing, wat de Ēgendȫmer vun dat Huus wēēr, dē wēēr de Trepp doolstörten komen. Odde sien Kanuten wēērn âll dör dat Kellerfinster un över de Hoffplank in de Frieheit komen, blōōts hē wēēr anscheten|ansmeert un wēēr …

„Guten Tag, lieber Otto!", klung ėm opmool ėn fiene Stimm in't Ōhr, dē ėm ümmer[X21] as Musik vörkēēm, un ėn lütte wēke Hand lä sik op sien Ârm. Odde *(DrG05.193)* dreih sik rasch um un kēēk in dat fiene|zoorte un sōte Gesicht un de schōnen Ōgen vun *Klärchen Görtz*. Wat worr ėm dat doch ümmer[X21] sō snooksch*|afsünnerli, sō ēgen un benaut|verlegen tō Sinn, wėnn hē in disse Ōgen kēēk! Ōōk ditmool wēēr ėm dat, as wėnn hē ėn hēēl rōden Kopp krēēg, un hē wuss ni[iX20] worum. Vun dit feine fiene Wesen gung ümmer[X21] sōōn ēgen Tōver* ut, ehr Klēder, ehr Luckenhoor, dat hârr âllns sōōn lēēfligen Ruuch |Duft. Un wėnn hē mool sō in ehr fien[M3] Poppengesicht rinkēēk, dėnn kēēm hē sik sō groff, sō kümmerli un sō dumm vör, man hē wuss ni[iX20] worum. Dat Hatt klopp ėm ümmer[X21] vör Freud, wėnn hē mool mit *Klärchen* tōhōpendrēēp. Un hē hârr sik al veelmools|foken vörnohmen, datt hē ehr hēēl wat Feins sėggen un ehr wiesen wull, datt hē ōōk jüst kēēn Schoopskopp wēēr. Man jümmers[X21] hârr hē sik schüchtern un tüffelig|tollpatschig anstellt un hârr sik nōōssen sülben verrüüschen kunnt. *„Guten Tag, ›lieber‹ Otto!"* Wo klung ėm dat wedder[X41a]! Wokēēn sä wull tō *[DrG21.238]* ėm ›lieber Otto!‹ Tō sōōn plattdüütschen Briet un rugen Strōmer! Man as Odde in dissen Momang in dat Ėngelsgesicht kēēk, dō sēhg hē dor sōōn frėmme Trurigkeit in, un ut de Ōgen, dor snack wat ruut, wat sō utsēhg|lēēt as sōōn Beed|Bitte, datt hē opmool de lütte Hand tō foten krēēg|footkrēēg un sä: *„Darfst du denn heute mal allein raus? Das is man gut!"* – *„Ach ja, Otto!"*, vertell nu *Klärchen*. *„Mutter hat mich selbst hinausgeschickt. Sie hat dich hier gesehen und lässt dich bitten, mit mir zu spielen und auf mich Acht zu geben. Bei uns ist es ja auch immer so traurig, weißt du. Der arme Friedo hat so viel Schmerzen und muss schreien, die Mutter muss stets bei ihm sein und Vater ist immer so ernst und still und sitzt in seinem Zimmer und schreibt und schreibt."* Bi disse Snackerie hârr *Klärchen*

(DrG05.194) Odde sien Hand twischen ehr beiden wēken Patschen nohmen un hârr ehr sachten* kloppt un strokelt. As Odde ümmer[X21] noch ni[X20] wuss, wat hē dėnn nu ēgentli sėggen schull, dō lä sē opmool frie ehr Hannen op sien Schullern, kēēk ėm trurig un sō recht beedwies|*bittend* an un froog: *„Sag, lieber Otto, wollen wir nicht Freunde sein? Willst du mir nicht gut sein und mir etwas erzählen? Bei euch ist es oft so lustig! Sag, worüber habt ihr heut' morgen alle so gelacht? Gelt?"* – Wėnn dit sōte, unschüllige Mäden in dissen Momang vun Odde verlangt hârr, hē schull drēēmool dör de Weser swimmen ōder hē schull för ehr de Frolleins Ėngelken süm[X06] |ehr hēlen Hangelbeerbōōm[X70] lerdigplünnern, hē hârr dat mit dusend Freuden doon. Man bi ehr Fiechelie|*Schmeichelei*, dė ehr dorbi doch hēēl un dēēl vun't Hatt kēēm, dor worr ėm doch hitt un kōōlt bi, un hē stunn dor, as wėnn hē kēēn fief|*nicht bis 5* tellen kunn. „Jo!", sä hē ėndli un lach vör sik hėn. *„Freunde sein? Das geht ja gar nich! Freunde können doch man bloß Jungs sein und zwei Mädchens sind Freundins."* – *„Doch, doch, Otto!"*, anter|*antwōōr* Klärchen ieverig. *„Ich möchte ja so gern hier draußen mit euch spielen, und Mutter hat es ja jetzt auch erlaubt. Mutter ängstete sich früher immer, aber sie hat dich ganz gern, und mit dir darf ich immer spielen. Ach, ich muss zu Hause immer so viel lernen! Englisch, Französisch, Musik und Malen, und bei uns ist es gar nicht so lustig und ich möchte doch so gern lachen und lustig sein! Gelt, du: Willst du mir mal alle deine Kaninchen zeigen? Darf ich nicht euer Häuschen sehen und dein Mütterchen?"* *(DrG05.195)* *[DrG21.240]*

Kapitel 28: *Klärchen, jo, man wōtō tō bruken?*

Wénn Grōōtmudder[X12] Âlldag dit âllns hőőrt hârr, dénn hârr sē op jēēdēēn Fâll schüddkoppt un hârr seggt: „Dor kann ēēn wedder[X41a] an sēhn: ›Vörnehm' Lüüd un Kapunen|*Kapaunen*, dē hebbt allerhand Nücken un Lunen!" Odde* dach nu wull jüst ni[X20] sō, man hē kēēm sik doch hēēl snooksch*|afsünnerli vör, as sien lütt' Fründsche[X16] ém bi de Hand foot un ém, ohn datt hē sō recht wuss, wosück dat komen wēēr, över dén Platz un dén Diekslippen doolfőhr. *„Dort wohnen wohl sehr böse Leute?"*, froog sē bedénkli un wies no dén Eddelhoff hén. Jüst verkloor Odde ehr, datt dor sachs* ârme, man liekers tōmeist ōōk hēēl ēhrbore Lüüd wohnen|*wohnten*, as langsoom, krumm un duuknackt Knipperdolling ut dén Gang ruutsliekern kēēm. Fōōt vör Fōōt schurr hē sik wieder, stütt sik op sien Krückstock un quääl sik ünner sacht[M3] Gestöhn dén Diek rop. *Klärchen* drück Odde fast|fest de Hand un dräng sik schu hēēl dicht an ém ran. *„Oh Gott!"*, fluster sē. *„Was ist das für ein schrecklicher Mensch! Kennst du den Mann, Otto? Ist er vielleicht krank?"* Odde hârr sülben én bősen Prâll|*Schreck* kregen, as hē in dat Gesicht vun sien frőhern ōlen Fründ kēēk. Sō hârr hē ém noch sien Doog ni[X20] sēhn! Sōōn gresig[M3] Gesicht hârr hē sien Doog noch ni[X20] mookt. Odde full de Snack in, dén hē mool vun dén Ōlen hőőrt hârr: ›*Halt dir nur an dene Reiche! Die wern dir's schon eintränke, des (DrG05.196) de 'n orme Lump büst!*‹ Un nu sēhg hē ém jüst mit dat lütte fiene Frollein Hand in Hand! Man wat scheer Knipperdolling dat! Dat schien|*lēēt* ōōk je sō, as wénn dē dor gor ni[X20] um wies worr, wat um ém rum wēēr. Man nä! Nu blēēv hē stohn, hool dēēp Puust|*Oten*, kēēk um sik umrum, as wénn hē ni[X20] kloor in' Kopp wēēr un richt dénn sien Ōgen grōōt un frémd op Odde, dén dor hēēl égen un benaut bi tō Sinn worr.

Klärchen trock Odde banghaftig an'e Hand no't Huus tō un Knipperdolling dreih sik langsoom af, hool wedder[X41a] dēēp Oten un schurr sik swoor un fast|fest Toll för Toll dèn Diek rop.

Dat worr al sōōn beten schummerig, as Odde mit sien lütte Fründsche[X16] ut' Huus kēēm. *Klärchen* hârr sik in Âlldags süm[X06] |ehr lütte ōōltmōōdsche, man deftige |*rustikale* un kommōdige Wohnstuuv bannig wullfȫhlt. Un Odde sien Mudder[X12] un de Süstern wēērn sō fründli un hattli mit ehr umgohn, datt sē truhattig froog, watt sē ni[X20] mool wedderkomen[X41a] dörs, *[DrG21.242]* hier wēēr dat veel schȫner as in süm[X06]|ehr Huus. Sē hârr sik ōōk de Tass Kaffe un dat slichte Swattbrōōt-Botterbrōōt hēēl fein smecken loten un hârr mēēnt, dat smeck beter as Kōken un Kunditerstücken. Dènn hârr sē vertellt, datt ehrn ârmen Brȫder *Friedo* nu ōōk sachs* bâld wedder[X41a] beter worr. Dènn schull Odde ōōk mool no süm[X05]|ehr hènkomen, *Friedo* hârr al sō veel vun èm snackt. Over hē hârr man noch tō veel Wēhdoog un dörs noch kēēn Besōōk hèbben. Fru Âlldag hârr de lütte resolute Dēērn hēēl un dēēl in ehr Hatt sloten un hârr ehr nieschierig, man doch vull Dēēlnohm, âllns utfroogt. Odde krēēg dor wücke Mool èn rōden Kopp bi, wènn sien plattdüütsche Mudder[X12] bi dat Hōōchsnacken dènn af un an sōōn lütte Sprookfehlers an' Dag broch un wènn dor sō wat ruutwitsch|*ruutrutsch*, sō wat as ›mit die‹ un ›mit das‹. Dènn kēēk hē *Klärchen* ümmer[X21] quantswies|*hēēmli* vun'e Siet an. *(DrG05.197)*

„Deine Mutter und deine Schwestern sind sehr lieb, Otto!", mēēn *Klärchen*, as de beiden dèn Diek ropstēgen. *„In eurem Häuschen ist's auch sehr nett, aber hier* (sē kēēk sōōn beten schu umrum) *hier möchte ich abends nicht gehen! Der riesige Baum macht alles so dunkel und unheimlich! Und dann die kleinen hässlichen Häuser dort hinten! Werden die nicht bald abgebrochen? Wird der alte Baum nicht bald umgehauen?"* –

Disse Wöör fullen Odde doch recht snooksch*|afsünnerli op't Hatt. Sien ōlen Pappelbōōm doolhauen, wō hē ünner grōōt worrn wēēr, dē ėm sō foken|oft in' Sloop ruschelt hârr! Nä, dat kunn sachs* nienich|niemals angohn! Sien Diek, sien Huus, âll sien schȫne Welt hier, dē kunn hē sik doch ni[X20] ohn dėn Bōōm dėnken. Wull hârr de ōle Bōōmries opwârds un doolwârds an' Diek al mėnnig Kameroden doolstörten sēhn, wėnn ėm schârpe Äxen un Sogen opletzt bet in't Mârk dropen hârrn. Platz hârrn de grȫnen Tėlgen moken musst, un ōōk sō mėnnig achterndieksche Koot wēēr al verswunnen. Dē hârrn Platz moken musst för niede Stroten un för grōte feine Hüüs, dē süm[X04]|se boben op dėn Diek un op dat Vörland sett hârrn. Ōōk Odde hârr dat sēhn, Johr um Johr fullen de Bōōm an' Diek, un ümmer[X21] mēhr hōge Hüüs recken sik stolt över dē poor lütten sieden Pannendackkoten weg, dē dor noch schenant|schenēērhaftig achter'n Diek ruutkēken. Bâld wēērn sien Huus un sien Bōōm de letzte Rest vun dėn ōlen Diek. Man datt dit âllns ōōk mool verswinnen kunn, datt hē dėnn an't Ėnn vun hier wegmuss, vun sien Diek un vun sien Weser, dissen Gedanken wēēr ėm liekers noch ni[X20] komen un dėn much hē ōōk gor ni[X20] utdėnken. Schull hē Klärchen dit âllns sėggen? Nä, wat verstunn dē dorvun! Dē kunn sik dor je doch ni[X20] rindėnken. Nu blēēv sē ōōk al stohn, foot ėm bi (DrG05.198) beide Hannen un sä hastig: „Ich muss jetzt schnell fort! Adieu, lieber Otto! Adieu, adieu! Auf Wiedersehen!" Dormit trippel sē op Tȫhntjen|Zehenspitzen gau um de Eck un no ehr Stroot rin, Odde (DrG21.244) hȫȫr[X65] glieks dorop vun'e Siet her de Huusdöör pingeln un gung dėnn no de Weser tō.

Veel wēēr dor ni[X20] mēhr lōōs, dat Doogslicht worr ōōk al ümmer[X21] matter. Man dat kunn doch ween[X82], datt hē noch dėn ēēn ōder annern vun sien Kameroden drepen dä, wō sik wat mit anfangen lēēt. Mit sien niede Fründsche[X16] wēēr dat je doch sōōn Sook. Wat schull hē mit ehr spelen, wėnn sē mool wedderkēēm[X41a]? Mit ehr kunn ēēn doch nix Rechts ünnernehmen, un tō dulle Tōōg un Hēēmlichkeiten wēēr sē doch ni[X20] tō bruken. Un dėnn, hē worr sik ōōk schomen, wėnn sē ėm mool in de Papieren kēēk un dėnn wies worr, wat hē ēgentli in Wohrheit för ėn Bumann|Briet wēēr.

Op'n Diek wēēr nix lōōs. Af un an gungen sachs* wücke fein antrocken Stadtlüüd vörbi, dē sik in de reine schöne Hârvstluft noch sōōn beten de Bēēn verpedden wullen, sunst |anners wēēr nüms* tō sēhn. Âllns still, ōōk an'e Weser. Odde kėnn dat! Dat wēēr je Sünndag, dėnn gēēv dat hier nix tō beleben ōder tō strömern. – Dor stunn Knipperdolling sien Pohl. Hē mook dor ėn Bucksprung över weg un lēēp dėnn de Diekschrēēg|Deichböschung dool, no de Weser tō. Langsoom un knapp datt ēēn dat spören kunn, lēēp de Strōōm dorhėn, de Nomėddagsflōōt hârr dat Woter opstaut. Lang worr dat ni[X20] wohren|duren, dėnn kēēm wedder[X41a] de hōge Winterflōōt. Dėnn worr de witte Schuum wedder[X41a] bet op dėn Fohrweg sprütten, wėnn de wille Weststorm dat Woter no'n bobėn pietsch. Dat wēērn ümmer[X21] feine Tieden för Odde un ėn Lust wēēr dat, de Bülgen|Wachen|Wellen tō târren|traktēren|nârren, wėnn dē sō anrullen kēmen un gēgen dėn (DrG05.199) Diekkopp slōgen! In fröhere Johren muss |musste dat noch schöner un ōōk gefährliger ween[X83] hėbben. Wat Grōōtmudder[X12] âllns vertellt hârr vun de Diekbrüch|Diekbröken un vun de gresigen Nachten, dē süm[X04]|se achter dėn ōlen un swacken Diek beleevt hârrn. Opstunns* wēēr dat je nix mēhr, dėnn de niede un hōge Diek un dat brēde Vörland hēlen dat Woter al in' Tögel, un wėnn dat noch sō hōōch kēēm. Odde smēēt noch ėn Gluup in de Runn, över de Weser un no dėn Werder* tō un wull dėnn langsoom wedder[X41a] no'n bobėn un no Huus gohn. – Man dor lavēēr|manōver je noch dat grōte swatte Seilschipp mit dėn witten Rand, de ›Dōdenkopp‹. An dat Schipp hârr hē sōōn Oort Anrecht, dat hârr dicht vör sien Huus op'n Platz ümmer[X21] sien Winterquartēēr, un hē muss dor denn en beten för oppassen. De Ēgendōmer vun den ›Dōdenkopp‹, de ōl' Kaptein Asmus, dē hēēl grōte Stücken op Odde un hârr em ōōk al veelmools|foken mitnohmen op Seilturen|Segeltöms. Odde sēhg nu, datt dat Schipp an sien Ankerplatz dicht bi de Fähr anleggen wull un lēēp gau hen, um den Anker fasttōleggen, sō as hē dat ümmer[X21] dä. Man wat sēhg hē dor opmool för en Bârg Lüüd op'e Diekschrēēg bi de Fähr! Nieschierig lēēp Odde no de Steed ran un dräng sik mang de Minschen, dē [DrG21.246] en Krink um wat sloten hârrn, wat dor in't Gras liggen muss. Dor hōōr[X65] hē en ēērnste Stimm: „Foot em man ni[X20] mēhr an, Kinners! Dē is dōōt, dor is nix mēhr an tō moken! Hen is hen!" – „Man hē hett dor je kēēn twēē Minuten inlegen!", anter |antwōōr en annern. „Dō hârrn wi em al wedder[X41a] bi'n Wickel! Verdrunken is dē ni[X20]!" – „Dat is't je jüst", mēēn de ēērste. „Hē hett en Hattslag kregen, de linke Siet is je vull blau!" (DrG05.200)

Kapitel 29: Unkel Dolling is dōōt; Nacht dorno

Nu hârr Odde* sik manġ de Lüüd dörschoben un stunn hēēl dicht bi de Minschengestâlt, dē lang utstreckt, mit utbrēēdte Ârms, dat Tüüg dör un dör natt, vör ėm lēēg. Man hē prâll tōrüch vör Schreck un Schudder, un de kōlen Gresen lēpen ėm dėn Puckel dool. „Unkel Dolling!", schrēēg hē, ohn datt hē dat wull. Ėn faste Hand lä sik op Odde sien Schullern un schōōv ėm vun de Liek tōrüch. Nover Puustmeier wēēr dat, dē dorbi sä: „Koom, Odde! Dat is nix för di! Dat hârrst' wull ni[X20] dacht, datt de ōl' Knipperdolling noch mool sōōn Ėnn nehmen worr! Hest ėm je dien ēgen Leben tō danken! Wēētst dat wull noch? Un nu geiht hē noch sülben in't Woter!" Allerhand nieschierige Frogen worrn nu an Puustmeier richt, un hē muss dē, dē dat noch ni[X20] wussen, vertellen, wat dat mit dėn Dōden hier op sik hârr un wat ėm wull in dėn Dōōd dreben hârr. „Och, Kinners", sä Puustmeier, „de ōle Knast|Kauz is ēgentli op dėn besten Weg. Hē is sachs* an'e Rēēg, dėnn hē wēēr sik al lang sülben tō Last. Sōōn ōlen snookschen* |afsünnerligen Kopp un ėn ōlen krēteligen|kritischer un dwērigen |unbequemer Keerl is hē al ümmer[X21] ween[X83] un hett sik dor ōōk bannig wück bi wegknackt|wegkippt! Vergohn|Vörige (DrG05.201) Week kēēm nu sien Fru in't Krankenhuus un vun dėn Dag an hett hē sik in sien Koot inschott|insloten, snack ni[X20] un rōhr sik ni[X20]. Mien Fru hett noch wücke Mool an'e Döör un an't Finster kloppt un ėm Hölp anboden un Eten un Drinken, man hē wull je ni[X20]. Vun Hölp un vun't Ârmenwesen wull hē nix weten. Un nu hett hē sik de Taschen vull Sand stoppt, is hier in't Schipp klattert un hett sik över Bōōrd fâllen loten. Na, ik segg je, hē is op dėn besten Weg! Wat hârr de ōle Knapp|Knappe|Kerl ōōk noch op'e Welt! Kinners, goht dor doch ėn beten an'e Siet! De

[DrG21.248] Woog kummt! Platz dor doch! De Schandârm kummt dor dèn Diek dool!"

Odde klötern de Tähn in' Mund, as hē langsoom un still no Huus gung. Hē kēēm an Knipperdolling sien Pohl vörbi. Man ditmool gung hē in' Bogen dor umrum un mook dor kēēn Bucksprung över weg. Dor wēēr de schrēge Diekslippen |*Deichauffahrt*, wō de Ōl' sik dat letzte Mool ropquäält hârr, wō hē èm noch sō grōōt un frèmd ankeken hârr. Och, Odde hârr je ni[X20] weten, datt dat dat letzte Mool wēēr! Wat quääl èm nu de Gedanken, datt hē sik um sien Lebensredder in'e letzte Tiet sō rein gor ni[X20] kümmert hârr! De Ōl' hârr dat je ümmer[X21] sō gōōt[X50] mit èm mēēnt un èm sō foken|*oft* wat vertellt un èm tō'n Gōden[X50] anhōlen. Och, wènn hē doch noch leben worr! Wat wull hē èm dènn âllns tō Gefâllen dōōn! Man nu wēēr dat tō loot! *„Was vergangen, kehrt nicht wieder!"*, hârr Knipperdolling veelmools|*sō foken* süüfzt, un dènn hârr hē Odde sō veel vertellt ut sien Leben, wat hē man lang ni[X20] âllns verstohn kunn. Ümmer[X21] hârr de Ōl' schimpt un flōōkt op de slechte Welt, op de Minschen, dē èm sien Glück rōōvt hârrn. In sien Verbiestern|*Verzweiflung* sēhg hē ni[X20] de Fehlers, dē hē sülben mookt hârr. Wokēēn sik no èn (*DrG05.202)* Füür rinstörten deit, dē riskēērt dor ōōk bi, datt hē sik verbrènnt ōder hēēl un dēēl tōgrunn geiht. Gottsleider wēēr Knipperdolling sien Plie|*Geist|Verstand* ni[X20] sō stârk ween[X83], datt hē sik över de Lebensumstänn un över sien Schicksol stellen kunn. Hē hârr anners |*sunst* weten musst, datt in'e wille Revolutschōōnstiet op belde Sieden Fehlers mookt wârrt. – Bi sōōn Vertellen un Anklogen wēēr Odde veelmools|*foken* angst un bang worrn, un hē wēēr bi de ēērste beste Gelegenheit ruutwitscht ut de lütte düüstere Koot un rin in de Frieheit, in dèn Sünn'schien, ünner sien ōlen, truen Pappelbōōm. Man wat wēēr dat vunobend düüster un spōkelig* ünner dèn Bōōm un achter'n Diek! Swatt un biester|undeutlich, as sōōn open Graff, wēēr dor de smâlle Ingang vun dėn Eddelhoff tō sēhn. Schu un bang kēēk Odde sik um. Kunn dor ni^{X20} ēēn achter dėn Bōōm stohn un luren op ėm? Sēhg de kohle dicke Tėlgen ni^{X20} sō ut as sōōn âllmächtigen Riesenârm, dē ėm jēēdēēn Momanġ doolsloon|doolslogen kunn, wėnn hē dor ünnerdör gung? Dor kēēk blēēk un meist|fast hēēmli de Moon manġ de Tėlgen dör. Sēhg dat ni^{X20} sō ut as sōōn witt^{M3} Dōdengesicht? De Obendwind strēēk dör dėn Bōōm un dör de welken Blööd. Klung dat ni^{X20} as sōōn Stöhnen bi't Stârben? As sōōn hēēmlige Dōdenkloog?

Nu wēēr dat Nacht un in dēpen Sloop lēēg wedder^{X41a} de Welt. De stille mitföhlen |barmhattige Nacht! Sē nimmt de Minschen sō sacht|sanft in ehrn wēken Ârm un bringt ōōk dē Trōōst un Freden, dē dėn Dag över in Kummer un Sorg kēēn Trōōst un kēēn Freden finnen kunnen. Man dat wunnerlige Minschenkind nimmt in sien Hatt noch wat mit röver vun de Unrast, wō sik dat mit ploogt hett dėn lēben langen Dag. Un dat Hatt, dat kloppt un sleit un arbeidt ohn Rast un Rōh^{X52}, un joogt dėn Minschengeist wedder^{X41a} ruut ut dat stille Fredensland, wō de andēēlnehmen |barmhattige Nacht ėm rindrogen hett. *(DrG05.203)* *[DrG21.250]*

Ōōk unsen Odde kunn kēēn Freden finnen disse Nacht. Drōōmspōkels, griese, sliekhaftige Düvelsgestâlten krōpen an sien Loger un nârren un târren, plogen un jogen ėm. Hē stunn op'n Diek in ėn gresige düüstere Stormnacht. Man dat swatte Woter, wat dor rund um ėm rum wēēr, dat wēēr ni^{X20} mēhr sien Weser, dat wēēr de wille Sēē, un mit Dröhnen un Dunnern slōgen de mächtigen Bülgen |Wachen |Wellen hōōch över dėn Diekkopp weg. Ėn schurig^{M3}|grulig^{M3} Bangen befull ėm. Wō wēēr sien Huus? Wō sien Pappelbōōm? Woter, nix as Woter, achter un vör un no âll de Sieden. Swatte Stormwulken

jogen an' Heben un sēhgen ut as mächtige Fleddermüüs[X41k],
dē ėm mit süm[X06]|ehr Flünken vun dėn Diek doolsloon|doolslogen
wullen. Süm[X04]|Se sēhgen ut as riesengrōte Hexenwiever. Dē
drōhen[X53] ėm mit de Füüst un susen dėnn vörbi ünner Hulen
un Gellen. Dō kēēm ėn swatt[M3] Schipp anjogen mit witte Seils,
un an't Stüür, dor sēēt ėn Schipper mit ėn knökern
Dōdenkopp. Dē grien ėm an un nück ėm tō. Nu kēēm ėn
gewâltigen Breker anrullen un bâller un knâll mächtig gēgen
dėn Diek, datt de Grund|de Ēēr ünner Odde bever. Ümmer[X21]
niede Bülgen licken un frēten an dėn Diek un opmool dröhn
ėn gresigen Dunnerslag in Odde sien Ōhr, un hē sēhg in ėn
willen Küsel Grassōden, Sand, Lēhm un Woter op âll de
Sieden. ›Diekbruch|Diekbröök!‹ gell dat in'e Runn, as wėnn dat
ut dusend Minschenkehlen kēēm. ›Diekbruch!‹ Wild wōhlen
de Bülgen|Wachen|Wellen an dat lütte Stück, wō Odde stunn. Hē
wull schriegen um Hölp, man hē kunn ni[X20]. Dō brēēd|brēē' hē
de Ârms ut no dėn Dōdenkopp un dē krüüz schrēēg no ėm
ran, jüst as wėnn hē dör de Luft seil. Dat Spōkelschipp* kēēm
nēger, un Odde sēhg, wo de Mann an't Stüür ėm ieverig
tōwink. Man dat Hoor kēēm Odde tō (DrG05.204) Bârg, dėnn hē
sēhg nu düütli dat Dōdengesicht vun dėn Schipper, un de
Schipper wēēr … Knipperdolling! Dō brōōk dicht an' Diek dat
Schipp in twēē Dēlen vunēēn un verswunn in de Bülgen.
Hōger un hōger stēēg dat Woter um Odde rum un jieperiger
|gieriger un duller frēten de Bülgen as sō wille Undēērten an dėn
Rest vun dėn Diek, wō Odde op stunn, ēēnsoom, verloten un
verloren. Nu bōōg sik de Grund|Bodon, nu verlōōr hē dėn Bumn,
hē wull swimmen un hârr kēēn Knööv. Dat suus un bruus ėm
in de Ōhren, luder un luder, un willer un hastiger dreihen ėm
de Bülgen in' dullen Küsel|Wirbel. Dō worr ėm dat opmool hell
vōr de Ōgen un dusend gollen un sülvern Stēērns danzen um
ėm rum. Dat Brusen worr sachter un sinniger, un hē hōōr[X65] nu
ėn wēke, lēēflige Musik, dē klung as de Orgel in' Dōōm. Hē

kenn de Musik un ōōk de Stēērns! Hē hârr dat âllns je beleevt, vör Johren, as hē in't Woter fullen wēēr. Sō mennig Nacht hârr hē in' Sloop, in' willen Drōōm, disse gresige Fohrt wedder[X41a] dörmookt in Dōdensbangen un Quool. – Langsoom un unkloor, man düütliger un ümmer[X21] düütliger mook sik bi em ōōk nu sō bilüttens* *[DrG21.252]* de Övertügen brēēt, datt ōōk dit man âllns en willen Drōōm ween[X83] wēēr. Noch ēēnmool stöhn hē op un slōōg in't Dōdensringen de Ârms vunēēn, um tō swimmen un sik tō wehren gēgen de mächtige natte Gewâlt. Dō slōōg hē mit den ēēn Ârm op de Bettkant un wook op.

Odde woog ni[X20], sik tō rōhren ōder sik den Angstswēēt wegtōwischen, dē em in dicke Druppens ut dat Hoor un över dat Gesicht lēēp. Endli slōōg hē schu de Ōgen op un kēēk bang umrum. Jo, wat wēēr hē doch nârrsch! Hē lēēg je sō wârm un seker in sien Bett un âllns wēēr Drōōm un Spōōk ween[X83]. Âllns wēēr dōdenstill um em, blōōts sien ēgen *(DrG05.205)* Hattslag kunn hē hōren un en sacht[M3] Zischen un Susen in de Ōhren. De Moon stunn vull an' Heben un smēēt en smâllen Striepen vun sien blēken Schien in de ēēn Eck vun de Komer. De Moon! Dat witte Gesicht! Dat Dōdengesicht vun Knipperdolling! Odde schudder sik. De Spōōk kēēm noch mool! Hē wull sik wehren, sik umdreihen, man hē hârr kēēn Macht. Luder worr wedder[X41a] de Musik in sien Ōhren, un dat wēēr em, as wenn en swore Last em op'e Bost lēēg. Wat wēēr dat dor mit de Komerdöör? Tuck tuck tuck! De Döör gung open, sachten*, langsoom, Toll för Toll! Wat much nu komen? Wēēr dat wedder[X41a] de Tollminsch mit den hâlben Kopp? Kēēm dor wedder[X41a] de wille Buschmann mit de Schüffel? Wo veel Mool|Wo foken hârrn em disse Gestâlten quäält un sik in't gresige Ringen op sien Bett wõhlt! Tuck tuck tuck! En rōsa Schien lücht no de Döör rin, hē kēēm nēger no de Komer rin, hē worr heller un heller, un nu sēhg Odde hēēl düütli ėn Gestâlt an sien Bett stohn. Man dat wēēr kēēn biesterigen Spōōk, dat wēēr ėn lēēfligen Ėngel, mit sülvern Flünken un gollen Hoor un mit ėn lang^M3 rōsa Klēēd, fien un zoort, as wėnn dat ut Spinnwėbben wēēr. Un ut dat rōsa Klēēd dor strecken sik twēē slōhwitte runne Ârms un lään sik wēēk um Odde sien Hâls. Ėn fien^M3|zoort^M3 Gesicht drück sik an sien Backen un ėn lēēflige Stimm fluster: ›Willst du mir gut sein?‹ Dat wēēr *Klärchen* ehr Stimm, dē klung as sōte Tōvermusik*. Hē kēēk ōōk wedder^X41a in disse lēben Ōgen, dē sō ēgen, sō trurig un ōōk wedder^X41a sō vull Beed kieken kunnen. Odde wull wat sėggen, man hē kunn ni^X20. De wēken Ârms lēgen je sō fast |fest um sien Hâls. Vun dat gollen Luckenhoor gung ėn sōten Ruuch|Duft ut, as wėnn in' Summer de Linnenbōōm blōht. Luut klopp Odde dat Hatt, as wėnn dat (DrG05.206) springen wull, springen vör Schoom, dē ėm överkēēm, sō ēgen un frėmd, as hē dat sien Doog ni^X20 vörher kėnnt hârr. Hē fōhl, wo dat Bett ünner ėm verswunn, de Ėngel weih mit de Flünken un wull ėm mitnehmen, weg ut sien lütte Komer un hōger, ümmer^X21 hōger opwârds. Man dō klung vun buten ėn gewâltig^M3 Dunnern un Brusen, datt dat Huus bever un wackel. Grötter un wieder worr sien Komerfinster un grōne Twiegen [DrG21.254] un Blööd schōben sik dor dör, mēhr, ümmer^X21 mēhr, bet de hēle Komer ēēn grōte grōne Luuv|Laube wēēr. Man dat grōne Blöderwârk bōōg un dreih sik un form sik tō ėn mächtige Minschengestâlt. Dor stunn ėn Ries mit ėn grōnen langen Mantel ut luter Pappelblööd. Bruun un knupperig|knorrig as Bōōmbast|Bōōmrinn wēērn de mächtigen Bēēn un stârk un lang as Bōōmtėlgen de langen Ârms. Ut dat Blattgrōōn over, dor kēēk ėn stēēnōōlt^M3, ēērnst^M3 un fōlerig^M3 Mannsgesicht ruut un ėn langen griesen Bastboort|Rindenbart full bet op dėn Grund. Nu klung wēēk un sachten* dat lēēflige Ruscheln an Odde sien Ōhr, sō truli, un doch sō vull stille Andacht, sō as ėm dat nu al mėnnig^M3 Johr an de stillen Summerobends in dėn Sloop ruschelt hârr. Man ditmool worr ėm dat Ruscheln tō ėn Minschenstimm, tō ėn ēērnste wēke Minschenstimm, un dē sung ėn Lēēd, fierli un schōōn, un ėn stillen Freden, ėn selig[M3] Glück trock no Odde sien jung[M3] Hatt rin, as dat Bōōmspōkel sung:

> Wi hebbt uns' Wuddeln toog un fast
> in unsen Heimotborrn hier sloon|slogen!
> De Grund is hillig, wō wi wasst!
> Vull Stolt wüllt[X63]|wöö' wi hier stohn!

> Wi hoolt sik[X07]|uns ut dat Weserland
> dėn stârken Lebenssaft,
> dē gifft uns hier an' grōnen Strand
> de ōle düütsche Kraft! *(DrG05.207)*

> Wėnn uns de Stormwind ōōk mool tuust,
> wi stoht doch fast un stârk!
> Wėnn uns dat noch sō wild umbruust,
> dat geiht uns ni[X20] an't Mârk!

> Ik bün dien Bōōm, un du un ik,
> wi hōōrt je fast|fest tōhōōp!
> Doch wat uns bringt ōōk dat Geschick:
> Frisch nehm man* jo dien Lōōp!

> Wėnn wild dat Leben di umrullt,
> wohr du dien Hatt sō zoort!
> Wėnn frėmme Bülgen di umbrüllt,
> wohr du dien Ēgenoort!

> Goh hėn, wō di dien Sinn hėndrifft,
> bâld weiht ėn frėmmen Wind! *[DrG21.256]*
> Wėnn't Hatt man in'e Heimot blifft,
> bliffst du ėn plattdüütsch[M3] Kind!

Un wenn mien Holt is lang vergohn,
mien Doog sünd nu je tellt,
denk an de Steed, wō ik heff stohn,
dien Paradies, dien Welt!

Ik will as Geist vun dien ōl' Bōōm
mit di dör't Leben gohn.
Noch is di âllns man blōōts ėn Drōōm,
doch bâld, bâld wârrst' mi verstohn!

Kapitel 30: Gastfründschop för de Stutenfru

Wénn én Minsch én annern wat Gōōds[X50] deit, un hē deit dat, um sik wichtig tō moken, dénn schull|*sollte* hē dat lēver noloten. Jüstsō verhöllt sik dat, wénn én Minsch de Mēnen is, datt hē dit ōder dat sachs* anstands- ōder schomenshâlver dōōn mutt. Hē schull|*sollte* weten, *(DrG05.208)* datt dat dénn gor nix Gōōds[X50] mēhr is. Man wénn én Minsch dat Gōde[X50] ut sien rein[M3] Hatt ruut deit, ut Minschenlēēv un Andēēlnohm |Barmhattigkeit, wénn hē gor ni[X20] anners kann, vör âlln over, wénn ēēn én Ârmen, dē noch ârmer is as hē, in'e Nōōt bisteiht un hölpt, dénn freut sik de Éngeln in' hōgen Heben, as dat sō seggt wârrt.

Bi Âlldags wēērn süm[X04]|se dat sō wénnt, dat wēēr én ōōl[M3] Herkomen|ōlen Bruuk, datt jēēdēēn, dē bi süm[X05]|ehr in't Huus kēēm, tōminnst én Tass Kaffe krēēg, ēēndōōn |liekerveel |puttegool, wokēēn dat wēēr. Wénn vun dat Méddageten mool wat överblēēv, dénn hârr Grōōtmudder[X12] al ümmer[X21] seggt: „Koom! Sett dat rein un schier weg! Mōōgli|Mōōgligerwies kummt vundoog ›de‹ Handwârksbursch, dénn kann dē dat kriegen!" Dör Grōōtmudder[X12] ehr ›de Handwârksbursch‹ wēēr dat komen, datt Odde* in sien dusselige Kinnertiet ümmer[X21] de Mēnen wēēr, datt dat op'e Welt reinut man ēēn Handwârksbursch gēēv un datt dat sōōn Oort Gewârv wēēr, jüst as Schōōster un Snieder. Wénn dénn an hatte kōle Winterdoog mool sōōn ›Ridder vun'e Landstroot‹ bi Âlldags no't Huus rinkēēm un worr dénn in de lütte Koot achter'n Diek sō recht fründli opnohmen un düchtig sattfōdert[X46], dénn stunn Odde bi dén frémmen heimotlōsen *[DrG21.258]* Mann, kēēk ém grōōt un vull Dēēlnohm an un freu sik, wénn ém dat sō recht fein smeck. Grōōtmudder[X12] kunn dénn ümmer[X21] ni[X20] anners un richt ehr Ōgen schârp op Odde un deklamēēr mit Vörhōlen |Vorwurf un Afmohnen|Ermahnung in'e Stimm:

„Vor Tausende* bin ich beglickt,
die in Entbährung klagen,
weil Wärm' un Nahrung mir erquickt,
in diese kalten Tagen!"

Odde slōōg dėnn tōmeist de Ōgen dool un krēēg dėnn veelmools|foken sō dėn Gedanken, as wėnn Grōōtmudder[X12] tō ėm sėggen wull: (DrG05.209) „Wat büst du doch för ėn slechte Keerl, datt di dat sō gōōt[X50] geiht!" – Törfbuur, Melkmann, Fischfru, Snapphökersche|Kiepenfru|Hausiererin, Plünnenlieschen |Lumpenfrau, Blattfru|Zeitungsfrau, âll krēgen süm[X04]|se süm[X06]|ehr ėn Tass Kaffe un foken|mėnnigmool ōōk ėn Botterbrōōt bi Âlldags. Âlltōhōpen wēēr Odde süm[X05]|ehr dat vun Hatten günnen|gönnte er, blōōts de ōle Stutenfru|Brotfrau ni[X20], Fru Rōsenbōōm, dė kunn hē nu mool ni[X20] op't Fell kieken|kunn hē nu mool ni[X20] lieden. Mit Fru Rōsenbōōm stunn Odde vun lütt op an op'n Kriegsfōōt, un dat hârr sien Grund. Ēēnmool hârr Fru Rōsenbōōm ėn gresig[M3] Utsēhn, un tō'n Twēten lēēg dat an ehr över de Moten|afsünnerlige bâllerige Oort|Wesen, wō sē âll ehr Kunnen mit traktēēr. Fru Rōsenbōōm hârr ėn Kopp as Kasper sien Grōōtmudder[X12] un snēēd|snēē' ėn Gesicht, as wėnn ehr stüttig|ümmerlōōs[X21]|ständig ėn Kuus|Backenzahn uttrocken worr. De ōlen greekschen Künstlers hebbt je de Ēgenheiten vun de Minschen, süm[X06]|ehr Weten un Könen, man ōōk süm[X06]|ehr Lasters un Lüsten|Gelüste, Gior in Stēēn uthaut. Wi hebbt vun süm[X05]|ehr in ėn feinen lēēfligen Ringelkranz de negen Musens, wi hebbt de Gerechtigkeit, dėn Krieg, de Wrook|Rache un annere. Wėnn nu Fru Rōsenbōōm in de dōmolige Tiet ünner dat ōle Grekenvolk al leevt hârr un sōōn Bild- un Stēēnhauer hârr ehr tō sēhn kregen, dėnn wēēr hē op jēēdēēn Fâll op dėn Gedanken komen, ōōk de Untōfredenheit as Minschengestâlt in Stēēn uttōhauen. Wenn disse Künstler Fru Rōsenbōōm dėnn sō wiet kregen hârr, ėm för Geld un gōde[X50] Wōōr Modell tō stohn, dėnn hârr hē sien Ârbeit liekers ni[X20] klookkriegen kunnt. Un de ârme Mann wēēr an't Ėnn noch in de biesterste Vertwiefeln komen, dėnn sien Modell hârr je gor ni[X20] sō lang dėn Babbel hōlen kunnt! Fru Rōsenbōōm schimp, wō sē gung un stunn. Sē schimp, wenn sē bi ehr Kunnen no't Huus rinpedd un wėnn sē wedder[X41a] ruutgung, un sē schimp un knüttfuust|ballte die Hände zu Fäusten ōōk ünnerwegens still un stüttig vör sik hėn. Tō schimpen gēēv (DrG05.210) dat ümmer[X21] wat: Sē schimp|scholl op Wind un Wedder[X41d], op de slechten Tieden un dē noch slechter'n Minschen, sē schimp op ehr Kunnen un op ehr Bäckermadam, op ehr Brōōt un ehrn Stutenkorf, op Katten un Hunnen, un vör âlln op de Gören, op dat ›Pestilenzpack vun Jungs‹, as sē ümmertō[X21] sä. Jungs mussen|müssten no ehr Dünken [DrG21.260] ümmer[X21] Rüüsch hėbben, wō ēēn dē blōōts sēhg, dėnn süm[X04]|se hârrn no ehr Mēnen ümmer[X21] jüst ėn lēgen|schändligen Tog|Streich utfreten |utōōvt hatt ōder hârrn jüst ēēn in' Sinn. Wenn Fru Rōsenbōōm bi ehr Brōōtkunnen no't Huus rinbâllern kēēm, dėnn sä sē ni[X20] ›Gō'n[X50] Dag‹ un sä ōōk ni[X20] ›Tschüüs‹, wenn sē gung. Un wėnn sē morgens mool mit ehr Brōōt tō loot kēēm, dėnn schimp sē op de Lüüd, datt süm[X04]|se tō frōh opstohn wēērn.

„Wat is dat hier för ėn Ârbeit! Noch ni[X20] mool de Kaffe is kloor!", gung dat bi Âlldags, wėnn dē mool ėn lütten Stōōt* verslopen hârrn. Man kēēm sē sülben tō loot un Odde luur al op sien Twēēback, dėnn blaff|snurk sē ėm an: „Stoh mool op, du Flööz! Ik bün doch ėn ōle Fru! Luurst sachs* al wedder[X41a] op'n Stuten? Drōōg[M3] Brōōt muttst' |müsstest' hėbben, ōle kliesterige|backsige Freetsack! Huh, ik segg je man! De ōlen opsternootschen|widersetzlichen Jungs! Dat Hunnenpack, dat!" De Âlldagschen mussen sik dėnn grōte Mōhg gėben, datt süm[X04]|se sik dat Lachen verknēpen. Grōōtmudder[X12] hârr mool seggt: „Ēēn mutt dat ōle Minsch still beteben|gewähren loten. De Hōōftsook is, datt ehrn Bäcker sō feine Stuten hett. Man lang wârrt sē dat sachs* ni[X20] mēhr moken, denn ik glōōv, dat ōl' Postüür fritt sik noch mool vör Wōōt[X51] sülben op, so verbeten as dē is." Dō hârr Berta, wat je ōōk sōōn Snutige|Slagfârdige wēēr, hell oplacht un hârr mēēnt: „Jo, Grōōtmudder[X12]! Un wenn sē dat nu mool nachtens deit, denn liggt den annern Morgen je blōōts noch dat Hemd in't Bett!" – Man Odde kunn den (DrG05.211) ōlen Höllenbessen ni[X20] op't Fell kieken un wēēr dor ni[X20] tō tō kriegen, de Rōsenbōōmsche ēēn ēēnzigst[M3] Mool en Tass Kaffe intōschenken, dē sē Morgen för Morgen bi süm[X05]|ehr krēēg.

In de niede Stroot un in de Hüüs an' Diek hârr Fru Rōsenbōōm ehrn Bäcker en Bârg Kunnen tōkregen. Dat gēēv natüürli ōōk wedder[X41a] för uns' ›bellen Becka‹|bellende Becka (sō worr de Ōōlsche bi Âlldags ōōk gēērn nōōmt*) allerhand tō schimpen un schafutern |schandēren. De Bäcker wēēr en ›Slovenpietscher[X59]‹|Sklovenpietscher[X59], un dē wull ehr umbringen mit de Treppenklatterie, un wat wüllt[X63]|wöö' wi mit âll dat ōl' dickkoppig' Volk hier an' Diek? Prachervolk is dat! Betohlt man blōōts alle Moon un denn ōōk noch gliek bi'n Bäcker! Un de ōlen Dēēnstbessens |Dēēnstdēērns sünd al jüstsō opsternootsch as de Madams! Koomt vun' Buurndörpen, man dreiht dat ōle Snutenwârk jüst, as wenn süm[X04]|se nu opmool kēēn Platt mēhr köönt! *„Heute för ßehn Fennige mehr, Frau Rosenbaums!"*, geiht dat denn. Ēēn schull|sollte süm[X05]|ehr doch ēgentli den hēlen Stutenkorf vör de Döör kegeln! Is dat opstunns* noch en Welt? Is dat en Ârbeit? Huh! Ēēn schull dor mangruutlopen|weglōpen, schull ēēn!" – Dat wēēr sō de Morgen- un Obendbeed |dat -gebett, dē |wat Fru Rōsenbōōm

ümmer[X21] beden dä, wenn sē bi Âlldags ehr Tass Kaffe drunk.
(DrG05.212) [DrG21.262]

Kapitel 31: De Dōdenbund in't Dōdenschipp

Dat wēēr op ėn Middewekennomėddag in' November. De Rōsenbōōmsche pedd jüst ut ehr lütt[M3] Kubbuff vun Huus in'e Möhlenstroot, wat ni[X20] veel grötter wēēr as Ålldags süm[X06]|ehr twēēdörig[M3] Klēderschapp. Sē wull mit ehrn lerdigen Stutenkorf op ehr Nomėddagstuur gohn un schrökel|ging beschwerlich in ėn hōōchbēnigen Kleitritt|mit Schritten wie durch dicken Dreck de Weverstroot langs no'n Bäcker. Dō kēēm Gustav Lōrenz an ehr vörbi, dėn sien Öllern ōōk tō de Rōsenbōōmsche ehr Kunnen tellen|hȫren[X65] un in ēēn vun de nieden Hüüs wohnen. *›Das Alter muss man ehren und überhaupt gegen jedermann höflich sein‹*, hårr Gustav tō Huus lēhrt, un sō nēhm hē hēēl nett de Mütz af un sä: *„Guten Tag, Frau Rosenbaum!"* Man dō hårr hē in ėn Fettputt pedd |hårr hē ėn Kōh in't Ōōg sloon|slogen, un vör dat Unwedder[X41d], dat hē nu op't Fell|op'n Bast krēēg, hårr hē sik ni[X20] wohrt|sich nicht in Sicherheit gebracht! – „Wat wullt du? Du Kēēsgesicht! Ōl' Lüüd för ėn Nårren hėbben? Ik will di bi *›Frau Rosenbaums‹*, du Schandmuul. No dėn Schōōlmeister will'k hėn! No de Pullzei will'k hėn! Di schüllt[X62a] süm[X04]|se sachs* tamm|zahm kriegen, du Truufsüss|Nichtnutz|Pfeife. Du Briet|Lümmel vun Jung!" – Gustav wuss gor ni[X20], wat ėm överkēēm, as ėm sien Fründlichkeit sō lōhnt worr. Hē vergēēt vör Schreck, sik sien Mütz wedder[X41a] (DrG05.213) optōsetten, nēhm de Bēēn ünner'n Årm un trock af, as wėnn de Düvel achter ėm wēēr. Jüst wull hē no sien Huus rinwitschen, as Odde* bi'n Diek um de Eck kēēm. As Gustav sien Kamerood vertellt hårr, wat ėm eben passēērt wēēr, dō muss Odde, dē sik mit de dore Fru je utkėnn, doch luuthåls lachen. Un dor nēhm hē de Bangbüx ēērstmool sien Bangen mit af, dėnn de gōde[X50] Jung glōͦͦv, datt de Rōsenbōōmsche dat wohrmoken un no sien Schōōl ōder gor no'e Pullzei gohn worr. Odde tell tō dē Oort Minschen, dē ni[X20] veel seg̈g̈t|snackt. De Kinner wiet un siet, lütt un grōōt, riek un ring[X39], dē muchen ėm âll gēērn lieden|verdregen, un sien Wōōrt dat goll wat. Sien kloren blauen Ōgen, dē hē fast|fest op dėn richten dä, wō hē jüst mit tō dōōn hârr, dē mussen ėm je ōōk wull sōōn ēgen |ēgenoordige Macht geben. Sō kēēk hē dėnn ōōk Gustav schârp un överlegen in de Ōgen, lä ėm de Hand op de Schullern un sä: „Wėnn du ehr wieder nix seggt hest, as blōōts ›Gō'n[X50] Dag‹, dėnn wüllt[X63] wi ehr nu mool tō Lief un wüllt[X63] ehr mool ârgern, datt sē grōōn un geel wârrt. Alsō mool oppassen: *Wir müssen sofort den ›Totenbund‹ einberufen!* [DrG21.264] Hool du fix dien beiden, ik fleut de annern! Man de Sook mutt gau gohn!"

Op dėn grōten frie'en Platz vör süm[X06]|ehr Huus lēēg, dicht an de Siedenplank|seitl. Bretterzaun vun dat Spöökhuus, dor lēēg dat Seilschipp ›Dōdenkopp‹, mit dėn Kiel no'n boben. Datt de Bōōtsrand ni[X20] direktemang op dėn Grund tō liggen kēēm, wēērn dor op jēēdēēn Ėnn twēē holten Klütz ünnerschoben, wō dat Schipp op lēēg. Vun dėn Ēērdborrn bet no dėn Schippsrand wēēr dordör ėn gōden[X50] Fōōt Luft, un dē|'kēēn as Jung ni[X20] jüst dėn Puckel un dėn Buuk vun dėn dicken Hinnerk an'e Slachte|histor. Uferpromenade hârr, dē kunn licht ünner dat Schipp krabbeln un sik dor versteken. Dat wēēr unsen Odde al vergohn |letzten Hârvst gor ni[X20] swoor ween[X83], dat uttōsnüffeln. Hē kėnn dat Schipp je vun (DrG05.214) buten un binnen, wėnn dat op't Woter swumm, un hârr al mėnnig' Regenschuur över sik hėnweihen loten, wėnn hē drȫȫg un seker in de lütte Kōōj huckt hârr, dē vör|vorn an' Kiel vun dėn ›Dōdenkopp‹, bet op ėn Drüddel vun de Schippsläng, woterdicht afdeckt wēēr. Hē hârr ōōk bâld ruutfunnen, datt sik in dissen Verslag noch veel kommōdiger sitten lēēt, wėnn dat Schipp an Land överkopp lēēg, dat Verdeck mit sien

Binnensiet dēēn dėnn as Fōōtborrn. Disse Kōōj hârr för Odde ėn hēēmli[M3] un seker[M3] Versteek afgeben un hē hârr ōōk sien Gehēēmnis in'e ēērste Tiet recht ėn Wiel wohrt un för sik behōlen kunnt. Wo mėnnig Mool|Wo foken wēēr hē in'e Kniep |Bredulje ween[X83], in Spoos un Ēērnst, un wo fein wēēr ėm dat dėnn tōpasskomen|gelegen gekommen, wėnn hē dėnn opmool vun' Ēērdborrn verswinnen kunnt hârr! Man ēēnmool hârr ėm Jan Grōōt dorbi snappt, as hē jüst dėn Kopp ut sien düüster[M3] Sluuplock|Schlupfloch stēēk. Dō hârrn de beiden ėn Bund sloten, dat Gehēēmnis gemēēnsoom tō wohren. Dėnn wēērn süm[X04] |se op dėn Gedanken komen, sik achter dat Schipp, wat je mit'e Langssiet dicht an de Plank vun dat Spōōkhuus lēēg, ünner disse Plank dör no dėn Achtergoorn vun dat Spōōkhuus rintōwōhlen. Mėnnig Nomėddag hârrn süm[X04]|se liesen ünner't Schipp ârbeidt as de Mullworps, un opletzt hârrn süm[X04]|se dėnn ōōk glückli sō veel Dörgang kregen, datt süm[X04]|se hēēl kommōdig no dėn Goorn rinkrabbeln kunnen. Op dē Oort kunn ēēn vun twēē Sieden ünner dat Schipp un in de Kōōj komen: Ēēnmool vun' Diek ōder vun' Platz ut, un twētens vun'e Stroot ut, wėnn ēēn över de Siedenmuur* no dėn Goorn rinsprung un dėnn ünner de Plank ünnerdörwutsch. – Lang hârr dat ni[X20] wohrt|duurt, dėnn hârr Jan Grōōt dat feine Versteek an sien Brōder Lui verroodt un hârr sik dormit trōōst, datt dat je in'e Famieln* blēēv. Dē (DrG05.215) hârr over doch dėn Babbel ni[X20] hōlen un hârr Fritz Seebach de hēēmlige Steed wiest, um sik bi ėm ėn witten Fōōt tō moken|sik bi ėm rantōköteln. Man in't letzte Frōhjohr|Vörjohr hōren[X65] al wedder[X41a] twēē Mann mēhr tō dėn Gehēēmbund, un dat [DrG21.266] wēērn Gustav Lōrenz un ēēn wissen Franz Most. Sien Voder[X11] wēēr ėn hōgern Postbeamten, Franz besöch de Reoolschōōl. Man hē wēēr ėn Sēēl vun Peerd, mit dėn ēēn reken un schrieben un Appeln un Beern[X70] klauen |mopsen kunn. Wėnn disse süss Mann, de drēē Plattdüütschen un de drēē Hōōchdüütschen, tō lieke |glieker Tiet in de Schippskōōj sēten, dėnn wēēr de lütte Kabüüs sō proppenvull, datt dor ōōk ni[X20] mool ėn Brummer mēhr in flēgen kunn. Un dat wēēr dor ōōk de Grund för, worum vun nu af an kēēn Minsch mēhr in dėn Bund opnohmen wârrn kunn. Dē Süss hârrn sik dėnn ōōk mit fierligen Handslag tōsworen, kēēn Minschen op'e Welt mēhr süm[X06]|ehr Versteek tō verroden. Dat Schipp hârr je dėn Noom ›Dōdenkopp‹, un sō betēken süm[X04] |se süm[X06] |ehrn Gehēēmbund ōōk as ›Dōdenbund‹. Wokēēn dėn Dōdenbund un sien Verēēnslokool an ėn annern verroden worr, 'kēēn sik gēgen ēēn vun de Dōdenbundlers wat tōschullen komen lēēt ōder ėm ni[X20] bistunn in Nōōt un Gefohr, dē worr ohn Gnood utstött un in de Feem|Feme doon. Dē schull ünnerdör|verratscht ween[X82] as Judas Ischariot |(der verriet Christus) un kēēn Freden mēhr finnen. ›Katakomb‹ worr de Schippskōōj nu nȫȫmt*. Un 'kēēn |wokēēn dor rinkrupen wull, dē muss op Ēhr un Geweten ēērst vörsichtig un sorgsoom rumspȫren, watt ėm ōōk wull ėn frėmd[M3] Ōōg sēhg. Dėnn muss hē tōēērst fief Slääg vun buten an dėn Schippsrump dōōn, drēē hatte un twēē sachten*. Sēēt dor dėnn al ēēn in, dėnn worr datsülvige Tēken vun binnen gėben un de anner kunn rinkrupen. In'e ēērste Tiet wēērn süm[X04]|se dat anfungen, ėn lütten Kâlkstummel as *(DrG05.216)* ›Fredenspiep‹ rumgohn tō loten. Jan Grōōt broch dėnn vun sien Voder[X11] sien Lüttgōōt[X50]|Abfall bei der Zigarrenherstellung mit. Man af un an, wėnn Jan jüst kēēn Tobak footkriegen kunn, dėnn hârrn süm[X04]|se ōōk al mool Kastanjenblōōd smȫȫkt. Man Jan Grōōt nēhm dē ni[X20] an' Mund un betēēk dē vull Verachten as ›Kunterschârps-Brasil‹ |Contrescarpe-Brasil. Dat hēle Piepensmȫken hârrn süm[X04]|se over ōōk bâld wedder[X41a] an' Hoken hungen. De Rentlichkeit vun de Katakomb wēēr doch ēēnmool dör Fritz *Seebach* schändli stȫȫrt worrn. Odde hârr sōunsō nix vun dat Smȫken weten wullt, un ēēnmool hârr süm[X05]|ehr de Rōōk ōōk op ėn hangen Hoor verroodt. Sō schaffen süm[X04]|se dat dėnn ēēn för alle Mool af. Dorno richten süm[X04]|se sik sōōn Oort Hamsterloger in, un jēēdēēn muss vun sien Huus an Provijant mitbringen, wat hē man jichens* musen un kriegen kunn. Gele Wuddeln|Möhren, runne Rȫben |Speiserüben??? |Brassica rapa rapa??? un Steekrȫben, Appeln, Beern[X70] un Nööt, sōgor sure Gurken un dicke Zibbeln|Zwiebeln worrn in dit lütte gresige Hunnenlock rinsleept. Dor wēēr ėn Luft in, as dē slechter wiss ni[X20] ünner dat Deck vun sōōn Sklovenschipp[X59] ween[X83] is. Man âllns worr hier mit sōōn Aptiet wegquoost|weggemampft un wegneiht|verschlungen, as wėnn dat de schȫȫnste Leckerkroom wēēr. Wokēēn düchtig wat mitbroch, dē wēēr Boos|Held. Man de hȫȫchsten Verdēēnsten um dėn Dōdenbund krēēg dē, dē mool ėn Stummel Licht spendēren dä, un wėnn dat ōōk man ėn Wiehnachtslicht wēēr. Dėnn worr dē [DrG21.268] ansteken un merrn in dėn Krink op dėn Fōōtborrn backt|peekt. Wėnn dėnn buten de Regen gēgen de Schippswand pietsch, wėnn de Snēē sik op dėn Schippsborrn lä, dėnn lēgen de Jungs in süm[X06]|ehr Kōōj drȫȫg un seker un in ēēn Kuddelmuddel dörėnanner un överėnanner as in sōōn Nest vull junge Katten. Dėnn worrn hēēl liesen Spȫȫk- un Sēē- un Rȫvergeschichten vertellt, (DrG05.217) un veelmools worr süm[X05]|ehr de ›Dōdenkopp‹ tō ėn gresig[M3] Spȫȫkschipp, wat op ēwig verflȫȫkt|verflucht wēēr un nârms Land un Freden finnen kunn. Un de lütten feinen Jungs, dē tō Huus op Plüüschdeken gungen un vun sülvern Schötteln ēten, süm[X04]|se fȫhlen sik hier sō wull|mȫje un so riek as nârms op'e Welt. Süm[X04]|Se pannen|spârren sik in in ėn dumpig[M3] Hunnenlock un fȫhlen sik liekers sō frie as ėn Kȫnig in sien Slott! Süm[X04]|Se kauen dat, wō sunst|anners sachs* de Swien mit affōdert[X46] wârrt, un doch smeck süm[X05]|ehr dat hier beter as tō Huus dat Schȫȫnste un Beste! Õh, du glückliche, selige Kinnertiet! Du büst dat Morgenrōōt vun uns Leben, sō gollen, sō lēēfli un rein! Dien Schien lücht uns vöran op unsen Lebensweg, dē foken|veelmools man sō düüster is, wènn swatte Wulkenspȫkels|*Wolkengespenster,* wènn Sorg un Kummer dor süm[X06]|ehr Schaddens ropsmeten hebbt!

Kapitel 32: Ruut dor! – De Rōsenbōōmsch

Binnen teihn Minuten sēēt de Dōdenbund in sien Lock, bet op Fritz *Seebach. „Vielleicht liegt er gerade im Bett und wartet, dass sein Hemd trocken wird"*, mēēn Gustav Lōrenz. Un jüst wull Odde* anfangen, süm[X05] |ehr vunēēntōsetten |utēnannertōsetten, ut wat för ėn Grund süm[X04] |se hüüt tōhōpentrummelt wēērn, as Fritz ōōk al vun'e Plankensiet her ankrabbeln kēēm un sien *(DrG05.218)* Kopp no de Kōōj rinstēēk. *„Kinder"*, fluster hē, *„haltet bloß de Luft an! Da draußen uff'n Platze stehn zwee'e un kieken immerzu det Schiff hier an! Ick jlobe, der eene, wat der Olle ist, det is der, dem det Schiff zujeheert, un ..."* – „Pst!", mook Odde. „Still! Ik hōōr süm[X05]|ehr snacken! Süm[X04] |Se koomt nēger!" – *„Ick habe noch 'ne verknutschte Zijarette, die wer' ick mir uff den Schreck erscht mal int Jesichte schtecken!"*, mēēn over Fritz dickdreevsch |dickfellig. Un ēhr datt Odde ėm mōten|dorvun afhōlen *[DrG21.270]* kunn, hârr de Windhund ėn Swevelsticken anreben un de Papierzigârr|Zigarett in Brand steken. – Buten worr nu mit ėn Stock sōōn poor Mool deftig gēgen dėn Schippsrump dunzt |stött, datt de Jungs de Köpp dröhn, un ēēn hōōr[X65] düütli dėn ōlen Asmus sien Stimm: „Nä, wēēt|wēten[X10] Sē, Meister, de Planken sünd noch sō fast un gesund[X38] as niet[M3] Holt. Wokēēn mien ›Dōdenkopp‹ kofft, wēēt|wēten[X10] Sē, dē is ni[X20] bedrogen. Dat is ėn Kasten, ik segg Sē, dē is sōgor sēēfast! Dē klüüst |stampt dor dör, as ėn Helgolanner Sluup|Schaluppe, un dor kann ōōn sachs* mit bet no Batovia|Batavia (heute: Jakarta) sellen! Dor köönt|könen[X10] Sē wiss bi ween|sik op verloten!" – „Jo", hōōr[X65] ēēn nu de anner Stimm, „ik sēhg ėm hēēl gēērn mool vun binnen, wo hē dėnn vun Fârv is. Köönt wi beiden ėm ni[X20] mool eben överkopp kanten?" – De beiden Mannslüüd hârrn kēēn Ohnen, datt sōōn knappen Fōōt vun süm[X05]|ehr weg, achter de

Schippsplanken, süss Jungshatten dicht vör't Stillstohn wēērn, un datt op süss Jungsköpp dat Hoor langsoom tō Bârg kēēm.

„Ōha!", lach over nu de ōl' Kaptein. „Dėn Kohn |Dē Kuff överkopp tō smieten, dor hȫȫrt tōminnst|wēnigstens noch vēēr sōōn Keerls tō, as wi sünd! Un dėnn heff ik je ōōk dėn Reimertissen|Rheuma in'e Schullern, un heff kēēn Knȫȫv in' linken Ârm. Man Sē kȫȫnt|könen[X10] sik dor fast|fest op verloten, (DrG05.219) datt bi mien ›Dōdenkopp‹ âllns in't Lōōt is! In sōōn Soken bün ik ėn sünnern Kloos|besonderer Kauz un … man wat is dat? Kēēm dor ni[X20] eben Rōōk ünner dat Schipp ünnerruut? Rüükt dat ni[X20] jüstsō as Piepenquâlm? Ik will doch ni[X20] Asmus hēten, wėnn dor ni[X20] ünner't Schipp Tobak smȫȫkt wârrt! Kiekt |Kieken[X10] Sē dor doch mool eben ünner, Meister!" – Muurmeister* Lührssen bück sik un kēēk ünner dat Schipp. „Jo", sä hē, as hē wedder[X41a] umhȫȫchkēēm, „dat is dor man pickendüüster. Man sō veel as ik wies wârrn kann, sitt dor kēēn Düvel ünner. Dėn Quâlm heff ik ōōk hēēl düütli spȫȫrt, man dat muss|müsste je doch ėn hēēl wunnerlige Kreih ween[X82], dē sik dor ünner dat Schipp lėggen wull, um tō smȫken." – „Jo, jo, jo", mēēn over Asmus ieverig, „kiekt|kieken[X10] Sē mool hier! Hier sünd allerhand Spōren in' Sand! Dor is ēēn ünnerkrabbelt, un ik loot mi hangen, wėnn dē ni[X20] in'e Kōōj sitten deit! Hē! Mool ünnerruut dor! Ruut ut mien Schipp! Jüm[X01]|Ji|Ju Banditenvolk! Wüllt|Wööt jüm[X01]|ji|ju mien Schipp in Brand steken. Ünnerruut, segg ik!" Dormit dunner de Ōl' mit sien Handstock an de Kōjenplanken un lä dėnn dat Ōhr an de Schippswand. „Pst!", drȫh[X53] un kniepȫȫg |zwinkerte hē dėnn Lührssen tō un fluster: „Heff ik dat ni[X20] seggt. Dor binnen rȫhrt sik wat! Ik hȫȫr wat snacken! Dat sünd Jungs. Over tȫȫv man! Dē verdreihte Bann! Dē Burschen wüllt[X63] wi sik[X07]|uns mool kōpen!" Dormit trock hē Lührssen an' Rocksärmel vun dat

Schipp af un sä in't Weggohn luut: „Och wat, koomt|komen[X10] Sē man her, Meister! Dat is doch wull nix ween[X83]! Wi wüllt[X63] dat Schipp morgen umkanten loten un köönt dat dėnn besnacken." De beiden gungen nu ōōk sōōn poor Schreed tōrüch un löhnen sik dėnn over an dėn dicken Bōōmklutz, dē noch ümmer[X21] op dėn [DrG21.272] Platz lēēg. (DrG05.220) „Sō!", sä Asmus nu. „Dėn Kroom wüllt[X63] wi doch mool afluren! Dor will ik nu mool achter, 'kēēn|wokēēn dor in mien Schipp sitten deit. Ēēnmool mööt de Spitzbōōben je tō't Lock ruut! Ik heff Tiet, un wėnn ik bet övermorgen luren schâll!"

Jo, dor hârr Kaptein Asmus recht: Tiet hârr hē nōōg. Man watt sien Gedüür|Geduld sō lang anhēēl, dat kēēm dor noch op an, un dat sēhg dor ōōk gor ni[X20] no ut. No ėn hâlve Stunn fung Meister Lührssen ōōk al an tō quesen|gnegeln|quârken: Dat wēēr âll Inbillen|Einbildung, un hē hârr dor kēēn Fiduuz|Vergnōgen an, hier as sōōn Oop op'e Luur tō stohn. Wėnn dor ēēn in sēēt, dėnn muss|müsste dē al lang wedder[X41a] ünnerruut ween[X82], un hē gung|ginge nu no Huus. Man Asmus hârr doch tō düütli hōōrt, wo de Jungs liesen mitėnanner rootsloon|rootslogen |beratschlagt hârrn, un gēēv dėn Kroom noch lang ni[X20] op.

As Lührssen weggohn wēēr, pedd hē liesen wedder[X41a] an dat Schipp ran, lä dor sien Ōhr ran un luuster. Man hē hōōr[X65] wieder nix, as sien ēgen Snuben un gung dėnn sachten* wedder[X41a] no dėn Klutz. Wėnn de ōl' gōde[X50] Kaptein ėn Ohnen hatt hârr, wat sik glieks no sien ēērst[M3] Kloppen ünner dėn ›Dōdenkopp‹ afspeel, dėnn hârr hē hēēl wiss wat Vernünftigers doon, as dor as sōōn Koter vör't Muuslock op'e Luur tō liggen un stiefweg mit sien ēhrligen blauen Sēēmannskiekers dat lerdige Schipp tō wohren. Sachten* |Vorsichtig un behott|behutsam hârrn de Jungs ēēn no'n annern de Bēēn ut dat vēērkante Kōjenlock schoben un wēērn âll süss glückli ünner de Plank dör un no dėn Spȫȫkhuusgoorn rinswutscht.

Odde wēēr ēērst bȫȫs|schändli giftig*|vergrėllt ween[X83], un dor hârr ni[X20] veel an fehlt, dėnn hârr hē Fritz *Seebach* för sien Smȫkerie bi'n Hâls kregen un düchtig Rüüsch|*Prügel* geben. Nu wēēr over noch âllns gōōt[X50] gohn, un sō gēēv sik sien Roosch|*Wut* bâld *(DrG05.221)* wedder[X41a]. Un dör dat Kellerfinster jump de Dōdenbund no't Spȫȫkhuus rin, um dor dėn swatten Ploon gēgen de Rōsenbōōmsche so recht in' Stillen, man ōōk in alle Iel tōrechttōsmeden.

Dat wēēr noch ni[X20] veel |foken vörkomen, datt de Rōsenbōōmsche bi'n Bäcker sō lang luren muss as an dissen Nomėddag. De Oben|*Ofen* hârr ni[X20] wârm wârrn wullt, un dorum wēērn de opkroschten Twēēbacken noch ni[X20] kloor. Hârr ehr dat ›Gō'n[X50] Dag, Fru Rōsenbōōm!‹ ēērsten|*vorhin* al füünsch mookt, sō drēēv ehr dit lange Tōben nu för Gewâlt de Gâll in't Blōōt, un dorum verdrēēv sē sik un de Bäckerfru de Tiet mit Schimpen un Quârken|Wrekeln|Räsonēren. Dat gung|*ginge* ni[X20] mēhr sō wieder! Dat wēēr je ėn Hunnenleben. Man sē wull dor ėn Ėnn vun moken. Sē wull sik mellen, datt sē in't Ârmenhuus kēēm! Âllns krēēg sē bi'n Kopp: De Stuten worrn ümmer[X21] lütter, dor kunn bâld ėn Kauk* mit wegflēgen! Dat Mehl wēēr veel tō gries, un in de Hēēdwigen |Grammbrōōd |Heißwecken, dor spelen de Krinten Kriegen|*Fangen*! De Bäckerfru kėnn âll disse Lēder al *[DrG21.274]* Wōōrt för Wōōrt ut'n Kopp un pack stillswiegens dėn Stutenkorf vull. Ünner Schimpen un Schafutern|Schandēren trock dėnn de Rōsenbōōmsche ėndli lōōs un gung op ehr Rundreis. Wücke Kunnen hârr sē al bedēēnt un wull jüst bi de Krüüzstroot um de Eck bȫgen, as sōōn deegten|dannigen|*kräftiger* Jung gau an ehr vörbigung, mit ėn dėpen Dēner de Mütz afnēhm un mit ėn hēēl respektēērlige Stimm sä: „Gō'n[X50] Dag, Fru Rōsenbōōm!" As de Rōsenbōōmsche sik gau umdreih un sō recht dēēp Puust hool, um dissen driesten|*verwegenen* Halunk sien Kumpelment op ehr Oort tōrüchtōgeben, dō wēēr de Jung over al verswunnen. Sē kunn sōdennig wieder nix dōōn, as vör sik henschimpen un truff |*stevel* de Krüüzstroot wieder langs. Knapp hârr sē over teihn *(DrG05.222)* Schreed doon, as opmool ut dėn Gang vun dėn Kōhbuur Schröder ėn annern Jung ruutschōōt, op desülvige Oort dėn Deckel aftrock un mit ėn wēnerlige Stimm sä: *„Juten Tag, Frau Rosenbaum!"* Man dormit wēēr ōōk al de Inhebber vun disse Stimm as sōōn Schadden um'e Eck no de Weverstroot rinwitscht. De Lüüd, dē jüst dör de Krüüzstroot gungen, blēben verwunnert stohn un kunnen gor ni[X20] begriepen, wat dėnn de ōle Brōōtfru opmool in' Kopp schoten wēēr. Sē hârr sik umdreiht, wēēr mit lange Schreed no de Eck schoten un bölk: „Hōōlt|*Haltet* ėm mool! Hōōlt dėn Flööz!" Man dor wēēr kēēn ›Flööz‹ tō sēhn, dorför over ėn annern Jung, dē ut'e Weverstroot ruutkēēm, mit stramme Schreed un recht sōōn dusselig[M3] Gesicht an de Rōsenbōōmsche vörbigung un mit ėn dēpen Knix un ėn noch dēpere Brummstimm sä: „Gō'n[X50] Dag, Fru Rōsenbōōm!" Dat wēēr dėnn doch tō veel för unse Rōsenbōōmsche! „Dor is al wedder[X41a] ēēn!", kriesch sē. „Dėn kėnn ik! Dat is de Âlldagsjung! Hōōlt ėm! Hōōlt ėm! Huh, dat Pestpack dat!" Jo! De Âlldagsjung! Dat wēēr ōōk jüst de rechte Mann, um sik hōlen|*halten* tō loten! Dē hârr ōōk noch gor kēēn Tiet, sik tō Rōh[X52] tō setten, dėnn dit wēēr ēērst de Anfang vun dat Speelwârk|*Schauspiel.* De Dag wēēr noch lang un dat gēēv noch recht in Bârg tō verhackstücken|*abzuarbeiten.* De Dōdenbund hârr sik je versworen, datt jēēdēēn vun de süss Moten|*Mackers* an dissen Nomėddag süssmool de Rōsenbōōmsche op ehr Brōōttuur bemōten|*begegnen* muss un jēēdēēn muss dorbi ōōk süssmool sō fründli as hē dat jichens* an' Dag bringen kunn, ›Gō'n[X50] Dag, Fru Rōsenbōōm!‹ sėggen. Wieder dörs dor ōōk ni[X20] ēēn ēēnzigst[M3] Wöört bi seggt wârrn. Dėnn kunn süm[X05]|ehr kēēn Pullzei un kēēn Schööl wat döön, wėnn dat mool ruutkēēm. *(DrG05.223)* Man Odde kėnn sien Rōsenbōōmsche tō gōōt[X50] un wuss niep* un nau, datt disse Medizin dat ōle bâllerige |dullerhorige |jähzornige, kabarietsche |krētelige |luunsche Minsch veel slimmer op dėn Moog sloon|slogen worr, as wėnn sē teihn Brōōtkunnen verlēren dä. Dat schood over mool nix. Sē hârr ėm âll sien Leben lang piesackt, *[DrG21.276]* hârr ėm ümmer[X21] ėn hēēl[M3] Register vun feine Ökelnooms an' Kopp smeten un günn ėm ni[X20] de Luft an' Diek, noch ni[X20] mool dat Brōōt, wō sē doch noch ehrn Verdēēnst an hârr.

Op de Tuur dör de Krüüzstroot, dör de Rundjen|*In der Runken* un bet törüch no de Frolleins Ėngelken, wō sē ōōk Brōōt hėnbroch, hârr unse ›bellen Becka‹ noch sōōn Stücker teihn ›Gō'n[X50] Dag, Fru Rōsenbōōm!‹ aftōholen. Un wėnn Odde dat Thēoter mitbeleevt hârr, wo de Rōsenbōōmsche bi de ōlen Frolleins mit no't Huus rinhulen un futern|*schafutern* kēēm, dėnn hârr hē sien Gârr|*Garde* tōhōpenfleut un hârr seggt: ›Kinners, hōōlt op, dat is nōōg!‹

De Frolleins Ėngelken mēnen je ni[X20] anners, as datt ehr Brōōtfru sik ėn Bēēn broken ōder tōminnst âll ehr Brōōtgeld verloren hârr, as süm[X04]|se dē Gestâlt dor vör in't Huus op'n Stōhl sitten sēhgen un ut dat Krieschen un Rappeln ēērst gor ni[X20] klōōk wârrn kunnen. Man as süm[X04]|se dor ėndli achterkēmen, datt ėgentli wieder nix lōōs wēēr, as datt de Jungs blōōts ›Gō'n[X50] Dag, Fru Rōsenbōōm!‹ seggt hârrn (un süm[X04]|se kėnnen je ōōk dat ōl' wunnerlige, wanschopen |*missgestaltete* Postüür niep* un nau), dō mēēn Frollein Emilie suutje |*sachten** un sinnig |*bedachtsoom*: *„Aber beste Frau Rosenbaum! Sie sollten sich doch beruhigen und sich darüber freuen, wenn die Knaben höflich sind!"* – Dō hârr sē dat over dropen|*den Nerv getroffen*! As hârr sē ehr Fief ni[X20]|*Als wäre* *sie von Sinnen,* sprung de Rōsenbōōmsche op, pack ehrn Stutenkorf un stōōv|*stob* no de Döör. „Sō is't recht! Sō is't recht!", schrēēg sē. „Hōōlt|Hōlen^X10 Sē dor man noch mit tō! Dat Pestpack! *(DrG05.224)* Op't hēle Ō̄ōsterdōōr|*Stadtteil vor dem Ostertor* hebbt süm^X04|se dat âll op mi ârm' ōl' Minsch afsēhn! ›Gō'n^X50 Dag, Fru Rōsenbōōm!‹, ›Gō'n^X50 Dag, Fru Rōsenbōōm!‹, dėn hēlen Dag! An âll de Ecken un Ėnns! Huh, wat ėn Ârger, wat ėn Ârger! Ik goh no de Pullzei, goh ik!" – *„Frau Rosenbaum! Sie haben uns ja gar kein Brot hingelegt!"*, rēpen de beiden Frolleins ehr noch achterno, man dē hōōr^X65 un sēhg nix mēhr. – Un doch: ›Gō'n^X50 Dag, Fru Rōsenbōōm!‹, ›Gō'n^X50 Dag, Fru Rōsenbōōm!‹, dat hōōr^X65 sē sachs* noch twintig Mool an âll de Ecken un Ėnns. Un as sē mit swore mȫde Schreed sik no dėn Diek ropsleep un mēēn, datt sē nu wull ėndli Freden hârr, dō duken opmool süss Köpp achter sōōn Muur* hōōch, un as sōōn gresige Düvelsstimm gell un schrēēg dat ut süss Kehlen: „Gō'n^X50 Dag, Fru Rōsenbōōm!" *[DrG21.278]*

Kap. 33: Wat dènn âllns achteran kēēm!

In't Spöökhuus, lang utstreckt op dèn Fōōtborrn vun'e Plättstuuv, dor lēēg de Dōdenbund. De Schippskatakomb wēēr ni[X20] mēhr seker un stormfrie: *„Die Ratten verlassen das sinkende Schiff!"*, hârr Gustav Lōrenz mēēnt, wat ümmer[X21] sōōn hēēl Överklōken wēēr, hē hârr al bannig veel leest. *(DrG05.225)* Vörsichtig wēērn dènn noch wücke Mann in dèn ›Dōdenkopp‹ rinkrabbelt un hârrn dèn Provijant, de ōlen Logermatten un Plünnen un wat sik sunst|anners noch an ›Wēērtsoken‹ funn, no dat niede ›Verēēnslokool‹ röverbrocht. Datt süm[X04]|se hier sachs* wârmer, man lang ni[X20] sō seker sēten as in dèn ›Dōdenkopp‹, dat wussen süm[X04]|se recht gōōt[X50]. Hier sēten süm[X04]|se as op sōōn Pulverfatt, dènn süm[X04] |se hârrn je kēēn Hüürkuntrakt|Mēēdverdrag, un de Behüsen |Wohnung kunn süm[X05]|ehr jēēdēēn Momanġ opseggt wârrn. Liekers hârrn süm[X04]|se sik hēēl driest|dickdreevsch allerhand Holt, Spōōn|Späne un Sprock|Reisig tōhōpensöcht un in dèn Plättoben|Ofen fürs Plätteisen èn fein[M3] Füür anbött, buten fung dat al an, kōōlt tō wârrn. Kommōdig gneter|knister dat Füür in dèn Plättoben, de Jungs kauen an de Wuddeln un Rōben, dē süm[X04]|se sik ēhrli dēēlt hârrn, un klönen vun dat, wat süm[X04]|se eben beleevt hârrn. Âll dē Sliekweeg, Ecken un Gäng worrn optellt, dē süm[X04] |se bruukt hârrn, um süm[X06]|ehrn swatten Wrookploon|Racheplan richtig uttōfōhren. Un de ēēn wull dat noch plietscher anfungen hèbben as de anner.

Wir heften uns an ihre Sohlen,
das furchtbare Geschlecht der Nacht:
Der Totenbund, er hat verstohlen
mal wieder eine Tat vollbracht!

Sō deklamēēr Franz Most un fōhrwârk Fritz dorbi mit èn gele Wuddel vör de Ōgen rum. Âll de Jungs lachen un högen sik, blōōts Odde* wull dat Lachen ni[X20] sō recht vun't Hatt. Ėm swoon|*schwante* sō wat, un hē wuss ni[X20] recht wat. Datt hē mit Ohnens|*Ahnungen* tō dōōn hârr, dat muss hē je sachs* vun sien Grōōtmudder[X12] ârvt hėbben. Hē fōhl sik hier in dėn grōten lerdigen Kasten lang ni[X20] sō kommōdig un sō seker as in dėn ›Dōdenkopp‹. Un hē dach noch foken|*veelmools* mit Gresen an de Stunnen vull Bangen, dē hē hier in't Huus beleevt hârr, as de Ēgendōmer ėm dōmools afsnappt un meist footkregen hârr. *(DrG05.226)* Treppop, treppaf wēēr de *[DrG21.280]* dulle Jagd gohn, bet tōletzt no'n böversten Böhn rop. Hier wēēr hē dėnn achter dėn Schöstēēn witscht, un dē Keerl hârr ėm ni[X20] funnen. Man lang, lang hârr hē in sien Versteek sitten musst un hârr ni[X20] woogt, no'n nerrn|*nach unten* tō gohn. Hē glōōv ümmer[X21] noch, datt de Mann noch in't Huus wēēr un op ėm luur. Dėn Momang vergēēt hē sien Doog ni[X20], as hē ėndli mit anhōlen Oten op Socken de Trepp doolsleken wēēr, in' Düüstern dör dat grōte Spōōkhuus! Wat wēēr hē glückli ween[X83], as hē ėndli de Frieheit wedder[X41a] hatt hârr! Un nu wēērn süm[X04]|se doch wedder[X41a] sō unklōōk un bötten sōgor Füür in't Huus an! Kunn süm[X05]|ehr de Schien vun'e Stroot ut ni[X20] verroden? Odde sprung umhōōch. „Kinners, dat wârrt Tiet! Ik mutt no Huus! Man wi kruupt âll ünner de Plank dör! Datt kēēn* över de Muur* geiht!“

Mit Odde sien Ohnen muss|*musste* dat doch wull wat op sik hėbben. Wėnn de Jungs ōōk man noch ėn hâlve Minuut tōōvt hârrn, dėnn wēērn süm[X04]|se ohn Gnood verratscht|*verloren* ween[X00]. Jüst wēēr de letzte Fōōl ünner de Plank dör un ünner dat Schipp verswunnen, as vun'e Stroot ut hastig de Goornpōōrt opensloten worr un ėn Mann in ėn blauen Kittel, in'e ēēn Hand ėn Lücht|*Leuchte*|*Lampe* un in'e anner ėn Ėnn Gasrōhr, dör dėn Goorn un dör de Hoffdöör no dat Huus ringung. De Mann wēēr de Ârbeitsmann vun dėn

Buünnernehmer un hârr vun sien Meister dèn Slötel in Verwohren un dorbi de Ödder[X43a] kregen, èn schârp[M3] Ōōg op dat Huus tō hèbben un optōpassen, datt sik dor nüms* wedder[X41a] rinsliekern dä. De Ârbeitsmann wohn in'e Weserstroot|Oberweserstraße, un jüst eben hârr sien Jung, dē vun't Spelen vun' Diek komen wēēr, èm vertellt, datt in dat Eckhuus wat lōōs wēēr. Hē hârr dör dat ēēn Finster Füürschien sēhn un ōōk Stimmen hōōrt. De Ârbeitsmann (DrG05.227) funn dènn ōōk richtig dat glōhnige Füür in dèn Plättoben, ōōk sunst noch allerhand Spōren, dē dorop hèndüden, datt hier Inquartēren|Einquartierung ween[X83] wēēr. Man sō veel as hē ōōk dèn hēlen Kasten vun ünnen bet boben afsöch, Minschen funn hē ni[X20]. Jüst as hē wedder[X41a] ut dèn Goorn pedd un de Pōōrt wedder[X41a] tōslōōt, dō kēmen drēē ›Minschen‹ ōder wat ēgentli ēērst wück wârrn wullen, bi'n Diek um de Eck, kēken èm grōōt an un verswunnen dènn hastig in de Hüüs, wō süm[X04]|se wohnen. Jüstsō wēērn ōōk twēē annere in dèn düüstern Eddelhoff un noch èn annern in't Âlldagsche Huus verswunnen.

Sō as de klōken Lüüd seǧǧt, dē ēēn ōōk wull Philosōphen nōōmt*, hett de Minsch èn frie'en Willen un kann moken, wat hē will. Hē kann lēgen, klauen|stehlen un bedrēgen, jo, sōgor rōvern un mōōrden, man hē mutt dor dènn ōōk för instohn, wat dorno kummt, un mutt de Supp ōōk utlepeln, dē hē sik sülben opfüllt hett. [DrG21.282]

Disse Wohrheit schull ōōk uns' Odde fōhlen, as hē an dèn ›Rōsenbōōm‹-Obend no Huus kēēm. Sō hēēl rejell|in Ordnung wēēr èm de Kroom al dèn hēlen Nomèddag ni[X20] vörkomen un èm hârr al sō swoont, datt dor an't Ènn doch sachs* wat no komen kunn. Hē wuss man ni[X20] sō recht, wat. Dat Geweten hârr èm ōōk sōōn hēēl lütt[M3] beten piesackt, wènn hē bedach, datt de Rōsenbōōmsche doch al èn hēēl ōle Fru vun in de söbentig wëër. Ėm klung dat Wöört för Wöört in de Öhren, wat sien Mudder[X12] sėggen worr, wėnn së dorachterkėëm, op wat för ėn Oort hë mit sien Mackers |Kanuten dat öle ›Huusinventoor[X59]‹ vundoog tribbelėërt|triezt|kujonėërt hârr. Datt de öl' Botterhex in't Huus in ehrn dullen Grėtzkopp Schandool |Krakėël|Lärm sloon|slogen|mookt hârr, dat wëër sö wiss as dat Omen in'e Kârk. Man hë wull sik al verdėffendėren|tö Wehr setten un hârr je öök *(DrG05.228)* wieder nix mookt, as de Rösenböömsche ›Gö'n[X50] Dag‹ seggt! – Man âll sien schönen Utflücht|Utreden, dë gungen in ėn Snups|Ruff|*im Nu* in de Grütt |Wicken|*kaputt*|verloren bi dat Speelwârk, wat hë beleben muss, as hë knapp de Nöös no de Stubendöör rinsteken hârr. Sö vergrėllt hârr hë sien Mudder[X12] lang ni[X20] sëhn. Mit ėën Raps hârr së ehrn Odde bi'n Hoorpull|*Schopf* foot, tuus un târr un stuuk|*zauste, zerrte, stauchte* ėm vun ėën Eck no de anner un strokel|ei ėm dorbi op ėn Oort de Backen, datt hë dėn Himmel för ėn Dudelsack ankëëk|*ihm Hören und Sehen verging*. „Du Slëëf un Flööz!", gung dat dorbi. „Hier mool vör't Brett! Wat hest du mookt? Ik will di wull fegen, wėnn du öle Lüüd ârgern un tribbelēren|piesacken wullt! Dor wârrt noch wat Feins ut di wârrn! Öh, öh, öh, nä, nä! Wat ėn Malöör, wat ėn Ēlend, datt ēėn öök söön Strömer vun Jung hett!" As de ēėrste Storm sik leggt hârr, worr Odde sö hēėl bilüttens* wies, datt vör ėn göde[X50] Stunn opmool de böverste Huusdöör openreten worrn wēėr un datt de Rösenböömsche as söön Wille no't Huus rinkriescht hârr: „Ik will jüm[X02]|ju dėnn bi ›Gö'n[X50] Dag, Fru Rösenbööm!‹, ›Gö'n[X50] Dag, Fru Rösenbööm!‹. Ik goh op'e Steed |stantepēė no de Pullzei! De gröte Jung! Dē Jung! Döötârgern wüllt[X63]|wööt süm[X04]|se ēėn! An âll de Ecken un Ėnns lööpt süm[X04]|se ēėn vör de Fööt! Huh, ik much süm[X05]|ehr bassen |*platzen* sëhn, dat Hunnenpack! Bassen much ik süm[X05]|ehr sëhn, dat Halunkenvolk, dat! Un Stuten bring ik ni[X20] mēhr! Dat is vörbi! ›Gö'n[X50] Dag, Fru Rösenbööm!‹, ›Gö'n[X50] Dag, Fru

Georg Droste, Odde Alldag I (Peter Neuber, Meldörp-Böker 8.2, 2018)

Rōsenbōōm!‹". – Dormit hârr dat snooksche* |afsünnerlige opdreihte Minsch de Huusdöör tōknâllt un wēēr verswunnen ween[X83].

Wat holp unsen Odde dat, datt hē sien Mudder[X12] âllns vunēēnsett|uténannersett, op wat för ėn Oort de hēle Kroom komen wēēr. Wat holp ėm dat, datt hē versprōōk|tōseker, alle Morgen un Oḃend gēērn de Stuten sülben vun' Bäcker tō holen, (DrG05.229) Fru Âlldag lēēt sik ni[X20] begōōschen*. Dėnn dat wēēr ehr Ēhr tō nēēg|verletzte ihre Ehre, datt süm[X05]|ehr op sōōn Oort dat Brōōt opseggt|aufgekündigt worr un datt sōōn Klogen öḃer ehrn Jung fōhrt worrn. Man dat Lēēgste|Dullste|Schlimmste wēēr ehr noch, wėnn de Ōōlsche dat wohr mook un [DrG21.284] gung no de Pullzei. Dėnn kunn Odde sik man insolten|einsalzen |kunn Odde over wat beleḃen! Dat ēhrbore Âlldagshuus un de Pullzei! Dat Ēlend un de Ârger un de Bloom|Blamoosch wēērn gor ni[X20] uttōdėnken!

Dat wēēr ni[X20] veel|foken vörkomen, datt Odde mit sōōn swoor[M3] Hatt tō Bett gohn wēēr as an dissen Oḃend! Wat much morgen de Dag wull bringen? Inslopen kunn hē noch lang ni[X20]! Hēēl unkommōdig un bedrōōvt fōhl hē sik doröḃer, datt hē sik mit sien Mudder[X12] sō vertōōrnt hârr, un datt sē dat gor ni[X20] insēhn wull, datt de hēle Sook man hâlf sō slimm wēēr, as de Rōsenbōōmsche dat mit ehr Gellen un Krieschen mookt hârr. Man ėn hatten Puff|Knuff krēēg sien Geweten noch dordör, datt Mieke ėm vertell, Kaptein Asmus wēēr vunnomėddag bi süm[X05]|ehr in't Huus ween[X83] un hârr för Odde fief Groschen op de Kommōōd leggt un lēēt ėm beden, doch mool schârp op dat Schipp tō passen. Ėm wēēr dat sō vörkomen, as wėnn dor Minschen in seten hârrn un hârrn sien Schipp as Hârbârg bruukt. Nä, dat wēēr tō veel! ›De ōl' gōde[X50] Kaptein! Hē schull dat man weten!‹ dach Odde un hēēl sik an dissen Oḃend för ėn grundslechten Keerl, dē sik op jēēdēēn

Fåll betern wull. De Dōdenbund muss vunēēn|uténanner! Man wat much morgen de Dag bringen?

Bammel|Angst un Quool broch de Dag för Odde. Spōkels* |Gespenster sēhg hē, op'e Stroot, in'e Schōōl un in't Huus. Wènn de Lēhrer ėm ankēēk, dènn dach hē: ›Hē wēēt Beschēēd! Glieks geiht dat lōōs!‹ Sēhg hē ėn Putz|Schandârm, dènn mēēn hē: ›Dor! Dē will di wat!‹ Man de Dag gung sō hėn, dor passēēr (DrG05.230) nix, un Odde hârr sik al recht sōōn beten wedder[X41a] verhoolt|erholt, as dėn annern Nomėddag dat Malōōr kēēm.

Sien Mudder[X12] kēēm ut'e Köök un drōōg sik in'e Schört de Hannen af. Sē sēhg ēērnst un trurig ut, un dat kēēm Odde sō vör, as wènn sē wēēnt hârr. „Koom mool rin!", sä sē kott, un gung no de Stuuv rin. Odde klopp dat Hatt! Wat much dènn passēērt ween[X82]? An't Ėnn ... „Lees dat mool!", sä Fru Ålldag kott un lä sōōn geligen|gelblichen Zeddel vör Odde op'n Disch. Odde lees, wat op dat Papier druckt un schreben stunn. ›Die Buchstaben tanzten ihm vor den Augen, er rang vergebens nach Fassung, ein konvulsivisches Zucken durchzitterte seine Gestalt und seine Hände tasteten mechanisch nach der Tischkante, sie als Stützpunkt benutzend.‹ Sō hēēs[X64] dat bi sōōn Oort Vörfäll dènn sachs* in de feinen hōōchdüütschen Lēēvsgeschichten, man bi unsen Odde kunn ēēn dat in dissen Fåll ni[X20] sō recht anwėnnen. Hē dä sik over bōōs verklōren un muss sōōn drēē, vēēr Mool vergeevs doolslucken, as hē dorachterkēēm, datt hē ėn Vörloden no de Pullzei kregen hârr. Tō Klock süss wēēr hē hėnbestellt, no't Pullzeibüro an' Stēēnweg*, Eck Dobben|Ecke Dobben, dat stunn dor op dėn Zeddel, swatt op geel. [DrG21.286]

Fru Ålldag mook sunst|anners ümmer[X21] veel Wōōr, wènn dor mool wat lōōs wēēr un wènn Odde mool wat utfreten hârr, wat ēgentli kēēn grōte Bedüden hârr. Vunmėddag sä sē kēēn teihn Wōōr. Sē hârr sik op ėn Stōhl doolfâllen loten, hârr de Hannen in dėn Schōōt leggt, schüddkopp un kēēk Odde stiefweg trurig un vörhōlern |vorwurfsvoll an. „Sō wiet is't nu komen!", süüfz sē dēēp op. „No de Pullzei! Unsen ēhrligen Noom, dē kummt … no't … swatte Bōōk rin! Ōh, ōh, datt ēēn sōōn Schann mit sien ēēnzigsten Jung belewen mutt!" Dat wēēr doch ėn beten (DrG05.231) veel vör unsen Odde! Hē hârr sik ümmer^{X21} sülben vörsnackt, datt dat gor ni^{X20} slimm wârrn kunn, wėnn de Rōsenbōōmsche dat ōōk anmell |anzeigte. Wat hârr hē dėnn doon? Dėn Kopp kunn de Pullzei ėm ōōk ni^{X20} afrieten. Man datt sien gōde^{X50} Mudder^{X12} de Sook sō nēēggung, datt sē in ehr stille, slichte Ēhrborkeit |Rechtschaffenheit ėm för ėn Verbreker ankēēk |hielt, wō hē blōōts mool um |wegen sōōn nârrschen Jungstog |Jungenstreich no de Pullzei muss, dat gung Odde doch swoor an't Hatt un broch ėm ut'e Spōōr. Wēnen, dat kėnn hē al Johr un Dag ni^{X20} mēhr, dat wēēr wat för Dēērns un för Schietbüdels un Nachtmützen vun Jungs. Dat gēēv wück, dē fungen al an tō blârren |röhren, wėnn de Lēhrer süm^{X05} |ehr mool ėn hatt^{M3} Wōōrt sä ōder wėnn süm^{X04} |se mool nositten mussen. Ėm hârrn süm^{X04} |se al haut as ōōl^{M3} Iesen, man tō't Blârren krēēg ėm nüms* |kēēnēēn! As hē over sien Mudder^{X12} dor sō sitten sēhg, as sien Geweten ėm sä, datt hē dor schuld an wēēr, datt sē dissen Kummer hârr, dō worr ėm dat sō ėgen |snooksch*, sō benaut |bedrōōvt |bedrüppelt in'e Bost, dor quääl un ârbeid |ârbei' wat, dat wull ni^{X20} ruut un liekers muss dat Luft hėbben! Hitt stēēg ėm dat in de Ōgen un blanke Tronen trüddeln |kullern ėm över de Backen. Och! Wėnn Mudder^{X12} doch man noch mēhr sä |snack! Wėnn sē doch mit ėm schimpen ōder ėm verrüüschen |verprügeln dä! Man sē sä nix mēhr, sē kēēk ėm blōōts ümmer^{X21} in de Ōgen, un dat kunn hē ni^{X20} hėbben un hē muss süm^{X05} |ehr hüüt doolsloon |doolslogen. – Bi de Âlldagschen wēēr dat anners |sunst ni^{X20} de

Fâll, datt süm^{X04}|se sik Wēēkheiten ankomen lēten. Un Snuteln |Küssen, Drücken un Strokeln, dat hōōr^{X65} dėnn ōōk sō bilüttens* op, wėnn de Kinner vun de Öllern süm^{X06}|ehrn Schōōt sprungen wēērn. Liekers hârrn süm^{X04}|se ėnanner vun Hatten lēēf, un dat dä bi süm^{X05}|ehr gor ni^{X20} nȫdig, datt süm^{X04}|se dor Dag för Dag vun snacken|redeten. Dat lēēg sō in'e Luft, dat verstunn sik vun sülben, un wėnn de ēēn ōder anner mool wat (DrG05.232) Afsünnerligs hârr, wat ėm quääl un drück, dėnn wēēr de hēle Famieln* ōōk mit' Hatt dorbi un sorg un fȫhl mit. De grōten Dēērns holpen de Mudder^{X12} un gungen ehr tō Hand, wō süm^{X04} |se man jichens* kunnen, un dat wēēr âllns ēēn Hatt un ēēn Sēēl. – Blōōts mit unsen Odde wēēr dat doch mit'e Tiet un âllnogrood*|ganz allmählich anners worrn. Hē wēēr ni^{X20} mēhr sō ›bikomern‹|offen, mitteilsam, as sien Mudder^{X12} dat nȫȫm*, sē wuss ni^{X20} âllns mēhr, wat hē buten drēēv. [DrG21.288] Un dat Mudderhatt^{X12} wēēr veelmools |foken vull Sorg um dėn ēēnzigsten Jung, watt hē ōōk wull gōōt^{X50} blēēv. As sē ėm as Wēgenkind|Tittgöör sō wēēk in ehrn Ârm wēēgt hârr, dō hârr sē je süüfzt: „Och, wėnn ēēn sōōn Kind doch sō dör't hēle Leben dregen kunn!" Jawull, jawull! Beste Mudder^{X12}! Is dat ni^{X20} ümmer^{X21} sō de Lōōp in de Welt? Wėnn bi de Kinner dat ėgen Dėnken kummt, dėnn goht süm^{X04}|se ōōk süm^{X06}|ehr ėgen Weeg. Un wėnn du ârm^{M3} Mudderhatt^{X12} di dėnn foken|veelmools sō lerdig, sō ēēnsoom un verloten fȫhlst, wėnn du opstöhnst in Kummer un Quool, un wėnn dat in di wēēnt un froogt: ›Wo heff ik dat mit verdēēnt, datt süm^{X04}|se mi sō frėmd wârrt un süm^{X06}|ehr ėgen Weeg goht!‹ Dėnn trȫȫst di, Mudderhatt^{X12}!

Du hest dien Best' doon un dien Best' geben! Du hest dien Kind dėn Weg för't Leben wiest un glattmookt|geebnet, un hest dor ėn Wiespohl|Wegweiser opricht, wō de Wȫȫr ›richtig‹ un ›anstännig‹ op stoht. Mēhr kannst du ni^{X20} dōōn! Tō de Lēēv kannst du nüms* dwingen, ōōk dien ėgen Kind ni^{X20}. Un wėnn ōōk dusend Stimmen rōōpt: ›Du schasst!‹ Hölpt âllns nix! Glōōv ōōk man ni[X20], datt du dien Kind kėnnst ōder dat in't Hatt kieken kannst! Dor mutt dat ni[X20] sō in utsēhn, as in dien ēgen ōder sō, as du di dat dėnkst! Dor süht dat tōmeist hēēl, hēēl anners ut! Un dat kummt vör, datt dien Kind sik ni[X20] um dėn Wiespohl scheert, datt dat ėn annern Weg wannert *(DrG05.233)* un dor veel|foken stültert|stolpert un doolsackt|versinkt in Schutt |Gruus un Mutt|Morast! Man wėnn dat dėnn ėndli umkēhrt un finnt dėn Weg tōrüch no de Steed, wō dat utwannert is, un dat sȫcht Vergeben |Vergebung, Trōōst un Freden an't Mudderhatt[X12], dėnn stöttst du dien Kind ni[X20] tōrüch un wiest dat ümmer[X21] dėn Weg noch mool, dėn dat verpasst hârr. Jo! Dat echte Mudderhatt[X12], dat kann je ōōk gor ni[X20] anners! Dat wēēt ōōk för sien Kind ümmer[X21] Root in alle Dingen un dat drippt ōōk ümmer[X21] dat Rechte.

In Odde hârrn nu twēē Gewâlten ârbeidt: Weddersinn[X41c] |Trotz un Dēēlnohm|Anteilnahme|Mitgefühl mit sien Mudder[X12], un disse Striet hârr ėm as sōōn iesern Band um de Bost legen. Man nu krēēg hē Luft. Langsoom lēpen de Tronen ėm de Backen dool un sachten* pedd hē op sien Mudder[X12] tō. Hē lä ehr dėn Ârm um de Schullern un sä liesen|sachten*: „Mudder[X12], wees|wee' doch wedder[X41a] gōōt[X50]! … Wees|Wee' dor doch ni[X20] sō vergrėllt|füünsch över …" Fru Âlldag hârr de Hannen in dėn Schōōt fōōlt, hool dēēp Oten un kunn nix ruutkriegen. „Tō|Man tō|Nur zu, Mudder[X12]!", fung Odde wedder[X41a] an. „Is dat dėnn sō slimm? Wat schâll ik dėnn nu moken? Segg doch, Mudder[X12]!" Buten gung langsoom dat griese Licht vun dėn Novemberdag tō Ėnn.

Slōōg de ōle Wandklock dor ni[X20] opmool veel langsomer un broch ehr ›Kummtick … kummtack‹ veel sinniger an' Dag as tō anner Tieden? Dat wēēr je jüst, as wėnn sē luustern wull op dat, wat Mudder[X12] *[DrG21.290]* un Söhn dor sō liesen tō verhackstücken |*abzuarbeiten* hârrn. Luut un vernehmli |hȫȫrbor snurr nu de ōl' Famielnmohner* fief Slääg dool, un dat sēhg jüstsō ut, as wėnn sē mit ehr Wiesergesicht|*Zeigergesicht* sōōn beten spietsch |hȫhnsch op Grōōtmudder[X12] ehrn Löhnstōhl doolkēēk un dėn Jung, de dor sō schaluu |schu un sliepstēērtsch|*mutlos* in sēēt, de Tung ruutstēēk. „Koom!", sä Fru Âlldag ėndli un stunn resoluut|resolvēērt|*entschlossen* op. „Dat (*DrG05.234*) wârrt Tiet för di! Klock süss schasst du dor ween[X82]. Nu goh hėn un treck dien Sünndagstüüg an un dėnn man hōōch dėn Kopp! Du hest di de Supp nu mool inbrockt, nu muttst' ehr ōōk utlepeln. Hier is de Slötel tō't Klēderschapp. Un dėnn: Hier is dat Geld vun Kaptein Asmus, dat steek man ēērst mool in' Spoorputt." Odde nēhm sien Mudder[X12] dat Geld ni[X20] af un kēēk no dėn Fōōtborrn. „Na", sä Fru Âlldag, „nehm doch hėn!" – Odde hârr sien Hatt nu over ēēnmool Luft mookt, nu schull dor ōōk âllns ruut. „Nä, Mudder[X12]", sä hē. „Dat Geld will ik man lēver ni[X20] nehmen." – „Un worum ni[X20]?", froog sien Mudder[X12] verwunnert. „De ōl' Asmus hett Geld nōōg un hē gifft di dat gēērn, wėnn du blōōts op sien Schipp passen deist." – „Jo", stomer|*stammelte* Odde. „Ik … ik heff dor man … ik bün dor man sülben mit in ween[X83], ėhrgüstern Nomėddag." – Fru Âlldag slōōg de Hannen tōhōpen. „Nä, wat seggt ēēn dor tō! Jung, Jung, Jung! Nu kummt ēēn mool sō recht achter dien Kneep! Du büst je rein sōōn Achtertückschen|*Hinterlistiger*! Jung, Jung! Wat mookst du ēēn för Kummer! Du bringst di noch in't Ēlend mit dien Hansbunkentōōg|*Jungstöög* un dien uthüsigen Lebenswannel! Na, tȫȫv, Bursch! Vun nu af an wârrt over anner Saiten bi di opspannt! Nu mook, datt du hėnkummst no de Pullzei! Man kummst mi fōōrts|stantepēē wedder[X41a] un vertellst mi, wosück dat aflōpen is!" (*DrG05.235*)

Kapitel 34: Vörloodt no de Pullzei

Dat wëēr al hëēl düüster, as Odde* ut' Huus pedd un mit sōōn poor Sätz no dėn Eddelhoff hėnsprung. Hē lä dėn Finger in dėn Mund un fleut schârp no dėn düüstern Gang rin. Dat goll Jan Grōōt. Dat wohr|duur recht ėn Tiet, bet Odde vun achtern her dat bekannte *[DrG21.292]* Huusdöörklappen höör[X65]. – Ėndli kēēm langsoom un mööd Jan Grōōt ansliekern. „Büst du dat, Odde?", froog hē liesen un hârr ėn hëēl anner Stimm. – „Jo", anter|antwōōr Odde hastig, „ik will di blōōts wat frogen. Wat seggst' dortō: Ik mutt no de Pullzei!" – „Minsch, ik je ōōk!", süüfz Jan. „Huh, Jung, Jung! Wat heff ik al för Rüüsch kregen vun mien Mudder[X12]! Ik segg di, jüst as wėnn sē ėn ōlen Schōh besohlt!" – Odde muss an sien ēgen Mudder[X12] dėnken. Wat wēēr dē doch gōōt[X50]! Un wat wēēr dat doch fein, datt hē mit ehr in't Reine wēēr! Nu kunn dor komen, wat dor wull! – De beiden Jungs stēgen nu dėn Diek rop, bōgen bi dat Spöökhuus um de Eck un gungen dėnn no de Krüüzstroot tō. Jan, wat sunst|anners ümmer[X21] sōōn Vergnöögten wēēr, dē hârr bōōs Bammel, *(DrG05.236)* wēēr hëēl un dëēl ut'n Liem un in Vertwiefeln |Verzweiflung. Sien Öllern hârrn je ōōk seggt: Pullzeistroof kunnen süm[X04]|se bi de velen Kinner un de slechten Tieden ni[X20] för ėm betohlen, dor muss hē dėnn för brummen un vun ›Kricks Hotel‹ (dat Kaschott* bi't Ōōsterdōōr) kunn hē dėnn man gliek no'n Ellner Hoff* komen. – Odde wēēr dor jüst bi, dėn ârmen Macker tō tröösten un de sworen Gedanken ut'n Kopp tō snacken, as süm[X04]|se an'e Eck vun'e Krüüzstroot ieverig[M3] Snacken hören[X65]. Richtig! Dor stunnen de annern Drēē, âll ėn gelen Zeddel in'e Hand, âll hârrn süm[X04]|se ėn Vörloden kregen, blōōts Lui Grōōt ni[X20], an dėn muss de Rōsenbōōmsche in ehr Opregen|Aufregung wull ni[X20] dacht hėbben. Dat gēēv nu ėn Frogen un Rootsloon

|Rootslogen|*Beratschlagen* in' Dōdenbund! ›*Geteiltes Leid ist halbes Leid!*‹ hēēt dat je sachs* op hōōchdüütsch, un sō wēēr dat hier ōōk. Un dat wohr|duur ni^{X20} lang, dėnn wēēr de hēle Dōdenbund sō krüüzfidēēl, as wėnn de Bammel, dē de Ėnkelde vörher hatt hârr, nu opmool op dėn fofften Dēēl tōhōpenschrumpelt wēēr. Wat süm^{X04}|se opmool för Keerls |*Helden* worrn! Wat süm^{X04}|se âllns sėggen wullen, wėnn süm^{X04} |se ēērst bi de Pullzei wēērn! Un wo worr de ârme Rōsenbōōmsche dat ēērst gohn, wėnn süm^{X04}|se de Pullzei vertellen, wat dat för ėn Droken|*Drachen* wēēr! Opletzt dreih dat noch dor op ruut, datt de ârme Pullzei sik man grolēren kunn, wėnn sē ēērst mit süm^{X05}|ehr, mit dėn Dōdenbund, tō dōōn krēēg: „*Ich werde natürlich sofort sagen: Meine Herren! Mein Vater ist Oberpostsekretär!*", mēēn Franz Most, un smēēt sik in'e Bost|in' Puckel. „*Sollt mal sehen, Jungs, dann kriecht die ganze Polizei!*" – „*Un kiekemal kucke!*", hibbel Fritz Seebach. „*Ieberhaupt sind wir ja so unschuld'g wi so'n dodjebornet Weesenkind! Die wer'n uns noch riehmen, det m'r so heeflich ›juten Tag‹ jesagt haben, un wat* (DrG05.237) *die olle Kneifzange is, die olle Knackeile, die wird injelocht! Kinder, ick sage eich: Keene Bange nich! Mehr wie'n Kopp kann't nich kosten!*"

›*Eins, zwei, drei … nach der Polizei! … Eins, zwei, drei … nach der Polizei!*‹, gung't in strammen Gōōsmârsch dör de Weverstroot. Man je nēger de Booskeerls no'n Stēēnweg* kēmen, je langsomer worrn [DrG21.294] de Schreed un je lieser worrn de Stimmen. Odde kēēm sik vör, as Kloos Obenstoken*, dē dōmools mit sien Mackers de Nachtfohrt no dėn Pannkōkenbârg mook, blōōts datt in dissen Fâll dat Pullzeibüro, Eck Stēēnweg* un Dobben, de Wunnerbârg wēēr un datt dat dor hēēl wat anners uttōfreten gēēv as Pannkōken un Melk un Hünnig. As dat Fief-Mann-Koppel ėndli vör dėn

Pullzei-Pannkōkenbârg stunn, dō mook de Dōdenbund sien Noom alle Ēhr, dėnn hē wēēr … dōdenstill.

„Na, was wollt ihr hier?", blaff de dicke Schandârm de Jungs an, dē sik, âll fief tō lieke|glieker Tiet, as sōōn Koppel Schoop in' Stâll, in de Wachstuuv rinschoben hârrn. – Nüms* vun de Jungs sä wat, ēēn kēēk dėn annern an un ēēn mook noch ėn dusseliger^{M3} un unschülliger^{M3} Gesicht as de anner. – „Ich frage, was ihr hier wollt!", bölk de Dicke mit de geelblanken Knōōp un dėn hōgen rōden Stohkrogen tō'n twēten Mool. „Habt ihr was ausgefressen? Was?" – Gustav Lōrenz, dē dicht bi dėn Schrievdisch stunn, wēēr de ēērste, dē sik vermünner |verhool. Mit sōōn leifigen |lockeren un vörnehmen Kattenpuckel|Dēner|Bückel hēēl hē dėn Beamten sien Vörloden hėn un sä: „Sie werden entschuldigen … wir sind … wir haben … ganz gewiss … wir haben nur ›Guten Tag, Frau Rosenbaum‹ gesagt! Und … und … mein Vater ist Kaufmann, und … seiner … seiner … ist Oberpost …" – „Ach was, (DrG05.238) halt den Schnabel, biste gefragt wirst!", bâller ėm de Dicke an, dē noch ümmer^{X21} mēēn, datt hē Hanswüst vör sik hârr, wėnn hē mool mit Minschen tō dōōn hârr. „Stellt euch da mal alle an die Wand! Ihr Rasselbande. Ich will euch denn bei ›guten Tag Frau Rosenbaum‹! Ihr … ihr … Rrräuberpack! Ich will euch denn bei auf der Straße Leute kunjenieren! Wollen euch die Beine schon lang ziehen … ihr … ihr … Grade stehn! Hacken zusammen! Flossen runter! Oder …" – Wieder kēēm hē ni^{X20}, dėnn achter de Dōōr, wō anstunn ›Polizei-Kommissar‹, hōōr^{X65} ēēn wat pingeln. Gau sprung de Dicke umhōōch, strēēk sik mit de Fingern över Hoor un Boort, trock un tucks|zupfte sien Rock tōrecht un rēēt de Jungs de Zeddeln ut de Hannen. Dėnn klopp hē an de Dōōr, treed^{X60}|tree' no dėn Kummissoor sien Stuuv rin, un dor mook de Gewâltige jüst datsülvige, wat hē eben de Jungs opkummandēērt hârr. Glieks dorop kēēm hē wedder[X41a] ruut, smēēt spârrwiet |*sperrangelweit* de Döör open un buller |gneter |knatter: „*Da hereinkommen, zum Herrn Kommissar! Marsch!*" – ›Na‹, dach Odde, ›nu hōōl di an de Latt, de Heben is hōōch!‹ – Dėn Kummissoor sien Ōgen verknēpen sik sōōn beten, as hē dėn Ârme-Sünner-Gōōsmârsch bi sik intrecken sēhg. Dėnn kēēk hē de Sellschop ėn Tietlang schârp un ēērnst an. Dėnn froog hē jēēdēēn no sien Noom, wō hē no Schōōl gung un wat sien Voder[X11] för ėn Geschäft |*Beschäftigung* |Profeschōōn hârr. „Ik hēēt Jan Grōōt, mien Voder[X11] is Zigârrenmoker un … un ik heff over nix ni[X20] doon, *[DrG21.296]* Unkel!", blârr Jan Grōōt ut vullen Hâls un much dorbi sachs* an de Togels |Rüüsch |*Prügel* dėnken, dē hē tō Huus noch tō kriegen hârr. – „*Icke?*", kēēm nu Fritz *Seebach*. „*Ick heeße Fritze Seebach un mein Vata der is Kunstmala! Icke bün jans jewiss unschuld'g, Herr Polizeirat! Ick habe man (DrG05.239) bloß jesagt …*" – „*Ruhig!*", snēēd |snēē' ėm de Kummissoor dat Wōōrt af. „*Du scheinst mir gerade der richtige Windhund zu sein! Weiter!*" As de Kummissoor de ›Personoolakten‹ opnohmen hârr, lä hē sik in sien Schrievstōhl achterōver, kēēk mit sien schârpen Ōgen an de lebennige Verbrekergallerie langs un sä ėndli: „*Ja, das ist ja 'ne ganz schlimme Geschichte mit euch Schlingeln! Ihr fangt ja nett an und könnt es noch weit bringen! Es liegt also gegen euch eine Anklage vor wegen*" (un nu betōōn hē schârp Wōōrt för Wōōrt) „*wegen Einbruch, Betreten eines fremden Grundstückes, also: Hausfriedensbruch, ferner wegen Sachbeschädigung und außerdem wegen Straßenunfuges un Belästigung und fortgesetzter Beleidigung einer alten Brotfrau.*" – Wėnn unsen Odde mit de hēle Sook nix tō dōōn hatt hârr, dėnn hârr hē an't Ėnn dacht: ›Minsch, is dat âllns? Wēētst' ni[X20] noch mēhr?‹ Man in dissen Fâll wēēr ėm dat glieks tō Anfang, ›bei Verlesung der Anklageakte‹, jüstsō ween[X83], as wėnn hē bi jēēdēēn Wōōrt sōōn Slag mit de Äx vör'n Kopp krēēg! Sien ēērsten Gedanken wēēr: ›Dat Spōōkhuus!‹ Un de twēte: ›Wokēēn hett dat verroodt? Wokēēn is de ēlennige Judas?‹ – Gustav Lōrenz, dē belesen Bōkerworm, dē hârr al veel|foken in sien Voder[x11] sien Stroofgesettbōōk rumsnüffelt un dor ōōk dat ēēn un anner vun behōlen. Bi âll de sworen Verbreken, ›Einbruch, Sachbeschädigung‹ un sō, dor dach hē sik glieks tō: ›Bestraft nach Paragraph soundso mit: soundso, nicht unter soundso viel Jahren.‹ De ârme Jung hârr ėn Tietlang mit grōte, bange Ōgen dėn Kummissoor ankeken, as wėnn hē ėn Spōōkgestâlt sēhg. Sien Bost gung op un dool, un opmool fung hē doch sō bitterli un duursoom|kläglich an tō wēnen, datt je wull sōgor dėn Kummissoor dat an't Hatt gohn muss, dėnn dē strēēk sik (DrG05.240) hastig wücke Mool dėn swatten Vullboort. – „Na!", sä hē dėnn kott. „Wollen mal weitersehen. Wie alt seid ihr? Alle noch unter vierzehn Jahren?" – Dē fief ›Jo!‹, dē ünner Wörgen un Snuckern* ut de Jungskehlen ruutkēmen, kunn hē man knapp verstohn.

Dä ōōk ni[x20] nōdig, dėnn hē sēhg ōōk sō, wo ōōlt sien Delinquenten wēērn. De Kummissoor hârr sik jüst ėn grōten frischen Aktenbogen parootleggt, stipp drēēmool in dėn Blackputt|Tintenfass, kēēk dorbi jēēdēēn Mool grōōt un schârp de Jungs an un lä dėnn wedder[x41a] lōōs: „Also: Ihr kennt doch das unbewohnte Eckhaus, da am Osterdeich? Was?" (De Jungs stunnen dor as de Wasspoppen|Wachsfiguren.) „Na, also. Herr Bauunternehmer Büsing hat nun Anzeige gemacht, dass ..." Hier hēēl de Kummissoor op mit Snacken, dėnn blangenan in'e Wachstuuv wēēr opmool [DrG21.298] ėn Mōōrdslârm tō hōren. Hē bruuk gor ni[x20] schârp hėntōluustern, dėnn de mâlle, kabarietsche|zus.: aufgeregte Wieverstimm, dē dor an't Bölken wēēr, dē kunn ēēn sachs* dör drēē Wannen dör verstohn. – „Wō is de Kummissoor?", gung dat dor achter de Döör. „Ik will dor rin! Ik heff kēēn Tiet ni[X20]! Is dat èn Ârbeit? Wō sünd dē Jungs? Huh! Dat Hunnenpack!" Dortwischen hȫȫr[X65] ēēn de gneterige|knatterige Stimm vun dèn Dicken: „Platz nehmen ... warten ... ruhig verhalten!" un sō. Man opmool worr de Döör vun de Kummissoorstuuv openreten un de Rōsenbōōmsche stört no de Stuuv rin. „Dat sünd süm[X04]|se! Dat sünd süm[X04]|se!", gell de Ōōlsche, as sē de Jungs tō sēhn krēēg. „Huh, dat Gâlgenvolk! Dat Pestpack! Ik much süm[X05]|ehr bassen|platzen sēhn! Ik much süm[X05]|ehr tweirieten! Ik, ik ..." Bides*|Mit de Wiel hârr de Schandârm over dat överdreihte Fruunsminsch bi'n Ârm foot un wull de Ōōlsch wedder[X41a] no de Wachstuuv rintârren|rintrecken. De (DrG05.241) Kummissoor bruuk âll wat hē kunn|för alle Gewâlt sien Pingel|Bimmel, de Jungs wēērn in ēēn Kluun|Knäuel tōhōpenkropen un dat gung dor tō, as wènn op'n Friemârkt[X77] de Pujatz|Clown Moschüü|Monsieur |›Herr‹ Pierrot sien Vörstellen anfangen will. „Ruhe!", rēēp de Kummissoor. – „Raus, raus, raus hier!", gnârr|sprach knarrend de Schandârm. – „Ik goh no'n Senoter!", gell de Rōsenbōōmsche. „Loot mi lōōs, du sliekern|schleichende Oont |Ente! Du ... du ... Brannwiengesicht! Ik will mien Recht sachs* kriegen! Rüüsch schüllt[X62a] süm[X04]|se hèbben! Mit èn Kantschōh |kantigen Schuh! Ik will dat Pestpack afjackeln|dörtogeln|vertimmern! Ik will jüm[X02]|ju bi ›Gō'n[X50] Dag, Fru Rōsenbōōm!‹. Ik will ..." – Watt de Schandârm dat ōl' Fruunsminsch nu ni[X20] sō fast anfoten mucht hârr ōder watt dat in ehr Wōōt[X51] sō veel Knööv |Macht hatt hârr sik lōōstörieten: Kott un gōōt[X50], de Rōsenbōōmsche schōōt opmool op de Jungs lōōs un wull jüst anfangen, dē tō verkloppen|verrüüschen. De fief Jungs, dē ın süm[X06]|ehr Bangen luut opschrēgen, drängen sik hulterdepulter noch wieder no de Eck rin, drücken dor over èn Döör bi open, dē no dèn Vörplatz ruutgung. Un ēhr|ēhr datt Rōsenbōōmsche, Schandârm un Kummissoor mool richtig tō Oten komen kunnen, weihen un susen dē fief Verbrekers al as de

Jagdhunnen över dèn Sielwâll|*Sielwall* no'n Diek|Ōōsterdiek tō. Op wat för èn Oort süm^X04|se ēgentli no de Stroot ropkomen wēērn, dat wuss nŏŏssen kēēnēēn*|nüms tō sèggen. Man op jēēdēēn Fâll hârr de Vörplatzgang noch èn Utgang no'n Stēēnweg* hatt.

In dèn düüstern Gang, dē vun' Diek no'n Sielpadd|*Sielpfad* hèngeiht, stunnen in èn hēēmlige Eck nu unse Jungs un jappen no Luft, jüst as de Fisch, dē ēēn ut' Woter op'n Sand smeten hett. För't Ēērste kunn nüms* wat sèggen, sō af|*kaputt* wēērn süm^X04|se, sōgor de dannige|stevige|*markige* Odde spŏŏr wat vun Hattkloppen un Siedensteken. – Blōōts Fritz *Seebach* kunn je wull de Tiet ni^X20 aftŏben, bet datt hē sik verhoolt hârr, un *(DrG05.242)* ünner Hachpachen|Jappen, Hossen un Snuben stött hē ruut: „*Kinder nä! Ach, du kriggst den Dod in alle Waden! Ick jlobe, Kinder … ach Kinder, war det 'n Fez! Ick jlobe, die Furije hätte uns abjemurxt, wenn m'r nich* [DrG21.300] *ausjekratzt wärn!"* – „*Hätte se auch!*", jank|stöhn nu ōōk Franz Most. „*Ich glaube, das Weib ist geisteskrank.*" Âll kēmen süm^X04|se nu sō bilüttens* wedder^X41a tō sik un fungen an, süm^X06 |ehr Hatt Luft tō moken, blōōts Odde sä noch ümmer^X21 nix. Èm wēēr sō ēgen tō Sinn! Hē wēēr je frie, man hē kunn sik över disse Frieheit ni^X20 freuen. „Jo, Kinners", sä hē èndli, „nu wârrt de Sook för uns ēērst eisch|bŏŏs un strieperig|bunt|*gemischt*! Wi hârrn ni^X20 utneihen dörvt, dènn unse Sook schull je ēērst lōōsgohn! Jung, Jung, Jung, wat dor nu wull kummt! Wat dor wull vun wârrt! Dat Slimmste|Lēēgste is je noch dat Spŏŏkhuus! Wokēēn hett dat anmellt |*angezeigt*? Wokēēn is de fâlsche Judas un hett dat verroodt? Wat?" Dormit dreih Odde sik hastig no Fritz *Seebach* um, pack èm bi de Schullern un sä schârp un vergrèllt: „Macker, ik heff di op'n Kieker! Segg de Wohrheit. Hest du wat utsabbelt|utbabbelt? Segg!" – Fritz quääl sik vergeevs af, vun Odde sien Füüst frietōkomen.

„Menschenskind, wat soll det heeßen? Ick hab nischt nich jesagt! Ick hab ... Donnerkeil nich noch mal! Ick wer' doch nich ..." – „Loot ém lōōs, Odde!", sä opmool Jan Grōōt un versöch, Odde sien ēēn Ârm vun Fritz aftōmoken. „Loot ém lōōs, hē seggt de Wohrheit! Vun uns hier hett nüms* wat verroodt. Man ik wēēt mēhr. Ik hârr dat al vörher vertellen musst, ik wull Lui man ni[X20] rinrieten." Un nu vertell Jan Grōōt, datt sien Brōder mit én Jung in'e Klass gung, un dē hârr ém anvertruut, sien Voder[X11] wēēr Ârbeitsmann bi Büsing un muss ümmer[X21] op dat gresige *(DrG05.243)* lerdige Spōōkhuus passen |oppassen, wat dor an' Diek stunn. Un güstern obend wēēr hē, de Jung, an dat Huus vörbikomen un hârr sēhn, datt dor én grōōt[M3] Füür in de Waschköök ween[X83] wēēr un hēēl grulige |schurige Spōkels* hârrn dor rumdanzt, hârrn süm[X06]|ehr Köpp ünner'n Ârm hatt un lacht un gresig huult un sungen. Dō wēēr hē fix no Huus hénfielt|hénjachtert un hârr sien Voder[X11] dat vertellt. Dénn wēēr hē mit sien Voder[X11] tōhōōp no dat Spōōkhuus ringohn, wō süm[X04]|se dén Slötel tō hârrn. Sien Voder[X11] hârr én Äx hatt un hē én Biel. As süm[X04]|se no dat Huus rinkomen wēērn, wēērn de Spōkels* ünner Gellen op süm[X05] |ehr doolstört un süm[X04]|se hârrn sik hēēl furchtbor mit süm[X05]|ehr kloppt. Drēē Stück hârr hē mit sien Biel doolhaut, man ēēn Spōkelsch* hârr ém mit sien ēgen Kopp op'e Nöös smeten, un opmool, as de Klock twölf ween[X83] wēēr, dō wēērn âll de Spōkels* verswunnen ween[X83] un mussen je sachs* dör dén Schostēēn weiht ween[X82]. Lui Grōōt hârr dénn hēēl dēēlnehmern|mitfühlend dén Verteller sien Nöös ankeken un hârr dénn seggt: „Jo, Minsch! Dat kann ēēn noch sēhn! Dien Nöös is je hēēl schēēf!" Un dormit hârr hē de Fuust nohmen un hârr dén lögenhaftigen Dichter orri op sien ōlen Nööthoken |Nöös döscht|gedroschen un hârr seggt: „Sō! Nu is sē wedder[X41a] grood|liek|gerade, mien Jung! Nu hest' vun'e anner Siet ōōk sōōn Spōkelschkopp*, du verlogen Schietkeerl!" Dorop hârr

[DrG21.302] Lui in sien Dusseligkeit dėn Jung noch norōpen, datt hē un sien Brōder Jan, Odde Âlldag, Franz Most, Fritz *Seebach* un Gustav Lōrenz man blōōts de Spȫkels* ween[X83] wēērn un ōōk dat Füür anbött hârrn. De Jung hârr dėnn wull nix Ieligers tō dōōn hatt, as sien Voder[X11] dat tō vertellen. Dē wēēr dėnn sachs* glieks no Büsing gohn, un dē hârr dat anmellt|*angezeigt.* „Wo dat nu kummt", sä Jan noch truhattig, „datt jüst mien *(DrG05.244)* Brōder Lui kēēn Vörloden kregen hett, dat wēēt ik ni[X20], dat mutt de Pullzei sachs* vergeten hėbben. Man jüm[X01]|ji|ju schüllt[X62a] Lui nix dōōn ōder ėm ›Judas‹ schimpen, dėnn hē hett dat je blōōts in sien Wōōt[X51]|Roosch |Vergrėlltheit un Dusseligkeit doon."

Jo, de Dōdenbund! Wat wēēr ut de Booskeerls|*Helden*, ut de Verbrekers worrn! As fief Spȫkels* slēken süm[X04]|se schu över dėn Diek un an dat Spȫȫkhuus vörbi. Dōōt un still wēēr an dissen Obend âllns, um süm[X05]|ehr un in süm[X05]|ehr. Dōōt wēēr de Dōdenbund, dōōt un kōōlt wēēr de Natuur, dōōt wēēr dor dat kohle Bōōmspȫkelsch mit sien mächtigen kohlen Knokenârms, un dōōt, swatt un iesig lēēg dor ōōk de Rump vun dėn ›Dōdenkopp‹. Wo süht doch de Welt un âllns, wat in ehr is, sō hēēl anners ut in Sünn'schien! Un liekers: Blifft sik de Welt, de Natuur, ni[X20] ümmer[X21] gliek? Is sē ni[X20] ēwig schȫȫn, gewaltig un vullkomen, ēēndōōn|*ėnerlei*|*egool*, watt sē slöppt ōder wookt, watt sē rōht[X52] ōder watt in ehr grōte, grōte Wârksteed Milljōnen Sünnenspȫkels |*Sonnengeister* bi tō arbeiden|*ârbei'n* sünd? Dat kummt man blōōts dorop an, mit wat för Ōgen wi de Welt ankiekt. Dat is ėn grōten Ünnerschēēd, watt in't Minschenhatt de gollen Freudensünn lacht ōder watt dor de griese Sorgennevel in op un dool un hėn un her treckt. In unsen Odde sien Hatt wēēr disse Nevel introcken. ›Wat mag de tōkomen Dag bringen?‹ Dat wēēr de

Gedank, dē ēm dooldrück, dē ēm de Welt ohn Freud, düüster un trōōstlōōs, vörkomen lēēt.

Twēē Doog noher, sō gēgen Mėddag, worr bi Âlldags de böverste Huusdöör openmookt un ėn Stimm rēēp no't Huus rin: „Fru Âlldag, sünd Sē dor?" De ōl' sinnige un plattdüütsche Schandârm Lübbers wēēr dat. Un as Fru Âlldag ielig ut'e Köök ruutpedd, sä hē: „Morgen, Fru *(DrG05.245)* Âlldag! Och ... ik wull nix! Man ik wull man sėggen: Fein[M3] Wedder[X41d] vundoog! Ni[X20]? Un wat ik noch sėggen wull: De Jungs, dat Rȫverpack, dē sünd hier je sachs* in Büsing sien lerdig[M3] Huus tō ramentern ween[X83], un ..." – „Och, um Gottswillen!", fâllt Fru Âlldag ėm jiddelig* in't Wōōrt. „Ik beed|bee' Sē, Lübbers! Wat is dor dėnn? Wat kummt dor dėnn nu vun? Och, och, wat hebbt wi al för ėn Bangen un Opregen hatt um dėn Bėngel sien lēgen|verdrehten Kroom!" – „Pahaha!", lach de Schandârm sō recht sinnig. „Wat dor no kummt? Wat schâll dor Grōōts no komen? Ik schull|sollte âll de Slēven[X59]|Brieten|Kanuten man ėn orntligen Verwies gėben un düchtig de Leviten verlesen. Man seġġt|sėggen[X10] Sē süm[X05]|ehr dat man, *[DrG21.304]* Fru Âlldag. Ik speel ni[X20] gēērn dėn Bumann. Ik segg hȫȫchstens tō de Jungs op'e Stroot: ›Jungs, neiht ut! Unkel Pullzei, dē kummt!‹" – „Un wieder kummt dor nix no?", sä Fru Âlldag an süüfz dēēp op. „Kinners nä, wat ėn Segen! Õh, ik hârr de Schann ōōk je ni[X20] belėben mucht, wėnn de Jung in't swatte Bōōk komen wēēr! Man wat seggt Büsing dėnn? Un wat wârrt dėnn ut dėn Kroom mit de Rōsenbōōmsche?" – „De Rōsenbōōmsche?", lach Lübbers. „Jo, dat ōl' dummerhaftige Schandmuul kann sik man freuen, datt sē ni[X20] noch för Ēhrafsnieden|Beleidigen vun Beamten rinfâllt. Man de Kummissoor hett dor nix vun mookt. Dē wēēr man frōh, datt hē dėn ōlen Droken wedder[X41a] ut'e Bōōd lōōs wēēr. Dat is je ėn Schartēēk mit Hoor op'e Tähn, is dat je! Un Büsing: Jo, wat will dē dėnn? Dē lett sien tweie Schieben wedder[X41a] insetten un kann man sēhn, datt hē dėn Kasten bâld mool vermēden|*verhüren* deit. Na, wēēt|*wēten*[X10] Sē: Wat schâll ēēn mit sōōn Bėngels moken? Dē kann ēēn doch ni[X20] inbuchten|*inpannen* ōder de Öllern dat Geld ut'e Taschen luxen. Nä, sō schârp schēēt de Preussen *(DrG05.246)* ni[X20]! Man nu seġġt|*sėggen*[X10] Sē dėn Jung man, datt süm[X04]|*se* dor ni[X20] wedder[X41a] över de Muur* klattern dōōt. Mookt|*Moken*[X10] Sē süm[X05]|*ehr* man ēērst düchtig bang, datt süm[X04]|*se* Schock krieġt. Over dorum man kēēn Bangen, Fru Âlldag! Dorum kann de Jung noch ėn düchtigen Keerl wârrn. Sē wēēt|*wēten*[X10] doch: ›Je ruger|*aufsässiger* dat Fohl|*Fohlen*, je glatter|*fügsamer* dat Peerd!‹ Och, du grōte Gott, wat hebbt wi frȫher för Undȫög anfoot un wat hebbt wi as Jungs för Tȫög|*Kneep* utheckt! Lebenslust un Lebensmȫōt mutt dor insteken! Un ik segg sō veel: Ėn Jung, dē noch kēēn Ruten|*Schieben* tweismeten un de noch kēēn Appeln un Beern[X70] klaut hett, dat is rein gor kēēn Jung ni[X20]! Na, dėnn nix för ungōōt[X50]! Dėnn seġġt|*sėggen*[X10] Sē süm[X05]|*ehr* dat man düchtig, un dėnn: Tschüüs, Fru Âlldag!"

Kapitel 35: Wat schull de Jung mool wârrn?

›Wat wēēr ik doch för ėn grōten Mann, as ik noch sōōn lütten Jung wēēr!‹ Jo, dat klingt sō verdreiht, sō lögenhaft, un liekers liggt dor sōōn wunnerbore Wohrheit in! Dat gifft bi uns Minschen twēē Welten: Ēēn in uns un ēēn um uns. Ōōk bi dėn lütten Minschen, bi dat Kind. Dor is âllns sō grōōt, sō gewâltig! Ōōk de Welt, dē dat Kind in sik hett, dē is sō grōōt, un wo koterbunt|kunterbunt geiht dat dor [DrG21.306] in tō! De König ›Klōōkheit‹|Vernunft, dē de Binnenwelt vun dėn Minschen regēērt, hē slöppt noch (DrG05.247) bi dat Kind, un dat Volk, wat disse Welt bewohnt, dat kann moken wat dat will. Dat Gripsvolk |Bregenvolk |Die Gedankenwelt, wat dor in'e Kinnerwelt rumspōkelt, dat wârrt op anner Oort regēērt, dor hett de Königsche|Königin ›Phantasie‹|Infäll noch dat Leit|Séggen. Un dat is ėn lichtfârdig' Fruunsminsch, dē lett ümmer[X21] âll de Fief grood ween[X82]. Dorum hett de Dichter recht: Dorum is de lütte Jung sōōn grōten Mann. Hē is âllns un hē kann âllns. Hē snackt mit Sünn un Moon, mit Wind un Woter, mit Bōōm un Gras, mit Vogel un Sevver|Käver. De lütte Jung will vundoog König wârrn, dē hett je ėn gollen Krōōn op; un morgen wârrt hē lēver Strotenfeger, hē hett je sēhn, datt de doren Keerls veelmools |foken Lōpers |Mârmels, Küsels |Kreisel un anner wunnerbore Soken finnen dōōt. Hüüt is de Jung ėn mächtigen iesern Riddersmann un haut sik mit Riesen un Spōkels*, morgen much hē sachs* Fienbäcker|Kunditer wârrn, dėnn kann hē je Dag för Dag Kōken eten. Man âll de Jungs ohn Utnohm hebbt ėn Tiet, wō süm[X04]|se blōōts Kutscher (hüüt ēhr: Lokföhrer, Rennfohrer, Star-Warrior) wârrn wüllt[X63]|wööt, dėnn köönt süm[X04]|se ümmer[X21] fohren un mit'e Pietsch|Sweep knâllen. Man sō hēēl bilüttens*|alleben wookt de Regent ›Verstand‹ doch op un kickt sik um in sien Riek. Düütliger un schârper wârrt dat Winken un klorer dat Regēren. In de Morgenschummern |*Morgendämmerung* vun dèn jungen Dag, dor geiht hell un kloor de Sünn hōōch, un sē wiest dat lütte Minschenkind düütliger un vernehmliger|*höörborer* dèn Weg, dèn dat tō gohn hett. Dat Sünnenlicht ›Klōōkheit‹, dat hōōchste un schōōnste Gōōt[X50] op'e Welt, hōger as de Glōōv|*Glöben*, dènn ohn Verstand kēēn Glōōv, dit Sünnenlicht wiest dèn Minschen de Welt sō, as sē is. Blōōts ēēn Dēēl nimmt de Minsch doch mit ut sien Kinnerschummer: Dat is dat ēwige Höpen*, dat ēwige Wünschen.

Wènn sō ünner de plattdüütschen lütten Lüüd in'e ōle Tiet de Jung ümmer[X21] danniger|*steviger* worr, un vör âlln, wènn hē ēērst *(DrG05.248)* no de Pasterstunn gung, dènn kēēm vun Frünnen un Verwandte ümmer[X21] düütliger un mēhr de Froog an de Öllern: ›Wat schâll hē dènn nu wârrn?‹ – In'e ēērste Tiet hēēs[X64] dat dènn: ›Jo! Wi wēēt dat sō recht noch ni[X20]! Mööt mool sēhn, wat dor insteken deit.‹ – Man je nēger dat op de Kunfermatschōōn tögung, je ēērnster worr ōōk för de Öllern de Froog, un wènn de Voder[X11] Zigârrenmoker wēēr, dènn kunn ēēn sik dor fast|*fest* op verloten, datt op de Froog ›Wat schâll hē dènn wârrn?‹ opletzt de Antwōōrt kēēm: ›Zigârrenmoker! Dènn is hē vun'e Stroot un sitt in't Drōge.‹ Jüstsō hēēs[X64] dat in unse Stēēnbrücherdörper |*Strotenmokerdörper* Oorsten* un Hobenhusen* op jēēdēēn Fâll: ›Ōh! Wat schâll hē wârrn? Dat's nu mool èn Snack! Hē geiht mit dèn Ōlen!‹ Dènn wuss de Froger, wat hē ōōk al vörher weten hârr: Wènn Jan Bäätjer kunfermēērt wârrt, dènn gifft dat wedder[X41a] ēēn Stēēnbrücher mēhr op'e Welt.

Ōōk bi Âlldags achter'n Diek wēēr nu al veelmools|*foken* de Froog op't Tapēēt |*zur Sprache* komen: Wat schâll de Jung wârrn? Sünnerli Fru Âlldag, de *[DrG21.308]* Sorgenmudder[X12], dē meist ümmer[X21] al hēēl wiet no vörn dènken dä, dē ploog sik stüttig|*ständig* mit dèn Gedanken af, wat wull ut süm[X06]|ehrn Odde* wârrn much. Hē wēēr je de ēēnzigste Jung, un sōōn hēēmligen Mudderstolt[X12] sä ehr, datt dē nu ōōk mool hēēl wat Sünnerligs vörstellen|*sein* muss, datt dē dat tō wat bringen muss. Ehrn Ârger wēēr dorbi ümmer[X21], datt sē mit ehrn Mann dor gor ni[X20] över snacken kunn un datt süm[X04]|se meist ümmer[X21] sōōn beten anènannerroken|*aneinandergerieten*, wènn süm[X04]|se op dissen Punkt tō snacken kēmen. Friech sä dènn ümmer[X21]: „Dat hett je noch Tiet! Dat kummt ōōk hēēl op dèn Jung an, wat dor insteken deit un wō hē Lust tō hett. Wènn't ni[X20] *(DrG05.249)* anners is, dènn nehm ik èm mit in't Geschäft |no'n Bedriev, dènn kann hē ōōk Stēēndrucker wârrn." – „Jo", sä Fru Âlldag dènn, „dor süht ēēn dat wedder[X41a], wat du för èn Jan-Gliekgult|Pēter-Ēēndōōn büst! Wat in dèn Jung insteken deit? Dat will ik di niep* un nau sèggen: Jungstöög|*Dumme-Jungen-Streiche* un Pujatzenkroom|*Clownerie*. Anners|Sunst nix! De Jung, dē muss|*müsste* je hēēl anners rannohmen wârrn, muss dē! Dē muss je veel mēhr lēhren*, wō hē sōōn open un behōlern|anslääägschen Kopp hett|*wo er so begabt ist*. Dat weiht èm man âllns sō tō! De Schōōlârbeiden|-ârbei'n, dē wârrt je hēēl bitō|blangenbi, sō op'e Ulenflucht|*am späten Abend* mookt, dor kriggt ēēn knapp|*kaum* wat vun tō sēhn, un …" – „Jo, dènn reeg di doch ni[X20] op!", anter|antwōōr Friech Âlldag dènn hēēl ruhig[X52]. „Wat wullt du dènn mēhr! De Hōōftsook is doch, datt hē ümmer[X21] èn gōōt[M3] Schōōltüügnis hett un datt hē tru un ēhrli is. Dat anner schâll sik dènn sachs* finnen." – „Man jüst dorum mēēn ik blōōts: Dèn Jung, dèn mussen|*müooton* wi noch mēhr lēhren* loten! Kaptool köönt wi unse Kinner je *leider Gotts* ni[X20] mitgeben, man ik wull mi gēērn âllns vun' Mund afdârben|afsporen, wènn wi ut Odde èn düchtigen Keerl moken kunnen!" – „Mudder[X12], dat Geld deit dat ni[X20] ümmer[X21]!", mohn Friech Âlldag. „Dat Geld mookt ni[X20] glückli, man …" – „Jo, man nix hèbben, dat mookt unglückli!", full Fru Âlldag ehrn Mann in't Wöört. – „Sö? Denn tellst du di ōōk sachs* tō de Unglückligen?", froog Âlldag un kēēk sien Fru grōōt an. „Du schullst[X62b]|schusst di doch ni[X20] versünnigen, mien Dēērn! Sünd wi ni[X20] rieker as sō vele Rieke? Sünd wi vör âlln ni[X20] sund[X38] un unse Kinner ōōk? Kiek di doch unse rieken Novers mool an mit süm[X06]|ehr krank[M3] Kind! Wat worrn dē Lüüd dor wull um hergeben, wenn süm[X06]|ehr Jung sō stevig|kräftig un kregel|gesund wēēr as unsen Odde!" – „Jo, Friech", mēēn denn Fru Âlldag wat trurig, „jüst um den mēēn ik dat je! (DrG05.250) Um Odde geiht mi dat doch, un ik wull dat je gēērn, datt wi em en beten betere Grundloog geben kunnen. Kann in unsen Jung ni[X20] jüstsō gōōt[X50] en grōten Kōōpmann ōder gor en Dokter ōder sō wat insteken, sō as in dē Jungs, dē de hōge Schōōl |Gelēhrtenschōōl|Gymnasium besōken kōönt, wō de Öllern dat Geld dortō hebbt? Ik för mien Pârt bün je hēēl tōfreden, wi hebbt uns Utkomen un hebbt de Dēērns bet sō wiet in Ēhren grōōtkregen. Man ik much doch för mien Leben gēērn, datt ut unsen ēēnzigsten Jung [DrG21.310] doch sōōn beten wat worr." – „Ik segg di sō veel", slōōt Âlldag opletzt de Ünnerhölen af, „wenn in den Jung wat insteken deit, ik mēēn d a t, wat ēēn em för Geld ni[X20] kōpen kann, de richtige Plie un de ēgen Drift |Antrieb tō't Lēhren*, denn bringt hē dat tō wat, ōōk wenn hē ni[X20] de hōge Schōōl besöcht hett. Wi hebbt je nu noch meist annerthâlf Johr Tiet, bet hē kunfermēērt wârrt, un bet dorhen wârrt sik sachs* wat finnen. De Hōōftsook is, datt wi âll sund[X38] un munter bliebt, un vör âlln de Jung! För't Ēērste loot em sik man noch utdoben|austoben. De schöne Tiet is bâld vörbi un in't Geschirr kummt hē noch frōh nōōg. Un dormit wüllt[X63] wi dat Bōōk för hüüt tōmoken, Mudder[X12]!" – „Jo!", süüfz Mudder[X12] Âlldag. „Lütte Kinner, lütte Sorgen! Grōte Kinner, grōte Sorgen! Man ik wull doch, wi wēērn ēērst den Bârg rop un hârrn den Jung kunfermēērt!"

Wenn ēēn ėn Schōōljung froogt, watt hē wull gēērn no Schōōl gung|ginge, un hē seggt dėnn ›jo‹, dėnn kann ēēn sik fast|fest dorop verloten, datt hē lüggt|de Unwohrheit seggt. Ēēn bruukt blōōts mool tōtōkieken, wėnn de Jungs op'n Schōōlhoff |Speelhoff in'e Frietiet an't Jachtern sünd, ōder wėnn de Schōōl ut is un dat ârbeidt un stört un rangelt dėnn överėnanner un dörėnanner över de Stroot. Dėnn wēēt ēēn Beschēēd un (DrG05.251) mutt sik sėggen, datt sik sō veel Lebenskraft un Övermōōt hēēl wiss ni[X20] gēērn un ut frie'e Stücken no de Schōōlbänk rinpressen deit. Ōōk unsen Odde hōōr[X65] hēēl wiss ni[X20] tō dē, dē dor Tronen um vergoten hârrn, wėnn dat mool hėten hârr: ›Kinners, jüm[X01] |ji |ju bruukt ni[X20] mēhr no Schōōl hėngohn!‹ – Tō wücke Stunnen hârr hē je mächtig Lust. Dat wēēr vör âlln Weltgeschicht, wėnn't sik um Krieg dreihen dä. Wėnn de Lēhrer dėnn vertell, wat de Minschen sik frōher kloppt un wichst hârrn, un wėnn dor dėnn noch sōōn mächtigen Anfōhrer un Verbreker bi vörkēēm, dē sō hēēl afsünnerli afosige un wooghâlsige Stückschen utōōvt hârr, dėn blėnkern ėm de Ōgen un sien Füüst de knütten|bâllen sik. – Ōōk tō de Natuurlēhr hârr hē Lust, dor hârr hē ėn düchtigen Lēhrer in. Dat wēēr je ōōk wat, mit âllns bekannt tō wârrn, wat op'e Ēēr kribbel un krabbel un grōōn un blōh, wat in'e Luft stōōv un flōōg un wat in't Woter leev un weev. Dat ēēn un anner kēēm ėm bekannt un vertruut vör. Hē wuss|wuchs je in'e frie'e Natuur op un hârr de Dingen blōōts noch ni[X20] mit Noom nōmen* ōder op'n Grund komen kunnt. Man wōtō hē lēhren* muss, woveel ›Staubgefäße und Stempel, Wurzelknollen und Fasern‹ de Ranunculus fikaria, un woveel ›Kelch- und Blütenblättchen, Stengels un Stangels‹ de Cavalleria rusticana (ōder wosück dat Dēērt noch hēten dä) hârr, dat kunn hē ni[X20] klōōkkriegen|spitzkriegen. Over hē hârr ėn behōlern |ansläägschen Kopp un behēēl âllns, dat hōōr[X65] sik sō. Blōōts dē Stunnen, dē hē gēērn hârr, dē krēgen för Odde dordör

 Georg Droste, Odde Alldag I (Peter Neuber, Meldörp-Böker 8.2, 2018)

[DrG21.312] èn lēgen|*hässlichen* Bismack|*Beigeschmack*, un hē freu sik ümmer^{X21}, wènn de Schōōl ut wēēr, un ēērst recht, wènn dat Feerjen gēēv. *(DrG05.252)*

Kapitel 36: Ėn wohren Paster; Fritz sien Nööt

Wėnn Odde* ōōk mit al sien Lēhrers op ėn recht gōden[X50] Fōōt stunn, sō sprung hē doch Dag för Dag mit ėn lichter[M3] Hatt ut de Schōōlklass ruut, as hē dor rintreden wēēr. Hē sēhg tō, datt hē sō gau as dat jichens* gung, ut dėn ėngen Klockengang|Glockengang ruutkēēm, un dėnn gung dat mit ėn licht[M3] Hatt un ėn vergnōōgten Sinn in de Frieheit, över dėn grōnen Wåll, no sien Diek, no sien Weser. Man jüst dat Gēgendēēl wēēr dat bi Odde, wėnn hē dingsdoogs un friedoogs no'n Paster muss. Dē Doog wēērn ümmer[X21] Fierdoog för ėm. Dėnn krēēg hē sien Sünndagstüüg an un gung still un ēērnst no de Dōōmsheid|Domsheide. Wėnn hē dėnn in dat ōle spitzgevelige Pasterhuus ringung, dėnn worr ėm ümmer[X21] sō ēgen|snooksch* un fierli tō Sinn, as wėnn hē in'e Kârk wēēr. Un wėnn dėnn de ēhrbore Gestâlt, de witthorige Dōōmpaster Dokter Merkel no dėn (DrG05.253) Lēhrsool rintreed|rintree', wėnn hē dėnn sien ēērnsten un doch sō fründligen klōken Ōgen över de Jungsgesichter glieden lēēt un sien hattli[M3] ›Guten Morgen, liebe Kinder!‹ an Odde sien Ōhr klung, dėnn gung vun dissen ōlen Sēēlsorger sōōn ēgen Tōvermacht* ut. Un ōōk dē, wat sunst|anners de dullsten Strōmers un lēēgsten|slimmsten Rebellen wēērn, dē worrn hier hēēl tamm un luustern vull Andacht op de gollen Wōōr, dē de Paster süm[X05]|ehr no't Hatt rinschrēēv. Odde wuss ni[X20], wo dat kēēm, man hē hârr sien Paster richtig lēēf un hârr dėn slechten Keerl op'c Stēēd doolsloon|doolslogen kunnt, dē sik ünnerstohn hârr, dėn ōlen Herr tō ârgern. Man dat riskēēr ōōk sō licht kēēn*, dėnn de Paster hēēl mit sien Ōgen ōōk de Slimmsten in Schach|Schock. Dortō wuss hē over ōōk de Kinner dat Lēhren*|Lernen un Tōhōren sō licht tō moken, un quääl un langwiel süm[X05] |ehr ni[X20] mit dat Utwenniglēhren

|Butenkoppslēhren vun lange Kârkengesäng un mit Katechissenlēhren|*Katechismuslemen*. Nä, dat wēēr jüst, as wėnn hē sien jungen Tōhȫrers bi de Hand nēhm un fȫhr süm[X05]|ehr dör de Welt, dör dat Leben. Un op âll de Weeg wies hē süm[X05]|ehr dat Schȫne un Gōde[X50], man ōōk dat Pulterige|*Hässliche* un Lēge|Slechte. Hē wies süm[X05]|ehr *[DrG21.314]* dėn Sünn'schien un ōōk de Düüsternis, wō dat Minschenkind dörwannern mutt un lēēt sien Kinner ōōk dör ēgen Dėnken dėn Ünnerschēēd ruutfinnen twischen Recht un Unrecht, twischen gōde[X50] lēēflige Blȫȫm un giftige Schaddenplanten, dē dat Minschenhatt krank mookt un in't Ēlend bringt. Sō wēērn dėnn för Odde de Stunnen bi'n Paster de schȫȫnsten, dē hē sik dėnken kunn, un wėnn hē vun de ēēn no Huus gung, dėnn freu hē sik al op de anner|*nēēgste*. Kēēn Wōōrt gung ėm verloren vun dat, wat de Paster vertell, wėnn de ōle Herr mit sien Mohnerōgen sō verloren in de Fēērn kēēk, ōder wėnn hē süm[X05]|ehr ēērnst un froogwies bâld op *(DrG05.254)* dat ēēn, bâld op dat anner Jungsgesicht richt hârr. Man wo vergnȫȫgt un hattli kunnen disse Ōgen dat anner Mool dėnn wedder[X41a] lachen, wėnn de Paster sien Hannen sō vör dat ēēn Knēē fōōlt|*gefaltet* hârr un lustige Stückschen vun sien Reisen ōder ut sien Studententiet vertell. Un opmool, veel tō frȫh, brumm dėnn de ōle Dōōmklock dortwischen, un dat gung no Huus. Wo stolt un glückli wēēr Odde dėnn, wėnn af un an de Paster an'e Dȫȫr stunn, ėm de Hand gēēv un sä: ›*Grüß auch hübsch zu Haus, mein Sohn!*‹ Dėnn kēēk Gustav Lōrenz, dē ōōk mit tō de Merkelschen hȫȫr[X65], orri hōōch an Odde rop, gung mit ėm över'n Diek no Huus, un de beiden snacken dėnn noch mool âllns dör, wat süm[X04]|se bi'n Paster hȫȫrt hârrn.

Sō gungen dėnn ōōk vundoog de beiden, Odde un Gustav, tōhōpen wedder[X41a] vun' Paster no Huus. Dat wēēr sōōn kōlen kloren Winterdag, wücke Doog vör Wiehnachten, un Hatt un

Sinnen vun de Minschen wēērn vull vun Festgedanken. Ōōk unse beiden Jungs snacken vun Wiehnachten, un Gustav Lōrenz tell jüst âll de smucken Soken op, dē hē op sien langen Wunschzeddel schreben hârr. Odde hȫȫr[X65] dat stillswiegens an un dach sik sien Dēēl. Vun sō wat kunn hē ni[X20] veel mitsnacken, denn bi süm[X05]|ehr tō Huus gung dat sō riev|*üppig* ni[X20] her tō Wiehnachten. Dat, wat hē gēērn hebben wull, man tōmeist ni[X20] krēēg, dat bruuk hē gor ni[X20] ēērst lang op Papier tō kleien|*schmieren*, dat kunn sien Mudder[X12] hēēl licht in' Kopp behōlen. Grōte Sprüng kunnen Âlldags je ni[X20] moken, man sōōn beten hung |kēēm dor denn doch bi ruut, un de Dannenbōōm un en deegten|*tüchtiger* Klöben|*Stollen* hârrn ōōk bi süm[X05]|ehr an kēēn Wiehnachten fehlt. Mit sōōn poor anner Geschenken, dē hē nȫdig bruken kunn, Handschen un Strümp, man ōōk mit en Stück Speeltüüg, en Geschichtenbōōk un *(DrG05.255)* wücke Billerbogens tō'n Utsnieden, wēēr hē denn jēēdēēn Mool ōōk noch överrascht worrn un hârr ümmer[X21] en tōfreden Hatt an Hilligobend hatt. För ditmool wünsch hē sik nu för sien Leben gēērn en Poor niede Striedschōh|*Schlittschuhe*, denn sien ōlen Hackenrieters wēērn hēēl un dēēl twei. Dag för Dag muss hē ēērst mool in'e Ōōsterdōōrstroot vör den Iesenhöker Apmann sien Lodenfinster stohn, um sik hier dē Striedschen uttōsōken, dē hē wull an lēēfsten hârr. En Poor feine Hollanner Schootsen |*holl.: S'chaatsen* hârr hē vör âlln *[DrG21.316]* op'n Kieker un bill sik stief un fast in, datt hē jüst dit Poor tō Wiehnachten krēēg. Un vunmeddag wēērn dē sōgor ruut ut' Ⲅinster! Dē kunn nüms* anners kofft hebben, as sien Voder[X11]!

Jüst wullen de beiden vun dat Finster wegdreihen, um no Huus tō gohn, as süm[X04] |se vun'e Dōōmsheid her Fritz *Seebach* op sik tōkomen sēhgen. Man wat much denn mit den ōlen Windbüdel passēērt ween[X82]? Sō hârrn sien Mackers ém sien Doog noch ni[X20] sēhn! Hē gung langsoom un duuknackt un hârr dickverblârrte Ōgen. – „Na?", frogen de beiden tō lieke|glieker Tiet. „Was ist denn mit dir los?" – Fritz anter|antwōōr tōēērst nix un gung stillswiegens mit de annern wieder. Ėndli, no allerhand Frogen krüüz un dwēēr, hool hē dēēp Oten un stöhn: „Ach Kinder! Mit mir is dat 'n faula Zauba! Ick bin 'n jeschlagener Mann, denn ick habe heite mächt'je Keile jekriegt in der Knochenmiehle." Dormit mēēn hē de Schōōl. Fritz sien Schōōlsook stunn over ōōk rein slimm! Tō de Rüüsch, dē hē kregen hârr, hârr hē noch ėn Brēēf vun sien Direktor in'e Tasch. Un in dissen Fâll wull dat Dichterwōōrt ni[X20] sō recht passen, wat dor sėggen deit: ›Denn was man schwarz auf weiß besitzt, das kann man getrost nach Hause tragen.‹ Fritz sien Ēlend (DrG05.256) kēēm vun'e Ėngelschstunn, as hē vertell. „Ick kann den Affenquatsch mit'n besten Willen nich rausbringen, Kinder!", mēēn hē. „Man kriegt balde noch de englische Krankheit bei un ick jlobe, wat unser oller Dokter is, der hattse schon, sonsten hätter mir nich solche Senge jejeben!" Bilüttens* kēēm dėnn an' Dag, datt Moschüü Fritz in'e vörletzte Stunn dėn Satz ›Ducks and geese can swim‹ översett hârr mit ›Herzeeje ('dukes') un Jänse können schwimmen‹. De hēle Klass hârr natüürli ėn unbannig[M3] Lachen ansloon|anslogen. Un de ōle Sprooklēhrer, wat sōunsō sōōn Jiddelmoors |Nervenbündel un Krētelkopp |Besserwisser wēēr, dē wēēr mächtig wild worrn, hârr Fritz dat recht handgriepli kloormookt, datt dat ›Enten‹ un ni[X20] ›Herzeeje‹ wēērn, dē mit de Gō̈ōs op't Woter swummen. Optō hârr hē Fritz noch opdividēērt|opdrogen, dissen smucken Satz fofftigmool as Stroofârbeit tō de nēēgste Stunn optōschrieben. Man Fritz hârr, sachs* ut Bammel vör de ėngelsche Krankheit, lēver Striedschōh lōpen un de Stroofârbeit ni[X20] mookt. ›Das ist der Fluch der bösen Tat, dass sie, fortzeugend, Böses muss gebären!‹ hēēt dat op Hōōch bi

Schiller, wat op Platt sō veel bedüden schâll as: ›Giffst du dèn Düvel blōōts ēēn Ōhr, swupps, dènn hett hē di gliek hēēl un gor!‹ Dit Malōōr hârr Fritz ōōk hatt, dèn Dag, as hē de Stroofârbeit aflevern schullt hârr. Dō hârr hē blaumookt un wēēr, stoots|statts no Schōōl tō gohn, dèn hēlen Morgen op'e Stadtgrōōv[X75] ween[X83] un hârr tōkeken, wo de ›Herzeeje un Jänse‹ sik in dat lütte Stück vun dat iesfrie'e Woter de Fööt wuschen. Man nu kēēm dat Slimmste. Dèn Oбend hârr de [DrG21.318] dickdreevsche|dummdreiste Bumann sik vun süm[X06]|ehrn Melkmann, vun dèn dusseligen, man jüstsō gōōthattigen[X50] Hermann Rēēps, èn ›Beduren‹|Entschuldigung opschrieвen loten un dē luud|luu' sō: (DrG05.257)

Gerhrter Herr Dokder!

Da mein Sohn Frutz, gistern nich inner schule komen könte, indem er ihr ferseumen müste, bite entschuldichen? Indem er es ihnen Leibe hatte unt sich fielmahls brächen müsste mit achtung:

Der Fater:

Herr Bert Sebach, Kunsmahler.

Dit Wunnerwârk vun ›Deit mi bōōs lēēd, Herr Lēhrer‹ hârr de brove|gōde[X50] Melkerknecht in *Seebachs* süm[X06]|ehr Köök op èn smerigen Wisch Papier op dèn noch smerigern Kökendisch mit sien fienen|zoorten Banonenfingern un mit èn Bliefedder[X41e]|Bliesticken opgravēērt.

Jüst as de Zeddel kloor wēēr un Fritz dèn mool överlesen wull, dō wēēr sien Mudder[X12] no de Döör rinkomen un Fritz hârr dat Papier gau wegproppt. In sien winnigen un lichtfârdigen Sinn hârr hē dènn dèn annern Morgen dèn Wisch slichtweg sō mit no Schōōl nohmen un dèn Lēhrer geben. De ōle

Sprooklēhrer, dē sachs* sōōn söben bet acht Sproken sprōōk, dē wēēr bi de Sprook, dē ›Der Fater, Herr Bert Sebach‹ snack, doch op un dool sprooklōōs ween[X83]. De Herr Schōōldirekter hârr dėnn sōōn beten mitholpen, disse schetterige|elende Schriftsprook tō översetten, un hârr dėnn dėn gōden[X50] |broven[X59] Fritz dor de Quitten |Quittung över utschreben, datt süm[X04]|se dat ›Beduren‹ in'e Künn kregen hârrn un ōōk âllns glōben, wat dor opstunn. Dat Ėnn vun't Lēēd wēēr nu, datt Fritz dėn Brēēf an sien Voder[X11] in'e Tasch hârr un dor stunn in, datt Herr *Seebach* sik doch um ėn anner Schōōl för sien Söhn umsēhn much.

Sō hârr Moschüü Fritz dėnn alle Ōōrsook, dėn Kopp hangen tō loten un sik as de unglücklichste Minsch vun'e Welt vörtōkomen. Dėnn mit sien Voder[X11] wēēr in disse Sook wiss ōōk ni[X20] tō spoossen, un Fritz worr sachs* in't Huus kēēn frōhlige Opsicht mēhr hėbben. *(DrG05.258)*

Tōēērst hârrn Odde un Gustav no Jungsoort vun Hatten lacht över süm[X06]|ehrn Kamerood sien Driestheit un Dummheit. Man as süm[X05]|ehr dat ümmer[X21] mēhr kloor worr, wo ēērnst un swoor de Sook för ėm wēēr un datt Fritz alle Ōōrsook hârr, dėn Kopp hangen tō loten, dō vergung süm[X05]|ehr dėnn doch dat Lachen, un süm[X04]|se versöchen, ėm Trōōst tōtōsnacken. Over je nēger süm[X04]|se an't Huus kēmen, je mōōtlōser un jiddeliger*|nervöser worr Fritz. Hē sēhg rein putschėnt|krank ut un kriedenwitt. Un as de drēē an'e Eck bi dat *[DrG21.320]* Spōōkhuus stunnen un no ėn lang[M3] Överlėggen vunēēngohn wullen, dō blēēv Fritz stief as ėn Stock an't Vörgoornstakett stohn un blēēv dorbi, datt hē rein gor ni[X20]|überhaupt nicht no Huus gohn wull. – Gustav Lōrenz wēēr ėndli no Huus gohn, man Odde kunn dėn Rootlōsen noch ni[X20] allēēn loten, hē muss ēērst weten, wat hē vörhârr. *„Nischt!"*, anter|antwōōr Fritz kott op âll de Frogen, hârr de Hannen in de Taschen steken, löhn sik mit dėn Puckel an de iesern Stangen un kēēk biester|wirr vör sik dool. As Odde noch vergeevs versöcht hârr, ėm mit no sien ēgen Huus hėntōsnacken, ėm in Utsicht stell, datt hē dor mit tō Mėddag eten kunn un datt sien Mudder[X12] ėm op jēēdēēn Fâll ėn gōden[X50] Root geben worr. As âllns vergeevs wēēr, dō wuss Odde sik ōōk kēēn Root mēhr. Hē wull jüst ōōk no Huus gohn, as opmool ėn dēpe Bassstimm sä: *„Was habt ihr hier vor?"* Odde dreih sik hastig um un sēhg tō sien grōten Schreck de hōge Gestâlt vun Dokter *Görtz* vör sik stohn. Odde lēēt Fritz lōōs, pedd ėn Schritt tōrüch, trock de Mütz vun' Kopp, un sä: *„Er will gar nicht nach Haus, Herr Dokter, er hat 'n Brief von der Schule, un sagt, er wollte ins Wasser gehn."* – De grōte Mann mit dėn swatten Vullboort lä sien Hand swoor op Fritz sien Schullern, kēēk ėm mit sien düüstern strengen Ōgen schârp (DrG05.259) in't Gesicht un froog: *„Gehst du nicht in Untersekunda? Ich denke, ich sollte dich kennen! Jetzt kommt ihr eben mal mit auf mein Zimmer!"*

As de beiden Jungs no ėn hâlve Stunn wedder[X41a] ut dat *Görtz*sche Huus ruutkēmen, dō lēēg ėn ēērnsten, man tōfreden Utdruck op Fritz sien Gesicht. Hē drück Odde fast de Hand un gung still no Huus. De Brēēf an Kunstmoler *Seebach* stēēk stoots|statts in Fritz sien Tasch in Dokter *Görtz* sien, un bi't Mėddageten mēēn de Dokter tō sien Fru: *„Könnte man doch die Mühe, die an dem Seebach vergebens verschwendet wird, dem Alldag zuwenden! Der Jung scheint ein heller Kopf und ein gesunder, gerader Charakter zu sein."*

Dėn Nomėddag sēēt Fritz in sien Suträngstuuv* un wörg un bohr Rēēg för Rēēg fofftigmool ›*ducks and geese can swim*‹ in sien Schrievbōōk|Schreibheft, datt ėm tōletzt de Ōgen tronen un de ›*ducks and geese*‹ richtig|wirklich vör de Ōgen an tō swimmen fungen. Ümmer[X21], wėnn hē sōōn Rēēg vull hârr, dėnn tell hē wedder[X41a] vun vörn as sōōn Maisevver, dėnn hē wēēr bȫȫs bang, hē kunn an't Ėnn mool ėn Rēēg tō veel moken. As hē op disse Oort sien beten Verstand noch bet op sōōn lütten Rest verminnersēērt|doolsett hârr, dō schroop|kratzte hē dissen Rest tōhōōp un söch|versöch ėm dordör hēēl un dēēl um'e Eck tō bringen, datt hē dor vulle twēē Stunnen ėngelsche un dėnn noch twēē Stunnen franzȫȫs'sche Vokobeln rinrammen kunn. Un an' loten Ȯbend, as Odde al lang in't Bett lēēg, dō sēēt Fritz noch an sōōn swore Rekenârbeit. Odde Âlldag hârr over dėn hēlen Nomėddag Striedschōh lōpen, dėnn dat wēēr ėm slumpt |glückt, dat *[DrG21.322]* tweie Poor mit Seilband |Segelband wedder[X41a] tō flicken. Ȯbends mook hē sik Hampelkeerls, vergoll Wâllnööt un *(DrG05.260)* snēēd|snēē' Papiernetten un Keden ut Buntpapier för dėn Wiehnachtsbōōm ut.

Vör dėn Schōōlanfang hârr dėn annern Dag Dokter *Görtz* ėn hēēmlige Bespreken mit Fritz sien Klassenlēhrer un dėn Schōōldirekter, wat ėn gōden[X50] Fründ vun ėm wēēr. Dat Ėnn dorvun wēēr, datt Fritz *Seebach* no de Kunferenzstuuv komen muss un datt opletzt Fritz ni[X20] vun de Schōōl flōōg, man ėn wissen Brēēf för ditmool no'n Ȯben rinflōōg.

Kapitel 37: Weserfründ un natte Dōdenhand

Wėnn ēēn Minsch mit de Weser un ehr Ēgenheiten vertruut wēēr, dėnn wēēr dat Odde* Âlldag. Dör Rōjen |*Rudern* un Swimmen, Seilen|*Segeln*, Fischen un Striedschōhlōpen kėnn hē dėn Strōōm un sien Nücken |*Tücken* |*Eigenheiten* tō âll de Johrstieden vun buten un binnen, vun boben an'e Masch bet ünnen an'e Stadt. Vun dē Tiet af an, as hē dōmools sō eisch |bȫȫs vun' Slėngelkopp |*Schwimmstegkopf* koppheisterschoten wēēr, hârr hē je lang mit de Weser op'n Kriegsfōōt stohn, dėnn hē wēēr dat je wies worrn, datt dat Woter kēēn Bâlken hett un datt dat dėn licht bedwingt, dē dat ni[X20] sülben dwingen kann. Sō hârr hē sik dėnn bâld güntsiet|*am anderen Ufer* in'e dore Boodsteed dat Swimmen instudēērt, un dat wohr|duur ōōk ni[X20] lang, dėnn düker un swumm hē as sōōn *(DrG05.261)* Fischotter. Vun dē Tiet an, as de Weser insēhg, datt sē ėm nix mēhr dōōn kunn, dō hēēl sē gōde[X50] Fründschop mit Odde, nēhm ėm wēēk un sachten* in ehrn Ârm un wēēr ėm tō Dēēnsten in alle Stücken|*in jeder Hinsicht.* Dat wēēr wichtig för sōōn Woterrött, sō, wėnn hē mool ut Versēhn mit sōōn Koppjump ut ėn Schipp ruutschōōt un dor mėnnigmool |foken ēērst ünnerdördükern muss, um wedder[X41a] no'n boben tō komen. De Hȫȫftsook wēēr dėnn, datt dat summerdag|*im Sommer* wēēr! Dėnn lä hē sik in't Gras, in dėn prâllen Sünn'schien un lēēt sien Tüüg wedder[X41a] drȫgen. Dat gung veel beter as tō Huus bi Mudder[X12], dėnn dor gēēv dat tō dat natte Tüüg doch blōōts noch ėn natt[M3] Schuur |*Strafpredigt* optō. Un dat Drȫgen in'e Sünn behoog unsen Moot |Jungkeerl ōōk ėn Bârg beter as Mudder[X12] ehr Drȫȫgkloppen. De Weser blēēv je ümmer[X21] de ōle un desülvige, un ōōk ehr Oort in dėn Wessel vun Wind un Wedder[X41d] un vun Frȫhjohr, Hârvst un Winter. Liekers *[DrG21.324]* broch de Weser för unsen Odde Dag um Dag wat Nies, un klorer un düütliger kēēk sien

Geist in de wiede, grȫne Welt, wō ehrn Lōōp dörhèngung. Hē kènn âll de dusend Kroomstücken|*Kleinigkeiten*, dē in ehr sünd, un hē lēhr süm[X05]|ehr in'e Schōōl mit Noom betēken|*nȫmen** un luuster ōōk gēērn op dat, wat de Lēhrer över dat ›worum‹ un ›wōtō‹ tō vertellen wuss. Bōōm un Busch, Gras un Blȫȫm, Sand un Stēēn, Fisch un Vogel, Woter, Wind un Sünn'schien, Ies un Snēē, âllns wēēr èm vertruut, âllns wat um èm rum wēēr, dat bruuk hē dortō, wō dat jüst gōōt[X50] för wēēr, dènn hē hârr in sik dèn grōten âllmächtigen Tog|*Drang* no lustvull[M3] Dōōn|, *sich lusterfüllt zu betätigen.*

Wènn dat Winter wēēr, wènn de Welt sō witt, sō still, sō dōōt un kōōlt dorlēēg, dènn sorgen Odde un sien Kameroden dorför, datt Lewen, luut[M3], wârm[M3], frisch[M3] Lewen an' Diek un op un an'e Weser blȫh. Wat glȫhen de Backen, *(DrG05.262)* wat blènkern|*glänzten* de Ōgen, wènn dat op de lütten Slerrns[X79] in ēēn Suus de Diekschrēēg|*Deichböschung* hèndoolgung! Wènn dènn de Winterflōōt dat platte Vörland sōōn drēē, vēēr Fōōt ünner Woter sett hârr un de Frost hârr dit stille Woter mit Ies övertrocken, ēhr dat Drievies in' Strōōm tō'n Stohn komen wēēr, dènn wēēr dat èn gefährlige Sook, wènn de lütten glatten Fohrtügen noch èn hēēl[M3] Stück över dat Ies ruutschōten. Dènn hēēs[X64] dat, tō rechter Tiet aftōstoppen, anners|*sunst* gung de Reis tō wiet, no dèn Strōōm rin, manġ de Iesschullen|*Schipperstücken* un in dèn kȫlen Dōōd.

In dissen Winter nu, sō in'e Wiehnachtstiet, dō wēēr an kēēn Slerrnjachtern[X79] tō dènken, dènn dor lēēg kēēn Snēē. Man dorför gung dat Striedschōhlōpen sōveel|*umso* beter! Dat wēēr dèn drüdden Wiehnachtsdag, de Kinner hârrn je schōōlfrie, un dor gēēv dat je kēēn grötter[M3] Vergnȫgen as Striedschōhlōpen. Wat wēēr dat dissen Winter over ōōk för èn feine glatte Bohn, op't Vörland un twischen de Slèngels |*Schwimmstegen*, un nüms* freu sik mēhr as Odde! Hē hârr süm[X05]

|ehr je kregen, de feinen nieden Striedschen|Snelllöpers, un nu wēēr hē de Wiehnachtsdoog ni[X20] vun't Ies wegtōkriegen ween[X83]. Ōōk de annern Kinner vun' Diek behoog|gefull dat beter op'e Weser as op de Stadtgröben[X75]|Stadtgrobens, un hén un her un krüüz un dwēēr glēēd|glēē' un scheer|krüüz dat in Lust un Freud in't bunte un frische Leben. De Luutste un Vergnöögtste vun âll wēēr sachs* *Klärchen Görtz.* Sē hârr ōōk niede Striedschōh kregen, Odde un Gustav Lōrenz hârrn ehr tōēērst twischen sik nohmen un ünner Lachen un vergnöögt[M3] Tosen un Târren|2x Zerren hârrn de beiden *Klärchen* dat Lōpen lēhrt|bibrocht. De ēērsten beiden Doog hârr dat sachs* sōōn beten holten un tapsig utsēhn, un ünner Stökern|Stochern un Weihârmen|Armfuchteln hârr sē dènn nöössen|noher versöcht, sik ōōk ohn Hölp wiedertōspaddeln. Man vundoog gung *(DrG05.263)* dat al recht hännig|behänd|geschickt un gōōt[X50] un sē mēēn Wunner wat sē kunn, wènn sē al allēēn vun ēēn Slèngelsch no dat anner komen wēēr. Fru Dokter hârr Odde dat fast un ēērnst op'e Sēēl bunnen, ōōk jo un jo* gōōt[X50] op de Dēērn tō passen. *[DrG21.326]* „Denn", hârr de besorgte Mudder[X12] seggt, *„sie ist eine wilde Hummel und wird leicht zu waghalsig. Nicht wahr, mein Junge, du wirst gut darauf achten, dass das Kind nicht zu weit in die Nähe des offenen Wassers kommt! Fest und sicher ist doch das Eis hier überall? Nicht wahr?"* – „Ja!", hârr Odde dènn hēēl oprichtig antert |antwōōrt. *„Wir können hier ganz ruhig laufen! Da vorne ist wohl das dünne mürbe Windeis und da weiter hin sind die Waken und Wiegen. Unterm Windeis ist kein Wasser mehr und um die Wiegenstellen hab ich Sand gestreut, da kann man mit Schlittschuhen nicht rankommen. Ich will auch schon gut aufpassen, Frau Dokter!"* – Fru Dokter hârr èm dènn sō fründli tōlacht, hârr èm mit ehrn Pelzmuff dör dat Gesicht fiechelt |gestreichelt un mit ehr lütte krâlle Glassēēhandschenhand de Backen kloppt, datt hē hēēl benaut|verlegen un schoomvigelett

|*schamrot* worrn wēēr. Sō wat kunn hē nu mool ni[X20] hébben! Dénn wēēr de Doom langsoom de Diektrepp ropstegen, hârr sik over boben noch mool umdreiht un de Kinner mit én Taschendōōk tōweiht|tōwinkt.

Veel tō gēērn hârr Odde dit Oppasseramt övernohmen un hēēl sik ōōk ümmer[X21] hēēl in de Nēēgde vun *Klärchen* op. Wénn hē ōōk mool sōōn Énn|*Strecke* vun ehr wegschōōt, sō swenk hē doch bâld in én leifigen|*flotten* Bogen no ehr ran, holp ehr, wénn sē mool hénfullen wēēr un klopp ehr dén witten Stuff vun dat Tüüg. Worum hē dit âllns sō gēērn dä, dat wuss hē ni[X20]. – Wedder[X41a] wēēr Odde sōōn Stück vun *Klärchen* wegscheert un wēēr jüst dorbi, sien Rēēms ēēn Lock strammer (DrG05.264) tō snâllen, as hē achter sik Fritz *Seebach* sien Stimm hōōr[X65]. Dē Windbüdel hârr sik vun sien Schōōlkummer gau wedder[X41a] verhoolt, as hē dén Puckel wedder[X41a] frie hatt hârr un hârr|fōhr hier op't Ies dat grōte Wōōrt, speel sik mächtig op un söch vör âlln de lütten Dēērns tō târren|nârren, wō hē kunn. Odde hârr ém al wücke Mool vun *Klärchen* wegstuukt|wegstött un hârr ém wohrschuut*, datt hē ém ni[X20] giftig* moken schull. Wat hârr de Windhund dénn nu in' Sinn? „*Hier her! Hier her!*", schrēēg hē dor achter, ni[X20] wiet vun de Woken*|*Eislöchern* bi de Sléngels, „*Hier her! Hier is 'ne Wildente injefroren! Hier her!*" Odde wuss glieks, datt dor wat Afsünnerligs achterstēēk, dénn de willen Oonten wēērn ni[X20] sō dösig, datt süm[X04]|se sik in't Ies fastfrēren lēten. Hastig trock hē sien Rēēms an, mook de Snâllen tō un dreih sik gau um. Dō sēhg hē, datt *Klärchen* ém ditmool ni[X20] achternokomen wēēr, sē hârr sik in' Gēgendēēl wedder[X41a] umdreiht un ampel |spaddel nu ieverig no de Steed tō, wo Fritz *Seebach* krumm in'e Knēē sēēt un sō dä, as wénn hē dor in't Ies wat bekēēk. As *Klärchen* nēger an ém rankēēm, sprung hē op, schōōt in én Bogen an ehr vörbi un lach spietsch |spöttsch|höhnsch op.

„Anjefiehrt!", rēēp *[DrG21.328]* hē ehr tō. *„Da knackt et ja bloß so fein!"* – Odde sēhg mit Gresen |Grausen, datt sien lütte Kameroodsche al hēēl dicht an de Wokensteed* rankomen wēēr. Âll wat hē kunn ârbeid|ârbei' hē, um ehr intōholen, hē wull ehr dėn Weg afsnieden, nu noch sōōn twintig Schreed, nu wull hē ehr tōrōpen ... man dō! *„Otto!"*, klung dat an sien Ōhr, sō schurig|grulig, sō schrill un bang, datt ėm meist dat Hatt still stunn un ėm dat vör de Ōgen wēēr, as wėnn hē dör sōōn dichten Snēēschuur kēēk. Man achter dėn witten Nevel, dor sēhg hē hēēl dicht över't Ies ėn lütten Kopp un ünner dėn Rand vun de lütte Pelzmütz dor *(DrG05.265)* kēken twēē Ōgen sō grōōt, sō vull Dōdensbangen no ėm hėn, datt ėm meist de Sinnen vergungen vör Quool över dit gresige Unglück. *Klärchen* wēēr inbroken! Ni[X20] wiet vun' Slėngelkopp, wō de Strōōm|Strömung dat Randies vun ünnen dünn un möör mookt, wō de wooghâlsigen Jungs süm[X06]|ehr Weeg lōpen wēērn, dor hârr de lichtsinnige Lump vun *Seebach* dat ohnweten Kind hėnlockt, un an de möörste Steed, dor wēēr *Klärchen* inbroken. Noch hēēl sė sik mit de lütten Hannen an dat Ies fast, man dē glitschen wedder[X41a] af un sē quääl sik vergeevs, sik ut dat Lock wedder[X41a] ruuttōârbeiden. Noch mool gell dat schrill un vull Dōdensbangen: *„Otto!"* Man dō lēēg Odde ōōk al platt op'n Lief un pack de Unglücklige bi de ēēn Hand. Jüst wull hē mit dėn annern Ârm nogriepen, dō pack ėm *Klärchen* in ehr Dōdensangst (un ōōk dat iesige Woter hârr ehr sachs* al vun Sinnen mookt), dō pack sē ehrn Nōōthölper|Redder mit de frie'e Hand sō fast un vull Vertwiefeln in de Hoor, datt em de Kopp hēēl dooltrocken worr un datt hē mit dat Gesicht fast op dat Ies presst worr. *„Lass los!"*, quüch|hiem|keuchte hē. *„Lass los! Ich kann ja nicht ..."* Do fung hēēl sachten*|suutje ünner ėm dat Ies an tō wēgen|notōgeben|wiegen, un hē hōōr[X65], wo dat knack, hē spōōr, wo dat sack. Toll för Toll, dēper, ümmer[X21] dēper. Un dat Ies dat gnirr un gnârr un snēēd ėm in dat

Gesicht, schârp as Glas. Un dat Woter, sō kōōlt, sō iesig, dat nēhm ėm in sien Ârm, dat gung ėm över dėn Kopp un pâlsch |schwappte ėm um dėn hēlen Lief. Dat wēēr de Dōōd! De gresige, kōle Dōdenhand, dē ėm dat wârme Hatt pack un dat Leben dor tō't Stillstohn bringen wull. Wedder[X41a] krēēg hē dit Susen, Pingeln un Klockenlüden in de Ōhren! Hē kėnn dat! Man ditmool wēēr dat sō schurig|grulig, sō … Dor! Ėn Knâll! Ēēn Dunzen un Dröhnen, as wėnn âll dat (DrG05.266) Ies vun de Weser vunēēnknâll! Hōōch sprütt un pâlsch dat Woter över dat Ies un: „Jung, hōōl ehr fast! Hōōl ehr!! Hōōl fast!" Disse Stimm klung an Odde sien Ōhr, sinnig[X52] un wild, un as wėnn sē ut wiede Fēērn kēēm. Dėnn fȫhl hē, wo hē bi de Bēēn packt worr un no ėn mächtigen Ruck slurr|slârr hē över dat faste Ies weg. Hē spȫȫr noch, wo de Hand, dē sik sō fast in sien Hoor krâllt hârr, ni[X20] lōōslēēt, un Wēhdoog, as wėnn ėm de hēle Kopphuut afreten worr, nēhmen ėm de Sinn. Hē wuss ōōk noch, datt hē dėn Ârm, dėn [DrG21.330] hē packt hârr, ni[X20] lōōslēēt, dėnn worr ėm dat swatt vör de Ōgen un hē wuss nix mēhr.

As wėnn hē ut sōōn langen, dēpen un sworen Sloop opwook, sō dumpig|dumpf un benüsselt|benommen wēēr ėm de Kopp, as Odde wedder[X41a] tō sik kēēm. Wō wēēr hē dėnn un wat wēēr mit ėm passēērt? Hē wuss dat ni[X20], hē kunn sik op nix besinnen. Hē wull de Ōgen opensloon|openslogen, man dat gung ni[X20], dėnn ėn Dōōk wēēr ėm stramm dorvörbunnen. Ėn schârpen Medizinruuch trock ėm in de Nöös, wat much dat op sik hėbben? Hē fȫhl mit de Hannen um sik tō|um sik rum un spȫȫr, datt hē in't Bett lēēg. Nu hool hē dēēp Oten, un as sōōn Stöhnen rung sik dat dēēp ut sien Bost. Sien Kopp! De ârme Kopp! Blōōts slopen … slopen … slopen! Dō hȫȫr[X65] hē ėn sachte |sanfte wēke Stimm un hȫȫr[X65] wat ruscheln. „Er ist wach!", klung dat. De schȫne Stimm hârr hē doch al mool höört! Wēēr dat ni[X20] ... Nä, dat wēēr ėn Drōōm! Hē muss slopen ... slopen! Ōh, wat wēēr de Drōōm sō schöön! Ėn wēken Ârm lä sik sacht|zoort um sien Hâls, twēē hitte Lippen drücken sik op sien Backen, op sien Mund, un de Stimm fluster liesen: *„Mein lieber, lieber tapferer Junge!"* Ėn lēēfligen Ruuch|Duft trock um ėm rum. Hârr ni[X20] köttens mool sō wat över sien *(DrG05.267)* Gesicht fiechelt? Ėn Doomsmuff? Wō wēēr dat ween[X83]? Hē kunn sik ni[X20] besinnen. Ėn verloren Lachen speel um sien Lippen, un hē muss je sō slopen ... slopen ... slopen! Man wat wēēr de Drōōm doch schöön!

Ünner dėn Pappelbōōm vör de Âlldagsche Huusdöör stunnen teihn Minuten noher twēē Mudders[X12] un drücken ėnanner wârm de Hannen. Süm[X04]|Se wēērn sō verschēden vun Rang un Stand, man süm[X04]|se wēērn liekers sō hēēl un dēēl overēēns|einig dör dat, wat süm[X06]|ehr Hatten beweeg. *„Ich glaube, wir können guten Mut haben, liebe Frau Nachbarin!",* trōōst Fru Dokter *Görtz.* – *„Die Hauptsache is ja auch, dass Ihre Lütte keinen Schaden davon gehabt hat",* anter|antwōōr Fru Âlldag, un mit ėn wârmen Hannendruck gungen de beiden Fruuns vunēēn|vunėnanner.

Noch ėn lütten Stōōt* stunn de feine, slanke Fru op dėn Diekkopp un lēēt ehr Ōgen umrum in't Wiede wannern.

Gries un swatt trock dat an' Heben hōōch un trock över de Weser. Dat schull Snēē geben. Langsoom, hēēl langsoom schöben sik de witten Iesschullen vörwârts, knapp, datt ēēn nooh ɜēhn kunn, dall süm[X01]|se dreben. Disse Nacht kēēm de Weser tō't Stohn! Ēēn Gluup|Blick smēēt de Doom noch op dat Bild dor ünnen, dėnn schudder sē sik|schauderte sie, bēēt de Tähn opėnanner un dreih sik fast un wârm in ehrn Pelzmantel. Ėn schârpen, kōlen Wind weih över de Weser un fohr[X66] dör dėn Bōōm. Ümmer[X21] noch dat ōle Grummeln un Dröhnen,

Hulen un Fleuten, dat ōle ēwige Natuurlēēd, wat winters un summers lieker schöön|*gleich schön* is för dėn, dē disse Sprook, de Bōōmspōkelsch-Sprook versteiht. *[DrG21.332]* De Doom verstunn ehr ni[X20], sē lēēp bang um de Eck, no ehr wârm[M3] un *(DrG05.268)* truli[M3] Huus. – Man liekers sä dat Bōōmspōkel wat! Kēēn Minschenōhr hett dat hōōrt, de Wind weih dat weg, wiet över dat Land, un dat hēēs[X64]:

Noch hōōrt jüm[X02]|ju dat Leben, hōōrt jüm[X02]|ju de Diek! jüm[X01]|ji|ju Lüüd dor ünnen, as Kōnigs sō riek!

Sō as sik hier frie reckt no'n Heben mien Holt, sō wohrt sik[X08]|ju in Frieheit dėn plattdüütschen Stolt!

Kapitel 38: In't letzte Schööljohr

Dat kēēm de gōde[X50] Fru Âlldag meist sō vör, as wėnn de Vörjohrssünn|Frōhjohrssünn doch al sōōn beten ēhr dör de Ruten vun ehr lütte Vörstuuv|*Vorderstube* schien as in anner Johren |*annerjohrs.* Wėnn de ēērsten Strohlen sō verschrēēg över dėn Diek, manġ de Gardinen un Puttblōōm dör, an de ēēn Wand un op dat ōle, ēhrbore Lutherbild fullen, dėnn wussen de Âlldags je, wat dat för ėn Tiet wēēr. Heller un sünniger worr dat dėnn dor binnen vun Dag tō Dag, bet, man sō hēēl bilüttens*, dat Bōōmspōkel sien Machtwōōrt snack un de Sünn'strohlen blōōts noch sō af un an verloren dör dat brēde grōne Teltdack schienen! Man sō wiet wēērn wi je vuntjohr|*in diesem Jahr* noch lang ni[X20]! Nä, dat wēēr ēērst Anfang April un in acht Doog wēēr Ōōstern. Dat hēēt sachs* ›De April kann moken, wat hē will‹, un ditmool hârr hē ōōk sien ōōl[M3] Recht mool bruukt. Hē hârr de Ârbeit, dē de März sō ieverig anfungen hârr, de ōle ēwig niede âllmächtige Frōhjohrsârbeit, mit Lust un Knööv opnohmen un al ėn düchtig[M3] Stück wiederbrocht. Man dē ōlen untōfreden[M4a] Kauken* *(DrG05.269)* dor boben, dē gung dat âllns noch ni[X20] fix nōōg, un süm[X04]|se schimpen un räsonēren dor ut dėn Pappelbōōm ruut, as wėnn süm[X04]|se Wunner wat tō sėggen hârrn. Un de lütte flietige Bōōkfink, dē dor in'e hōōchste Spitz sō fein quinkelēēr |*zwitscherte,* dē hōōr[X65] sien ēgen Slag ni[X20] för|*wegen* dat ōle Jappeln un Jiepeln vun de griesen Strotenstrōmers. Jo, de lütte, lēve Bōōkfink! Watt dat wull noch desülvige wēēr, dē dōmools, vör meist vēērtein Johr no sōōn Wēēg|*Wiege* un no sōōn Poor schöne blaue Kinnerōgen rinkeken hârr? Wokēēn kunn't sėggen? Jo, 'kēēn kunn't sėggen? – Fru Âlldag dor ünnen in'e Stuuv ōōk ni[X20], un dor dach sē ōōk gor ni[X20] över no. Sē hōōr[X65] ni[X20] dėn Bōōkfinkenslag, *[DrG21.334]* man de blauen Kinnerōgen, dē sēhg sē vör sik, ohn datt süm[X04]|se bi ehr wēērn. Vēērteihn lange Johr gung ehrn Sinn tōrüch, un sē hârr, in Gedanken verloren, wedder[X41a] dat lütte, wârme Bünnel an'e Bost un kēēk vull Lēēv rin in disse blanken Ōgen. Wō wēērn de Johren bleben! Dor wēēr je de Steed, dor hârr dōmools de Paster stohn un hârr ėm döfft, ehrn ēēnzigsten Jung. Un nu? Morgen wēēr je Pâlmsünndag, dėnn schull hē kunfermēērt wârrn! Fru Âlldag hârr sik in Grōōtmudder[X12] ehrn Löhnstōhl sett, fōōl de Hannen un kēēk verloren dör dat Finster. Dȫȫp un Kunfermatschōōn! Wat lēēg dor âllns twischen! Wo veel Ârbeit för de flietige Mudderhand[X12], wo veel Sorg för dat true Mudderhatt[X12]! Jo, Sorgen hârr hē ehr mookt, dē wille Bėngel, de unbannige Strȫmer, man Kummer? Nä, dat kunn sē ni[X20] sėggen! Gōōt[X50] wēēr hē ween[X83], tru un ēhrli, un dat wârrt hē ōōk blieben, dat wuss sē! Man in dat letzte Johr, dō wēēr ehr doch foken|mėnnigmool sō ēgen|snooksch* un sō bitter in't Hatt ween[X83]. Dō wēēr sē sik sō ēēnsoom, sō verloten vörkomen. De Dēērns wēērn al ut' Huus un verdēnen *(DrG05.270)* wat, un de Jung? Jo, dat wēēr't je jüst! Dat wēēr ehr vörkomen, as wėnn de vörnehmen, frėmmen Lüüd dor, as wėnn dē ehr ehrn Jung afspenstig mookt|wegsnackt hârrn. De Verstand sä ehr sachs*, datt dat je âllns tō sien Besten wēēr un datt sē dat je sülben in' Stillen sō wullt hârr. Lēhren*, lēhren*, veel lēhren* schull ehrn Odde* je, un dat hârr hē ōōk je doon. Wo plietsch, un sō hēēl sinnig un suutje|einfühlsam und bedächtig hârrn disse Prachtminschen, de Dokterslüüd, dat anfungen! Süm[X04]|Se hârrn je gor ni[X20] weten, wat süm[X04]|se âllns vör|ut Dankborkeit opstellen schullen, as dōmools Odde süm[X06]|ehrn Lēēfling|Ōōgappel ut dat natte kōle Graff redd hârr. Op Geld wēēr süm[X05]|ehr dat je gor ni[X20] ankomen, man mit de Âlldags wēēr nix optōstellen. Süm[X04]|Se nȫmen* dat Bedelbrockens, un dat wēēr nix för süm[X05]|ehr! Dat Brōōt, wat süm[X04]|se sik sülben verdēēnt hârrn, dat smeck an besten, un wėnn süm[X04]|se dat hârrn dröög eten schullt. – Dō wēēr dėn ēēn gōden[X50] Dag, as Odde wedder[X41a] vun sien Krankenloger opstohn un wedder[X41a] fein op'n Damm wēēr, jüst as vörher, dō wēēr de Dokter sülben no de lütte Koot achter'n Diek rinpedd un hârr no Odde sien Befinnen froogt. Un dėnn hârr hē sō hēēl vun achtern rum Fru Âlldag bibrocht, datt hē, de Dokter, sachs* ėn Beed an süm[X05]|ehr hârr, un dē muchen süm[X04]|se ėm doch ni[X20] afsloon |afslogen. Dėnn hârr hē ehr vertellt, datt sien Jung, sien *Friedo*, nu ōōk wedder[X41a] sund[X38] wēēr, un wėnn dat Bēēn ōōk sachs* stief blēēv, sō freuen süm[X04]|se sik doch, datt hē tōminnst |wēnigstens sō wiet wedder[X41a] wēēr. No Schōōl schull hē over in dit Johr ni[X20] hėn un schull dorför in't Huus Privootstunnen hėbben. Man nu wēēr dat je ni[X20] gōōt[X50], datt de Jung Dag ut Dag in ümmer[X21] manġ luter Fruunslüüd wēēr. Un sō lēēg süm[X05]|ehr dor veel an, datt hē stüttigen|ständigen Umgang mit sōōn frischen un krâllen |gesunden Jung krēēg, datt ōōk (DrG05.271) bi *Friedo* de Jungsnatuur un de rechte Lebenslust wedder[X41a] [DrG21.336] weckt worr, dėnn dē wēēr dör dat lange Krankenloger verkröpelt un verpüttschert|versievelt. Nu wussen |wüssten süm[X04]|se over kēēn betern as Odde Âlldag un süm[X04]|se lēten hattli beden, süm[X05] |ehr dėn Jung bet tō de Kunfermatschōōn vull in't Huus tō geben. Hē schull dat gōōt[X50] hėbben, jüstsō gōōt[X50] as süm[X06]|ehr ēgen Kind. Süm[X04]|Se wullen ėm nähren un klēden, hē schull dėnsülvigen Ünnerricht hėbben as *Friedo*, süm[X04]|se wullen Odde ünnerwiesen in de feinen Künst, ėm rantrecken tō âllns, wat gediegen |fein, schōōn un gōōt[X50] wēēr un ėm ōōk wiederhölpen op sien Lebensweg. – Man dor hârrn sik de Âlldags mit Hannen un Fōōt gēgen wehrt! Nä, dėn Jung gēben|gäben süm[X04]|se ni[X20] ut' Huus un ut'e Schōōl nēhmen|nähmen süm[X04]|se ėm ōōk ni[X20] ruut. Opletzt wēērn süm[X04]|se over doch ēēns|ēnig worrn, datt Odde âll sien frie'e Tiet mit *Friedo* tōbringen schull. Hē schull ėm hölpen un fōhren bi't Utgohn un ėm tō Siet stohn, wō hē kunn.

Georg Droste, Odde Alldag I (Peter Neuber, Meldörp-Böker 8.2, 2018)

Wenn de Dokter denn sō gōōt[X50] ween[X82] wull un worr Odde an *Friedo* sien engelschen un franzōōs'schen Stunnen dēēlnehmen loten, denn wullen Âlldags dor wiss vun Hatten dankbor för ween[X82].

Un sō wēēr dat denn komen. Odde wēēr ›uthüsig‹ worrn, as Fru Âlldag dat nōōm*. Hē wēēr blōōts noch Sloopgast in't Öllernhuus. „Ik wēēt ni[X20]", hârr Fru Âlldag veelmools |foken obends tō ehrn Mann seggt, „ik bün doch en hēēl untōfreden Minschenkind! Ik schull mi freuen, datt de Jung düchtig wat lēhrt, datt hē ni[X20] mēhr as sōōn Willen rumrōvert un nu dorför |stattdessen den rechten Anstand un de feinen Manēren mitkriggt. Man ik kann mi ni[X20] hölpen, ik krieg foken|veelmools sōōn richtigen Piek op de Lüüd un bün fâlsch|schlecht denkend gēgen süm[X05]|ehr, datt süm[X04]|se mi den Jung afspenstig mookt hebbt." – „Minsch, Minsch, Antje!", lach Friech denn. „Mudder[X12], wo kummst du mi *(DrG05.272)* vör! Schâll de Jung hier den hēlen Dag bi di op'n Stōhl sitten as sōōn Huusküken? Ōder schâll hē sōōn ōlen Puttsnuver|Puttkieker un Kökenschriever wârrn? Nä, Mudder[X12], freu di man! Nu wârrt dor sachs* wat vun wârrn! De Hōōftsook is blōōts, datt hē nu ni[X20] överspōōnsch|überheblich wârrt un sik gēgen uns opsett ōder di spietsch |spöttsch un minnachten* |vun boben dool behanneln deit! Dor mööt[X61] wi em vör wohren|behüten!" – „Na, wēētst' wull", anter|antwōōr Antje denn, „dor wēērn wi denn over doch noch mit bi! Un wenn hē mool sō|dubbelt sō klōōk wârrt as de Dokter sülben, för mi blifft hē ümmer[X21] mien dummen Jung, un ik worr mi em smuck vörknōpen, wenn hē mi mool verdwass|verquer kēēm|käme!"

Nu wēēr de Tiet um, un Fru Âlldag hârr ni[X20] nōdig hatt, ehrn Jung tō stuken |zurechtzustauchen. Nä, hē wēēr vun binnen desülvige bleben, ehrn Jung, ehr deegt[M3]|kräftiges plattdüütsch[M3] Kind, wenn hē ōōk vun buten anners worrn wēēr. Man ōōk

Dokter *Görtz* hârr sien helle Freud hatt an de dankbore Plant, dē hē ut dėn mogern Borrn no sien Drievhuus rinnohmen hârr. Odde lēhr mit sien gesunnen un kloren Verstand, mit Iever un Lust, un hē wēēr dėn swacken *Friedo*, dē sō veel missen |entbehren muss vun *[DrG21.338]* de wohren Kinnerfreuden, dėn wēēr hē ėn wohren Fründ un truen Kamerood. Hē stunn dėn fienen|zoorten un foken|veelmools sō wēhleidigen un wēken Jung tō Siet, wō hē kunn, münner ėm op un sett ėm ōōk mėnnigmool|foken sien ēgen, stârken Willen tōmȫȫt|entgegen, wėnn hē mool sien Schuren|Anfälle un Nücken|Launen hârr. – In ėn niede Welt wēēr Odde rinkomen. Wat hē hier hȫȫr[X65], sėhg un lēhr, dor hârr hē sik frȫher nix vun drȫmen loten. De dullen Strȫmertȫȫg|Jungenstreiche wēērn sachs* vörbi, man annere Freuden hârr ėm de letzte Summer brocht. Utfohrten tō Schipp un tō *(DrG05.273)* Woog hârr hē mit de Dokterfamieln mookt, un sōgor ėn Reis an de Sēē. Ümmer[X21] worr hē för vull ankeken un nüms* lēēt ėm mârken|spȫren, datt hē ut ėn anner Holt sneden wēēr. As dėnn de Hârvst kēēm un Odde sien vörletzt[M3] Schōōltüügnis mit tō Huus broch, dō hârr sik dat wiest, wat dėn Dokter sien Ârbeit un Odde sien Fliet för Segen brocht hârr. Dō hârr hē mit dit Tüügnis un mit ėn Brēēf, dėn de Dokter ėm opschrėben hârr, no de Lange Stroot|Langenstraße hėngohn musst, no sōōn grōōt[M3] ōōl[M3] Tobaksgeschäft. De fründlige Inhebber vun dit Geschäft hârr sik recht sōōn Tiet mit ėm wat vertellt un hârr sōgor ėn fein[M3] kommōdig[M3] Platt mit ėm snackt. Opletzt hârr hē Odde de Hand gėben un hârr seggt, hē wēēr mit âllns tōfreden. Un wėnn Odde oprichtig Lust hârr, in dėn Kōōpmannsstand intōtreden, dėnn wull hē ėm tō Ōōstern as Lēhrjung in sien Geschäft opnehmen un hē wull ėn düchtigen Keerl ut ėm moken.

Dat wēērn sō de Trüchgedanken, dē Fru Âlldag dör dėn Sinn trocken, as sē mool för ėn lütten Stōōt* in Grōōtmudder[X12] ehrn Löhnstōhl doolsackt wēēr un de flietigen Hannen in dėn Schōōt leggt hârr. Jüst wull sē dorbi anfangen, dėn Foden noch wieder, bet in de tōkomen Tiet, rintōspinnen, dō sprung sē over resoluut ut dėn Stōhl op. Noch ēēnmool lēēt sē ehr Ōgen dör de Stuuv glieden, um tō sēhn, watt ōōk âllns fein op Schick wēēr. Jo, sē kunn sik sēhn loten mit ehr slichte, man reine un schiere Stootsstuuv! De nieden Tapēten, de Stȫhl mit dat frische Rōhr |Rēēt, de snēēwitten Gardinen un de blitzblanken Finsterruten, âllns lach ehr an! Man ōōk de blitzblanke Sünn'schien lach ehr tō un lach un strohl ehr sō gollen no't Hatt rin. Buten danzen de Müggen, op de Bank ünner'n Pappelbōōm *(DrG05.274)* slick un putz sik de Katt, un sō wēēr sē sik wiss|seker: Morgen worr fein[M3] Wedder[X41d]! Dat muss je ōōk sō ween[X82]! Dat kunn je gor ni[X20] anners! Dėnn morgen? Morgen ... dėnn wēēr je de Ēhrendag vun ehrn Jung, vun ehrn Odde! Stillvergnōōgt gung de gōde[X50] Fru wedder[X41a] an ehr Ârbeit, dėnn dat gēēv noch recht ėn Bârg tō verhackstücken |beschicken. Liesen muss sē för sik hėnsmuustern |hinschmunzeln, as sē an dat feine Wedder[X41d] dach. Dėnn ehr wēērn dorbi sōōn poor Rēgen|Reihen vun sōōn Riemelsch|Reimgedicht infullen, wat in frȫhere Johren mool sōōn lutherschen Slaukopp tō dėn lustigen Dag |Festtag vun Wēsenkinner mookt hârr, um dor de Reformēērten mit tō ârgern. Dor worr *[DrG21.340]* in priest, datt jüst de Lutherschen ümmer[X21] gōōt[M3] Wedder[X41d] hârrn. Un dat Riemelsch hēēs[X64]:

D'rum wēēt ik dat ōōk hēēl un wiss,
datt unsen Herrgott luthersch is.

Kapitel 39: Kunfermatschōōn

Nu wēēr dat vörbi, de Kârk wēēr ut. Disse Kunfermatschōōn wēēr ėm suur, hēēl suur worrn, dėn ōlen, witthorigen Paster Merkel. Wėnn ėm ōōk de Bēēn bevern, hē hârr doch uthōlen, bet de letzte Vers vun dat letzte Lēēd tō Ėnn wēēr, op sien Kanzel, wō hē de langen, langen Johr dat beste wullt, dat beste geben hârr. Man vundoog hârr hē dat fȫhlt: Dit wēēr sien letzte Kunfermatschōōn ween[X83]. Ōōk sien *(DrG05.275)* Kinner hârrn dat hüüt spȫȫrt, sien hēle Gemēēn hârr dat ruutmârkt, dėnn sō hârrn süm[X04]|se ėm noch nienich |niemals predigen hȫȫrt! Jo, disse Kinner, dē mussen gōōt[X50] blieben, dē mussen dėn rechten Weg dör't Leben finnen, wėnn Minschenmacht un Minschenwōōrt dor wat an dōōn kunnen! Noch ēēnmool lēēt de Kârkenmann sien Ōgen över sien grōte Gemēēn glieden, hē spȫȫr dėnn, datt ėm sien Ōgen natt|fucht worrn un mit langsome, mȫde Treed stēēg hē vun de Kanzel dool. Langsoom schōōv sik ōōk de Gemēēn no de Utgäng un mit ėn mächtig[M3] un fierli[M3] Brusen leid|lei' ehr de Orgel ruut.

Buten, vör dat Hȫȫftportool, no de Mârktsiet[X77] tō, dor stunn unsen Odde* Âlldag un hool dēēp Oten. Wo wēēr hē vunmorgens mit Hattkloppen un mit fierli ēērnste Gedanken no de Kârk gohn, man hē hârr doch ni[X20] glȫȫvt, datt ėm disse Stunnen sō mitnehmen worrn. Wat hē tō hȫren kregen hârr, dat wēēr ėm ni[X20] blōōts an't Hatt, nä, dat wēēr ėm bet an't Märk gohn. Dat vergēēt hē nienich, sien Leevdag ni[X20]! *„Sei deines Willens Herr und deines Gewissens Knecht!"* Dat wēēr sien Segenssprȫȫk|Sprȫȫk*|Spruch ween[X83], un dat klung ėm noch in de Ōhren, as hē sō vör de Kârkendöör stunn, um op sien Öllern tō tȫben. Nu lēēt hē sien Ōgen in de Runn gohn. Dor lēēg vör ėm in' Sünndagsfreden sien lēve

Georg Droste, Odde Alldag I (Peter Neuber, Meldörp-Böker 8.2, 2018)

Voderstadt! Dor stunn in' Sünn'schien dat ōle ēhrbore Roothuus, ėn Dėnkmool ut' vergohn[M4a] Tieden, dėn Bremer sien Stolt, dat Wohrtēken vun ōle Bremer Stârkde|Knööv, vun Ēhrborkeit un Sinnigkeit|Bedachtsamkeit in Dōōn un Drieben. Dor stunn stief un fast mit [DrG21.342] sien Sweert as Wohrtēken vun de Gerechtigkeit de lange Keerl vun Rōland un sä: „Frieheit för jüm[X02]|ju alle Tieden!" Dor stunn stolt un brēēt de niede Börs! Dat wēēr je de Steed, (DrG05.276) wō de gehēmen Fodens un de Kräft tōhōpenlēpen, dē dėn Bremer Hannel grōōt un mächtig moken un de Bremer Scheep över de wiede Sēē un över dėn hēlen Ēērdbâll drēben. Un de beiden grimmigen Lōben|Löwen dor vör de Trepp, süm[X04]|se hōden dat ōle Wohrtēken vun de Stadt, dėn Bremer Slötel, un süm[X04]|se wiesen jēēdēēn wild de Tähn, dē dit Wopen ni[X20] hōōchhōlen |estimēren|achten ōder dē dėn Slötel bruken worr un bedrēgen |zus.: missbrauchen würde. – Mit Höög|Behogen hungen Odde sien Ōgen an disse Biller, dē ėm âll sō vertruut wēērn. Hē wēēr nu man noch ėn Jung. Man wėnn hē ēērst dor günt|achter in'e Lange Stroot sien Knööv un sien Weten in Ârbeit un Streben anwėnnen kunn, dėnn wârrt hē sien ēhrboren Öllern un sien Voderstadt kēēn Schann moken!

Noch ėn lütten Stōōt* stunn Odde sō in Gedanken verloren, dō foot ėm ēēn bi de Hand un drück ehr wârm un fast. Sien Mudder[X12]! Sien lēve gōde[X50] Mudder[X12]! Sē kunn nix sėggen, sē kunn ehrn Jung ni[X20] grolēren, man ehr tronenblanken Ōgen snacken ėn stille hillige Sprook! Mudderstolt[X12] un Mudderglück[X12]!

Still wēēr de Âlldagsche Famieln* vun'e Kârk över'n Diek gohn un jüst wull Odde as letzten no de lütte kommōdige Koot rinpedden, as de Smittsche ut dėn Eddelhoff* ruuttüffeln kēēm. Sē hârr de Hand över de Ōgen leggt, sachs* för|wegen dėn Sünn'schien, un rēēp dėnn: „Büst du dat, Odde! Koom hier doch mool her! Loot di doch man mool bekieken! Fru Puustmeier! Fru Lēhmann! Süm[X04]|Se sünd wedder[X41a] tōrüch vun'e Kârk! Hier is hē! De Kunfermant!" Nu gung dat Wunnerwârken un dat Frogen dėnn je lōōs: „Jung, wat mookst' di fein|wat sühst' fein ut! ... Wat hett de Paster dėnn seggt? ... Wat? ... Woveel Kinner hett hē dėnn hatt? ... Sünd dor dėnn ōōk wück' flau worrn? ... Hest' dėnn ōōk blârrt |geweint? ... Jo, kiekt|kieken[X10] Sē (DrG05.277) mool. Hē süht recht sōōn beten klöterig|flau un angrepen ut! ... Kiek hėn! Dėn blauen Streek hett hē doch noch ümmer[X21] över de Nöös! Ik segg je man! ... Wullt' ōōk noch mool wedder[X41a] bi de Blautuut |Wäscheblau-Tüte gohn? Du Slüngel? ... Och, wat hett dē Rietenspliet|Wildfang in de ēērsten Johren sien Sook angohn! ... Un nu wullt' ōōk bi'n Tobak? Kannst dėnn al ėn Wickel |Zigarrenwickel moken un afstrȫpen|putzen? ... Wat seggst', in't Kantōōr? Schriever? ... He, wat stufft dat hier|(vor Angeberei)! Hm! Man blōōts ni[X20] ringer[X39]|Lang nix Minns (Spott)! ... Kōōpmann sien Lōōpmann|Laufbursche! Na, will't Beste höpen, dat hē gōōt[X50] insleit! ... Nu goh man ēērst mool hėn un eet wat, in'e Kârk hett dat sachs* nix geben un vun Gotts Wōōrt allēēn wârrt ēēn ni[X20] satt! ... Kiek! Dor kummt Jan Grōōt ōōk!" – „Dag, Odde! Hest' fein[M3] Wedder[X41d] hatt! Âllns gōōt[X50] överstohn? Jo, wēētst' wull, as ik vergohn|verleden|letzt[M3] Johr ... Sō! Ik grolēēr di ōōk! Hier! Steek di ēēn an! Is wat Feins! Is Havanna manġ! Mook ik âll sülben! Un krieg dėn Dag vēēr Zigârren för't Smȫken, wēētst' wull!" [DrG21.344]

Odde drohn dat in' Kopp un hē wēēr hēēl frȯh, as de gōden[X50] Noverslüüd sik ėndli sō ēēn no'n annern verlȫpen hârrn. Dēēp trock hē de reine frie'e Weserluft no de Bost rin un kēēk dėnn lang in Gedanken verloren no dėn Pappelbōōm rop. Jüst dreih hē dėn Kopp, um no de Finstern vun dat hȯge Huus roptȯkieken, as opmool sien Hand anfoot worr un ėn bekannte, man doch för èm sō lēve un sȫte Stimm an sien Ōhr klung, hüüt noch veel lēēfliger, dènn sē hârr sōōn ēgen, snookschen* Biklang. *„Guten Tag, junger Herr Alldag!"*, sä de Stimm. *„Ich möchte Ihnen, auch im Namen meiner Angehörigen, die herzlichsten Glück- und Segenswünsche zum heutigen Tage überbringen, und Sie möchten doch zunächst diesen Blumenstrauß ..."* Odde *(DrG05.278)* wēēr över un över rōōt worrn un pedd èn Schritt tōrüch. „Klärchen!", broch hē èndli ruut un kēēk ehr vörhōlern|vorwurfsvoll in dat lēēflige Gesicht. Dor lachen èm over twēē schȫne Kinnerōgen sō vergnȫȫgt un sō vertruut an, èn lütte Hand schōōv sik ünner sien Ârm, èn Mädenskopp|Dēērnskopp lä sik in lēēflige reine Unschuld an sien Bost un de Stimm lach: *„Nicht wahr, Otto! Wir bleiben ja die Alten! Treue Kameraden!"*

Dō wēēg de ōle ēhrbore Pappelbōōm sien brēden Tèlgen langsoom un fierli op un dool, sachten*, hēēl suutje! Dat wēēr de Segen vun dat Bōōmspȫkel, dat nu sien Natuurkind in èn annere Welt, in èn anner Leben rintrecken sēhg. Dō klung wedder[X41a] de ōle Tȫverklang* dör dèn Bōōm, lēēflige Èngelsstimmen, hōōch vun' blauen Heben. De liese un doch sō düütlige un gewàltige Sprook vun de ēwige Grundmacht Natuur, truli un wēēk, man doch vull ēērnste Mohnen|Mahnung, sō klung dat dör de Tèlgen:

Du Sünndagskind, stoh fast, stoh fast!
Dat Glück dat is sōōn ēgen Gast!
Dènk du an mi in Wedder[X41d] un Wind!
Bliev slicht un broov – èn plattdüütsch[M3] Kind!

Georg Droste
Fofftig Johr in Licht un Schadden
Mien Lebensgeschicht

(QuB011.005)

Togen|*Aufgezogen* bün ik un ōōk boren,
sünig un nährig|*2x bescheiden* achter'n Diek,
doch in mien dor' Kinnerjohren
wēēr ik as sōōn Kōnig riek!
Wènn winters de Störm de Pappelbȫȫm bōgen,
wènn't Frȫhjohr uns broch dèn Sünnenschien,
wènn hōōch över'n Diek hèn de Swülken flōgen,
tō alle Tiet rēēp ik: De Diek, dē is mien!

In'e Frieheit bün ik togen,
sprung al bâld vun Mudder[X12] ehrn Schōōt,
bün dèn Diek meist doolwârts flogen,
an'e Weser worr ik grōōt.
Wènn swatt ōōk de Wulken an' Hèben hèntrocken,
wènn Weststörm hulen süm[X06]|ehr Fleutmusik,
wènn wild ōōk de Bülgen an' Diekkopp rankloppen,
fast stunn ik in't Unwedder[X41d], mien wēēr de Diek!

Jo, mien wēēr de Diek! Un dat is hē opstunns* ōōk noch, no fofftig Johr. Dènn ik bün ni[X20] mit mi tōfreden un mi fehlt wat, wènn mool èn Dag hèngeiht, an dèn ik ni[X20] mien Weserdiek afpedd heff, un wènn't ōōk man èn kott[M3] Ènn wēēr. Dènn mutt ik ōōk fȫr en lütten Stōōt* |Momang op dē Steed ›spazērenstohn‹, wō mool de lütte ōle Koot achter'n Diek ruutkēēk, in dē ik boren un togen bün. Wo truli, wo wârm un seker lēēg dat lütte ›Vogelbuur‹ dor ünnen|nerrn, mit sien rōōt[M3] Pannendack, mit de grȫne Huusdöör un de grȫnen Finsterluken. Wat plieren|*blinzelten* de bövelsten Finsterruten sō kneepsch|*verschmitzt* över dėn Diekkopp weg, as wėnn süm[X04]|se tō dėn Weststorm, *(QuB011.006)* dē vun'e Weser kēēm, sėggen wullen: Huul du man tō|*weiter!* Uns un âllns, wat hier ünner dit Dack|dissen Doken wohnt, dat kannst du doch nix anhėbben! Un de gewâltige Pappelbōōm, dē jüst vör uns Huus op'n Diek de Wacht hēēl un dē sachs* al sien hunnert Johr op'n Bast|Puckel harr, dē togel|*prügelte* sik dėnn mit dėn Storm, slōōg|hau mit sien mächtigen Ârms wild um sik un brüll|bölk rein vör Wōōt[X51]. Wėnn ik dėnn, as ik noch recht sōōn lütten Buttje wēēr, manġ de Groonjen|*Geranium*, Fuckschen|*Fuchsia* un Schēēfblattblōōm |*Begonia* dör achter de Finsterruten no dėn Diek ropschuul, dėnn wēēr ik bannig vergrėllt op dėn Bōōmries. Dėnn dat stunn för mi fast, datt blōōts dē dorste ōle Keerl dėn Wind moken dä.

Hō̄ōr ik di ni[X20] hüüt noch schellen|schimpen,
mien ōle lēve Pappelbōōm?
Jo, du wullt mi wat vertellen
vun Sünnenschien un Kinnerdrōōm!

Man dat wohr|duur ni[X20] lang, dėnn hârr ik mi mit unsen broven[X59] Diek- un Huuswächter fein verdrogen. Dėnn stunn ik ni[X20] blōōts mit ėm, dėnn stunn ik mit Gras un Blōōm an' Diek, mit Sevvers |Käfern un Bottervogels |Schmetterlingen, mit Strandstēēn, Muscheln un dėn witten Ōversand, man vör âlln mit mien Weser op ›du‹ un ›du‹. Wo veel Mool|Wo foken hett sē mi in'e schöne, wârme Summertiet in ehrn wēken fuchtigen Ârm nohmen un wo mėnnig Mool heff ik in dullen Jungsövermōōt tō Hârvst mit ehr grimmigen Bülgen|Wellen un in'e Wintertiet mit ehr tückschen Schipperstücken|Iesschullen mien wooghâlsig[M3] Speel dreben. Man Schoden hett mi dat ni[X20] doon. Un ik glōōv sōgor, datt dē, dē in sien Kinnertiet gēgen Storm un Unwedder[X41d] strieden deit, datt dē ōōk sien Mann steiht un sik risch un stuur|2x *standhaft* höllt, wėnn mool swore Leḃensstörm ėm umbruust. Man ik glȫȫv, datt ōōk dē, dē in sien Kinnerparadies vun buten veel Sünn'schien hett, datt dē vun dissen Sünn'schien wat in sik opnimmt, dat bi sik behöllt un datt hē in't Öller dor noch vun tehren, jo, sōgor annere dor noch wat vun afgeḃen kann. Ik bün dat op *(QuB011.007)* mien afsünnerligen, veelmools sō knupperigen un düüsteren Leḃensweg wies worrn.

Mien Öllern dor nerrn in de lütte achterndieksche Koot, wō ik dėn 13. Dezember 1866 boren bün, dat wēērn man ârme, plattdüütsche Lüüd. Mien Voder[X11] wēēr ėn broven[X59], flietigen Sniedermeister un mien Mudder[X12] wēēr ėn fiene, blasse un stille Fru. Sē hârr as Kind mool betere Doog sēhn, dėnn ehrn Voder[X11] wēēr ėn Bremer Worenmääkler|*Warenmakler* ween[X83]. Man dē wēēr al frȫh dōōtbleḃen|mit Dōōd afgohn, un dėnn wēēr de Famieln* verârmt. Mėnnig lēve Nacht hett de Moon nieschierig dör de Spleten vun de grȫnen Finsterloden keken un hett sēhn, wo Mudder[X12] unsen Sniedervoder[X11] bi de Ârbeit holpen hett un hett steppt un neiht un sȫȫmt un doon. Man wi wēērn mit vēēr Kinner un lēten sik[X07]|uns mit Weserluft un Sünn'schien allēēn ni[X20] afspiesen. Sōdro|*Sobald* ėn frisch[M3] Brōōt in't Huus wēēr, wēēr dat ōōk al bet op dėn Knuust wegsneden, un mėddoogs gung dat umschichtig mit dat Noschropen|*Nachkratzen* vun dėn Kookputt. – Sōlang ik dėnken kann, wohn bi uns achter'n Diek stüttig|*ständig* ėn ōle Fru mit ėn gries[M3] Klēēd un ėn grieshaftig[M3] Gesicht. Dē sēēt mien Öllern ümmer[X21] op de Hacken, wō süm[X04]|se ōōk gungen un ѕtunnen, un dē hēēѕ[X61] ›Fru Sorg‹. Mit sōōn Spȫȫkgestâlten hett ēēn as Jung ni[X20] gēērn wat tō dōōn, un dorum wēēr ik tōmeist ›uthüsig‹, as Mudder[X12] dat nȫȫm*, un strȫmer an'e Weser rum.

Ik wēēt mi noch niep* un nau tō besinnen, datt ik bi âll de Strȫperie|dat Strȫmern un Doverie|*Toben* as Kind doch ümmer[X21] sōōn hēēmli[M3] Lėngen* hârr, wat Afsünnerligs|*ganz Besonderes* tō beleben, un vör âlln, noch mool wat Afsünnerligs tō wârrn. Man dat hebbt wi je âlltōhōōp dörmookt! As wi sōōn lütte Krabauters wēērn un süm[X04]|se frogen uns: ›Wat wullt du dėnn wârrn, wėnn du grōōt büst?‹, dėnn hēēs[X64] dat dėn ēēn Dag ›Kaiser‹, un dėn annern ›Kunditer‹ oder ›Kutscher‹. Ik hârr nu, as ik steviger|*stämmiger* worr, mi dat fast in' Kopp sett, datt ik Lēhrer wârrn wull. Mien gōde[X50] Mudder[X12] kēēk mi dėnn sō bedrōōvt an, wėnn ik dor mool vun *(QuB011.008)* snack. Dėnn schüddkopp sē un sä: ›Beste Jung, dat geiht je ni[X20], wi hebbt je kēēn Geld!‹ Afgünstig kēēk ik an de Jungs hōōch, dē de Reoolschōōl ōder gor de latiensche Schōōl |Gelēhrtenschōōl besöchen. Ik wēēr je man de ârme Sniederjung un gung no de Frieschōōl. Man ēēn Dēēl|*eines* mutt ik sėggen: Wėnn dat ōōk man ėn Frieschōōl wēēr, düchtige Lēhrers heff ik hatt. Un âllns, wat süm[X04]|se lēhren*, dat blēēv bi mi sitten.

Man dat holp âllns nix. As ik vēērteihn Johr wēēr un ut'e Schōōl kēēm, hēēs[X64] dat: ›Geld verdēnen!‹ Stillswiegens gung ik no de Stadt un nēhm bi'n Bȫkerhöker ėn Posten as Lōōpjung an. Man mien Boos |*Chef* sett mi bâld in alle Fründschop wedder[X41a] an'e Luft, un dat kēēm sō: Dör ėn Tōfâll hârr ik ėn ōle ėngelsche Lēhrersche|*Lehrerin* kėnnenlēhrt. Dē gung ik ėn beten tō Hand un besuus|*besorgte* dit un dat för ehr, un sē gēēv mi dor in de Week twēē ėngelsche Stunnen för. Sō sēēt ik dėnn mool in mien Bōōkloden in'e Frietiet in ėn Eck un studēēr in ėn ėngelsch[M3] Bōōk. Jüst gung mien Herr Prinzipool an mi vörbi, blēēv stohn un sä spietsch|*spöttsch: „Na, ob du da hineinguckst oder die alte Katze!"* Dat kunn mi bannig ârgern un ik sä recht krötig: *„So? Das kommt aber wohl darauf an!"* As ik ėm dėnn sōōn hâlve Siet hēēl leifig|*locker* |*flott* vörleest hârr, foot hē mi bi'n Hoorpull|*Schopf*, tuus|*zauste* mi un sä: *„Was tust du Bengel denn hier als Laufbursche? Dazu* *bist du ja viel zu schade! Ins Kontor musst du und Kaufmann werden!"* Sōōn poor Doog noher kēēm ik no Huus un sä tō mien Öllern: „Sō! Wat seġġt jüm[X01] |ji |ju nu! Nu bün ik in't Kuntōōr! Bün in ėn grōōt[M3] Schoopwullgeschäft!"

Jo, sō wēēr dat, un nu fung för mi ėn glücklige Tiet an, ėn Tiet vull Leben un Streben. Ėn niede Welt lēēg vör mi, ik muss mi in de Gehēēmnissen vun dat Kōōpmannsleben rinârbeiden |-ârbei'n, muss lēhren* |lernen un wedder[X41a] lēhren*, schrieben un reken, un nȫȫssen Stenographie un Bōōkfȫhren |Buchführung un wat dor sunst |anners noch tōhȫȫrt, wėnn ēēn as Kōōpmannslēhrjung (QuB011.009) wiederwill. Mien Överschuss an Knȫȫv verbruuk ik in de Obendstunnen in' Turnverēēn an Rėck un Bârren un turn ieverig un mit Lust un Freud. *›Kopf hoch! Brust heraus!‹* hēēs[X64] dat op'n Turnplatz. Man bâld schull ik Gelegenheit hėbben, dit ōōk för't Leben antōwėnnen!

Dat gifft Soken |Angelegenheiten in uns Leben, Schicksolsslääg, över dē ēēn ėgentli ni[X20] gēērn snacken deit. Dē goht ēēn hēēl allēēn wat an un ēēn hett süm[X05] |ehr ōōk blōōts mit sik sülben aftōmoken. Man dat Schicksol, wat mi in mien beste Jungmannskraft, in't twintigste Johr, dropen hett, dat drippt opstunns*, dör dėn schurigen |gruligen Krieg sō vele in süm[X06] |ehr beste Mannskraft, datt ik dat jüst för de doren ârmen, wackern Lüüd vertellen will, jo, vertellen mutt. Wėnn sik dėnn vun dē, dē ik mēēn, ōōk blōōts ēēn ēēnzigsten an mien Vertellen oprichten deit |kann, dėnn hett sik dat al lōhnt. Ik much süm[X05] |ehr wiesen, wo |wosück ēēn dat anfangen mutt, sik över sien Schicksol tō stellen, un datt uns Leben ōōk bi Nacht un Düüsternis liekers noch hell un schȫȫn ween[X82] kann.

Dat wēēr in' Summer 1886, dō lä sik ėn dicken griesen Nevel |Dook vör mien Ōgen, dē sunst sō schârp un kloor ween[X83] wēērn. *›Sehnervenentzündung‹* nȫmen* de Ōgendokters dat, un süm[X04] |se verkloren mi no lange un toge |zähen Kuren, datt süm[X04]|se ni[X20] hölpen kunnen. Mien Ōgenlicht wēēr weg un ik sēēt dörweg |*total* in' Düüstern. Wat nu? Kranken- un Invalidenkass gēēv dat ni[X20]. Dat Beten, wat ik mi överspoort hârr, wēēr dör de Ōgenkrankheit opbruukt. Un mien Öllern wēērn ârme Lüüd un wēērn ōōk ōōlt un kümmerli. Sō sēēt ik dėnn dor, slichtweg över|*überflüssig*, un dat Leben hârr kēēn Sinn mēhr. De ēērste Tiet wēēr hēēl, hēēl swoor, un wat ik dōmools dörmookt heff an Sorgen un Hattensquolen, dat kann ik disse Blöder|*diesen Blättern* ni[X20] anvertruen.

Man mien gesunnen Lief un vör âlln de Will tō't Leben, dē krēgen de Böverhand. Ēēn vun de wēnigen Frünnen, dē mi tru bleben wēērn, hârr mi mool in sien Hattensgōōtheit[X50] (QuB011.010) ėn blanken Doler in de Hand drückt. För dissen Doler koff ik mi dėn ēēn gōden[X50] Dag swēēdsche Swevelstickens|*Streichhölzer* un fung an, dormit tō hanneln. De Sook klapp fein. Bâld nēhm ik anner Soken, Sēpen, Zigârren un sō wat dortō. Un ik gung mit ėn annern truen Fründ, mit mien Handstock, krüüz un dwēēr dör mien Voderstadt[X11], ›um neue Handelsbeziehungen anzuknüpfen‹. Ik hârr dat wiss noch mit mien Sēpen un Swevelstickens bet tō ėn grōten Bremer Hannelsherr brocht, wėnn't ni[X20] anners komen wēēr.

Lüüd mit Künn un Weten|*zus.: Erfahrung* un ōōk anner Blinne, dē ik kėnnenlēhrt hârr, roden mi, in ėn Blinnenanstâlt tō gohn un ėn Handwârk tō lēhren*. Dat dä ik, gung no Hannōver, lēhr dat Körvflechten, ōōk Musik un Blinnenschrift. Un as ik no ėn poor Johr wedder[X41a] no Bremen kēēm, hârr ik meist vergeten, datt mi ēēn Sinn fehl, de Hōōftsinn. De Ârbeit wēēr mien Trōōster worrn. Fiene Fōhlers wēērn mi wussen un gehēme Knōōv, dē frōher in mi slopen hârrn, dē ik gor ni[X20] kėnnt hârr, dē wēērn opwookt un holpen mi, ut ēgen Kraft ōōk in' Düüstern dėn Weg dör't Leben tō finnen un tō gohn.

Unse ōle Koot achter'n Diek wēēr al lang afbroken. Wi wēērn no de Ōōltstadt trocken, mien gōde[X50] Mudder[X12] wēēr storben, de Brōder, de beiden Süstern ōōk, Voder[X11] wēēr ōōlt un kümmerli, un sō muss ik mi hēēl op mi allēēn verloten. – Dat dä ik ōōk, ümmer[X21] ›Kopf hoch! Brust heraus!‹ Hēēl lütt un tōrüchhōlern|*bescheiden* fung ik ėn Korfmokergeschäft an, man krēēg bâld Ârbeit vun de Bremer Scheepfohrtsellschoppen. Swore, sure Arbeit wēēr dat, Köhlenkörv. Wiet över teihndusend Stück heff ik in de Johren dorvun mookt un heff mėnnig stille Nacht in de ēēnsome Wârksteed seten un wõhlt un mi quäält.

Ik hârr mi mit'e Tiet ōōk ėn düchtige Hölp, ėn truen Kameroden tōleggt. Dē kickt mi dissen Momang över de Schullern un dorum dörv ik dor ni[X20] veel vun verroden. (QuB011.011) Disse Kamerood is ōōk tō lieke|glieker Tiet de Mudder[X12] vun mien fief Kinner, is ėn Stück vun mi, mien betere Hälft un jüm[X01] |ji |ju kėnnt je dat Spreekwōōrt ›vom Eigenlob‹.

Bi âll mien sture Knokenârbeit un dör de grōte Famieln* hârr ik ümmer[X21] twēē Gäst in't Huus, dē ni inloodt wēērn. Dē hēēssen[X64] Nōōt un Sorg. Dortō dat ēwige Lėngen* in't Hatt, dör fienere Ârbeit, dör Koppârbeit mien Leben tō moken. Ėndli, ēērst in mien twēēunvēērtigst[M3] Johr, schull mi dit Glück blōhen.

Wėnn de Schummerstunn in mien Wârksteed introck, dėnn vertell ik mien Kinnerkrabbelsch |*Kinderschar* ümmer[X21] Geschichten, tōmeist ut mien ēgen Kinnerparadies achter'n Diek. Dō mēēn de öllste Dēērn mool, ik schull ehr dat doch man diktēren, dėnn wull sē dat opschrieben un wi wullen dat drucken loten un dor ėn Bârg Geld mit verdēnen. Ēērst lach ik ehr wat ut, dėnn lēēt ik mi de Sook dör'n Kopp gohn un ėndli lēēt ik de Dēērn schrieben. Op Flickens |*Zeddels* un in ōle

Schrievböker|*Schreibheften* is op dē Oort, ēhr wat schoomhaftig |*verschämt*, mien ēērst[M3] lütt[M3] Bōōk ›Achtern Diek‹ in de Welt sett worrn. Mit Hangen un Bangen heff ik de ēērste Oploog för ēgen Reken drucken loten un ik kēēm mi vör as sōōn Bedrēger, as mi de Bōōkdrucker op mien ēhrli[M3] Gesicht hèn de gewâltige Summ vun över drēēhunnert Mârk op Kredit anreken dä. Man mien Bremers hebbt mi ni[X20] in' Steek loten. In süss Weken wēērn de ēērsten dusend vergrepen un ut de drēēhunnert Mârk wēērn dusend worrn. Sō veel Glück un sō veel Geld kunn dat lütte Korfmokerhuus gor ni[X20] foten. Man dat schull noch beter komen.

Vun âll de Sieden worr ik opmünnert, noch mēhr tō schrieben. As Kind hârr ik wücke Mool mien Schōōlfeerjen in't Mōōr bi unse Törfbuurn verleevt un de Schöönheit vun Heid un Mōōr un âllns, wat dor leevt un weevt, kènnenlēhrt. Dor gēēv dat allerhand vun tō vertellen. Fru un Kinner mussen wedder[X41a] flietig schrieben, un dat duur ni[X20] lang, dènn wēēr dat twēte Bōōk kloor. ›*Im Rodenbusch-Haus,* (QuB011.012) *Ernste und heitere Bilder aus dem Moor*‹, nöōm* ik dat, un dat worr al mool sō|*dubbelt sō* stârk, as ›Achtern Diek‹. Nu funn sik ōōk al èn Bremer Bökerhöker|*Buchhändler*, Otto Melchers, dē dat Verlèggen vun beide Böker övernēhm. Bi dat ēērste Bōōk hârr ik mi noch hēēl bang an de Wohrheit hōlen. Man bi't twēte worr ik al kieviger un fung an tō flunkern. Beide Böker wēērn in Hōōch schreben. Man de Minschen, dē dorin vörkēmen, dē lēēt ik sō snacken, as süm[X05]|*lehr* de Snovel wussen wēēr, plattdüütsch, un lēēt süm[X06]|*lehr* Sprook sō tō Papier bringen, as sē mi in'e Ōhren klung. Dat full unse Sprookforschers op, un süm[X04] |*se* nödigen mi, doch blōōts plattdüütsch tō schrieben. Dat dä ik dènn ōōk, schrēēv köttere un längere vergnöōgte un ēērnste Vertellens un schick dē an unse ›*Bremer Nachrichten*‹, an Heimotblööd un Kalènners. Ik hârr dat Glück, datt ik mien Doog nix tōrüchkregen heff, wat ik op Platt rinlangt hârr. Disse Ârbeiden sünd in twēē Bȫker tōhōpenstellt: ›For de Fierstunnen‹ (Otto Melchers) un ›Sunnenschien un Wulken‹ (Franz Leuwer, Bremen).

Bides* hârr mi ėn Minschenfründ, Professer Noltenius, Bremen, ėn wunnerbore Schrievmaschien besorgt. Mit Hölp vun de Blinnenpunktschrift kunn ik nu sülben mien Manuskripten schrieben. Wat wēēr dat ėn Vördēēl! Nu kunn ik mit ēgen Hannen dat Platt no mien ēgen Schrievwies tō Papier bringen un bruuk mi ni[X20] mēhr mit dat Bōōkstobēren afmȫhen.

Ik schrēēv un schrēēv, grēēp wedder[X41a] in mien Kinnertiet rin, un kēēm 1913 mit dėn Romoon ›Ottjen Alldag un sien Kaperstreiche‹, ėn plattdüütsch[M3] Kinnerleben an'e Woterkant |Küste, vör'n Dag |heraus. Dē stunn süss Weken lang in de Norichten un worr vun mēhr as hunnertdusend Minschen leest. Dē hârrn süm[X06] |ehr Freud an de dullen un doch sō vergnȫȫgten Jungstȫȫg vun dėn plattdüütschen Ottjen |Ottje |Odde*. Un as in' November de *Niedersachsen Verlag, Carl Schünemann, Bremen,* drēēdusend Bȫker druckt hârr, wēērn dē al kott vör Wiehnachten vergrepen. *(QuB011.013)*

Nu wullen mien velen plattdüütschen Frünnen vun wiet un siet je tō gēērn weten, wat ut dėn ōlen Diekströmer dėnn ēgentli worrn is un watt dat Spreekwōōrt vun de rugen Fohlen un de glatten Peer ōōk bi ėm indropen is. Sō muss ik wedder[X41a] an mien Maschien un in' Hârvst 1915 nōhm dat mil mien ›Ottjen Alldag un sien Lehrtiet‹ [1915], ėn Vertellen ut dat Bremer Kōōpmannsleben, dėnsülvigen Lōōp as mit de Kinnerkneep |Kinderstreichen.

(Bis hierhin könnte die Lebensgeschichte in der ersten Auflage von ›Slusohr‹, 1916, gegangen sein. Der Rest dürfte in den folgenden Auflagen 1918, 1919 und 1920 ergänzt worden sein!)

Un noch mool grēēp ik in Ottje sien Kinnertiet rin, lēēt ėm de Schȫȫnheiten vun Heid un Mōōr kėnnenlēhren un lēēt ėm dėnn as Bremer Kōōpmann vun ėn Mōōrhex infangen, mit dē hē as Mann un Voder[X11] sien Glück funnen hett. ›Ottjen Alldag un sien Moorhex‹ hēēt disse Band [1917]. Man twēē niede Bȫker sünd dor noch tōkomen: ›Jann vun'n Moor un anner Geschichten‹ un ›De Vorspannweert. Een Neddersassenroman.‹ Beid' sünd in Gustav Winter sien Bōōkhannel in Bremen ruutkomen [1918, 1919].

Ōōk disse Bȫker wârrt düchtig kofft un ik kann ōōk sunst ni[X20] sėggen, datt de Prophēēt in sien Voderland[X11] nix gellen deit. De Bremer Börgerschop hett för mi 1917 ėn Ēhrensold vun dusend Mârk besloten un de Bremer Natschonoolversammeln hett ėm nu op drēēdusend ophȫȫgt |ropsett.

Datt nu ōōk unse Gören Lust un Lēēv tō't Plattdüütschlesen kriegt, heff ik för süm[X05] |ehr ėn lütt[M3] Geschichtenbōōk schreben. Dat heff ik ›Plattdütsche Kinnerkost‹ nȫȫmt* un dat is nu in Druck [1921]. Luter kotte, meist vergnȫȫgte Geschichten, man ōōk sōōn poor ēērnsthafte Gedichten ut Natuur un Minschenleben stoht dorin. Dat is dėnn dat twölfte Bōōk. Watt nu noch mēhr kummt, wēēt ik noch ni[X20]. Wėnn mi wedder[X41a] wat infâllt, is dat schȫȫn, wėnn ni[X20], dėnn kann ik dat ni[X20] hölpen. Man ik glȫȫv, ik kann doch nu al sėggen: Dat Leben is ni[X20] hēēl vergeevs ween[X83].

Ansinnen der ›Meldörp-Böker‹

Die Wörter der ›**Wöhrner Wöör**‹ wurden nicht ausnahmslos **in** Wöhrden aufgespürt. Sie wurden **für** die Wöhrdener, Dithmarscher und weitere Interessenten zusammengestellt, datt süm^{X04} |se sik beter verwören köönt. Ebenso haben auch die ›**Meldörp-Böker**‹ nur zum Teil ihren Ursprung **in** Dithmarschen. Sie sollen vielmehr **für** Dithmarschen (und darüber hinaus) und seine Platt-Interessenten Lesestoff in korrekt lesbarer Form zur Verfügung stellen. Vor allem sollen auch diejenigen umworben werden, die kaum noch die Möglichkeit haben, sich das Plattdeutsche ›einfach so durch Snacken‹ anzueignen, wie es sicherlich wünschenswert wäre. Man stelle sich einen VHS-Kursbesucher vor, der im Anschluss an den Kurs ›dranbleiben‹ will. Geeignete Literatur für Dithmarschen und den genannten Interessentenkreis und sein erworbenes Sprachniveau gibt es praktisch nicht – sofern dem Kursabsolventen etwas an richtiger Aussprache gelegen ist. Die hier präsentierten Texte sollen die Lücke füllen helfen. Zu Grunde liegt die Überzeugung, dass man mit täglich halbstündigem (oder auch kürzerem), diszipliniert lautem Lesen in diesen Texten die Zunge an unser Platt in absehbarer Zeit gewöhnen kann. (Natürlich wäre die gelegentliche Korrektur durch einen alteingeborenen Supervisor, möglichst einen echten Dithmarscher, hervorragend.) Gedacht ist vor allem an Zuwanderer aus deutschen und auch nichtdeutschen Landen UND an hier heute Aufwachsende, die mit Plattdeutsch kaum noch oder in zeitlich völlig unzureichendem Maße in Berührung kommen. Inwieweit die Texte auch außerhalb Dithmarschens nützlich sein können, muss vor Ort entschieden werden.

In den ›Wöhrner Wöör‹ wie in den zugeordneten ›Meldorf-Buchern‹ wird versucht, sich so nah wie möglich an der SASS'schen Schreibweise auszurichten, welche allerdings als fortentwicklungswürdig angesehen und behandelt wird! (Siehe auch Abschnitt Q19 in Wöhrner-Wöör, Teil 1!)

Die hier eingesetzte Schreibweise könnte auch schlicht als ›SASS+‹ bezeichnet werden. D.h.: In einer ersten Erweiterungsstufe werden die langen Diphthonge (**die Zwielaute [o^u, e^i und o|öü]**, die sogenannten

›Altlängen‹) **in der Form ō, ē und ȫ** durch einen Balken gekennzeichnet, damit sie als Träger ›breiterer‹ Lautung ins Auge springen. Damit heben sich die Zwielaute von den langen Monophthongen (Einlauten [o:, e: und ö:], den sogenannten ›Tonlängen‹, in der Schreibung o, e und ö) zumindest optisch ab. – **Fritz Reuter** schrieb hingegen die Diphthonge deutlich als Doppelzeichen, so z.B. als ›äu‹; ähnlich Kinau als ›eu‹. – Der Mecklenburger **August Seemann** verwendete 1905 in seinem ›Andäu‹ wie Groth a, ę und æ für die langen Monophthonge (allerdings nicht sehr konsequent), zusätzlich au, ei und äu für lange Diphthonge (kamen, maken, Sahlen; będen, ęhr, sovęl, Bäk; æwer, kænt, Vægel gegenüber Draußel, klauk, tau; Bein, hei, Leiw; Besäuk, bläuht, Gäus'). – Der Ostholsteiner **Wilhelm Wisser** markierte die Monophthonge mit einem druntergesetzten Punkt, die Diphthonge mit einem draufgesetzten Dach. So finden sich bei ihm die Wörter Ạbend, dạl, Dạler, slạpen, Wạter; bęten, dręgen, ębenso, Ęten, vęl; öwer, söben, Söhn, Tögel, vör {jeweils ö mit Punkt} gegenüber andôn, Bôm, Brôder, klôk, tô; gêrn, hê, mêhr, Stên, Stêrt; Böm, Bröder, Döwel, Malhör, söken {jeweils ö mit Dach}. – Für uns in Schleswig-Holstein kommt eine Schreibung wie z. B. ›ou‹ UND ›ei‹ UND ›eu‹ nicht in Frage. Denn für Schleswig-Holstein gilt mindestens seit **Groth und Müllenhoff** eine andere Tradition und seit 1956 **SASS** (von den drei Heimatverbänden NS, HH und SH so beschlossen). Eine Lösung muss in Anlehnung daran gesucht und gefunden werden! – In den internationalen Computer-Zeichensätzen gibt es immerhin eine Möglichkeit, für die drei bei SASS verwendeten Altlängen-Zeichen o, e und ö einheitliche Ergänzungen in Form von ō, ē und ȫ einzusetzen. Diese einzig verfügbaren Zeichen habe ich in der **›SASS-ergänzenden Schreibweise‹** für die Zwielaute herangezogen. (Erst nachträglich ging mir auf, dass schon Otto Mensing in seinen Lautschriftergänzungen die Zeichen ō, ē und ø für die nämlichen Zwielaute verwendete, für ganz Schleswig-Holstein!)

Hinzu kommt bei mir das **â** für Wörter, die in SASS'scher Schreibweise nach hochdeutschem Schreib- und Lautungsmuster zu leicht kurz gesprochen würden. SASS'sche Wörter wie all, Ball, fallen, Kalf, Anstalt, Garr, Narr, blarren, Barg, narms erhalten in ergänzender Schreibweise das Dach: âll, Bâll, fâllen, Kâlf, Anstâlt, Gârr, Nârr, blârren, Bârg, nârms.

(Eselsbrücke: Die langen a's werden mit ›Spreizern‹ markiert, um zu erreichen, dass sie als Lang-a's gelesen werden.)

Hinzu kommt das è, das sonst als ›e‹ nach hochdeutschem Schreib- und Lautungsmuster zu leicht als Kurz-ä gesprochen würde. Diese einfachen e-Zeichen werden in SASS'scher Schreibweise gern in Wörtern wie em, den, denn, hen, Enn, hebben, seggen verwendet, weil sie in vielen Mundarten (dem Hochdeutschen näher) auch als Kurz-ä gesprochen werden. In Dithmarschen und (noch stärker) an der Niederelbe liegt aber zumeist Kurz-i-Lautung vor, deshalb èm, dèn, dènn, hèn, Ènn, hèbben, sèggen. (Die i-Schreibung wie in Finster, Hingst und Minsch würde die zügige Worterkennung häufig behindern.)

Hinzu kommt drittens das selten verwendete ġ. Es wird eingesetzt, wenn eine harte [g]- oder gar eine [k]-Sprechweise sichergestellt werden soll, jedoch die schlichte ›g‹-Schreibung nicht vor [ch]-Sprechweise schützen würde und k-|ck-Schreibung ›weniger schön‹ wäre. (Siehe unter ›Schreibweise und Aussprache‹!)

Und schließlich soll das ƀ dort, wo nach SASS ›v‹ geschrieben wird, darauf aufmerksam machen, dass in Dithmarschen eher [b] gesprochen wird oder im Fall von ›ölben, glöben, sülben‹ eher [ölm, gloim, sülm]. (Ein ›v‹ mit aufgesetztem Punkt wäre mir lieber gewesen, ist aber nicht verfügbar.) (Siehe unter ›Schreibweise und Aussprache‹!)

Die Differenzierung zwischen den langen Monophthongen und Diphthongen ist am wichtigsten für eine saubere Aussprache in Dithmarschen. Sie ist vielen nordniederdeutschen Mundarten eigen, nicht nur der Dithmarscher Mundart. – Warum differenzierten denn wohl **Groth und Müllenhoff** in Dithmarschen, **Fehrs** im südwestlichen und **Wisser** im östlichen Holstein, **Mensing** für ganz Schleswig-Holstein, die ›**Plattdütschen Volksböker**‹ in Garding und **Kinau** in Finkenwerder, warum differenziert noch heute das 5-bändige ›**Hamburgische Wörterbuch**‹? Im Rahmen der Deutschlehrer-Ausbildung der fünziger Jahre brachten Ivo **Braak** und Walther **Niekerken** in mehreren Heften der ›Flensburger Ganzschriften‹ ę und Häkchen-ö zum Einsatz. Auch Ulf **Bichel** und Joachim **Hartig** betonten 1981 im Heft ›Niederdeutsch an Volkshochschulen‹ (Hg: Landesverband der Volkshochschulen SH e.V.)

für Schleswig-Holstein die notwendige Unterscheidbarkeit der Ein- und Zwielaute (S. 57). Ein Verzicht in der Druck-Praxis wäre, so liest man, nur für Leser zu rechtfertigen, die den Klang ihrer Mundart ›im Ohr‹ hätten (S. 54). Hat das Gros der heutigen jüngeren Dithmarscher den Klang des Dithmarscher Platt verlässlich im Ohr? – Die Differenzierung ist eben ›kennzeichnend niederdeutsch‹, auch wenn die SASS'sche Grammatik sich nicht zu dieser Wertung durchringen kann. Im Gegenteil wird dort die Differenzierung zwar genauer aufgezeigt (z.B. für e|e^i und ö|o^i|ö^ü, dort auf den Seiten 34 und 37), aber sie wird in der Normal-Schreibweise an gleicher Stelle mit der größten Selbstverständlichkeit endgültig ausgemerzt, was nichts anderes bezeugt als ideologische Festlegung: Was nicht sein darf, ...!

Da die mögliche Unterscheidung der langen Monophthonge von den Diphthongen für das Nord-Niedersächsische kennzeichnend ist, sind hier besondere Kennzeichnungen erforderlich! Unser Platt hat ein Anrecht auf Sonderzeichen! Die Versklavung durch die hochdeutsche Zeichenvorgabe muss aufhören! Das Hochdeutsche würde es auch nicht verkraften, wenn eine ›Rechtschreibreform‹ im Interesse einer (idiotischen) Globalisierung die gänsefüßchenfreie Schreibweise von ä, ö und ü verordnen würde! – Handschriftlich bereitet die ›ergänzende Schreibweise‹ keinerlei Probleme. Und am Computer lassen sich für die eingesetzten Extrazeichen leicht Tastenkombinationen erstellen. Im Übrigen geht es nur um die Anwendung in Texten, von denen der Schreiber möchte, dass sie von jedermann lautrichtig gelesen werden können.

Im Dithmarscher und Schleswig-Holsteiner Platt bzw. in der zugehörigen Szene sitzt aber offensichtlich mittlerweile weder Kraft noch Saft. Man nimmt auch nach 60 Jahren noch nicht einmal zur Kenntnis, was der Sprache mit der Beschränkung auf die Schreibmaschinen-Tastatur und mit dem Verzicht auf eine Diphthongschreibung verloren gegangen ist. Selbstverständlich nimmt man auch nicht wahr, dass mit der Neuausgabe des SASS im Jahr 2002 die seit 1956 noch erlaubten Sonderzeichen (ę und Häkchen-ö) sang- und klanglos wegfielen. Die plattdeutsche Nomenklatura trägt die Beschränkung auf die hochdeutschen Normalzeichen ideologisch als große Errungenschaft vor sich her, als schrieben wir noch auf der Schreibmaschine. Jegliche Beschäftigung mit dem Thema wird als Sakrileg und Tabu-Bruch nach Seilschaften-Manier ignoriert. M. E. geht nicht nur die Dithmarscher Zwie-Lautung ohne Schreibweisenergänzung vor die Hunde. Und warum verweigern wir unseren jüngeren Dithmarschern eine Schreibweisen-Hilfe? Warum wollen wir Schriftliches nicht hilfreich beim Erhalt (oder auch nur bei der Pflege) des Dithmarscher Platt einsetzen?

In Platt-Veranstaltungen kann ich mich langsam des Eindrucks nicht mehr erwehren, als liebe man bei uns das Platt wie das alte Tante-Meier: ›Nä, wat hebbt wi doch ållns dormit beleevt! Wat wēēr dat doch kommōdig un schōͤn dormit! Man ōͤk schōͤn, datt wi dat achter uns hebbt! In Hōͤchdüütsch sünd wi nu je liekop mit de annern!‹ Man erinnert sich gern einmal, in Runden, Krinks, bei heimatlichen und Speeldeel-Darbietungen. Auch Jüngere, die es nicht mehr sprechen, werden vereinzelt gesehen, aber … Aber wehe, dem Spaßfaktor wird auch nur für fünf Minuten nicht ausreichend gefrönt! – Wo ist die Diskussion, der ernsthafte Gedankenaustausch über die Zukunft unseres Dithmarscher Platt? Wo ist das ernsthafte Ringen darum, wie man dem Platt weiterhelfen kann? Wo gibt es dieses Ringen und wo gab es dies in den zurückliegenden Jahrzehnten?

Ganz wichtig ist mir die Schulsituation: In Dithmarschen hat man sich seit 1956 nicht an die SASS'sche Schreibweise gewöhnen können. Der Kieler PLATT-Professor Bull war wohl der einzige Dithmarscher, der diese in seinen Büchern einsetzte. Einzelne Schreiber brechen m. H. von ›eu‹ aus und verschlimmern gleichzeitig die Situation durch Ersatz der ›a‹-Schreibung (z. B. in ›Straat‹) durch ›o‹-Schreibung: De Ool mag geern Ool. Kinau's ›e‹-Verdoppelung für [eⁱ] ist in Konkurrenz zur ›a, e, ö‹-Verdoppelung bei SASS nicht mehr handhabbar. – Nun kommen aktuell für Schleswig-Holstein neue Schulbücher auf den Markt, auch natürlich für Dithmarschen, und natürlich in SASS'scher Schreibweise. Eigentlich großartig! Aber eben zu kurz gesprungen! Was sollen unsere Dithmarscher Kinder denn von den Schriftbildern ›Been, geel, Kees, negen, Steen, Week, wenen; för, Fröhstück, söven, söken, Windrööd, aftöven‹ lernen? Wenn wir einmal ein, zwei Schuljahre weiterdenken: Eignet sich diese Schreibweise zum eigenständigen Lesen? Da müssten sich doch eigentlich allen LehrerINNEn die Haare sträuben! Wer in der Dithmarscher Plattdeutsch-Szene macht sich darüber Gedanken?

Um nicht falsch verstanden zu werden: Ich bin für die SASS'sche
Schreibweise! Aber sie muss und kann auf einfachste Weise tauglicher
gemacht werden. In SASS-ergänzender Schreibweise werden nur
diejenigen Buchstaben gekennzeichnet, die anders ausgesprochen
werden, als man erwarten müsste: ›grȫne Bȫhnen, Strotenbohnen, ik mutt
dat dōōn, ik heff dat doon, lōpen, fohren – Bēēn, geel, Kēēs, negen, Stēēn,
Week – för, Frȫhstück, söben, sȫken, Windrȫȫd, aftȫben‹. Und diese
Ergänzungen lassen sich auch handschriftlich leicht ›ergänzen‹! Ebenso
problemlos ließen sich ė-, ġ- und ḃ-Pünktchen setzen, bei den Straat-a's
könnte man sich mit Kringel-å's behelfen. Aber, **es müsste endlich
überhaupt ein Fortschritt in der Schreibweise gewollt sein!** Den
Dithmarschern und den Dithmarscher Kindern den nötigen IQ
abzusprechen, ist doch wohl nicht ernsthaft vertretbar, oder?

Zurück zu den Meldörp-Bȫkern: Natürlich finden sich unter diesen
Texten Proben der in Dithmarschen geborenen und aufgewachsenen
Klaus Groth, Theodor Piening und Sophie Dethleffs, aber auch der zu-
oder durchgewanderten Johann Meyer und Heinrich Johannes Dehning.
Es folgen Proben von Fehrs und Wisser aus Ausgaben, die zu Lebzeiten
der Autoren noch schreibdifferenziert erschienen. Um dem Dithmarscher
Leser Lesestoff aus der weiteren plattdeutschen Welt zu erschließen,
wurden dann Texte aus Hamburg, von südlich der Elbe, aus Bremen, ja
auch aus Mecklenburg-Vorpommern, aus Ostfriesland und selbst aus
Westfalen bis hin zur Grafschaft Bentheim ›übersetzt‹. Reime und
Versmaß bildeten dabei besondere Herausforderungen, und nicht alles
dürfte wirklich gelungen sein.

Und natürlich ist es nicht jedermanns Vergnügen, olle Kamellen zu
lesen. Aber es sind ja auch nicht in erster Linie Lust- und Juxbücher, **es
sind Trainingsbücher!** Bezüglich Jux und Aktualität kann man nur auf
die aktuellen Plattautoren und -verlage hoffen. Vielleicht entdeckt|erkennt
ja doch einmal einer von ihnen die modernen digitalen Möglichkeiten zu
Gunsten der plattdeutschen Lautung! Die Kundschaft müsste es
allerdings wohl wollen!

Peter Neuber

Schreibweise und Aussprache

Mit der Aussprache ist man jedenfalls in Dithmarschen auf der sicheren Seite, wenn man zunächst einmal die langen Vokale laut, deutlich und (selbst-)sicher sprechen kann. Zusatzzeichen sollen auf Aussprache-Besonderheiten aufmerksam machen. – Nicht-Dithmarscher sollten an Hand der Beispiele prüfen, in wieweit sie konform gehen können!

„Alt-Längen" (Zwielaute, Diphthonge)

ō, Ō: wie in Englisch „though, soul"

ē, Ē: wie in Englisch „day"

ȫ, Ȫ: wie in „moin", „boy", „Scheune", „Häuser"

ō, Ō, z.B.: mutt ik dat dōōn, is dōōt, Wōōrt hōlen, lütten Stōōt, wō büst du?, rōde Rōsen, grōten Ōōrt, Kōh, Stōhl, Strōh, Mōōr, sōren Wind, Oprōhr

ē, Ē, z.B.: ēēn Dēēl is dorbi, kēēn Tiet, will ik mēnen, de Sēē, hē wēēt dat, ik wēēn, sē nēhm, sēhn, vēēr Bēēr!, an'e Ēēr, gēērn, mēhr, verkēhrt

ȫ, Ȫ, z.B.: bȫȫs, Füür bȫten, mit beide Fȫȫt, drȫȫg, sȫȫt, smȫken, dat Ȫver, hȫger rop, fȫhlen, Hȫhner, Anfȫhrer, Wȫȫr, hȫren, rȫhren, Malȫȫr

Dagegen die „Ton-Längen" (Einlaute, Monophthonge)

o, O: wie in Hochdeutsch „loben, Sohle, Lohn, Ton"

e, E: wie in Hochdeutsch „leben, Segen, Mehl"

ö, Ö: wie in Hochdeutsch „Öl, höher, fröhlich"

o, O, z.B.: broden as ên Ool, hêndool, heff ik dat doon, no Kiel, ên kotten Rosen, Woter holen, gohn, vun' Stoot, Stroot, wo loot is dat?, Goorn, Johr, kloor

e, E, z.D.: Êel! Danz op'e Deel, geel, heff ik vergeten, gifft Regen, bün dor ween, will ik weten, nehmen, Keerl, negen Peer, ên Beer vun' Beerbōōm

ö, Ö, z.B.: op'n Böhn, fief Glöös, fief Fööt sünd leck, Kööm, sien Söhn, över de Brüch, grölen, Höker, Kööksch, för de Gören, vör de Döör

Das unerwartet lange a vor l+Konsonant bzw. vor r+Konsonant
â, Â, gesprochen [a:] wie in Hd. „Aal, Haar, haben, sagen, mahlen"

âl + Konsonant z.B.: âll, Bâll, drâll, Hâll, krâll, mâll, drütten Fâll, in'e
Fâll, Tâll, hâlf, Kâlf, Kâlk, Quâlm, Hâls, fâlsch, gewâltig, Sâlv
englisch (britisch): calf [ka:f], half [ha:f]

âr + Konsonant z.B.: hârr, Nârr, blârren, wârrn, inkârben, Ârfen, Bârg,
Fârken, Kârk, Lârm, de Wârms, schârp, Fârv, Hârvst, vörwârts
engl.: card [ka:(r)d], dark [da:(r)k], hard [ha:(r)d], sharp [ʃa:(r)p]

Häufig kurz-i-Aussprache in SASS'scher e-Schreibung
ė, Ė wird als kurzes i gesprochen wie in Hd. „in, im, immer"

Die ė- bzw. Ė-Pünktchen sollen mögliche Kurz-i-Aussprache andeuten,
wo i-Schreibweise störend wirken würde (dagegen Finster, Hingst,
Minsch): hėn, ėm, dėn, dėnn, wėnn, Ėnn, Pėnn! An der Niederelbe ist die
Kurz-i-Aussprache noch viel ausgeprägter, z.B. bei R. Kinau und E. Goltz:
bit, Wilt, Ilw|Ilv statt bet, Welt, Elv.

ġ, gesprochen als g bis hin zum k wie in Hd. „Bank"

Die ġ-Pünktchen sollen mögliche hart-g- bzw. k-Sprechweise (statt ch-
Aussprache) andeuten, wo k-Schreibweise störend wirken würde, z.B. in
enġ, lanġ, manġ; wi klooġt ni, wi mööġt dat, jüm dööġt nix, süm leġġt af.
Bei der Einheits-Mehrzahl der Gegenwart (ġt-Beispiele) kommt es zur g|k-
Aussprache durch Wegfall der t-Endung unter Verhärtung des nun
endständigen g: ik kloog [ch], aber wi klooġt [g|k], hē leggt [cht], aber wi
leġġt [g|k].

b̓, gesprochen eher als b denn als v

Das Zeichen b̓ soll mögliche b-Sprechweise andeuten, wo nach SASS
›v‹ geschrieben steht.
Bei der Einheits-Mehrzahl der Gegenwart (b̓t-Beispiele) kommt es zur b-
Aussprache durch Wegfall der t-Endung unter Verhärtung des nun
endständigen v: ik schuuv [f], aber wi schuub̓t [b] (SASS: wi schuuvt), hē
glōōvt dat [ft], aber wi glōōb̓t [b] dat ni (SASS: wi glōōvt). – (Ein v mit
aufgesetztem Punkt steht leider nicht zur Verfügung.)
Die SASS-Silbe ›-ven‹ wird in der Aussprache zumeist|häufig zu [-b'n] bis
hin zu [-m] verkürzt. Darauf soll die Schreibweise ›ben‹ in ölb̓en, sülb̓en,
Leb̓en, de lēb̓en Kinner, blieb̓en, Hob̓en, Spitzbōb̓en, söb̓en, glōb̓en
hinweisen.

Weitere Aussprache-Hinweise

Sprich das r hinter langem Vokal als nachklingendes a:

Mit der Aussprache steht man in Dithmarschen noch fester, wenn man selbstbewusst nachklingendes a statt r spricht: **[e:^{a}]**, de Peer [pe:^{a}], ehrn Brōder [e:^{a}n], smeren [sme:^{a}n]; **[e^{ia}]**, hē wēēr [we^{ia}], wi wēērn [we^{ia}n], lēhren [le^{ia}n]; **[i:^{a}]**, Tier di ni sō! [ti:^{a}], de hieren Lüüd [hi:^{a}n]; **[o:^{a}]**, dor [do:^{a}], de doren Lüüd [do:^{a}n], wi fohrt [fo:^{a}t], fohren [fo:^{a}n]; **[o^{ua}]**, dat Mōōr [mo^{ua}], Ōhr [o^{ua}], Ōhren [o^{ua}n]; **[u:^{a}]**, Buur [u:^{a}], Buurn [bu:^{a}n], suren Appel [su:^{a}n]; **[e:^{a}]**, Milljonäär [mil-scho-ne:^{a}], Määrken [me:^{a}-k^{e}n], twēē Fähren [fe:^{a}n]; **[ö:^{a}]**, dör de Döör [dö:^{a}], de Gören [gö:^{a}n]; **[o^{ia}]**, Klōōr [klo^{ia}], hōren [ho^{ia}n], fōhren [fo^{ia}n]; **[ü:^{a}]**, düür [dü:^{a}], düren Kroom [dü:^{a}n]

AUCH **er-Endungen** werden in aller Regel als kurzes a gesprochen!

Sprich jedes j wie in Journalist!

Jack, Jäger, Jakett, jammern, jaulen, Jebensteed, jēēdēēn, ji, jo, jogen, Johr, Jökel, Juckelie, jüm, jümmer, jung, Jung, jüst; Kinjēēs, lojēren, …

UND: Jedes eigenständige unbetonte ›je‹ (hochdeutsch ›ja‹) wird ›jė‹ gesprochen, d. h. j wie in ›Journal‹, e wie hochdeutsch ›immer‹!

Sprich jedes lange ä (in offener Silbe) und ää, äh wie e, ee, eh!

Beispiele: hē dä|lä|sä, Ägypten, wat Ähnligs, Gräver, Jäger, Städer, Andrääg (Dedi̱ääg, Bldraag, Updrääg), Slääg (Afslääg, Anslääg, Beslääg, Opslääg, Umslääg, Utslääg), wi dään|lään|sään, däägli, däänsch, Tähn, Fähr, nährig, gefährli, wählen

Wörter mit Kennmarken

M3: ENDUNGSLOSIGKEIT DER UNBESTIMMTEN FORM DES SÄCHLICHEN ADJEKTIVS, z.B.: sien geel^{M3} Hèmd, èn kōōlt^{M3} Lock, dumm^{M3} Tüüg, fein^{M3} Tüüg, bi siet^{M3} Woter, bi hōōch^{M3} Woter, èn hâlf^{M3} Dutz, mien stuuf^{M3} Mess, sōōn lütt^{M3} Göör, èn fett^{M3} Swien, schöön^{M3} Wedder, natt^{M3} Wedder, in smuck^{M3} Papier; BEISPIELE FINDEN SIE IN TEIL 1 DER ›WÖHRNER WÖÖR‹ (WWW .WÖHRNERWÖÖR.DE): M3 (M31, M32); ODER SURFEN SIE DORT IN DEN TEILEN 2, 3 (A-K BZW. L-Z) MIT ›M3‹, UM ÜBER 300 IN DER LITERATUR BELEGTE BEISPIELE AUFZUFINDEN!

M4: ENDUNGSLOSIGKEIT WEITERER ADJEKTIV-FORMEN

M4a: ADJEKTIVE AUF -EN VERZICHTEN IN DER REGEL AUF DIE FLEXION: ēgen^{M4a}, eben^{M4a}, open^{M4a}, gollen^{M4a}, begoten^{M4a}, tofreden^{M4a}, verschēden^{M4a} (I.D.R. OHNE M4A-KENNZEICHNUNG).

M4b: ADJEKTIVE AUF -ERN VERZICHTEN IN DER REGEL AUF DIE FLEXION: iesern^{M4b}, sülvern^{M4b}, tōrüchhōlern^{M4b} (I.D.R. OHNE M4B-KENNZEICHNUNG).

M4c: ADJEKTIVE AUF -IG VERZICHTEN HÄUFIG, ABER NICHT IMMER AUF DIE ENDUNG -ge|n: wēnig^{M4c}, lichtlevig^{M4c} (I.D.R. OHNE M4C-KENNZEICHNUNG).

M4d: Einige häufig gebrauchte ADJEKTIVE ›LIEBEN ES‹, **OHNE** FLEXIONSENDUNG AUSZUKOMMEN, OHNE -e UND AUCH OHNE -en: ōōl^{M4d}, lütt^{M4d}, hâlf^{M4d}, beid^{M4d}; ODER AUCH EINFACH: ōōl', lütt', hâlf', beid' ODER SUPER KORREKT ōl', lütt', hâlv', beid' FÜR ōle|ōlen, lütte|lütten, hâlve|hâlben, beide|beiden (I.D.R. OHNE M4D-KENNZEICHNUNG)!

Regionale Besonderheiten des Platt um Wöhrden herum bzw. in Dithmarschen:

Besonderheiten im Umfeld von persönl. & besitzanz. Pronomen:

X01 **jüm** |ji |ju: *ihr, persönl. Fürwort, Mz; auch in Dithmarschen:* **ji**, ju; *Literatur-Beispiele finden sich in den* ›Wöhrner Wöör‹, *in den Teilen 2+3 unter ihr*[1].

X02 **jüm** |ju: *euch, persönliches Fürwort, Mz; anderwärts:* **ju**, jo; *Literatur-Beispiele finden sich in den* ›Wöhrner Wöör‹, *in den Teilen 2+3 unter euch.*

X03 **jüm** |juun: *euer, besitzanzeigendes Fürwort, Mz; anderwärts:* **juun**, jue,....; *Lit.-Beispiele finden sich in den* ›Wöhrner Wöör‹, *Teilen 2+3, bei euer.*

X04 **süm** |sē: *sie, persönliches Fürwort, Mz-Nominativ; zumeist:* **sē**; *Literatur-Beispiele finden sich in den* ›Wöhrner Wöör‹, *in den Teilen 2+3, bei sie*[3].

X05 **süm** |ehr: *ihnen|sie, persönliches Fürwort, Mz-NichtNom.; anderwärts:* **ehr**, jem,...; *siehe in* ›Wöhrner Wöör‹, *in den Teilen 2+3, bei ihnen*[2], *sie*[3].

X06 **süm** |ehr |ehrn: *ihr|-e|-en, besitzanzeigendes Fürwort, Mz; anderwärts:* **ehr|n**; *Lit.-Beispiele finden sich in den* ›Wöhrner Wöör‹, *Teilen 2+3, bei ihr*[4].

X07 **sik** |uns: *uns, persönliches reflexives Fürwort; anderwärts:* **uns**; *Literatur-Beispiele finden sich in den* ›Wöhrner Wöör‹, *in den Teilen 2+3, bei uns.*

X07b **lõõt's**: *lass|lasst uns, in die Runde, also reflexiv verwendet; eigentlich niemals i. S. v.* **lõõt sik**, *eher i. S. v.* **lõõt uns**; *zu sprechen zumeist aber* **lõõt's**; *das* **s** *stammt also weniger aus* **sik**, *eher aus* **un**s*! Bei* ›echt reflexivem‹ *Folgeverb auch schon mal doppelte Verkürzung:* **lõõt's man mõõl kloppen** *statt* **lõõt's sik man mõõl kloppen!**

X08 **sik** |ju: *euch, persönliches reflexives Fürwort; anderwärts:* **ju**; *Literatur-Beispiele finden sich in den* ›Wöhrner Wöör‹, *in den Teilen 2+3, bei euch.*

X09 **sē, sė, Sē** *durchgängig für sie (Ez), sie (Mz), Sie (Höflichkeitsform): Anders als bei* **hē** *variiert die Aussprache häufig zu eher kurzem* **sė, sė, Sė.**

Höflichkeitsform, Verwandte, Nachbarn, weibliches Geschlecht:

X10 *Die* <u>Gegenwarts- und Befehlsform</u> *der Verben zu Sie =* **Sē**, *Nominativ,* <u>führt in Dithmarschen häufig die hochdeutsche Endung -en</u> wi|jüm[X01]|süm[X04] laoht — *ABER:* **Sē**, mien Herr, **Sē** lacht|lach<u>en</u>[X10] över mi?

X11 **Voder** *in Dithm., sonst* Vadder: *Vater, in Dithm. früher auch:* **Voler**

X12 **Mõder**, *in Dithmarschen durchaus noch bekannt!: Mutter; heute weitestgehend ersetzt durch:* **Mudder**

X16 **Nover, Paster, Kock, Fründ** *für: Nachbar, Pastor, Koch, Freund;* **Noversch(e), Pastersch(e), Kööksch, Fründsche** *für: Nachbarin, Pastorin, Köchin, Freundin*

Besonderheiten bei sehr häufigen Wörtern:

X20 **ni** *in Dithmarschen: **nicht**, anderwärts zumeist:* **nich**; *Literatur-Beispiele finden sich in den* ›Wöhrner Wöör‹, *Teile 2+3, bei* **nicht**.

X21 **ümmer, jümmer**, *auch:* **ümmers, ümmertō, ümmerlōōs, ümmerfōōrt, jümmers, jümmertō, jümmerlōōs, ...:** *immer*

X22 **ōōk** *in Dithmarschen:* **auch**, *aber durchaus vielfach* **uck** *gesprochen.*

X23 **dō** *zeitliches:* **da**; *häufige Verwechslungen mit* **dor** = **da\dort**.

X24 **datt**: *dass, damit, früher stattdessen in Dithmarschen weit verbreitet:* **watt**

X25 **watt**, *anderwärts* **of**: *ob; beide Wörter zunehmend unbekannt.*

Frage- und Bindewörter, großenteils stark gefährdet:

X30 **wo, wosück, 'sück, wosück un wodennig**: *wie, alles früher in Dithmarschen gängig, heute zunehmend nur noch* **wie**

X31 **wō, woneem**: *wo, letzteres früher in Dithm. weit verbreitet, heute eher* **wō**

X32 **wonēhr, 'nēhr**: *wann, beide früher in Di. weit verbreitet, heute eher* **wann**

X33 **wokēēn, 'kēēn**: *wer (wen), beide früher in Di. verbreitet, heute eher* **wer**, ...

Beispiele kleinerer, eher verschwindender Besonderheiten:

X38 **sund**, *so in Dithmarschen selten:* **gesund**; *allgemein eher nur:* **gesund**

X39 **ring**, *so in Dithm. gelegentlich:* **gering**; *allgemein eher nur:* **gering**

Weiterhin Regelhaftes zur Aussprache in Dithmarschen *(über den Steckbrief hinaus, z. T. bis in die Schreibweise hineinspielend)*:

X40a **Adder**: *Kreuzotter, in Dithmarschen evtl. auch:* **Aller**

X41a **wedder**: *wieder, in Dithmarschen und anderwärts teils:* **woller**, *auch* **weller** *und verkürzt* **worr**

X41c **wedder**: *wider, gegen, in Dithmarschen teils:* **woller**, *auch* **weller**

X41d **Wedder, Unwedder**: *Wetter, Unwetter, in Dithmarschen teils:* **Woller, Weller, Unwoller**

X41e **Fedder**: *Feder, in Dithm. eher:* **Feller**, *z.B.:* **Bliefeller, Smuckfeller**

X41f *entsprechend:* **Ledder**: *Leiter, Leder;* **leddern**: *ledern, in Dithmarschen zumeist:* **Leller, lellern**

X41k *entspr.:* **Fleddermuus**: *Fledermaus; in Dith. eher:* **Fleller-, Speckmuus**

X43a **Ödder**: *Order, Anweisung, Nachricht, in Dithmarschen:* **Öller**

X43b **föddern**: *fordern, in Dithmarschen:* **föllern**

X46 **Fōder, fōdern**: *Futter (& Heu), füttern, i.Dithm. zumeist:* **Fōler, fōlern**

X50 **gōōt, gōde**: *gut, gute, in Dithmarschen eher:* **guut, gude** **nix\wat Gōōds**: *nichts\etwas Gutes, i. Di. eher:* **nix\wat Gudes, Gu's**

X51 Wōōt: *Wut, in Dithm. eher:* **Wuut**, *auch bei Reim-Erfordernissen:* **Wuut**

X52 Rōh, rōhen: *Ruhe, ruhen, in Di. auch:* **Ruh**, **Rauh**; *immer:* (ge)**ruhig**

X53 drōhen: *drohen, in der Literatur häufig die noch ›breitere‹ Form:* drauhen

X55 buen^{B50}, hett buut^{B50}: *bauen; in Dithm. häufig:* buden^{B52}, worr buudt^{B52}

X56 snie'en^{B50}, hett sniet^{B50}: *schneien; in Dithmarschen häufig:* snieden^{B52}, hett sniedt^{B52}

X58 sēhn, ik sēh, wiǀjümǀsüm sēht: *sehen, ich sehe, wir sehen; in Dithmarschen häufig:* ik sēhg *(wie Vergangenheit!),* wi sēhġt

X59 broven, Sloven, Skloven, Slēven,... STATT –ben! SO IN DI. ERMITTELT!

X60 beed di, treed rin, glēēd, rēēd, rood di, bōōd ėm, ârbeid: *bitte, trat, glitt, ritt, rate, bot, arbeitete; endständiges d nach langem Vokal wird im Dithmarscher Platt zumeist nicht mitgesprochen* bee', tree', glēē', rēē', roo', bōō', ârbei' *(Nicht nur in Verbformen!)*

X61 möten: *müssen; in Dithm. oft:* möö'n *(INF),* wi mööt *(PRS),* möö' wi?

X62a schölenǀschüllen: *sollen; in Dithmarschen oft:* schöö'n *(INF),* wiǀjümǀsüm schööt *(PRS),* schöö' wi?

X62b schullst: *du solltest; in Dithmarschen gern:* du schusst

X63 wüllen, wi wüllt, wüllt wi?: *wollen; in Dithm. oft die Neigung zur Aussprache* wöö'n *(INF),* wiǀjümǀsüm wööt *(PRS), vor allem zu* wöö' wi?

X64 hēēt, hēten: *hieß, hießen; in Dithmarschen heute aber:* hēēs, hēēssen

X65 hȫȫr, hȫren: *hörte, hörten; teils in Dithmarschen:* hȫȫrs, hȫȫrssen

X66 fohr, fohren: *fuhr, fuhren; in Dithmarschen teilweise:* fohrs, fohrssen

Weiteres, weniger regelhaft, mehr lexikalisch *(zunächst alphabetisch)*:

X70 Beer, Mz Beern: *Birne, Birnen; siehe dagegen:* **X71**

X71 Bei, Mz Bein, *so i. Di.:* *Beere, sonst eher:* Beer, Beren; *s. dagegen:* **X70**

X75 Grȫȫv, Mz Grȫben, *so vielfach i. Di.:* *Graben; andernorts:* Groben, -s

X77 Mârkt: *Markt; heute abgekürzt* de Mârk, *früher in Dithmarschen:* dat Mârt

X79 Slerrn, *so in Dithmarschen:* *Schlitten; andernorts:* Sleden

X82 ween, *so i. Di.:* *sein, andernorts und bei Reim-Erfordernissen:* wesen, sien

X83 ween, *i. Di.:* *gewesen, andernorts & bei Reim-Erfordernissen:* wesen, west

Grabbelkiste

(vor allem mit * gekennzeichnete Wörter)

âllnogrood, nogrood: *allmählich, nach und nach* — **Antje**: *Koseform zu Anna* — **begööschen**: *beruhigen, trösten* — **Bernd**, Beernd: *Vorname Bernd, im Original ›Beernd‹* — **bides**: *unterdessen* — **bilüttens**: *allmählich, nach und nach* — **Bischopsdöör**: *Bischofstor, urspr. bei der Bischofsnadel.* — **Boors**: *Barsch* — **Buchtstroot**: *Im Original heißt es ›Buckstraten‹, der heutige Straßenname lautet ›Buchtstraße‹. Kommt der Name nun von ›Bock‹ oder von ›Bucht‹ = Kurve? Ich neige zur Kurve, da die Straße im Bogen verläuft.* — **Didi**: *Kurzform zu Dieter, Dietrich* — **Eddelhoff**: *Wird wohl ›Edelhof‹ gemeint sein. Nach Dithmarscher Lautung und der Ortsbeschreibung könnte man auch ›Addelhoff‹ = Jauchehof vermuten.* — **Ellner Hoff**: *Ellener Hof, heute Seniorenwohnanlage, vormals Kinderheim, ›Besserungsanstalt‹* — **Elsbe**: *Vorname Elisabeth* — **1 Famieln**, **2 Famieln**: *1 Familie, 2 Familien* — **Friech**: *Kurzform zu Friedrich; im Original: Früderk* — **Friedo**: *(hochdeutsche???) Kurzform zu Friedrich, Friedemann* — **Gēēsche**, Gēēschen: *Kurzform zu Gertrud (Gesa)* — **giftig**: *wütend* — **Grasbotter**: *Der ›Übersetzer‹ geht davon aus, dass mit der ›Grasbodder‹ des Originals nicht Cannabisbutter nach heutigem Sprachgebrauch gemeint ist, sondern Weidebutter im Unterschied zur Heubutter!* — **Grȫten**: *Alt-Bremer Münze bis 1871: 72 Grȫte = 1 Doler; 4 Pėnn = 1 Grȫten*[DRG20.021] — **Hangelbeer**: *Hängebirne, Pyrus salicifolia Pendula* — **Hârder**: *Hirte* — **Hau**: *Heu* — **Heek ut, heek ut!**, *uteken, uteetschen, utheken: verspotten, beschämen mittels ›Ätsch, bätsch!‹. Ausdruck der Schadenfreude, des Abservierens, früher gern von der Rüben-Schab- oder Scharten-Auswetz-Geste begleitet (im Droste-Original: ›Sliep ut!‹)* — **hellschen, hellsch**: *sehr, arg, überaus, ordentlich, außerordentlich* — **Herdendȫȫrkârkhoff**: *Friedhof vor dem Herdentor, 1903 geschlossen; heutige Parkanlage zwischen Blumenthalstraße und Gustav-Deetjen-Allee* — **Hinnerk**: *Vorname Hinrich, Heinrich* — **Hobenhusen** un **Oorsten**: *Habenhausen und Arsten, beide zusammen heute zu HB-Obervieland* — **Höpen, de**: *die Hoffnung* (dat Höpen: *das Hoffen*) — **jichens**, op ėn Oort: *irgend, irgendwie* — **jiddelig**, hiddelig, hibbelig, fohrig, nervȫȫs: *nervös, aufgeregt* — **jo un jo**: *unbedingt, auf jeden Fall* — **Kaschott**: *Gefängnis* — **Kauk**, Dickkopp: *Dohle* — **kēēnēēn, kēēn**, nüms: *niemand(em|en), keiner(-em|-en)* — **Kloos**: *Vorname Klaas, Claas, Klaus* (s.a. **Obenstoken!**) — **Kloos, sünnern Kloos**: *Sonderling* — **lēhren**, lēhrt, lēhr: *lernen, lernt|gelernt, lerne|lernte; auch: lehren* — **lėngen**: *sich sehnen* —

Léngen: *Sehnsucht, Verlangen, Heimweh* — **liedsoom**: *angenehm, umgänglich, verträglich, verständnisvoll* — **Lina**: *Koseform zu Karoline* — **Mattes**, Mathies: *Kurzform zu Mathias* — **Mieke**, Marieke: *Koseformen zu Maria|Marie oder Michaela* — **minnachten**: *abfällig, abschätzig, geringschätzig, verächtlich* — **mittö**, mitünner, denn un wenn, moolmit: *gelegentlich, mitunter* — **Mȫöt, in de**; in de Mȫöt lȫpen: *entgegen; entgegenlaufen* — **Muur**, *früher wohl eher:* Müür — **nau**: *genau (siehe:* niep un nau; *siehe:* Nȫöt) — **niep**: *genau, aufmerksam* — **niep un nau**: *ganz genau, haarklein* — **nogrood, âllnogrood**: *allmählich, nach und nach* — **nȫmen**, nȫömt, nȫöm: *nennen |nannt|nennt|genannt, nannte* — **Nȫöt, mit naue**: *knapp, mit knapper Not* — **nüms**, kēēnēēn, kēēn: *niemand(em|en), keiner(-em|-en); s.a.* wokēēn|'kēēn — **Obenstoken, Kloos**: *In dem von Ernst Moritz Arndt in seinen ›Märchen und Jugenderinnerungen, Berlin, ²1842‹ aufgezeichneten westfälischen Märchen von ›Klaus Ofenstock‹ oder ›Kloos Liek-Dör‹ und seinem Marsch zum Pfannkuchenberg ging es auch um viel Mut, es winkte aber reicher Lohn.* — **Odde Âlldag** ['or-rᵉ 'a:l-dach]: *kleiner Otto; zu unterscheiden von* Oodje ['o:d-schᵉ]: *kleiner Adolf* — **Oorsten** un **Hobenhusen**: *Arsten und Habenhausen, beide zusammen heute zu HB-Oberviel* — **opstunns**: *heutzutage, zur Zeit* — **Orend**: *Arend* — **sachs**, wull: *wohl* — **sachten**, liesen: *sanft, leise, vorsichtig* — **Snickedickedick ...!**: *Sneierluus, ...;* Wöhrner Wöör: *Tekeltuut, kiek doch ruut, steek dien Hȫörn mool ruut, ...;* Sneierluus, kruup ut dien Huus, steek dien fieffack Hȫörn doch ruut!^WBSH2.0004(DIM) — *Diese Verse hatten zumeist unschöne Fortsetzungen:* Deist dat ni, tȫbreek/hau/slo/smiet/pedd ik di! — **snooksch**: *seltsam, merkwürdig, komisch, rätselhaft, ulkig* — **snuckern**: *schluchzen* — **Spȫkel**, Spȫkelsch, *Mz* Spȫkels, spȫkeln, Spȫkelie, spȫkelig: *Spukgestalt(en), spuken, Spuken, spukhaft* — **Sprȫök**: *Spruch, Sprüche* — **Stēēnweg**, Ȫösterdȫörstēēnweg: *Ostertorsteinweg* — **Stȫöt**: *Stoß* — **Stȫöt**, lütten Stȫöt: *Moment, Augenblick* — **Stȫöt**, hēlen Stȫöt: *Weile* — **Suträng**: *Souterrain, Tiefparterre* — **swȫgen**, swȫlappen: *schwelgen, lamentieren, salbadern, jammern* — **Tȫver, tȫvern**: *Zauber, zaubern* — **Tausende, Vor T.**; *Strophe aus altem ev.-christlichem, erbaulichem Winterlied, gesungen nach der Melodie ›Mach's mit mir, Gott ...‹; gefunden in Johann Wächter (Hg.), Gesangbuch zum Gebrauch beim öffentlichen Gottesdienste ..., Wien 1810 (natürlich dort in sauberem Hochdeutsch)* — **Tine**: *Kurzform zu Christine* — **Wook**: *Wake, Eisloch* — **Werder**: *Weserinsel* — **wohrschuen**: *warnen* — **Zichuren**: *Zichorien; Kaffee-Ersatz bzw. -Zusatz*

Schwarzweiß-Kurzfassung
der Aussprachehilfen für Dithmarschen!

Mit farblicher Unterstützung finden Sie die Tabelle auf der Buch-Rückseite!

—— **Aussprache-Steckbrief für Dithmarschen** ——

Sprich ō als [oᵘ] (though),　ē als [eⁱ] (day),　ȫ als [oⁱ] (boy, moin, Heu, Häuser)!

Sprich â vor l+Konsonant & vor r+Konsonant als lang-a, [a:] (engl. half [ha:f], dark [da:k])!

Sprich ė als kurz-i (hin, Strich, Wirt);　ġ|ġt als hart-g (Bug);　ƀt als hart-b (lieb)!

Sprich -ƀen (ölƀen, sülƀen) (Sass: -ven) als -bᵉn, -b'n bis hin zu –m [ölm, sülm]!

Sprich das **r** nach langem Vokal als nachklingendes a: [oᵘᵃ, eⁱᵃ, oⁱᵃ, …]:
　Mōōr, Ēēr, Wȫȫr, Fȫhr, Hoor, mȫȫr, Buur: ›Mouᵃ, Äiᵃ, Woiᵃ, Foiᵃ, Hooᵃ, mȫȫᵃ, Buuᵃ‹!

Sprich **sp**, **st** wie ›spitzen Stēēn‹, sprich aber **schr** mit hochdeutsch-breiter Zunge!

Sprich das **s** in **sl**, **sm**, **sn**, **sw** möglichst als scharfes s oder als **Zungenspitzen-sch**!

Sprich **j** wie Journalist (jo, jüm, Jung); **ä, ää, äh** wie e, ee, eh (Jäger, nä, däägli, Fähr)!

Bezüglich ᴹ³, ᴹ⁴ᵃ⁻ᵈ siehe unter **Kennmarken M3, M4**!
Bezüglich ˣ⁰¹, ˣ⁰⁹, ˣ¹¹ … siehe unter **Regionale Besonderheiten**!
Bezüglich * siehe **Grabbelkiste**, Worterklärungen!
Dies alles und weiteres finde vorn im Inhaltsverzeichnis!

Könner können
unter den Zusatzzeichen und über die Hilfen hinweglesen!

Weniger Versierte
folgen den hilfreichen Hinweisen ganz nach Bedarf!

Unter den Balken|Punkten findet sich die **Sass'sche Schreibweise**!

Licht und Schatten

Dieses Kapitel könnte man in Drostes ›Ottjen Alldag‹ einsparen, es gibt keinen wirklich nennenswerten Schatten. Man findet keinen religiösen oder wilhelminischen Schwulst, keine Kriegstreiberei, keine Vorurteile gegen Ausländer, keinen Antisemitismus. Einzig die Heimatliebe im Schlusskapitel, gekoppelt an die Wertevermittlung im Rahmen der Konfirmation, wirkt heute vielleicht etwas stark idealisiert.

Bei Droste behält auch der nachbarliche Alkoholiker sein menschliches Antlitz und die jugendliche Ablehnung der Brotfrau wird detailiert begründet und doch auch von der liebevollen Mutter nicht geduldet. Erziehung im positiven Sinne, mit großem Verständnis für das So-Sein des Kindes und Jugendlichen in seinen Altersphasen, sind meisterhaft in die Lausbubengeschichten eingewoben. Auch der moderne Erzieher hat daran seine Freude!

Peter Neuber

Wöhrner Wöör

Datt ēēn sik beter verwȫren kann!

Niederdeutsches Wörterbuch

ut Dithmarschen, för Dithmarschen un …

hochdeutsch – plattdeutsch - elektronisch
Stand: 1. Jan. 2018 – Frie' Woor!

Die ›**Wöhrner Wöör**‹, ›Mutter‹ der ›**Meldörp-Böker**‹, kamen 2001 in Druck, sind aber seit geraumer Zeit als Druckwerk vergriffen. Kenner wissen, dass dies wahrlich kein Wörterbuch nur für Wöhrden war und ist (wie der Eintrag auf der INS-Landkarte falsch-informiert).

Seit mehreren Jahren werden die ›**Wöhrner Wöör**‹ zum kostenfreien Herunterladen unter der Internet-Adresse **www.wöhrnerwöör.de** angeboten. Der Umfang ist mittlerweile auf rund 250% gegenüber der Buchausgabe angewachsen.

Die ›**Wöhrner Wöör**‹ haben sich dabei weiterentwickelt, u. a. hat sich die Schreibweise an die Buchstaben-Verfügbarkeit in Computer-Zeichensätzen angepasst. Verwendet wird nunmehr die SASS-ergänzende Schreibweise.

Die digitalen ›**Wöhrner Wöör**‹ bieten gegenüber der Buchform ungleich größere Nachschlage-Möglichkeiten. Da sie im MS-WORD-Format angeboten werden, ermöglicht die WORD-Suchfunktion nicht nur das Nachschlagen entlang der hochdeutschen alphabetischen Sortierung, sondern:

Sie, lieber Nutzer, können auch plattdeutsche Wörter suchen lassen, auch Bruchstücke von Wörtern.

In den ›**Wöhrner Wöör**‹ werden zu Tausenden plattdeutsche Wörter aus Fundstellen in dortiger Originalschreibweise zitiert. Dadurch haben Sie die Chance, Wörter aufzufinden, auch wenn deren Schreibweise in Ihrem Lesetext nicht derjenigen der ›**Wöhrner Wöör**‹ entspricht.

Und immer erfahren Sie, woher das jeweils aufgeführte Wort in dieser Schreibweise stammt! — Wo erfahren Sie dies sonst noch?

Meldörp-Böker

= Platt-Klassiker für Dithmarschen
(+ Kompetenztraining in Dithmarscher Platt)

Liebe ältere und jüngere und neuere Dithmarscher,
liebe Urlauber in Dithmarschen,
liebe Deutschlehrer und Schüler|innen der Sekundarstufen,
liebe Deutschlehrer- und Germanistikstudenten aus Dithmarschen,
liebe Freunde des Plattdeutschen überall,
die ›*Meldorf-Bücher*‹ enthalten Dithmarscher Platt,
die alte Dithmarscher Sprache, aber *verständlich*
und in geeigneter ›SASS-ergänzender Schreibweise‹,
un dörmit *luut leesbor*!

Besonders auf das mit Freude lesende Dithmarscher ›Bildungsbürgertum‹ haben es die Meldorf-Bücher abgesehen, auf Frauen und Männer, die dem Plattdeutschen schon sehr lange den Rücken gekehrt haben. Sie hatten de facto keinen tragfähigen **Zugang zum Dithmarscher Platt über das Buch.**
Hier ist er jetzt, der Zugang per Buch! – Bitte erwärmen Sie sich nun wieder für das ›Kulturgut Dithmarscher Platt‹, das sich bezüglich Wortwahl, Ausdruck, Grammatik und Lautung wahrlich nicht hinter anderen niederdeutschen Mundarten verstecken muss! Es hat eine starke Grammatik und bewahrt vor allem die alte Lautung der langen Vokale in vorbildlicher Weise! Beides können Sie in diesem Buch erlesen, zusätzlich zum Inhalt des Platt-Klassikers. Greifen Sie deshalb zu, lassen Sie sich begeistern und begeistern Sie sich selbst für unser altes Dithmarscher Platt und leisten dadurch einen riesigen Beitrag dafür, dass es nicht restlos verschwindet!

Meldörp-Book 8.2
Georg Droste, Odde Alldag un sien Jungstöög

Georg Droste wurde 1866 in Bremen als Sohn einfacher Eltern geboren, der Vater war Schneider. Die Familie sprach Bremer Platt. Droste erblindete plötzlich im zwanzigsten Lebensjahr. Erst mit 41 Jahren fand er zum Schreiben und wurde ein äußerst erfolgreicher Autor in Bremer Platt. Dies beschreibt er in seinen Erinnerungen ›Foftig Jahr in Licht un Schatten‹ (ab S. 284).
Vor allem aber enthält dieses Georg-Droste-Buch den ersten Band seiner **Trilogie** ›**Ottjen Alldag**‹ (Erstausgabe 1913), sprachlich aktualisiert und dabei dem Dithmarscher Platt angenähert. In der vorliegenden Form sollte das Lesen und Laut-Lesen des herzerfrischenden Bremer Jungenromans zu schaffen und zu genießen sein, nicht nur in Dithmarschen! Durch allerlei Hilfen sollen dem Laien und Anfänger unnötige Quälereien erspart bleiben!
In Dithmarschen blieb Droste weitgehend unbekannt.

FSC
www.fsc.org
MIX
Papier | Fördert
gute Waldnutzung
FSC® C083411

Zeitfracht Medien GmbH
Ferdinand-Jühlke-Straße 7
99095 Erfurt, Deutschland
produktsicherheit@kolibri360.de